U0936213

中国少数民族经典民间故事

纳西族民间故事

林继富　主编

林继富
杨之海　选编

四川党建期刊集团　四川民族出版社

图书在版编目（CIP）数据

纳西族民间故事 / 林继富主编；林继富，杨之海选编. -- 成都：四川民族出版社，2018.7
（中国少数民族经典民间故事）
ISBN 978-7-5409-7705-4

Ⅰ. ①纳… Ⅱ. ①林… ②杨… Ⅲ. ①纳西族－民间故事－作品集－中国 Ⅳ. ①I277.3

中国版本图书馆CIP数据核字（2018）第113406号

中国少数民族经典民间故事

纳西族民间故事

NAXIZU MINJIAN GUSHI

林继富　主编

林继富
杨之海　选编

出 版 人　泽仁扎西
责任编辑　唐功敏
装帧设计　李　娟
责任印制　谢孟豪
出版发行　四川党建期刊集团　四川民族出版社
邮　　编　610091（成都市青羊区敬业路108号）
照　　排　四川胜翔数码印务设计有限公司
印　　刷　成都万年彩印有限责任公司
成品尺寸　160mm×230mm
印　　张　25
字　　数　388千
版　　次　2018年7月第1版
印　　次　2018年7月第1次印刷
书　　号　ISBN 978-7-5409-7705-4
定　　价　55.00元

中国少数民族经典民间故事
编委会

总　序

林继富

一

民间故事是民众喜爱的传统文化，讲故事是民众日常生活的组成部分，亦称“讲经”“说古”“讲古话”“讲瞎话”“粉白（话）”“讲大头天话”“摆龙门阵”等，各地说法不一样，反映了民众对民间故事的不同认知方式和使用状况。

讲故事是中国各民族重要的精神活动之一。优美动听的故事能陪伴人们度过无数美好的时光。“冬季是农闲季节，寒夜又那样漫长，于是，躺在温暖的炕头上，或围坐在火盆边，嘴里吧嗒着旱烟袋，也许手里还纳着鞋底，手不闲、嘴也不闲地讲述着。夏季挂锄季节，夜晚坐在大树底下，或在庭院里讲故事，听故事，以此来抵御夏天的酷热。秋后扒苞谷米或扒蚕茧，需要人手多，讲故事会吸引来劳动帮手，还会让人忘记疲劳。”[①] 这是我国北方民众以讲故事打发农闲时间、消除劳动疲倦的典型场面。

讲故事是中国民众表现生活、表达情感、记忆历史、描绘现实、倾吐心

①张其卓：《这里是“泉眼”——搜集采录三位满族民间故事讲述家的报告》，见《满族三老人故事集》，沈阳：春风文艺出版社，1984年，第589页。

声的主要方式，是他们感受社会生活、传递民族文化传统的最灵活、最便捷、最普及的手段。尽管讲述人年复一年地讲述着似曾相识的故事，但是，他们的每一次讲述就是对历史的一次记录和回味，将古老文化与现代生活相连接、相融通，以彰显其对社会的认识和人生的理解。也正是这样，流传千百年的故事因在讲述人那里得到别样景致的重现而摄人心魄。

中华民族“由许许多多分散孤立存在的民族单位，经过接触、混杂、联结和融合，同时也有分裂和消亡，形成一个你来我往，我来你去，我中有你、你中有我，而又各具个性的多元统一体”[①]。这种多元一体的民族结构决定了中国民间故事多元一体的格局。各个民族的民间故事在多姿多彩的地域景观和人文传统作用下，既具有民族、地域个性，又呈现出相互交流、彼此借鉴的局面。一方面，汉族的很多民间故事在我国少数民族地区家喻户晓，代代相传，比如《水浒传》《杨家将》《包公案》等。少数民族民间故事对汉族民间故事的影响，亦是中国各民族民间故事交流与整合的重要表现。另一方面，各少数民族之间的民间故事交流和影响的历史也很久远。在许多少数民族中，流传着内容和情节极为相似的民间故事。比如，西南、中南地区各民族都有“狗耕田”型故事、“百鸟衣”型故事、“灰姑娘”型故事以及“找幸福”型故事等，这些不同类型的民间故事在各民族交往过程中均存在着不同程度的借鉴和融合。

中国民间故事在漫长的历史里，通过多种渠道与许多国家进行着广泛而深入的交流和互鉴。佛教传入中国，带来了大量印度故事；中日频繁交往，将中国民间故事传播到了日本；“丝绸之路”沿线民族和国家的民间故事彼此交流、借鉴的现象更为突出。这种吸纳与输送、交流与碰撞使得中国民间故事具有浓厚的民族根性和兼容并蓄的世界品格，不仅丰富了我国民众的生产生活，而且丰富了世界民间故事的文化宝库。

---

①费孝通：《中华民族的多元一体格局》，载于《北京大学学报》（哲学社会科学版）1989年第4期。

中华民族是一个重视传统的民族，民间故事的讲述往往被拉进历史文化体系。这种特点突出地体现在中国古代笔记小说、野史乃至正史对民间故事的记录方面。这些故事的记录者往往在原本虚幻的故事开头或末尾，以真实的口吻添加一些可信成分，由此增强民间故事的历史感和真实感。

二

在中国，讲故事的活动早在两千多年前就已经被文字记录下来了，然而，要推算最早的民间故事讲述，恐怕要追溯到无文字的原始社会。

先秦时期的史官和文人就有以简单的文字记述民间故事的风俗，特别是在《尚书》《周易》《楚辞》《山海经》《穆天子传》《淮南子》和《史记》等书中保留了丰富的民间故事。春秋战国时期，利用民间故事进行政治游说和思想表达的例子更是数不胜数，《庄子》《战国策》《孟子》《韩非子》《论语》等就是用故事进行说理的极好范例。加上一些君主有听故事的喜好，如齐宣王、楚庄王等为了能够及时听到诙谐幽默的故事，便在身边豢养了专门说隐语的倡优，这大大助长了民间通过改编故事以隐语寄寓道理的社会风气。

三国时期邯郸淳的《笑林》第一次汇总了当时流传的笑话。南北朝时期的《搜神记》《搜神后记》《博物志》《述异记》和《续齐谐记》等成为我国许多民间经典故事的最早渊薮，诸如“白水素女”“东海孝妇”“飞升星球”等故事在这个时候就已经相当成熟。至于佛经故事《经律异相》的出现，则说明古代印度故事借助佛教传播深入中国民间社会的事实，自此以后，中国民间故事交互影响的现象越来越深入，越来越全面。

隋唐时代，市井生活不断繁荣，城市经济空前发展，故事讲述活动变得十分频繁，尤其是脱胎于佛教的“俗讲”，逐渐发展成唐代市民文艺最具影响力的“说话”艺术。这种具有职业素养的“说话”与街头巷尾的日常故事讲述成为当时都市民间文化的亮丽风景，极大地推动和催化了乡村民间故事的创作与传播，也使文人更加重视民间故事。

“变文”的讲唱不仅保留了大量的佛经故事，而且加快了这类故事深入民心的速度，如《目连变文》《太子成道变文》《伍子胥变文》《王昭君变文》《张义潮变文》《舜子变文》《孟姜女变文》《董永变文》等至今还活跃在老百姓的口耳之间。在唐代，记录民间故事的方式还有笔记小说，诸如段成式的《酉阳杂俎》、戴孚的《广异记》和句道兴的《搜神记》，以及牛僧孺的《玄怪录》、李复言的《续玄怪录》、玄奘的《大唐西域记》等。这些笔记小说、野史杂录和游记漫笔保存了丰富而生动的故事资料，像“叶限”“吴堪”“田章”“月下老人”“鼠壤坟”等故事均有完整详尽的书面记录，构成了中国民间故事发展的重要阶段。

宋代城市建设较唐代有了更大的发展，市民生活富足，工商业兴盛，城市里的“勾栏瓦肆”培育了大量的说话艺人，形成了风格各异的说话流派。宋代有关民间故事的记录可以说是中国民间故事发展史上最丰富、最夺目辉煌的，尤以《太平广记》《夷坚志》等为代表。这些卷帙浩繁的文献将历代故事加以分类汇编，成为中国民间故事辑录的里程碑。比如，收集精怪故事最全的北宋太宗太平兴国年间编纂的《太平广记》卷368—373专门列出“精怪”一类，所收为器物精怪，其他各类则分别附收精怪故事，如“草木”类末附“木怪”“花卉怪”“药怪”“菌怪”等。

明清时期，农民文化生活仍然以民间说唱、民间游戏和民间讲述为主，此时的内容除了承继先前的鬼狐精怪故事以外，还出现了大量生活故事和民间笑话。民间故事讲述引起越来越多人士的注意和重视，如晚清文人许奉恩曾对家乡安徽桐城一带的民间故事讲述情形做了这样的描述：

> 其或农工之暇，二三野老，晚饭杯酒，暑则豆棚瓜架，寒则地炉活火，促膝言欢，论今评古，穷原竟委，影响傅会、邪正善恶、是非曲直，居然凿凿可据，一时妇孺环听，不自知其手舞足蹈。言者有褒有贬，闻者忽喜忽怒。事之有无姑不具论，而藉此以寓劝

惩，谁曰不宜？[①]

当时，文人和乡村知识分子常聚集在一起，言今论古，谈精说怪，遂留心辑录。

> 予今年四十有四矣，未尝遇怪，而每喜与二三酒朋，酒觞茶榻间，灭烛谈鬼，坐月说狐，稍涉匪夷，辄为记载，日久成帙，聊以自娱。[②]

文人以笔记小说的方式记录了不少民间流传的故事，像王同轨的《耳谈》、蒲松龄的《聊斋志异》、纪昀的《阅微草堂笔记》就是清代此类作品的代表。他们喜爱民间故事，通过各种途径搜集故事文本，并对其进行加工、改造。譬如，蒲松龄就利用民间故事进行创作，在中国文学史上树立了典范。

> 情类黄州，喜人谈鬼。闻则命笔，遂以成编。久之，四方同人又以邮筒相寄，因而物以好聚，所积益夥。[③]

> 每当授徒乡间，长昼多暇，独舒蒲席于大树下，左茗右烟，手握葵扇，偃蹇终日。遇行客渔樵，必遮邀烟茗，谈谑间作。虽床第鄙亵之语，市井荒伧之言，亦倾听无倦容。……晚归篝灯，组织所闻，或合数人之话言为一事，或合数事之曲折为一传，但冀首尾完具，以悦观听。[④]

---

①〔清〕许奉恩：《兰苕馆外史》，合肥：黄山书社，1996年，第16页。
②〔清〕和邦额：《夜谭随录》，郑州：中州古籍出版社，1993年，第15页。
③朱一玄：《明清小说资料汇编》（下册），济南：齐鲁书社，1989年，第1164页。
④朱一玄：《明清小说资料汇编》（下册），济南：齐鲁书社，1989年，第1215页。

蒲松龄尤爱鬼狐精怪故事，他将所见所闻与自己的丰富幻想融汇在作品里，从而为保留他所在的那个时代的民间故事做出了突出贡献。

我国文人通过创作辑录民间故事是一贯的传统。采录笑话、汇编专集在明清时代成为民间故事的重要活动与特征，如明代冯梦龙的《笑府》《广笑府》《古今笑》、赵南星的《笑赞》、李贽的《山中一夕话》、刘元乡的《应谐录》、浮白斋主人的《雅谑》、江盈科的《雪涛谐史》、陈继儒的《时兴笑话》、乐天笑笑生的《解愠编》、潘游龙的《笑禅录》，清代石成金的《笑得好》、独逸窝退士的《笑笑录》、小石道人的《嘻谈录》、陈皋谟的《笑倒》、游戏主人的《笑林广记》、程世爵的《笑林广记》等。

中国民间故事的采录到明清之际运用了多种手段，采取了多种方式，故事内容也从神灵鬼怪、精魍妖魅深入实际生活，故事世界呈现出虚幻与现实、灵域与人域胶合一体的格局。生活故事、民间笑话等开始受到了人们的关注，成为采录的主要对象。

三

进入20世纪，中国社会发生了巨大变化，新科技革命提高了民众的生活质量，新思想运动从城市蔓延到农村，进而引发了中国农民从根本上动摇原有的神权与族权观念，人们追求自由、提倡民主的呼声越来越高，他们期望从本质上改变自己的生活。然而，文化的变迁并非一蹴而就，必须经过长时间的浸染与渗透。因此，在20世纪初期的中国农村，农民的文化生活仍以传统的民间文艺活动为主。

1942年，毛泽东发表了《在延安文艺座谈会上的讲话》，号召广大文艺工作者学习“萌芽状态”的文艺，鼓励他们到基层、到老百姓的生活中去学习民间文艺，搜集民间文艺。于是，在20世纪40年代，解放区形成了采录民间故事的热潮。“晋绥文艺工作者深入到农村，在农村工作中，逐渐地接近了民间故事，采集与整理工作认真地搞起来。在1945年以后，就接续地出版了《水推长城》《天下第一家》《地主与长工》三个民间故事集子。”[①] 同时期，我国西南地区的文化建设和研究则是另外一番景象。“卢沟桥事变”爆发后，华北和东南沿海的大批高等学府和一些科研院所纷纷西迁。尽管战乱不已，但仍然有一大批知识分子进入西南的彝族、白族等民族的聚居地区调查，在此过程中采录了大量的少数民族民间故事。比如，凌纯声、芮逸夫的《湘西苗族调查报告》就收录了他们采集的神话、传说、故事、寓言等六十三篇。当时采集这些内容的初衷并非采录口传叙事，而是学者们在做民族生活、历史和文化的调查时将民间故事视为民族文化传统而纳入记录范围。

1949年以后，中华人民共和国政府十分重视民间文艺。1950年成立的中国民间文艺研究会（1985年改称“中国民间文艺家协会”），负责组织、协调全国的民间文学工作。采录民间故事成为文化工作的一项重要内容，特别是自1954年开展的全国民族识别和“民族五种丛书”的写作经历了较为深入的田野调查。在此过程中，大量的少数民族民间故事被采录，为我国民间故事的理论建设积累了宝贵的第一手材料。诚如一位学者发表于1964年的一篇文章中指出的那样：

> 据不完全统计，十五年来省市以上出版的民间故事集就有五百多种。全国五十多个民族，都发掘了数量不等、各有特色的民间故事。已经出版了单行本的就有蒙古族、藏族、维吾尔族、苗族、彝族、壮族、朝鲜族、白族、黎族、纳西族、高山族、鄂伦春族、土家族等十几个民族。绝大部分民族都是第一次把他们祖先长期以来精心创造的民间故事呈现在全国人民的面前。[②]

---

①李束为：《民间故事的采集与整理》，见《中华全国文学艺术工作者代表大会纪念文集》，北京：新华书店，1950年。

②《绚丽多姿的百花园——建国十五年来民间文学作品巡礼》，载于《民间文学》1964年第5期。

这些被采录的民间故事成果集中体现在1989年出版的《中国少数民族民间文学丛书·故事大系》中。1995年又在此基础上调整编辑出版了《中华民族故事大系》，全书共分十六卷，精选了全国五十六个民族的神话、传说、故事共计二千五百篇，参与讲述、搜集、整理和翻译的人员达到七千余人。

1985年大规模启动的《中国民间故事集成》的搜集和编纂工作历经十余年，动员人力数以万计。除大量的手稿、录音等资料散存于各地组织和个人手中之外，还出版了为数不少的县市卷本，据不完全统计，共有两千余卷。据1990年全国民间文学集成办公室统计，采录的民间故事达一百八十三万余篇。

在这个时代，民间故事讲述人受到前所未有的重视，一大批不同民族、不同地域、不同性别的杰出民间故事讲述人纷纷登台亮相。在1984年至1990年民间故事的搜集过程中，我国已发现的能够讲五十则以上故事的传承人就有近万人。[①]如内蒙古的秦地女，辽宁的谭振山、李明，山东的胡怀梅、尹宝兰、王玉兰、宋宗科，山西的尹泽、梁力，河北的纪文道、靳正新，河南的曹衍玉，湖北的刘德培、孙家香、罗成双、刘德方，湖南的孙明斗、易法松，四川的魏贤德，江苏的陈理言，以及鄂伦春族的李水花，蒙古族的金荣，朝鲜族的金德顺，满族的傅英仁、马亚川、李成明、佟凤乙，藏族的黑尔甲、七尖初，侗族的杨雄新等，不仅能够讲述几百则民间故事，而且讲述质量也属一流。在他们周围活跃着一大批知名的民间故事讲述人，他们讲述的故事不仅多，而且讲述技艺高超。这些故事具有强烈的民族特色和地域特色，受到广大民众的普遍欢迎和认同，并被听众广泛传讲。

在中国，民间故事讲述成为地方的一种重要文化传统，民间故事作为中

---

①贺嘉:《中国民间文学集成的普查与耿村故事家群的发掘》，载于《民间文学论坛》1991年第6期。

国非物质文化遗产得到了很好的保护，诸如湖北省的伍家沟、都镇湾、下堡坪，重庆市的走马镇，河北省藁城县的耿村，辽宁省大洼县的古渔雁、喀左东蒙、北票，西藏嘉黎等地的民间故事，内蒙古通辽市的巴拉根仓故事，山西万荣的笑话等均被列为国家级非物质文化遗产代表性项目，得到了政府的高度重视。这为这些地区民间故事的传承发展带来了新的契机，也为中国民间故事遗产保护和传承提供了可资借鉴的经验。

然而，今天的中国社会变迁速度比以往任何时候都要迅猛，现代化的生产方式和生活方式全方位地影响着农村文化生活的变革，现代传播媒介对民间故事讲述、传承产生的重大影响更是不言而喻的。在这样的时代背景下，群众性的文化娱乐活动不可逆转地发生着变化，文化的多样化、娱乐的现代化特点越来越突出。中国乡村社会树荫下簇簇人群听故事的专注神情，火塘边兴奋地讲故事、听故事的一张张被火光映红的脸庞……这些动人的场景已经离我们越来越远了。讲故事活动的传统熟人社会结构被打破，讲故事的热闹场面逐渐在消失。在世界各国政府加紧采取措施保护自己的民族文化的时代，保护和传承我国丰厚的民间故事资源显得更加紧要和迫切。

四

少数民族民间故事是中华民族传统文化的重要载体之一，是中国各民族民众生活的重要组成部分。中华人民共和国成立以来，我国各级部门、各类人员采集和整理了数量众多的少数民族民间故事。2014年至2015年，我带领学生对20世纪被采集翻译为汉文的中国少数民族民间故事进行了一次全面、系统的信息采集，其数量之惊人、成绩之斐然，让我兴奋了很久。但是非常遗憾，中国不同时期采录、整理的少数民族民间故事资料大多被束之高阁，或者仅仅供学者研究使用，并没有真正发挥少数民族民间故事应有的社会文化功能，并没有很好地利用各民族民间故事在教育和知识传播上的优长。为了全面、系统地凸显中国少数民族民间故事的经典性，我们组织编选了“中国少数民族经典民间故事”系列丛书，在包括神话、传说，还有动物故事、幻想故事、生活故事、笑话、寓言，以及民族或地区特有的口头散文叙事文学体裁的基础上，尝试着从“经典”的视角推介和传承少数民族民间故事，提升中国少数民族民间故事的价值和社会影响力。

中国少数民族民间故事经历了不同的发展道路，这些民间故事不仅承载着中华民族的传统文化，而且在各民族共同生活、相互学习的过程中，民间故事在交流中融合，在融合中创新，构筑成中华民族千百年来共有的精神家园。

中国少数民族民间故事种类繁多，同一种民间故事在不同民族之间有不同的演变形态。对中国少数民族民间故事经典进行系统归纳，有利于加强民族乃至地域之间的文化交流和文化理解，彰显中国各民族民间故事的文化认同功能，也有利于培养民众的道德情操，传递生活知识。

中国少数民族民间故事包含民众的生活情感、价值观念和审美期待，人们习惯地认为民间故事属于“草根”文化。“中国少数民族经典民间故事”打破人们对“经典”认识的藩篱，将少数民族民间故事视为“经典文化”，在每个民族丰富的民间故事中精选一百则民间故事编辑成册，采取经典化的选编方法、经典化的传播方式，让这些世代流传的经典民间故事走进中华多民族民众的生活之中，为中国少数民族民间故事的传承、创新而开辟“经典化”的路径。

“中国少数民族经典民间故事”既抢救中国少数民族民间故事，又在现代化背景下，以“经典”为视角系统地总结中国少数民族民间故事，推进文化多样性建设，让少数民族传统的经典故事走向更为广大的民间，从深度和广度上影响更多的读者，在传承和保护中国少数民族民间故事方面做出特殊的贡献。这是我们希望的，也是我们愿意做的。

导读语

林继富　杨之海

纳西族是我国有着悠久历史和文化传统的民族，分布在云南省西北部和四川省西南部的横断山区，背靠雄伟的青藏高原，面向壮丽的云贵高原，是典型的山地民族。纳西族自称“纳”“纳汝”“纳恒”“纳西”等，在历史上有“摩沙”“摩梭”“麽些”等他称，1954年经国务院批准，根据本民族意愿，正式将族称定为“纳西”。根据2010年第六次全国人口普查，纳西族约有32.7万人，聚居在云南、四川和西藏三省毗邻的澜沧江、金沙江、雅砻江流域。其中，95.5%的纳西族分布在云南省内，主要聚居在丽江市古城区、丽江市玉龙纳西族自治县、丽江市宁蒗彝族自治县永宁乡、迪庆州香格里拉县三坝纳西族乡。此外，四川省凉山州木里县俄亚纳西族乡、西藏昌都地区芒康县盐井纳西族乡也有纳西族聚居。

纳西族有自己的语言和文字，纳西语属汉藏语系藏缅语族彝语支，文字有东巴文和哥巴文两种。东巴文是象形文字，哥巴文是注音文字，仅由纳西族的祭司“东巴”掌握，纳西族绝大部分民众可以使用汉字。东巴教是纳西族特有的原始宗教，其经书被称为“东巴经”，东巴文与哥巴文就是专门用来书写这些经文的，由于仍在使用，东巴文又被称作“唯一活着的象形文字”。经统计，现存的东巴经约有4万册，其中不雷同的书目有1 000多种，其内容极其丰富，涉及历史、哲学、社会、宗教、医药、文学以及音乐、美术、舞蹈等方面，2003年《东巴经》被正式列入《世界记忆遗产名录》。

在卷帙浩繁的“东巴经”中记载了丰富的纳西族民间故事，这是东巴为了形象地宣传教义，搜集纳西族民间口头故事并加以整理加工、写入经文而成的，多以韵文的形式讲述，富有节奏感，且带有强烈的抒情性和浪漫色彩。千百年来，这些故事又随着东巴的念诵和宣讲广泛流传于纳西族晟敏聚居区域。这类故事以神话传说为多，从纳西族人的视角和观念出发，讲述了人类诞生和宇宙万物起源的故事，充溢着恢宏的想象和浪漫的情怀，展现了纳西族人对世界的认知和理解，如《人类迁徙记》《东术争战记》《神马》《东巴文字的来源》等。同时，还有相当多的故事，虽然未曾用文字记录下来，但鲜活地存在于民间口头传承中，通过一代又一代纳西族人以纳西语的方式讲述，在纳西族民间社会广泛流传。口头讲述与文字记载两种方式相辅相成，共同构成了纳西族庞大的民间故事讲述体系。

纳西族民间故事数量众多，且种类丰富，涵盖神话、传说、动植物故事、神奇故事、生活故事、笑话等，其故事类型十分独特和多样。纳西族人曾经盛行殉情的风俗，在东巴经和口头传承中留存有许多关于殉情的故事，如《朱古羽勒排与康美久命姬》《龙女和樵哥》《拉柯和莲命》《增格鸟和阿衣鸟》。过去纳西族人实行“恋爱自由，婚姻包办”的婚姻形式导致了非常多的悲剧发生，这是殉情故事流行的原因之一。东巴经中曾多次写道：在玉龙雪山脚下有一处“巫鲁游翠阁”（又译“玉龙第三阁”），那里没有忧愁悲伤，有情人能永远相守，纳西族人对此深信不疑，由于种种原因不能相守的爱人们便相约殉情，企图通过这一办法前往美好的梦想家园。殉情故事情节曲折，内容丰富，人物丰满，表现了纳西族人对爱情的美好想象和忠贞态度，是他们对纯真情感的追求，也是他们不惧死亡的民族性格的直接表现。

民间故事是纳西族人生活与想象的结合，纳西族人在长久的生活生产过程中形成了一套独特的风俗习惯和思想体系，神奇妙想的故事带上了纳西族人生活和历史的痕迹。在纳西族聚居的主要区域——丽江地区自元代便开始实行世袭土司制度，一直到清代“改土归流”前，丽江地区的统治者都是木氏土司一族，纳西族民间故事便常常发生在这样的背景下，许多故事中都有“木老爷”这一人物。这些故事有的歌颂木氏土司一族对丽江所做出的贡献，如《木老爷三留杨神医》等，“木老爷”也多为正面形象，甚至是威武不凡的“木天王”；也有的是控诉统治阶级的残暴与剥削，表达不满与反抗之情，如纳西族机智人物“阿一旦”的一系列故事中，“木老爷”却是一个尖酸刻薄、无恶不作的愚蠢财主，常被阿一旦捉弄与嘲讽。

故事不仅是生活和历史的体现，也是情感与愿望的表达，同时兼具教育意义。《买岁月》讲述了三姐妹想用金钱换取青春而最终幡然大悟坦然面对死亡的故事，展现了纳西族人豁达开朗的生命观和乐观进取的性格。《金钟的故事》《酒丹》《小木盒》等故事，则通过生动的情节与内容，鼓励人们自食其力通过辛勤劳动换取幸福生活，反映了纳西族人的道德观与价值观。

纳西族民间故事，源于纳西族人对自然与生活的感知，是纳西族历史的印记和想象的呈现，反映了纳西族民众对世界和自身的观点与看法，以及纳西族民众对于生活与生命的态度。

本书主要依据以下两个原则精选了纳西族民间故事：

一、全面性

本书选择的民间故事覆盖了纳西族主要聚居地区，选取的大部分故事采集自云南，也有部分采集自四川，还选取了一定数量的摩梭人民间故事。摩梭人是生活在丽江市宁蒗彝族自治县永宁乡的纳西族支系，以至今仍保留母系家庭形式与“男不娶、女不嫁”的“阿注”走婚制度而闻名于世，摩梭人民间故事也是纳西族民间故事的重要组成部分。由于受地理条件和政治经济因素的限制，也产生了一些仅在局部流传的以传说为主的故事，如流传于金沙江流域的《石门开》《金钟的故事》，丽江地区的《玉龙雪山的传说》《大研镇的来历》，以及永宁摩梭人地区的《泸沽湖的传说》等。本书在选取时也充分考虑到了这一方面，因而选取了各地方具有代表性的故事。

本书在选择故事文本时兼顾故事种类，力求完整展现纳西族各类故事，如神话故事有《人类迁徙记》《东术争战记》等，传说故事有《叶古年的传说》《口弦的故事》等，动植物故事有《绵羊和山羊》《狡猾的鳝鱼》等，幻想故事有《骑立称王》《青蛙骑手》《月亮姑娘》等，生活故事有《我吃我的福气》《做人难》等，还有机智人物故事《阿命纳买宝马》《阿一旦故事之一：公喜？母喜？》《阿一旦故事之五：拿鱼去》等，寓言故事有《憨人剥鹿皮》《见鱼亲鱼宗，见蛇依蛇族》等。这些繁多的故事种类和类型，充分反映了纳西族民间故事的多样性与丰富性。

二、典型性与代表性

本书故事大多选取自《中国民间故事集成》和《中国民间故事全书》中涵盖纳西族生活地区的各省、市、县的卷本，包括地方编纂的《纳西族民间故事选》，同时参考了各地方民间故事资料本。所选取的这些故事文本带有纳西族民间故事的鲜明特点，具有一定的典型性与代表性。

故事语言上保留了民族色彩。纳西族目前仍普遍使用纳西语交流，故事也多以纳西语的方式进行讲述，如今的以汉语记录的文本多为前人搜集并翻译整理，在选取故事时，编者尽量选取语言上还原与贴近原文的文本，因此，故事带有强烈的地方性与民族性，并且夹杂不少纳西语词汇。如纳西族称呼女性为“命”，独生女则称为“命姬”，在各类故事中总能看到女性角色的名字带有这两字，如“康美久命姬”“阿萨命”“衬红褒白命”等；称呼“阿姨”为“娘娘”；在提到动物时，按照纳西语的习惯，称老虎为“阿劳”，兔子为“阿托”。其次，与纳西族人生活密切相关的各种事物，如“火塘”“祭天”“阿注”等也常常穿插在故事中，富有纳西族人的生活气息。另外，故事中人物对话也呈现出口语化的特征。

纳西语使得故事内容呈现地方性。比如我们熟悉的布谷鸟的叫声，在纳西人耳中却有另一层含义，这在《康开的故事》中可以得到证实。《康开的故事》讲述的就是布谷鸟被箐鸡用“康开（交换）”的理由骗去美丽的鸟衣后，只能每天哀怨地叫着“咯布，咯布，冷布路（还回来，还给我）”，语言上的不同使得纳西族对布谷鸟也带有不一样的情感。

当同一故事文本在不同地区有异文时，本选集则以更具代表性、更为典型的文本为选择目标。如《人类迁徙记》这类传统神话故事在各地区都有流传，永宁摩梭人地区有另一异文《错则勒厄》，本书选取了故事情节更为完整的、采集自丽江地区的故事文本。

本书选编的故事带有浓厚的纳西族文化色彩，在语言上尽量保留纳西族故事讲述的特点，生动地体现了纳西族民众生活的真实面貌和独特的诗性智慧。希望通过所编选的这些故事，读者能了解纳西族民众生活的基本情况、历史文化传统和信仰体系以及感受纳西族民众的生活情怀，记忆纳西族的历史，以此彰显纳西族民间故事的独特魅力。

纳西

目录

CONTENTS

人类迁徙记

上古时候，天和地在不息的动荡之中，树木会走路，石头会说话。天地日月、石木水火、山川河流还没有形成，然而天地的影子、日月的影子、石木的影子、水火的影子、山川的影子、河流的影子已经出现了。

后来由气息和声音的变化，生出了一个名叫依格窝格的神。依格窝格一变化，生出一只白蛋。白蛋一变化，生出一只白鸡。这只白鸡没有名字，自名为东①家的恩余恩曼。

过了一些时间，又出了一个名叫依古丁纳的神。依古丁纳一变化，生出一只黑蛋。黑蛋一变化，生出一只黑鸡。这只黑鸡没有名字，自名为术②家的负金安南。

恩余恩曼呵！白生生的，多好看呵！它用天上的三朵白云当作被子，用地下的三丛青草当作巢，于是生下九对白蛋。白蛋孵化为神和佛。

负金安南呵！黑黝黝的，多难看呵！它生下九对黑蛋。黑蛋孵化为鬼。

开天的匠师，是九个能干的男神；劈地的匠师，是七个聪明的女神。他们开天没有成功，劈地也没有成功，天和地依然在动荡不息。到了后来，他

①东：古代纳西族部落社会的一个酋长。东是简称，正名是米利东主。

②术：与东敌对的一个酋长。术是简称，正名是米利术主。

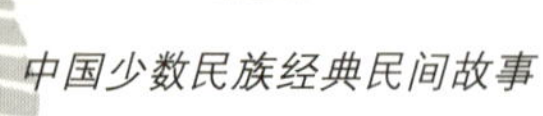

们才想出了办法：

在东方竖起白海螺天柱，在南方竖起碧玉天柱，在西方竖起黑珍珠天柱，在北方竖起黄金天柱，在中央竖起白铁天柱，用蓝宝石补天，用黄金镇地，于是天和地方始分开了。

不久，神和佛互相商量，能者们与智者们商量，立意要建立一座灵山。这时集合一切力量，在大力神九高那布带领之下，灵山终于建成，天和地也不再动荡了。

灵山还没有名呵！天神便为它取名，叫作居那若倮。

在居那若倮山上，原来先已有了鹌鸰鸟。传说它是白的化身。然而它的尾巴上有一根毛是黑色的，可见它并不是白的化身呀！

在居那若倮山上，原来先已有了黑乌鸦。传说它是黑的化身。然而它的翅膀有三根毛是白色的。可见它并不是黑的化身呀！

白蝴蝶呀！传说它是白的化身，可是它的生辰不好。它生在严寒的冬三月。它的翅膀呀，被冬天的大风刮得失去了力气，飘飘荡荡，一直飘到山脚底下。这十足表现出它的纤柔衰弱，于此可见，它也不是白的化身呀！

黑蚂蚁呵！传说它是黑的化身，可是它的生辰也不好，它生在酷热的夏三月。它的细小腰身呀，经不起夏天洪水的冲击，一直被冲到遥远的海洋之中，这样怎么会是黑的化身呢？

原来先在高处出现了喃喃的声音，低处出现了嘘嘘的气息。声音与气息相结合，生出三滴白露。三滴白露变成三片大海。大海中生出恨仍。恨仍生每仍。每仍以后七代，便是人类的祖先，他们是每仍初初、初初雌玉、雌玉初居、初居九仁、九仁姐生、姐生从忍、从忍利恩。

到了从忍利恩这一代有五个弟兄和六个姐妹，他们没有合适的配偶，互相结了婚。这可秽气冲天，触怒了天神。于是日月无光，山和谷也啼哭起来。这是山崩地裂、洪水横流一系列灾难临降的预兆。

从忍利恩走到大山上去，想捕捉树上的白鹇鸟，可是他来得太晚了。他走到高原上去，想放牧白云似的羊群，可是已经太迟了。他本来不会做工，就向蚂蚁去学习。他本来不会玩耍，就向白蝴蝶去学习。他也不会耕田呀！但他用一条黑眼的公牛和一具黄栗木的犁，走到东神和瑟神的地方开起荒来。东神和瑟神大为愤怒，便放出一只凶恶的长牙野猪，他白天耕了的地，晚上全被野猪翻平。于是从忍利恩带了下活扣的器具，到新开荒的地中去下活扣。他白天等在地边，白天没有下着；晚上等在地边，晚上也没有下着。直到第二天早晨，才下着野猪。他看到野猪，多么高兴呵！

他拔出腰间的大刀，正想愉快地开剥野猪，没想到一个胡须长得如同麻束的白发老翁和一个拄着一根黄金拐杖的老婆婆，已经站在他的面前，脸上似笑非笑的。从忍利恩一时手足无措，全身渗出了冷汗，急忙地抬起犁来想逃回去。由于举动慌张，犁梢撞着白发老翁，差一点撞破老翁头上戴着的白银笠帽。老翁叫了一声，声音震天。他去取犁铧时，一不小心又碰了老婆婆的拐杖，差一点把拐杖碰折。老婆婆也叫了一声，声音动地。

利恩害怕极了，他对老翁恳求道："老人家，你痛不痛呵？我给您抚摩一下吧！"他又对老婆婆恳求道："老人家，撞坏您没有？我给您包扎一下吧？"

老翁说："从忍利恩呀！你想到树上去捕捉白鹇，去得太晚了。你想到高原去牧放羊群，也太迟了。你们兄弟姐妹负的罪太重，苦难即将到来。"

利恩闻听，就跪在两位老人面前，恳求他俩搭救他的生命。两位老人看见利恩真心悔悟的态度，于是对他说："你要杀一头白蹄的公牦牛，把剥下的牛皮要用细针粗线来缝做成皮鼓，鼓上系起十二根长绳，三根系在柏树上，三根系在杉树上，三根系在高空，三根系在地底；把肥壮的山羊、金黄色的猎狗、雪白的公鸡以及九样谷种，装在皮鼓之内；还有呢，当然你是不会忘记这些的：一刻不离身的长刀和金火镰，也要放进鼓里。这一切都准备好了，你也就可以坐在鼓里了。"

利恩回到家里以后，把这事告诉兄弟姐妹。于是他们也去向老翁恳求。老翁叫他们宰一头猪，把剥下的猪皮用粗针细线来缝制成皮鼓，其余的什么也不要带在身上，什么也不要装进鼓里，只要坐在里面就行了。

利恩的兄弟姐妹各自照着老翁的话做了。

过了三天，天吼起来，地叫起来；地面上山崩谷裂，连老虎、豹子都不能存身；地下洪水横流，连水獭和鱼也不能通行；日月无光，白天、黑夜都一样阴沉暗淡。

白松树被雷劈得粉碎，利恩金古[①]被抛到九霄云外，尸首丢在哪里，埋在哪里，都不知道。

红栗树被雷炸得粉碎，利恩夸古[②]被抛到七层地下，尸首丢在哪里，埋在哪里，也不知道。

从忍利恩坐在皮鼓里，皮鼓里漆黑一团，使他感到又害怕又愁闷。这时真是呼天不应，求救无门呵！皮鼓漂在大海中，过了很多时候，被冲在一座新长出的高山旁边。皮鼓撞着山坡，震动了从忍利恩，于是他拔出腰间的长刀，割开鼓皮，走了出来。他立刻呆住了：左边一匹马也没有了！右边一头牛也没有了！当中呢，只有高山和深谷布列在他的眼前。他一看到这个情景，不禁恸哭起来。

他走到一棵大杉树下，从皮鼓里放出来的山羊"咩嗨咩嗨"地叫个不休。

"你为什么叫呢？"

"我不是因为高兴才叫的！小时候给我青草吃，长大了不给我青草吃了。大地上的青草不知道到哪里去了。我是叫青草啦！"

从皮鼓里放出来的小狗"汪里汪里"地叫个不休。

"你为什么叫呢？"

"我不是因为高兴才叫的！小时候给我白面汤吃，长大了不给我白面汤吃了。人间香甜的白面汤不知放到哪里去了。我是叫白面汤啦！"

从皮鼓里放出来的小鸡"叽哩叽哩"地叫个不休。

"你为什么叫呢？"

---

①利恩金古：从忍利恩的弟弟。

②利恩夸古：从忍利恩的弟弟。

“我不是因为高兴才叫的！小时候给我白米吃，长大了不给我白米吃了。村里的白米不知藏到哪里去了。我是叫白米啦！”

…………

大地上，没有了人类，没有了牲畜，只见苍蝇满天飞，从忍利恩这时感到又寂寞又伤心，眼泪吧嗒地直往下流。高山融化的雪水呵，那是非常寒冷的，可是从忍利恩的心比雪水还要冷呵！

利恩身穿毛布衣裳，背着皮制的箭囊，把桑木大弓当作手杖，嘴里唱着歌，但是没有人应和，只有山鸣谷应是他的“伴侣”，他这样没精打采地走着，过着孤苦凄凉的生活。不知过了多少日子，他不觉来到一座高山脚下，两眼向前一望，看见了利从利那坝子。在那里，白天有火烟，像线香的烟子一样细微，从地上直向上升；到了晚上，火光像雄鸡的冠子似的闪亮着，火光虽小，却照得满天通红。

利恩于是走到那里去，有一个老人接待了他。那个老人呵，胡子很长，如同麻束，而且白得像雪一样。他好像在自言自语地说：“世间没有人类了呵！……”

利恩又惊又喜，便跪在老人面前恳求道：“老人家，您可怜我吧，我独自一个，实在太寂寞、太凄凉了！我要一个白天一同劳作、晚上一起谈心的伴侣。可是世上已经没有人类了呵！您说我该怎么办呢？”

老人说：“在‘那美山根俺’的一座高山底下，住着一对天女。那个直眼女，是最漂亮的；那个横眼女，是不漂亮的。但是你千万要记住，不可要直眼女，只可与横眼女结婚。”

利恩记住老人的一切吩咐，满心欢喜地走到那座高山下面，果然看到两个天女正在嬉戏。一个是善良的，容貌却不好看；另一个是不善良的，却有一双勾人的媚眼。利恩身体虽然很壮实，能够控制身外一切，但他控制不了自己的感情，控制不了自己的眼睛，他想：身巧不如心巧，心巧不如眼巧，于是违背白发老人的告诫，娶了貌美的直眼女。

结婚不久，天女怀孕了，就要生育了，利恩非常高兴。可是到了产期，天女生的不是人！她连生三胎，头一胎是熊和猪，第二胎是猴和鸡，第三胎是蛇和蛙。利恩满头大汗，又急又怕，就跑到老人那里去请教。老人说："不听老人言，吃苦在眼前。……你呀！真是个不知利害的小家伙。把熊和猪丢到森林里去！猴和鸡丢到高岩中去！蛇和蛙丢到阴森和潮湿的地方去！"利恩这回不敢违拗，就照着老人的话去做了。

米利东阿普是个聪明能干的神。他做了许多木偶，有男有女。有一天，他变成一个老人，见了利恩，就把木偶给了利恩，说："你的伴侣不久就会有了。你把这些木偶拿去，但是不满九个月你不要去看他们！"过了三天，利恩心里放不下，他很好奇，就去看看木偶。木偶有眼不会看，只会眨；有手不能拿，只会拍；有脚不会走，只会跺。利恩又把这些情形告诉了米利东阿普。阿普听说，生起气来，拔出腰间长刀，把所有木偶砍得七零八碎，拿了一些丢到山岩中，于是山岩中便有了回声；拿了一些丢到水里，于是水里便有了波浪；拿了一些丢到森林里，于是森林中便有了四脚的猛兽。

从此，利恩便开始漫无目的地旅行，一路见蛇就宰，见猴就杀，心里十分悔恨，他的手不停地揩着泪水，漫无目的地往前走去……

利恩走来走去，来到高高的雪山山顶，用手摘下一片树叶，噙在口中轻轻地吹着。树叶越吹越响，但是他越吹越觉得无味。他自己问自己：到底吹给谁听呢？于是立刻把树叶塞在嘴中嚼烂。

他又来到滚滚的大江旁边。江水清澈，往里一看，他看到自己的影子，清瘦清癯的，异常难看，使他又惊又怕。他不敢再看下去，从地上拾了一个石子用力投入江中，便即离开。

利恩来到了黑白交界的地方，那个地方呵，美丽得难以形容。有一棵树开着洁白美丽的花朵，其中有两朵尤其引人注目，因为这两朵花相对开着，仿佛它们相互之间都离不开似的。他正看得出神，忽然看见一个极其漂亮的姑娘，她名叫衬红褒白命，走了过来，利恩出了一身冷汗，不知如何是好。他想：这样的地方怎么会来了一个漂亮的姑娘呢？正在犹豫，衬红褒白命用甜蜜的语气向他说了话："黄莺孤独地飞翔，飞得跟平常不同，请问要到哪里去呢？”

“我曾听人说：这里是个好地方，梅花呵，一年开两度，树下有一个好姑娘，因此特地来找她。”

他俩互相介绍了自己的来历，谈得非常投机。

原来，衬红褒白命被她父亲子劳阿普许给了天上的美罗可洛可兴家。美罗可洛可兴家有九兄弟，衬红褒白命不愿嫁到他家去，但又不敢直接向父亲提出不同意的话，所以很是苦闷。

这一天，天气非常晴好，天空明净得没有一朵云影，她就变成一只美丽的白鹤从天上飞到地下来散散愁闷，却不想在梅花树下竟遇见了这个刚强的青年。她想到利恩的遭遇，对他十分同情，并且在心里爱上了他。

于是，利恩躲在仙鹤的翅膀下面飞上了天宫，到了天神子劳阿普的家里。

衬红褒白命为了掩蔽别人的耳目，便把利恩装在一个大竹箩中隐藏在门后角落里。到了晚上，阿普放羊回来，他把羊群赶进羊圈，可是羊群惊得直往圈外奔窜；他把牧羊犬关在门外，可是牧犬反倒回头向家里狂吠。阿普生气地叫喊起来：“有什么不祥的东西来到家里了！”于是，无论早上、夜晚，只见他磨刀、擦刀。

衬红褒白命对父亲说：“父亲，你为什么磨刀呵？为什么擦刀呵？蜂巢的石板不热，蜜蜂不会搬家呵！主人不狠，奴仆不会逃跑呵！池水不干，游鱼不会离去呵！父亲呵！山崩地裂的那一年他没有被炸死在山上，洪水横流的那一年他没有被淹死在水里，他是多么能干且又勇敢的青年呵！我爱他，所以把他领进家里来了。父亲，请不要生气吧。天晴的日子里，可以叫他晒粮食，看管粮食；下雨的日子里，可以叫他挖沟灌田。这难道不好吗？”

子劳阿普不耐烦地说：“他到底是一个什么样的人呢？我要亲自看一看，把他领来吧！”

利恩用九条大河的水洗了澡，洗得又白又净；用九饼酥油来擦身，擦得又滑又亮。衬红褒白命把他从屋后插着九把利刃的桥上领了进来，去见子劳阿普。阿普很仔细地对他打量了又打量，端详了又端详，从头直看到脚，好久好久，才说："你呵！要不是手指甲和脚指甲，身上就没有一点血色啦！要不是手掌和脚掌，全身就没有一点纹路啦！——你的家乡，阿扣鲁来坡的父亲可没有把自己的威灵传给儿子呀！——你呀！水流在松林里，就没有松树生存的地方！有蒿草滋长的地方，就没有青草生存的地方！青草呀，终究会枯死的！"

利恩听了这番话觉得事情不妙，赶忙跪在阿普面前恳求道："阿普呵！大地上的人类已经绝迹，只剩下我一个。我要生活下去，您把您的好姑娘嫁给我好吗！"

阿普说："我知道你是个能干的小伙子，好吧！你去给我把九片森林统统砍伐回来！"

晚上，利恩和衬红褒白命商量，衬红褒白命暗暗把办法告诉了他。第二天早晨，利恩拿了九把大斧，放在九片森林之中，口中喊道："白蝴蝶来做工，黑蚂蚁来做工，利恩自己也做工。"果然，九片森林都砍伐全了。利恩高高兴兴走回来，对阿普恳求道："我要的，您给我吧！"

阿普说："你的确很能干！但是我的姑娘还不能给你。你去把砍过的林地烧干净！"

晚上，利恩和衬红褒白命商量，衬红褒白命暗暗把办法告诉了他。第二天早晨，利恩把九支火把放在九片砍过的林地，口中喊道："白蝴蝶来做工，黑蚂蚁来做工，利恩自己也做工。"果然，九片林地烧完了。利恩高高兴兴走回来，对阿普恳求道："我要的，您给我吧！"

阿普说："你的确能干！不过我的姑娘还不能给你。你去把九片火地种上粮食！"于是交给利恩九袋粮种，叫利恩好好开荒、播种、浇水、灌田、看苗，直到收获完毕，再来见他。

于是利恩便去辛勤干活，一边工作、一边轻轻地唱歌。直到粮食已经成熟，他头顶大簸箕，手拿小筛子，肩上搭了九个口袋，便去收割。他到了田边，口中喊道："白蝴蝶来做工，黑蚂蚁来做工，利恩自己也做工。"然而这一次利恩自己却并未动手，而是像麂子和獐子一样蜷曲在田边睡起来了。一觉醒来，庄稼都收获完毕。回家以后，利恩还没有开口，阿普就说："你收的粮食短少了三粒，两粒在斑鸠的嗉子里，一粒在蚂蚁的肚子里，能干的小伙子，你想法去取回来吧！"

第二天早晨，斑鸠飞来停在阿普家园中的树上，衬红褒白命正在纺线，看见了斑鸠，急忙叫来利恩。利恩弯弓搭箭，想要射死斑鸠。但是他由于过度紧张，看了又看，瞄了又瞄，还是没有把箭射出。衬红褒白命看他这样，很是着急，便用织布梭子轻轻碰了一下他的手，利恩一箭射击，正中斑鸠的胸脯，于是两粒粮食便取了出来。传说斑鸠胸前所以有斑点，就是因为被利恩的箭射过的缘故。

利恩一时高兴，顺手就将旁边一块大石掀起。石头下面有许多蚂蚁，立刻骚动起来。其中有一只蚂蚁的腰间有一个疙瘩，利恩便用一根马尾拴住蚂蚁腰部，用劲一勒，谷种就挤出来了。传说蚂蚁的腰所以这样细，就是因为被利恩勒过的缘故。

利恩拿了三粒谷种交给阿普，说："我要的，您给我吧！"阿普说："你确实很能干！但是我的姑娘还不能给你。今晚我俩一同去岩头捉岩羊。"

利恩答应了，把这事告诉了衬红褒白命，衬红褒白命悄悄对他说："利恩哪，你要当心！他哪里是要叫你真去捉岩羊啊，他是想把你变成死岩羊。"于是，她教了利恩一个办法。

晚上，阿普和利恩一同去捉岩羊。到了岩头，阿普说是倦乏了，叫利恩和他一同在岩洞里睡觉。阿普头朝洞里，利恩头朝洞外。阿普打算趁利恩睡熟时把他一脚蹬下岩去。到了三更，利恩没有睡着，阿普倒睡着了。利恩悄悄起来把一块大石包在白色披毡里，并放在阿普的脚边，自己却轻轻地溜回衬红褒白命的身边。阿普睡梦中用劲蹬了一脚，便把那块大石头蹬下了岩去，石头正打在一只岩羊的额上。第二天鸡叫之前，利恩走到岩头一看，岩下有一只死岩羊，就把岩羊背了回去。

阿普睡醒，也往家里走。利恩走的是直路，阿普走的是弯路，利恩先到，阿普后到。利恩对阿普说："岩羊肉已经挂在厨房里，请做阿普晚饭的酒菜，请做阿仔[①]早饭的汤菜。我要的，您给我吧！"阿普说："现在还不能给你！"

过了几天，岩羊肉吃完了，阿普对利恩说："你确实很聪明！确实很能干！今晚咱俩到江里捕鱼。"

利恩答应了，把这事告诉了衬红褒白命，衬红褒白命说："利恩哪，你要当心！他哪里是要叫你去捕鱼呵，他是要把你变成死鱼。"于是，她又教了利恩一个办法。

晚上，阿普和利恩一同去捕鱼。到了江边之后，阿普说倦乏了，叫利恩和他一同在江边睡觉。阿普头朝着岸，利恩头朝着水，阿普打算趁利恩睡熟时把他一脚蹬下江去。到了三更，利恩没有睡着，阿普倒睡着了。利恩悄悄起来把一块大石头包在白披毡里，并放在阿普的脚边，自己却轻轻地溜回衬红褒白命的身边。阿普睡梦中用劲蹬了一脚，便把那块大石头蹬下江去，石头正打在一尾鲤鱼的额上。第二天鸡叫之前，利恩走到江边一看，江里漂着一条鲤鱼，就把鱼背了回去。

阿普睡醒，也往家里走。利恩走的是直路，阿普走的是弯路，利恩先到，阿普后到。利恩对阿普说："鱼已经放在水缸上了，请做阿普的酒菜，请做阿仔的汤菜。我要的，您给我吧！"

阿普说："你确实很聪明！很能干！你真想娶我的姑娘吗？你去挤三滴虎乳来，就算你能干聪明到家，我的姑娘就可以嫁给你！"

利恩听了这几句话以后，出了一身大汗。他对阿普说："无论什么绳子呵，都是人搓出来的，而且搓得很紧，可是呵，这一根绳子叫我怎么搓得紧呢？无论什么事情呵，都是人做出来的，而且做得很好，可是呵，这件事情叫我怎么做得好呢？"

---

①阿仔：阿普之妻，即衬红褒白命的母亲。

利恩又生气又伤心，也没有和衬红褒白命商量，就一直跑到荒地里挤了三滴野猫乳，拿回来交给阿普。他以为野兽的乳汁都是白花花的，怎么分辨得出呢？可是阿普自有办法，他把乳汁放在牦牛和犏牛圈上，牦牛和犏牛一点也不骚动。他又把乳汁放在马圈和牛圈上，马和牛仍然一点也不骚动。最后将乳汁放在鸡圈上，所有的鸡全都惊骇动乱起来。阿普怒喝道："这哪里是虎乳呢！小伙子，还是放老实些，不要学骗人！"

晚上，衬红褒白命知道了这事，便悄悄来安慰利恩，并给他出了主意："明天早上，你到高岩间去。母虎在阳坡处找食，小虎在阴坡处酣睡，趁这时候拿一块大石头把小虎打死，剥下虎皮，穿在身上。等到早饭时候，母虎会回来喂乳，母虎跳三跳，你也跳三跳；母虎吼三声'阿各米各'，你也吼三声，母虎便会躺在地下翻开肚皮喂乳，这样你就可以把三滴虎乳挤到。"

利恩在这生死关头，心情十分沉重。衬红褒白命见他如此，就说："在那黑白交界的地方，说过的三句知心话，难道你忘记了吗？你既然相信自己，也要相信我。俗话说：不经一苦，何来一乐？你已经经历了这许多难关，这是最后一次了，难道就不相信我了吗？……"利恩听后，伤心地哭了起来。

第二天早晨，利恩到高岩间去，依照衬红褒白命教给他的办法，果然挤得三滴虎乳。中午回到家时，交给了阿普。阿普这次试验得格外仔细。他先把虎乳放在鸡圈上，鸡群安静如常。他再把虎乳放在牛圈和马圈上，牛和马都骚动不安。他又把虎乳放在牦牛和犏牛圈上，牦牛和犏牛一齐惊惶动乱起来。阿普微笑着说："这才是真虎乳！"

这天晚上，阿普与阿仔商量女儿的事情。阿仔不停地说："衬红褒白命是你和我的好女儿，从忍利恩何尝不是你和我的好儿子呢？有什么办法能使他俩分离呢？"

阿普还是不大甘心。第二天，他向利恩说："你既然这样聪明，这样能干，你是哪个父族，哪个母族呢？"

利恩说：

我是九位开天的男神的后代，
我是七位辟地的女神的后代，
我是连翻九十九座大山也不会疲倦的祖先的后代，
我是连涉七十七个深谷也不会疲倦的祖先的后代，
我是大力神九高那布的后代，
是把若倮山吞下也不会饱的祖先的后代，
是把江水灌下去也不能解渴的祖先的后代，
我是永远不会被征服的祖先的后代，
我是任何恶人都打不死的祖先的后代，
我是所有利刀和毒箭都不能伤害的祖先的后代，
一切仇敌都想消灭我的宗族，
可是我毕竟生存下来。
阿普呵阿普，我要的，您给我吧！

阿普听后，无话可答。他又说："你既然要娶我的女儿，你带来了什么聘礼呢？"

利恩说："天是高的，布满了星辰；地是大的，滋生着百草。这样辽远的路程呵，我怎把羊群从地上赶到天上来？怎样背得动金银财宝？这些日子里，我曾经为您砍伐森林，烧辟火地，收了一季又一季的粮食。我曾经到岩头捉过岩羊，我差一点变成死羊；我曾经到江里捕过鲤鱼，我差一点变成死鱼；我曾经到阴坡剥过虎皮，到阳坡挤过虎乳，我差一点被老虎咬死。这一切比羊群和金银财宝恐怕更为宝贵，难道当不得聘礼么？阿普啊阿普，我要的，您给我吧！"

阿普听了无话可说，而且对利恩的看法已经改变，就答应把女儿给他。

云彩纷纷的天空里，
白鹤要起飞了，
可是翅膀还没有展开哪！
绿树丛丛的高原上，
老虎要活动了，
可是威风还没有抖擞哪！
在天宫的村寨里，
在人类生存的大地上，
有一对男女要出行了
可是男的还没有长刀①哪！
女的还没有打扮好哪！
一对恋人要迁回人间了，
他们要打扮一番。

有一天，衬红褒白命看见一只火红色的老虎，她不敢收拾它，便赶紧回来告诉从忍利恩。过了几天，从忍利恩果然猎获一只老虎，他俩多么高兴啊！虎皮削下来了，用来做什么好呢？样样都可以做呀！

虎皮的衣服，又威武又好看！虎皮的褥子，又绵软又鲜丽！虎皮的帽子、虎皮的带子、虎皮的箭囊……样样都做好了，样样都齐全了！呵，不对不对！这些服装用具都是男子的，姑娘家哪有用虎皮做衣服的！

时间过得真快，秋天已经到来，高原上的羊群陆继回到坝子上。衬红褒白命是个能干的姑娘，怎么会落到男人后面呢？她剪了许多羊毛，织成许多毛料衣物。

五斤的披毡，十斤的垫毡，一斤的帽子，半斤的腰带……现在什么都不

① 古代纳西族男子都佩长刀，以示威武，这里以长刀概括一切行装。还没有长刀，即一切行装尚未预备。

缺少了，样样都已齐全，也不必再要父母的嫁妆了。

然而终究是自己身上一块肉呵，他俩将要下凡时，阿普和阿仔依然给了许多嫁妆：九匹走马，七匹驮马，九对耕牛，七对牦牛，九只银碗，七只金碗，九样种子，七样家畜……

样样都给了，可是七样家畜之中没有给猫。能干的利恩偷了一只猫藏在怀中，带回家来。后来阿普在天上看到地下[1]也有了猫种，十分气恼，就咒骂道："猫到人间之后，叫它肺里发出噪音，叫猫肉不能吃！"现在，猫之所以不算作家禽，肉不能吃，以及猫肺发出噪音，传说就是由于被阿普咒骂过的缘故。

九样种子都给了，可是不给芜菁种。聪明的衬红褒白命偷了一点芜菁藏在指甲缝里，带到了人间。阿普在天上知道，十分气恼，就咒骂道："芜菁到了人间，叫它不能当饭吃！叫它一煮就变成水！"现在的芜菁只能做菜，而且容易煮烂，烂得变成一汪水，传说就是由于受了阿普咒骂过的缘故。

从忍利恩和衬红褒白命将要从天上移居到人间时，原来没有带狗，分不清主客，后来回去牵来一只白狗，才分清了主人和客人。他们原来没有带公鸡，分不清昼夜，后来回去带了一只大公鸡，才分清了昼和夜。他们用打油茶的木桶背了清水，取意是清水满塘；点着柏柴的火把，取意是光明普照[2]。

他俩择定了吉日，到那一天，很早就起来，黎明前就辞别两位老人，从天宫下凡来了。走了一天又一天，到了第三天，左边起了白风，右边起了黑风，狂风卷起黑云，从云层中倒下了倾盆大雨，大雨中杂着核桃大的冰雹，顷刻之间，山谷里"哦哦"地喧响不息，洪水遍地，无路可通，无桥可过。

这到底是怎么一回事呢？原来是这样的：

---

①地下："人间"的意思。

②从前丽江纳西族的婚俗，新娘过门时，要由一个女人挑一担水，一个男人点一把柏柴火把，走在新娘前面。这种风俗与这个传说有关。

衬红褒白命原先由父亲许给了天上的美罗可洛可兴家，但是衬红褒白命不愿到他家去，另找了自己心爱的利恩。现在他俩要下凡去了，美罗可洛可兴家当然不甘心，所以施展他家所有的本领，下冰雹阻止他俩前进，作为报复。

事到如此，怎么办呢？衬红褒白命急中生智，用三饼酥油、三升白面、三背柏叶，在高山上烧起熊熊的天香，以表示对美罗可洛可兴家[①]的感谢。不一刻，天上乌云慢慢地消散，火红的太阳暖暖地又照在他俩身上，有路可走了，有桥可过了。他俩如同呼呼的大风，滚滚的江水，没有什么可以阻止他俩前进！

利恩夫妇高高兴兴下凡来了，他们走一步跳三步，从今以后，他俩的命运结合在一起了，他俩将要共同生活，共同歌唱、谈心，永不分离了。

不知走了多少路程，翻了多少座山，走过多少平坝，渡了多少条大河，他俩终于来到了有名的英古地（丽江），在那里立下了胜利的石碑，打下了胜利的石桩，男的搭了雪白的帐篷，女的烧起熊熊的篝火，煮茶做饭，开始了自由幸福的生活。他们把牛马羊群放牧在高原，九样谷物撒在坝子里，自己劳动，自己享受，自己挤奶自己喝，不知道痛苦和忧愁。

不久，衬红褒白命有了喜，一胎生下三个儿子。可是养育了儿子三年，他们不会讲话。这可把他俩急坏了，这怎么办呢？叫井白井鲁（蝙蝠使者）去见阿普吧！问问他是什么原因。叫黄狗昼夜不停地叫吧，家里有了事，阿普会听到的。

井白井鲁飞到阿普家，把事情告诉了阿普。阿普听说，不但不告诉他什么原因，反而生起气来，说了许多闲言碎语，发了很多牢骚。井白井鲁从天上回来，对利恩夫妇说："阿普生你们的气哩！他说'喝水不忘挖井人，吃

---

①美罗可洛可兴家：掌管风雨雪雹之神，所以下雨下雹来报复利恩夫妇，从那次烧了天香，利恩夫妇下凡以后，每年都要举行一次"斗布"，请东巴念经，表示对美罗可洛可兴家的感谢，请求他家不要再来作怪，否则即会雨水过多，五谷歉收。过去，纳西族地区有"斗布"的风俗。

饭不忘庄稼汉’，你们两个呵，好像小鸟出窠高飞远走，不再顾念生身父母了！”

利恩夫妇商量又商量，考虑又考虑，到九布通耻大东巴那里去看了吉凶，然后请九布通耻大东巴斫黄栗木为“祭木”，砍白杨木作为“顶神杆”，宰一头公黄牛，用一只大公鸡，还用祭米祭酒，在阴历正月十一日举行一次极其隆重的“祭天”①，一是感谢父母——子劳阿普和阿仔，二是感谢美罗可洛可兴家。

后来，祭天成了纳西族的风俗。从从忍利恩一代开始，代代相传，以至于今 。

有一天早上，利恩的三个儿子正在门前芜菁田里愉快嬉戏，忽然看见有一匹马跑来偷吃芜菁，三个孩子一时着急，齐声喊出三种声音，变成三种语言。

长子说：打你羽毛抄。

次子说：软你阿背开。

幼子说：买你直果愚。

一母所生的三个儿子变成了三个民族，正如一瓶酒变成了三种味道。他们穿三种不同的衣服，骑三种不同的马，住到三个不同的地方去了。

长子是藏族人，住到拉桑多肯潘②去了。次子是纳西人，住到姐久老来堆去了。幼子是民家人，住到布鲁止让买去了。他们呵，好像天上的星星那样布满了天！地上的青草那样长满了地！也像马儿的鬃毛那样成长！芜菁的种子那样繁殖！

---

①祭天：纳西族隆重的祭祀仪式，时间是正月（日期不一定是十一）和七月。正月叫“大祭天”，七月叫“小祭天”。用黄栗木做的祭木两根，一代表子劳阿普，一代表阿仔，杀一头黄牛（现用猪）以祭阿普阿仔。用白杨树“顶神杆”，杀一只公鸡，以祭美罗可洛可兴家。后人还在黄栗木的祭木脚下立两根小祭木（也用栗木），代表利恩和衬红褒白命。

②拉桑多肯潘等，都是部落时代的古地方。拉桑多肯潘意为“上面”，姐久老来堆意为“中间”，布鲁止让买意为“下面”。

附　记：

这篇《人类迁徙记》，纳西语的原名《崇搬图》，“崇”即人类，种族；“搬”(读mbar^{33})，即迁徙、分衍；“图”(读tv^{33})，即出世、由来。因其大部分篇幅是反映开天辟地、创世造物，故一般译为《创世经》。该作品在纳西地区几乎家喻户晓，并记载于《东马经》。宁蒗永宁地区的《銼治路一苴》是其异文。它既是开天辟地神话，同时又是天婚神话及洪水神话。在西部方言区(丽江、中甸、维西)的口头流传本中，其情节与经书本有差异：在口头本的开天辟地那部分中没有从忍利恩说的“我是开天九兄弟的后代……”那段精彩的话，暗中帮助从忍利恩的并非衬红褒白命，而是她的母亲——利恩的岳母，纳西族中岳母格外疼爱女婿，根谱就在这里。口传本中的白鹤是做媒的，它不是衬红褒白命的化身；白鹤被妖雕扑击而跌落地上，断了翅膀，请从忍利恩接翅，条件是答应带他上天去向天女求婚。利恩怕它反悔，第一次只用蜂蜡接翅，果然白鹤不带他去。但白鹤飞到空中，蜡被太阳晒化，翅膀又掉下来，复求于利恩，并真心发了誓。利恩始用丝线把白鹤翅膀牢牢接上，白鹤才带他到了天上。因白鹤是媒人，后来，纳西族就称媒人为“呆排米拉补”(白鹤媒人)。

另，《銼治路一苴》的异文更多。

崇人抛鼎寻不死药

从前，有一个年轻的小伙子，他的名字叫崇人抛鼎。

有一次，他到遥远的亲戚家里去做客，来回就花去了三天的工夫。这次出门，崇人抛鼎遭到了一件最不幸的事：自他走后，崇人抛鼎的老父老母突然都得了急病，一齐死去了。

在他离开家第三天的时候，因为一心挂念着留在家里的父母，就急忙赶回家来。他一跨进家门，喊了一声爸爸，爸爸没有答应；又喊了一声妈妈，妈妈也没有答应。崇人抛鼎心里很纳闷，他跑进父母的卧室里一看，父母俩已经是两具僵尸了。崇人抛鼎悲痛地昏倒在卧室里，许久才苏醒过来。但是任凭他怎样哭得死去活来，又有什么用呢？

崇人抛鼎的老父老母都死了，这对崇人抛鼎来说，简直是一百个不忍，一千个不忍。他想，无论怎样忍饥受冻，无论怎样遭受痛苦和危险，总要想尽一切办法救活父母。

他曾听人这么说过：在遥远的地方，灵山头上长着一丛延寿草，灵山脚下有一口盛满回生水的甘泉井。如果死了的人喝一滴那个甘泉里的水，就会苏醒过来；如果人们吃一点延寿草的果果，就会永远年轻，长生不死。

正在忧愁的崇人抛鼎一想起这些话，好像得到了很大的安慰。于是他决心要找延寿草和回生水来救活他的父母。他就丢下了父母的僵尸，眼眶盛满了泪水，穿上一双结实的草鞋，骑上一匹栗色粉嘴的骏马[①]，向遥远的西天[②]出发了。

崇人抛鼎朝着遥远的西天走。他从无量河的东边出发，横渡河水，走过了低湿的洼地，走过了矗立的高山，从早上走到晚上，从日出走到日落。虽然一路困难很多，危险重重，但是他能逢山开路，遇水搭桥，高山大水都没能阻挡他的去路。崇人抛鼎越过了勒钦思普[③]的低地，也爬过了河茂尼玖的高坡，来到遥远的冒米玻罗山附近，这是一座巍峨的大山，有108个小支脉。这座山上长着延寿草，山下便是盛着回生水的甘泉井。但崇人抛鼎不知道什么样的草叫延寿草，也不懂得什么样的水是回生水。

崇人抛鼎走到河茂尼玖坡的时候，已经到了黄昏，他决定晚上就歇宿在河茂尼玖的坡下。

第二天早晨，他很早就被飞禽走兽的鸣叫声闹醒了。他睁开眼抬头向四周望望，只见山花怒放，百鸟争鸣，麋鹿也在那儿跳跃着。在这渺无人烟的高山深谷里，他虽然独个儿静听着大自然的乐声，并没有感到丝毫寂寞，但是也没有忘掉内心的忧伤。崇人抛鼎左思右想，正要继续往前寻找的时候，忽然望见一只肥胖的白鹿从山坡的林荫处跑下来。崇人抛鼎一看见这只白鹿，感到很诧异。他又惊又喜地自言自语：“这回我要是打中了这只白鹿，我一定能找到延寿草和回生水，万一打不中，我将永远没法找到延寿草和回生水了。”说罢，聪明的崇人抛鼎赶忙拉弓搭箭，对准白鹿的胸脯射了一箭，不偏不倚，正巧射在白鹿的胸口。白鹿受了重伤，拼命地挣扎了几下，立刻就不能动弹了。白鹿被射死在山坡上，崇人抛鼎拔出锋利的快刀，正在剖开鹿腑的时候，在白鹿的心窝里突然出现了一个指头大的小怪物。崇人抛鼎疑心这个小鹿是妖怪的化身，以为这是大难将要临头的征兆，他想立刻杀

①栗色粉嘴的骏马：纳西族最喜爱的好马。

②西天：纳西族人理想中的仙境。

③勒钦思普：本来是一个魔王的名字，这里主要是指这个魔王所管辖的地方而言，神话里说，一般的人是没有办法通过这个地方的。

掉它，但是他刚这么一想，连刀子都还来不及挥起来，小怪物就对崇人抛鼎告诫说："崇人抛鼎呀！你该知道对小猪不能用屠刀，对老鼠不能用矛箭，对小孩不能用鞭子。现在我诚恳地奉劝你，我是小神仙，不是什么妖怪，你可不能对我无礼，你要知道，将来我还会帮你做些好事情哩！"

崇人抛鼎听了这话，便对小怪物肃然起敬，用双手把它捧到一棵大树下供起来，尊称它为"拉依明汝古普"[①]。

第二天早晨，崇人抛鼎自言自语："我昨夜做了三场好梦，每次都梦见舀到了晶莹莹的回生水，摘到了绿油油的延寿草。"

到第三天早晨，崇人抛鼎又继续往前走，他走了又走，走过了低地，又爬过了高山；从早到晚，从日出走到日落。当他来到绕鸟都知阁的时候，迎面碰上了年轻的小伙子色金白荣。色金白荣便忙着开腔说："崇人抛鼎，你想上哪儿去？"

崇人抛鼎回答说："色金白荣呀！你从哪儿来的？我想上西天去找长生不死的药呀！但是我不知道西天离这里还有多少里路哩！"

色金白荣很直率地说："崇人抛鼎呀！西天可快到了，我就从那儿来，只是我很担心你分辨不清什么样的草是延寿草，什么样的草是毒草；什么样的水是回生水，什么样的水是毒水。你想，那还怎么去寻找长生不死药呢？"

崇人抛鼎想了想，回答说："是呀！我不仅不懂得什么样的草是延寿草，什么样的草是毒草，也分辨不出什么样的水是回生水，什么样的水才是毒水。色金白荣啊！请你回转去帮帮我的忙吧！"

色金白荣回答道："好汉不走回头路，好马不吃回头草，我不便和你一起走回头路。"

崇人抛鼎听了这话，感到孤苦无助，只得独个儿往前走。他走了一山又一山，走了一河又一河，好容易才来到了西天地方。当他刚刚走入两山之间

---

①拉依明汝古普：纳西人对神仙的尊称。

的峡谷的时候，就在矗立着的山坡上发现了一只又肥又胖的白鹿。白鹿的头上长着丫杈似的长角，从坡头边走边啃地走下来了。崇人抛鼎目不转睛地死盯着白鹿。他对这只白鹿的一举一动都看得非常清楚。他看见白鹿啃到了毒草的时候，药性发作，立刻就在草地上乱滚；当白鹿又啃到一口延寿草的时候，它就立刻又恢复了元气，边跳边跃地朝着山头跑去了。崇人抛鼎从此知道了开黄花的是延寿草，开紫花的是毒草，他于是摘到了一束延寿草。

崇人抛鼎摘到了延寿草以后，心里感到分外高兴。当天晚上，他便就地住宿下来。到了第二天早晨，他在坡头又发现了一只长着獠牙的公野猪，气势汹汹地跑下山来了。崇人抛鼎看见了公野猪，心里非常恐惧，目不转睛地注视着它。他看见公野猪在灰黑色的毒泉里喝了一口毒水，立刻昏倒在地，乱滚起来；当野猪滚到甘泉那边，又喝了一口回生水后，它立刻又恢复了元气，飞跃般地跑回坡头去了。崇人抛鼎从此就认识了什么样的水是毒水，什么样的水是回生水。于是他用一只牦牛角舀了一瓶回生水。

崇人抛鼎将牦牛角挂在身上，把延寿草带在身边，骑上了他的栗色的骏马，越过高山，走过深谷，走过青草地，快马加鞭，拼命地赶程回来。

第二天早晨，这件事就被勒钦思普发觉了。勒钦思普非常生气，便赶紧骑上一口又肥又大的黑猪，赶到拉依明汝古普那儿去告状。拉依明汝古普早已知道勒钦思普的来意，故意装着不知道的样子向勒钦思普说：“勒钦思普啊！你上哪儿去？”

勒钦思普回答说：“我那儿的延寿草叫崇人抛鼎盗走了，我那儿的回生水也叫崇人抛鼎舀走了，我特意来追赶他的！”

拉依明汝古普说：“崇人抛鼎呵，昨天天刚亮的时候就骑着一匹栗色骏马溜走了。勒钦思普呀，你怎么今天才来呵！论起能干，你也算是能干了，可是你还比不上崇人抛鼎能干呀！你骑的马儿也算是跑得快了，可是你的马比不上崇人抛鼎的马快呀！你的刀儿快，可是也比不上崇人抛鼎用的刀儿快呀！他走的时候，还一路上钉上了成千上万的木桩子；他还用干马粪球沿途烧着成千上万的烟火堆；他还手挥利剑，把干透了的牦牛角砍做两段；他还

拉弓搭箭，射穿了岩头再走。勒钦思普呵！你休想追上崇人抛鼎啦！”

勒钦思普听到这话，心都气炸了，他不管三七二十一就乱玩起魔术来了。他立刻从他的魔嘴里吐出一股白旋风和黑旋风，地上便刮起了一阵大风暴，遍地尘土飞扬，相距三尺的地方也看不清楚了。崇人抛鼎看到勒钦思普的来势凶猛，就连忙跑到绕鸟都知阁去避难。但是崇人抛鼎逃走的时候，情绪紧张，心思太乱，他从马上摔了一个大筋斗，很久才爬起来。牦牛角里的回生水也都泼了出来。回生水洒遍了山和谷，洒遍了天和地，几乎洒得到处都是。回生水溅到天空，天空就布满了星星；溅到地上，地上就长满了青草；溅到太阳上，太阳出来暖烘烘的；溅到月亮上，月亮出来亮堂堂的；溅到山上，山上长满了青松和翠柏；溅到河谷里，水就流遍了河谷；溅到阴神和阳神分界的梅花岭上，岭上的梅花从此就一年开两次了；溅到山岩间，岩间的蜂窝就越来越多；溅到海湖里，海湖里的鱼儿也越来越繁衍起来。

崇人抛鼎为了寻找长生不死的药，忍饥受冻，经历了千山万水，克服了种种困难，终于寻到了延寿草和回生水。虽然长生不死的药没有能把崇人抛鼎的父母救活，但是由于他寻到了回生水到处溅洒，从此地上就长满了青葱葱的草和木，山间林子变成了飞禽走兽的“跳舞场”，人间开遍了美丽的花朵，结起了累累的果实。整个大地变得更加美好，更加可爱了。

东术争战记[①]

很古很古的时候，还没有天地日月星辰，也没有江河湖海山川。在上方出现了妙音，在下方出现了瑞气。妙音和瑞气交合，刮起三股白风。白风变出白云，白云酿出白露，白露凝出白蛋，白蛋孵开，出现了最早的盘神、禅神、恒神、高神、曾神和米利东主、米利术主，出现了白、黑、红、黄、绿各色天地山川和万物。三朵白云又酿出三滴白露，一滴白露化成米丽达吉神海。

在金汤玉液般的米丽达吉海里，长出一棵神树。初生幼苗又细又软，像一根头发辫在风流里飘来荡去。恶鬼想来砍苗，被天神拦住。恶魔术、斯想来砍苗，善神东、哈连忙来守护。恶鬼不死心，偷偷约了术、斯，在半夜鸡叫前把神树苗砍倒。天神知道了，邀约了东、哈，找来如意药，点在神树的断口上，重新接活了神树，神树慢慢长成高大的含英宝达树。这棵神树分成十二枝，从此世间有了十二属相；神树每枝生出十二片叶，于是世间有了十二个月。树枝上长出绸缎般的叶子，开出金花和银花，结出珍珠。为了这棵宝树，东、术之间结下了冤仇，酝酿着一场战争。

---

① 这是一部著名神话作品，纳西语称《东埃术埃》，因“东”地为白界，“术”地为黑界，故有的又译为《黑白战争》。

居那若倮山顶着青天，太阳从它左边旋转，月亮从它右边旋转。每过三十天，太阳、月亮在山顶相见。从此，世间有了一月三十日的规矩。这座山分为黑白两界：东半光明，西半黑暗，树木不相缠，飞鸟不往来。善神米利东主住在神山东面的白界里，有九座用白石头砌的白房子；恶神米利术主住在神山西面的黑界里，有九座用黑石头砌的黑房子。一天，米利东主家的银鼠在打洞，一不小心打穿了若倮山，白界的光明从山洞里漏进来，一直照到米利术主家。米利术主高兴极了，忙把黑猪叫来，把洞再拱宽拱大，又派遣能者把东地的太阳和月亮偷到手，从山洞里扛回来。米利术主拿来粗大的铁链和铜链，把太阳拴在铁柱上，把月亮拴在铜柱上，叫黑鼠看守。

东地丢了太阳和月亮，米利东主又气又闷，想着一定是米利术主家偷去，就派黄金蛙去找回。银鼠因为找错了山洞，正在悔恨，这时便自告奋勇地请求跟黄金蛙去找太阳、月亮，立功赎罪。米利东主答应了。金蛙和银鼠边走边商量，半夜前来到术家。它俩看见黑鼠守着太阳和月亮，米利术主睡得正香，三绺头发垂在床边，便施个计，由银鼠用它尖利的牙齿把米利术主的三绺头发咬断。到天亮，米利术主起床去洗脸梳头，发现头发被咬断，梳也梳不起来，气得手抖脚颤。他看见守着太阳、月亮的黑鼠正龇着尖利的牙齿，猜想是它咬的，更是火冒三丈，拿起棍子劈头盖脸地一顿打，把黑鼠活活打死了。这样，拴在铁柱和铜柱上的太阳、月亮没有看守的了，金蛙和银鼠又高兴又好笑。金蛙跑去门边放哨，银鼠上前咬断铜链和铁链，放开太阳、月亮，它俩各扛一样，欢欢喜喜跑回东主地来。米利东主夸奖并赏赐了它们。为了防止被再偷，米利东主左手托起太阳，右手托起月亮，念了三遍秘诀，把太阳、月亮重新挂起，东地又亮堂了。

米利东主和老伴茨爪金嬉，有个能干的儿子叫阿璐。米利术主和耿拉纳嬉，也有个狡猾的儿子叫安生米委。米利东主要提防术主偷光明，派阿璐去黑白交界处巡防。米利术主呢？他因为把偷得的光明又弄丢了，很不甘心，叫儿子再去想办法偷。安生米委在黑白交界处碰见阿璐，耍了个伎俩，脱下白披毡铺在地上，掏出白螺做的骰子，不容分说拉着阿璐掷起来。安生米委故意每次都输给阿璐，让金子银子迷了阿璐的心眼，又挑逗地问道：“阿璐，东的天空多光彩，东的大地长万物，到底是谁造出来的？”阿璐夸海口说：“都是我造的！”安生米委奉承道：“阿璐真像神仙一样能干，我诚恳地请求你到我们那里开天辟地，金银珠宝随便你要。”阿璐不知是计，爽快地答应：“放心，见过我父亲、母亲就来。”

阿璐来见父母，米利东主只管摇头：“上山不提防，魔鬼会来缠；狐狸不小心，也会被虎伤。”母亲茨爪金嫫也苦苦相劝：“你头上有三个鬼旋，手掌心有三道鬼纹，腰杆上有三个短命记，你去仇家我不放心。”可是阿璐一定要去，说：“老虎吃肉不兴吐，男子说话不兴悔，要是我不去，可就要在安生米委面前丢脸了。”米利东主无法，只得嘱咐他：“天神、魔鬼不一样，东主、术主不一般，你要把术天开得歪歪的，把术地辟得斜斜的。到夜深人静的时候，你就悄悄地逃回来，在交界边栽起铜棘，安放好铁铡。”

阿璐来到术地，大显身手，把术天开得歪歪的，把术地辟得斜斜的。米利术主和安生米委拿出成斗的金银珠宝，假意谢他。他一高兴便睡得死死的，安生米委乘机越过边界去东地偷光明。到深夜，静静的没有一点人声，狗也不叫，米利术主想偷偷把阿璐杀掉，阿璐在梦中想起父亲的话，惊醒过来，忙把金银装上身，一溜风地跑回来，在黑白交界处栽铜棘、安铁铡。这时，东家的“穿山眼”和“顺风耳”发现有个黑影来偷太阳、月亮，大喊一声，东兵东将追上来。安生米委心急如跳蚤，慌里慌张往回逃，两脚挂在铜棘上，铁铡“吓嚓”一响就丧了命。米利东主把安生米委埋在九层土下，上面开渠引水，不让他的鬼魂翻身。

开渠工地上，金锄银锄漫天飞舞。狗獾子和吸风鹰干得十分卖力，乌鸦却贪玩怕灰，跳来跳去不扒土，只朝有火和肉的地方飞。米利东主来到渠边，乌鸦反来告状说：“吸风鹰和狗獾子不扒土，光会向火吃烤肉；我一天到晚挖土巴，脚上满是泥土，腰杆弯得就像一张弓。”米利东主听了，便不准吸风鹰吃饭（老鹰吸凉风的原因就在这里），不许狗獾子喝泉水（狗类用舌头舔水，古谱就出在这里）。金蜂和银蝶打抱不平，戳穿了乌鸦的谎话：

“鹰在振劲扒土，狗在埋头挖沟，乌鸦乱诬告，整天闲游浪荡的正是它。”米利东主气得举起拐杖朝乌鸦打去，乌鸦吓飞了。

乌鸦逃到米利术主家，挑拨是非：“米利术主呵，你儿子被东主杀掉，当作死老鼠埋在九层土下，上面还开沟引水，不让他的魂儿超升，难道你不想报仇？我开沟当蚯蚓呀！”米利术主听了，顿时哭声连天：“我有九十九双猛虎样的儿女，谁也比不上米委这条黑龙。如今日月偷不着，倒反赔了命，真像砍了我的右臂，挖了我的左眼。米利东主这么狠心，我不报此仇死不瞑目！”说着就喊大将肯子丹由、那日左补、米麻生侠来密商，立即派人打矛造刀，做弓削箭，赶制藤甲铁盔，操演兵马，准备杀入东境。

米利东主料到米利术主要来侵扰，派蜜蜂去侦察。蜜蜂飞到术地黑屋顶上，被米利术主的马蜂发现、包围。米利术主把捉拿来的蜜蜂拷问了九遍，又劝诱了七回，蜜蜂都不搭理，术主便下毒手把蜜蜂的舌头割掉。蜜蜂飞回来，只会“忍哩软啷”地嚷（蜜蜂飞时“忍哩软啷”地叫，原因在这里）。米利东主只得又派鲤鱼去侦察。鲤鱼游到术地黑屋底，被米利术主的黑鱼发现、包围。术主把捉来的鲤鱼拷问了九遍，又劝诱了七回，鲤鱼却一句也不吭，米利术主又下毒手割掉了鲤鱼的舌头。鲤鱼游回来，嘴巴一伸一缩，再也说不出话（鱼嘴会伸缩，典故出在这里）。米利东主又派白风、白云去侦察。白风、白云在空中什么都看得一清二楚了，回来报告：“术地有六寨鬼兵在操演，肯子丹由当总管，呆、拉、独、仄、蒙、恩等妖怪也在，铠甲像树叶，刀予像乱草，战刀好像蚂蚁跑，飞箭就像蜜蜂搬家。”米利东主听了暗暗发笑，说：“叫他鸡蛋碰石头，飞蛾扑大火！”连忙在九山七谷设防布阵，派儿子阿璐去当镇守白海的大将，并说：“术兵胆敢来侵犯，就用牛刀砍鸡，杀他个片甲不留！”

果然，术将肯子丹由带兵来犯白海。阿璐施法术掀起千丈大浪，挡住术兵无法过海。术兵的长矛像乱蜂一样向阿璐戳，术兵的刀像闪电一样朝阿璐砍，术兵的箭像冰雹一样射向阿璐，但有巨浪作为护墙，伤不了阿璐一根毫毛。阿璐驾起山峰般的浪头，一头压向术兵阵营，术兵纷纷逃命。术主大骂丹由是蠢材，肯子丹由像丧家狗急得团团转。后来，肯子丹由献了条美人计，术主才转忧为喜。

米利术主和耿拉纳嫫有个漂亮的女儿，叫耿拉茨嫫。术主叫她打扮得花枝招展的，驾起一朵黑云去白海引诱阿璐。耿拉茨嫫知道米利东主的儿子阿璐是个好汉，心里很乐意去会他，但他又是仇家，吉凶难卜。她想把阿璐当情人，但父母却要她把阿璐当敌人，一面脸难做两面人，她心里像十五个吊桶打水——七上八下，但父母之命难以违背，不得不照着做。

阿璐正在看术兵逃跑，忽见天空降下一个花一样的美人，衣裙飘动，发出喷喷香味，对他眯眯笑着。阿璐好像掉了魂，但一想也许是米利术主派来的妖精，转身潜入海底。茨嫫绕着海子，轻语柔声地呼唤阿璐。阿璐不回答，茨嫫便露出白手臂，边洗边唱："天仙世无双，来配英雄汉；白鹤会青松，来会好儿男。术兵早走尽，好汉快出来。银石陪金水，来陪天女玩。"阿璐变只白鹰，茨嫫变只黑鹰追来。白鹰怕落网，甩开黑鹰又潜入海底。黑鹰气得尖声叫，术兵退得更远了。茨嫫露出胸脯洗澡，唱起甜蜜的情歌："仙女要配俊男子，我同阿璐要成双。术兵不会转来了，阿璐快来会天仙。"阿璐变只白虎，茨嫫变只黑虎追来，翻了九座山七座林，不见半个术兵，白虎就陪着黑虎玩，晚上又躲入海底。茨嫫见阿璐即将上钩，又一边洗身一边唱："哪有大鹏像老鼠？哪有蛟龙像鲫鱼？心爱的人快来哟，等你等得我心苦。"阿璐变只白牦牛，茨嫫变只黑牦牛，一起玩了三昼夜，阿璐放心了。茨嫫说："有个好地方，绿玉的天，黄金的地，银子的树，银鸡会唱歌，石头会开花，我们去那儿安家吧。"阿璐半信半疑地跟她走。走啊走啊，茨嫫作起法术，前面果然出现这样美丽的地方，阿璐真的相信了。茨嫫又说："前面还更好，银角马鹿在跳舞，金鬃山骡在玩耍。"阿璐惊奇地跟她走了。走啊走啊。茨嫫又作起法术，前面果然出现了这样美丽的地方，阿璐心花怒放地说："我们成家吧？"茨嫫笑着摇头："前面更比这儿好，树木会走路，石头会讲话。"阿璐笑着跟她跑了。跑啊跑啊，茨嫫又作起法术，前面的地方果然出现了石头说话、树走路的景象，阿璐出了神："就在这儿成家吗？”茨嫫暗暗笑道：“再走几步吧。”来到黑白交界处，茨嫫暗使黑云、黑风去给术主报信，米利术主派火烟鬼用浓烟罩住阿璐，再给他戴上铁镣铐。这时阿璐才知中了计，但后悔已来不及了。

海里没有蛟龙，无风无浪好划船。白海没有大将防守，肯子丹由率术兵卷土重来，轻易渡过白海，侵入东地。米利东主急忙调兵遣将，堵在路上战了三天，顶在寨前斗了三夜，但由于事先没有准备，抵挡不住。米利东主是天族，退到天上。小儿依古根库躲到白山上，女儿色爪嫫金逃到白山谷里藏起身来。茨爪金嫫是龙女，可以到水晶宫，但她不愿，她说：“坏事有一百件，我没有做过一件。米利术主有千斤石，不能压死我；米利术主有千把刀，不敢来杀我。”术兵闯进米利东主家，东主已无影无踪，只得把茨爪金嫫捉来审问：“东主躲在哪里？珠宝藏在哪里？”茨爪金嫫宁死不说。气得术兵将乱烧乱杀，把能找到的金银牛羊全部掳走。

阿璐被带到米利术主的大本营——尼青肯乌寨，送进一间黑屋里，叫纳补乌吕看守。米利术主磨刀霍霍，要杀阿璐，替儿子安生米委报仇。肯子丹由却来报告说，摘取东地的太阳、月亮要念秘诀，阿璐知道秘诀，要让他说出来。米利术主收了刀，先来拷问阿璐。问了九十九遍，阿璐一字也不说。米利术主想来想去，只有让茨嫫假嫁阿璐，叫她成亲后慢慢地从他口中套出秘诀来。茨嫫不敢不依，对阿璐说：“我的心肝你快说吧，父亲要给你九座金山，母亲要给你九片银海，幸福享用不完呵！”阿璐上过一回当，这次对她一字也不说。肯子丹由便来威吓：“你是过年的公鸡关在竹篮下，你是祭神的羊子拴在木桩上，再不说就当作死鼠埋地下。”阿璐硬铮铮地回答：“宁可饮毒水，宁可一人死，不能让东地失去光明。东族是不怕死的，你快来杀我吧，太阳和月亮，你们永远也得不到它们！”

米利术主把茨嫫假嫁阿璐，两口儿却成了真夫妻，生下两个儿子：大的叫哈布洛池，小的叫哈布洛沙。哥弟俩出来玩耍，看到囚禁阿璐的黑屋，便指着问：“里面关的什么？”纳补乌吕笑呵呵地说：“你们的老祖宗。”孩子问母亲，茨嫫含悲微笑地说：“是你们的真父亲啊。”阿璐在黑屋里听见儿子的说话声，想叫儿子去东地报信，便编个歌子唱道：

夜空星星呀，是天好儿孙；
我的孩子呀，是东后代孙。
铮铮硬骨头，东族给了你；
圣洁的血肉，东族塑成你。
参天的大树，落叶要归根；
东族的子孙，快回东家里。

纳补乌吕听到歌声害怕了，拖着孩子来见米利术主："家畜和野兽不能在一处吃草，主人和冤家不能在一桌喝茶。阿璐像个硬核桃，咬他反而断牙齿，茨嫫白嫁他了。我怕他迟早要跑，不如早早杀了他。"术主也没别的办法，就叫鬼兵把阿璐押到黑海边准备杀掉。茨嫫听到凶讯，急忙跑到海边来，哭着对刽子手说："阿璐能干漂亮，我爱他。我们曾是真对头，假夫妻。可是假的也会变成真的，骗他我有办法，现在我却没有妙计救他。恨只恨父亲，恨只恨自己。你们一定要杀他，莫要让三滴血污了他的脸。害他我有一份，死了我要来陪他。"说完便殉情在阿璐身旁。

米利东主从天上回来，东地成了一片焦土。失去父母的孩子在啼哭，失去儿孙的老人在悲伤。倒是青壮年们唱着激昂的歌："黑魔不久长，光明要回来。黑夜虽漫长，星星在闪光。杀尽黑魔兵，重建新家乡。"这歌声像火塘驱散了东主心上的寒冷，像清泉解了东主的饥渴。他在山头竖起火把，吹起牛角，招回兵将。儿子和女儿回来了，茨爪金嫫逃回来了，焦土又发了芽，枯井又有了水。米利东主安置好孤苦无依的老人、小孩，发誓雪耻报仇。可是找遍了天南地北，不见阿璐的影子。想起这个能干的儿子，米利东主不禁仰天悲啸："我儿阿璐呵，莫非被术杀了？"啸声传入海里，飞上云霄，洛池和洛沙也听见了。两兄弟躲过黑风、黑云，跑到东地来见祖父，哭哭啼啼报告噩耗。米利东主得知阿璐真的被术家骗去杀了，气得像老虎一样

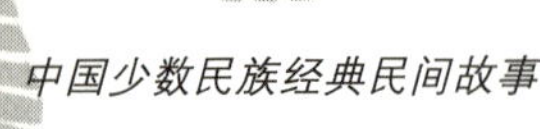

跳，悲痛的泪水像冰雹一样落。

米利东主要和米利术主决战，请萨利委登当军师，派叶世恒丁去搬天兵。委登作法术，从天空降下许多大铁块，叫铁匠赶做铠甲、刀箭。杀掉千百只犏牛、牦牛，用角做硬弓，用牛皮做弓弦。捉来白箐鸡，做成无数羽翎。叶世恒丁请来了天兵天将，请来了神通广大的优麻。白风、白云去侦察，把术地九个黑堡垒和九个鬼兵寨探听实在。

决战开始了。优麻磕磕牙齿，天空响起巨雷，术地像筛糠一样发抖，优麻把尾巴竖三下，高峰刮起大风卷向术地；优麻把发怒的胡子像森林一样散开，术地好像在打摆子。天兵像潮水般涌去，把术兵像羊群一样赶着。刀剑像星星闪耀，长矛像白浪滔滔，箭镞像落雪下雨，杀鬼像砍瓜切菜。金头白神狮咬死了黑龙，宝绿色的穿山甲咬通了黑虎，白脸豹咬死了铁头黑狗，金孔雀啄起黑蛇乱甩，红虎的巴掌按住黑鬼，使它射不成箭，神箭手射死红甲黑妖魔，砍天刀斩断黑旋风，白铁锯子锯死了尖角黑牦牛。天兵天将像大风扫落叶，把术地九堡九寨一扫而光。骑水獭的天将斩了蛙头鬼，骑白狮的天将斩了马头鬼，骑神雕的天将斩了鸡头鬼，骑大熊的天将斩了牛头鬼，骑白狼的天将斩了羊头鬼，骑豹子的天将斩了狗头鬼，骑白虎的天将斩了鹿头鬼。东的白风、白云压住术主的黑风、黑云，东的金翅鸟啄死术主的黑翅鹊，东的白铁斧砍尽术主的铜棘铁桩，东的白梭镖戳通术主的毒水池。米利东主派灵巧的白猿猴把黑魔之首米利术主和耿拉纳嫫拿住了，肯子丹由、那日左补也无法逃命。杀尽术家鬼兵，烧了术家的营寨，把术家的黑地冲毁，把术家的黑水截断，把术家的火种灭绝！割下术主的头做石碑，取下术主的骨头做号角。术天割下来做地，术地翻上来做天，黑暗无法再逞狂了。

米利东主和百姓一道庆功，用从术地夺回的金银珠宝犒劳天兵天将。从这以后，太阳和月亮永远挂在蓝天上，大鹏、白鹤自由自在地飞翔。大地上六畜像金丸滚动，五谷像珍珠铺盖，少男少妇有了好婚姻，老翁老妇得了好寿岁，东地过上了安定的日子。

神鸟月其嘎儿[1]

龙王鲁帕斯腊统管着地上所有的水神，他以为天下数自己最厉害，谁也斗不过他。所以，鲁帕斯腊随心所欲，想下雨就下，想叫大地干旱就一滴雨也不下。

有一次，鲁帕斯腊一连几年不下雨，弄得大地龟裂，草木枯槁。地上的飞禽走兽渴得四处乱飞乱跑，人也渴死了，即便是那些山神，也喝不上一口水。鲁帕斯腊见了，十分得意地对众神说："我几年不下雨，看你们吃什么？你们有金、银，看看能不能吃？"

天神松基努突西见到这种情景，觉得不妙，就命众神来商议，决定派神去命令鲁帕斯腊下雨。天神松基努突西决定先派羌男独次神去劝说鲁帕斯腊快下雨。羌男独次骑着一只狮子来到了海边，手中摇着"安夸"[2]，叫鲁帕斯腊快出来听天神松基努突西的命令。龙王鲁帕斯腊从海中露出了头，骄横地对羌男独次骂道："你这瘟神，骑一条癞皮狗来找我干什么？"羌男独次说："你几年没下过一滴雨，人也渴死了，山神也没有水喝，天神松基努突

---

①月其嘎儿：神鸟名，一直被摩梭人奉为保护神而加以供奉。在另外的神话中说神鸟月其嘎儿系女性，会生蛋。

②安夸：摩梭语，喇嘛念经时手中拿的银铃，羌男独次手拿银铃的情节可能与喇嘛教的传人有关。

西命令你赶快下雨。”鲁帕斯腊听了，根本不理睬，在海中摆摆身子，便在浪涛中隐没了。

天神松基努突西得知羌男独次无法劝说鲁帕斯腊下雨，又派神鸟儿月其嘎儿去命令鲁帕斯腊下雨。

神鸟月其嘎儿有一对铁一般坚强的翅膀。她那无比坚硬的嘴一旦啄住了谁，谁就休想脱身。月其嘎儿从神山上腾空而起，落到地上最高的鲁月甲白儿龙山上，对着大海厉声说道：“老龙鲁帕斯腊，天神松基努突西命你赶快下雨，你到底听不听？”鲁帕斯腊从海中露出头来，仍然十分傲慢地对着月其嘎儿大声嚷道：“天底下数我最大，到处的水神都归我管，我想下雨就下雨，我不想下雨就不下，你管得着我？”月其嘎儿眨了眨眼睛，说道：“命你快下雨，你听不听？”鲁帕斯腊说：“不听！”月其嘎儿又拍了拍翅膀，说道：“命你赶快下雨，你听不听？”鲁帕斯腊说：“不听！”这可激怒了月其嘎儿。她“呼”地飞了起来，到了海子上面时，用翅膀将海水朝东边拍打了一下，只见东边的海水顿时从海底翻腾起来。她又用翅膀将海水朝西边拍打一下，只见西边的海水顿时从海底翻腾了起来。可是，骄横的鲁帕斯腊仍想反抗。他把身子一摆，刹那间白浪滔天，一股股水柱直冲云霄。鲁帕斯腊正想用水柱将月其嘎儿卷入海中淹死呢，但他哪里知道月其嘎儿的厉害！只见月其嘎儿在海浪中穿来穿去，趁鲁帕斯腊正得意的时候，一嘴啄住了鲁帕斯腊的头。

为所欲为惯了的龙王鲁帕斯腊怎么也想不到会出现这样的情况：他感到自己的头被钳子夹住，周身硬是动弹不了，整个身子仿佛被往空中提了起来。果真是这样！月其嘎儿啄住龙王的头，把龙王的身子从海面上提出了一截后，问龙王：“你下不下雨？”龙王鲁帕斯腊仍不服输，照样回答：“不下！”月其嘎儿又把龙王的身子往上提了一截，又问：“你到底下不下雨？”龙王还是嘴硬：“不下！”月其嘎儿索性将龙王往空中一提，龙王的全身早已被提出海面。这一下，龙王还没等月其嘎儿问他，就急忙求饶说：“我立即下雨，我立即下雨。以后我一定冬天下雪，夏天下雨，不敢违抗。”可是，月其嘎儿已怒不可遏，“唰”的一声，早已将龙王提到了三层天上，它一边啄住龙王鲁帕斯腊在空中绕了三圈，一边警告龙王：“以后你若再敢违抗命令，就叫你粉身碎骨。”说罢，月其嘎儿一松嘴，龙王鲁帕斯腊就从三层天上摔下大海去了。

龙王鲁帕斯腊摔到大海里时，摔得浪花四溅。浪花溅到了大地的山山岭岭，各个角落。凡是浪花溅到的地方，就立刻出现了泉水、河流和湖泊。后来，龙王鲁帕斯腊果然规规矩矩了，他在冬天下雪，夏天下雨，再也不敢为所欲为了。

高 楞 趣

俄高楞的儿子叫高楞趣。[①] 高楞趣跟着父亲俄高楞打猎。他们早已看见九十成群的麂儿、獐儿吃草，看见七十成群的熊儿、野猪走过。他们早已看见松树林中常有野鸡、箐鸡的爪痕。

俄高楞的女人是俄英杜努。俄英杜努有麻子三升，山间有一大块可以种麻之地。俄高楞父子用金犁犁田，播下了麻种，生出雌麻千千万万，生出雄麻万万千千。他们用雌麻搓粗绳，用雄麻搓细绳。他们在山上砍来竹子，先做好许多地弩，然后带着绳子和地弩，父子都出去打猎了。

俄高楞和高楞趣猎得一堆堆的麂儿、獐儿，猎得收不完的野鸡、箐鸡，也猎得无数野猫和狐狸。但他们还不知满足，一心要获得那黄色黄鬃、肉有九挑、油有七背的野猪。

父亲坐在坡头吹笛子，母亲坐在箐尾弹口弦，用笛子的声音招引走兽，用口弦的声音招引飞禽。笛子声、弦声都被龙王须徐蕊听到了——天地间的山林鸟兽都是属于龙王须徐蕊统辖的，龙王便叫管禽鸟的奴仆们窥视着。

---

①这篇神话在民间流传较广，并载于象形文字《东巴经》。纳西族远古祖先谱系，由从忍利恩算起，依次是：从忍利恩——恩亨诺——诺本普——本普俄——俄高勒（楞）——高楞趣——趣梅、趣禾、趣束、趣叶。这里记述的是俄氏父子的传说。

父亲俄高楞和儿子高楞趣已经猎得黄色黄鬃、肉有九挑、油有七背的野猪了，洋洋得意地往家回。回到半路上，想起刀儿失掉了，父亲叫儿子去找，儿子说："儿子的眼睛不如父亲的眼睛亮，儿子的脚步不如父亲的脚步快。一个人放的东西，别个不能看见，还是请父亲转去。"

俄高楞走了一坡，又走了一坡，走到一个树林深密的高坡上，遇到龙王须徐蕊的家奴，家奴骂俄高楞："我家九十成群的麂儿、獐儿，因你不得平安；我家七十成群的熊儿、野猪，因你不能活动；我家松林里的野鸡、箐鸡，因你不好觅食。我在这里候你很久了，你要同我走，你同我到龙王须徐蕊的家里去！"

俄高楞的手脚都被捆绑了，被拖到龙王须徐蕊的家里受刑罚——白天炎热的时候，被熏在火塘上方的梁柱间；夜里寒冷的时候，被浸在冷水塘里面。

儿子高楞趣等得着急了，从这山找到那山，又从那山找到这山，始终没找到父亲俄高楞的踪迹。

冬天宰年猪，亲戚几十几百都来了，只少了父亲俄高楞一个！夏天祭祖宰肥羊，亲戚几十几百都来了，只少了父亲俄高楞一个！高楞趣思念父亲，比饥渴还要难过，就下决心去找父亲。如果找不到父亲，他想永远不转来。

高楞趣骑上一匹青马，独自走到山里。看见一条白蛇和一条黑蛇打架，他折一根杨枝，把白蛇驱上路的高处，把黑蛇驱出路的下边，白蛇、黑蛇不打架了。高楞趣走到又一座山里，看见山骡和马鹿打架，他折下一野檀枝，把马鹿逐出岩上，把山骡逐下箐底，山骡、马鹿也不打架了。高楞趣绕了几座大山，一面走，一面祷告："白云绵绵的地方，应该是神祇的住处，请神祇放我的父亲俄高楞！失去了的人，在高处不要藏进云中，在低处不要埋入地下。"

龙王须徐蕊的子女两个出来玩耍，途中遇到高楞趣，龙子龙女对高楞趣说："雪山大松林里，父亲杀儿子的事，没有人过问；'俄奕'大水的水尾，牛马互相触斗的事，也没有人来管。你找失去的人做什么？你跟我们去

吧，你去到我们家里，你要什么东西，我们都可以给你什么。”高楞趣说：“你家里的利齿狗可怕呀！你家的虎豹豺狼可怕呀！你家的恶风暴雨、大冰大雹都可怕呀！”龙子龙女说：“不要怕，我们保护你。”

龙王府有九个大门。第一大门是狐和狸看守着；开了，放他们进去。第二大门是野鸡和箐鸡守着；开了，放他们进去。第三大门是麂子和獐子看守着；开了，放他们进去。第四大门是马鹿和山骡看守着；开了，放他们进去。第五大门是老熊和野猪看守着；开了，放他们进去。第六大门是虎和豹看守着；开了，放他们进去。第七大门是鸢和鹌看守着；开了，放他们进去。第八、第九两大门是龙子龙女看守着；也开了，放他们进去。

到了龙宫里，龙子龙女对高楞趣说：“你要宝贝吗？给你的宝贝像山蜂一样的多；你要东西吗？给你的东西像山林一样的多。”

高楞趣被邀到屋内休息，独个坐在火塘边的时候，有一点水落到他的额头上，觉得全身悚栗起来。高楞趣想：这是何处来的露水呢？抬头向上一看，看见一个人的形体，绑在梁柱之间，发出很凄苦的声音，对他说：“你是我的儿子高楞趣！我是你的父亲俄高楞！我被龙王绑在这里，白天被火烟熏，夜里被浸在水内！他们叫我的名字不是俄高楞，白天叫我‘工早贡公’，夜里叫我‘果倮班毒’。你要向龙子龙女恳求，请求他们释放我。但是你不要说‘请你们释放俄高楞’，只能说‘请你们释放工早贡公，请你们释放果倮班毒’。”

龙子送给高楞趣许多金银宝贝，龙女送给高楞趣许多牲畜，高楞趣没有接受，对他们说：“你们给我牛马，牛马会变作山骡、马鹿；你们给我山羊、绵羊，山羊、绵羊会变作麂子、獐子；你们给我金子、银子，金子、银子会变作黄铜、白锡；你们给我粮食，粮食会变作泥土。你们给我什么东西，我都不愿要。我只求你们送给我那个白天熏在火塘上的‘工早贡公’，夜里浸在水塘内的‘果倮班毒’。”龙子龙女说：“你所要的，我们不能给你。他是我们的仇人，他使我们的鹿群、獐群不能在山中快活吃草；他使我们的熊儿、野猪不能在箐里自由走动；他使我们的箐鸡、野鸡不敢到松林间往来觅食。他是我们的仇人，我们不能放他。”

高楞趣再三再四地请求：“好事请不要丢到云间吧！恶事请埋在地下。”

龙王家里的人们商议，龙子龙女说：“好事不要把它丢到云间吧！恶事把它埋在地下吧！”

高楞趣请求不已，俄高楞被释放了出来。父子俩走出九个大门，拜别龙子龙女，向着来时的道路回去。

听见鸡鸣犬吠的声音，知道快近人世居住的地方了。父亲俄高楞询问儿子高楞趣说：“我离家这么久了，田里的蔓菁种子不坏吧？麻的收成还好吧？谷子不遇天灾吧？麦子没有黑化吧？九个仆人听话吧？七个女奴都在吧？九匹骡马下儿了吧？羊群满了千数吧？牦牛满了百数吧？”儿子答应道：“自从父亲失踪后，田里蔓菁不成器，麻的收获不好，谷子遇天灾，麦子多黑化，仆人不听话，奴女半逃亡，骡马不下儿，羊群常散失，牦牛也损耗了！”

父亲俄高楞和儿子高楞趣一同走到固极古，刮起一阵白风，折断了许多绿树；刮起一阵黑风，落下许多雹弹。父子二人冒着危险一同回到自己家里了。

用猪、羊祭天祭地，用猪头、公鸡祭龙王，用饭、肉祭谢龙子龙女。

失掉的人可以找了回来，失掉的魂魄可以叫了回来，父亲俄高楞是儿子高楞趣找回来的呀！

多莎敖杜

很早以前，久克坡下住着一家人，只有兄妹两个。哥哥名叫多莎敖杜，常年在深山里放牧牦牛；妹妹名叫多莎玉玛，在家种田地纺麻纱。

多莎玉玛二十岁了，生得一副好身材，好脸貌。她走到杜鹃丛中，杜鹃花会黯然失色；最美丽的绶带鸟见了，也赞美地唱起歌来。远远近近的小伙子们像一群采花的蜜蜂，在玉玛的身边飞来绕去。

有一天，玉玛在她家门前小溪边踩洗麻纱。突然一片乌云飞来遮住了太阳，玉玛背后袭来一阵冷风，使她打了个寒噤。只见水影中，在她背后出现了一张笑脸，一个英俊的小伙子在向她微笑。她心头一震，浑身一颤，差点滑脚落水。她剧跳的心里，觉得从来没有见过这个长得这样美貌、穿戴这样华丽的人。这时她耳后响起了小伙子温声柔气的话语："多莎玉玛，水很冷吧？"玉玛的心跳得更凶，脸上泛起红晕。她心里想起哥哥叮咛她的话："妹妹，青青的松树上要歇白鹤，绿绿的溪水里要游金鱼，可不能让黑雕来树上做窝，不能让麻蛇来水里转游啊！"她想：这个陌生的小伙子，是白鹤？是黑雕？是金鱼？是麻蛇？她心慌意乱，又怕又羞。小伙子笑眯眯地说："多莎玉玛，不晓得我吗？我是白头大龙王的儿子纽生学罗。你头上顶的天是我家的，脚下踩的地也是我家的。纳西古话说'珍珠要配宝石，美玉要镶黄金'。你跟我去吧，到我家享福去吧。"这些像蜜糖一样甜的话钻进玉玛的耳朵，变成了串串挂钩刺扯扎着她的心肉，她越听越害怕。因为她听别人讲，白头大龙王家，用人的头盖骨做碗，敲人的骨髓做油……她不敢往下想，提起麻纱就往家里跑，关紧柴门，喘息着，心好像要从脖子里蹦出来。可是，纽生学罗从木楞房里走了出来，他会变化，变成一只乌鸦飞进来了。他狞笑着，伸开双臂朝玉玛搂来。玉玛使劲挣脱了，吓昏了，瘫坐在门边哭不出声。纽生学罗嬉皮笑脸地说："玉玛，饿了吧？我家有三年的老腊肉；渴了吧？我家有七年的陈酒。去吧，跟我去吧。"从太阳出到太阳落，从月亮出到月亮落，纽生学罗死死纠缠住玉玛。玉玛越哭越伤心，越哭声音越大："风呀！你到不到高山牧场？到不到我哥哥多莎敖杜身边？请告诉他，他的妹妹快被黑雕叼走！月亮呀！你见不见我哥多莎敖杜？请你告诉他，他的妹妹快被毒蛇缠死！……"

屋里出声气，屋外有耳朵。好心的邻居吾那尼丁听见玉玛的哭声，急忙向高山牧场去找多莎敖杜。

这天，多莎敖杜正在放牧牦牛。他吹着一支金竹笛子，吹呀吹呀，笛声嘶哑零乱，老是吹不成调。他想：牦牛群里闯进豹子来了吗？犏牛圈里跳进老虎来了吗？为哪样我的笛声缭乱无章！

山高谷深，坡陡林密。未见人影，先听人声："多莎敖杜——多莎敖杜。"只见吾那尼丁急步跑来，喘着粗气说："多莎敖杜呀！你可晓得菜地里拱进了野猪，鹊窝里钻进了鹞鹰，灶洞里盘踞了毒蛇！你的妹妹让凶神撕扯，你快回去吧，你的牦牛群我帮你看管。"

多莎敖杜眼里喷火，嘴里冒烟，把砍刀磨得晶亮晶亮，风驰电掣般飞奔下来。到家门口，大声叫："妹妹！哥哥回来了！"那声音像晴空炸雷，震得木楞房子"吱吱"地跳动。多莎玉玛听见了，又喜又悉。她急忙连催促带威吓地对纽生学罗说："鹰飞云间，蛇钻岩洞，快走你的路吧。我哥哥回来了！他的砍刀劈断过老虎的脖子，蛟龙的腰杆……"纽生学罗撇撇嘴冷笑道："你哥哥多莎敖杜不长眼睛吗？有眼睛就会瞧见我是白头大龙王的儿子。你哥哥多莎敖杜不长耳朵吗？有耳朵就该听见过白头大龙王家的威势！

他那砍刀敢在我面前亮耍……”话还没有说完，多莎敖杜已经闯进来，举起亮晶晶光闪闪的砍刀，圆睁大眼，朝纽生学罗砍去。

纽生学罗虽然仗势欺人惯了，刚才还口出狂言，但一见雄赳赳的多莎敖杜，就心惊肉跳，又见砍刀挥来，吓得神魂分离，慌忙抖身一变，变成一只瓦雀急急飞逃。多莎敖杜一抹身子，变成一只鹞鹰急追，一眨眼就抓住瓦雀。瓦雀“吱啦吱啦”地叫唤，拼命扑腾挣扎，掉了一撮翎毛脱爪飞去，变成一只老鼠钻进墙洞。多莎敖杜变成一只黄鼠狼跟踪追进鼠洞，咬着老鼠的尾巴。老鼠挣断了尾巴，忍痛逃出墙洞，变成一条小青蛇从多莎玉玛的裙下钻过，钻进玉玛从溪边提回来的麻纱堆里躲藏。多莎敖杜现了人身，挥刀就砍，却被玉玛伸双手架住哥哥的手腕，颤抖着嗓音说：“这条蛇实在该杀！可是你要晓得，他是白头大龙王的儿子，杀了他，天会塌下来，地会陷下去！”多莎敖杜眼里喷火：“妹妹！怕天不在天下住，怕地不在地上走！”一连九刀，连青蛇带麻堆剁了个稀巴烂。多莎玉玛吓得两腿发软差点瘫下去，哭哭喊喊地说：“哥哥啊！祸！祸！闯大了！……”多莎敖杜说：“妹妹，莫怕！天这么宽，地这么阔，世上人这么多，白头大龙王怎么会晓得他儿子哪里去了。”

多莎敖杜把死蛇一截一截捡起来，一共十截，挖了九层土深深地埋了。

三天过去了。白头大龙王不见儿子回来，差人到处去找。七天过去了，没有找着。九天过去了，白头大龙王更加焦愁了，喝酒酒味涩，吃肉肉味苦，成天流着眼泪自言自语：“我的儿子纽生学罗啊！想必是在丛林里碰上饿虎了，在大海里撞着蛟龙了，在人世上遇着屠户了！”他又派精灵能干的静里尼丁和吾大纳戛两个暗探，上天入地去查访。

第十天，多莎敖杜从牧场下来，见路旁有两个中年男人蹲着掷骰子赌钱。多莎敖杜看了一眼就要走。其中一个喊道：“堂堂男子汉，见乐不会乐，必定是傻瓜！见赌不会赌，必定是憨人，来，掷一手吧！”多莎敖杜最听不得挖苦话，他摸摸腰间荷包，便蹲下去赌起来。

起先，多莎敖杜连掷连赢，拢了一大堆银子。可是那两个人的荷包里好像有摸不完的银子，输了就又摸出来。后来多莎敖杜转赢为输，输光了。那两个讥讽地说：“银子输光了，拿肋巴骨做赌注再掷一次吧。”多莎敖杜赌得性起，想：赌肋巴骨就赌肋巴骨！你们输了，看你们怎么给我；你们赢了，看怎么拿我的肋巴骨。

多莎敖杜嘟嘟嘴问：“赌几根？”

那两个说：“先赌三根吧。”

多莎敖杜抓起骰子一掷，嘿呀，又输了。

那两个硬要多莎敖杜抠出三根肋巴骨，多莎敖杜心里一下子喷出冲天烈焰，说：“要肋巴骨吗？问问我这位伙伴！看他给不给！”他“唰”地拔出砍刀一晃，那两个人齐声笑了笑，说：“别快刀的人，不一定会使刀，难道你会杀人吗？你敢杀人吗？”多莎敖杜“哼”了一声，说：“杀你两个瘦猴有什么稀罕！白头大龙王的儿子纽生学罗都被我砍成十截了。”

“哦嗬！”那两个人齐声笑起来，化成两道白烟冲天而去。

原来，这两个中年人是白头大龙王派来的静里尼丁和吾大纳戛。

多莎敖杜刚想转身走，天边来了千千万万兵马，像潮水一般奔涌过来。戈予像密林簇拥，羽箭像蜂群一样飞来。多莎敖杜挥刀砍杀，但毕竟只有一个人，敌不过千军万马，边战边逃。敌人追逼不放，多莎敖杜回头吐了一口唾沫，唾沫变成汪洋大海，淹死了许多敌人。敌人漂海急追过来，多莎敖杜拔了三根头发丢去，头发变成一大片森林，又撞死绊倒了敌人一半。敌人还是号叫着猛追，多莎敖杜忍痛扳下一片手指甲向后抛去，指甲变成一堵高接云天的绝壁悬崖，阻隔住了敌人，呼喊声听不见了。

从此以后，久克坡上牧场里，多莎敖杜的竹笛声随着欢快的白云飘荡，他的牦牛群漫山遍坡，久克坡下溪水边，多莎玉玛又在唱着欢乐的歌，踩洗麻纱。

附　记：

这篇神话除在民间流传，且载于《东巴经》。在中甸白地流传的本子有一些异文：多莎敖杜和玉玛是配偶关系，纽生学罗是打猎丢失了狗。因寻狗到玉玛那里，两人一见钟情，一早对坐倾吐衷情，天不黑就睡在一起，晨鸡报晓也不起床。玉玛要去放牛羊、守麦、挖沟，纽生学罗就变出老虎去放牛，变出狼去放羊，变出乌鸦去守麦，变出猪獾去挖沟。只因玉玛没有早早做饭给家奴吾那尼丁吃，家奴看出奸情，才去向多莎敖杜报告。中甸本子里无赌钱情节，也无两个探子，是龙王变作老翁来看赌，赌肋巴的不是多莎敖杜，他只是公证人，因偏袒赢肋巴者才露了底。

另外，作品末尾尚有一段，整理稿把它删了。其大致内容：多莎敖杜以指甲化崖，挡住敌人，可是龙兵仍越过山崖紧追不舍，多莎敖杜去向叔父求救，未果，又到舅父明叱丁瓦家去，住进铁城，并假扮明叱丁瓦尊者，让龙兵朝他磕头。后来龙兵知道上当，又拼力来攻，攻不下，最后由明叱丁瓦出面调解而罢战。和解后，龙王还来多莎敖杜家走亲。

俄英杜努

人类祖先从忍利恩和天女衬红褒白成婚，开天辟地，又经历恩亨诺、诺本普、本普俄三世[①]，传到俄高楞一代，便有俄英固蕊九兄弟。他们九个兄弟在高山上放牧山羊、绵羊、牦牛和犏牛，自由自在。

不料，山里出了个猛妖，叫阿忍莫果桑。一天，俄氏兄弟的舅舅丢了一头黑母牛，九个兄弟带着九只猎犬去找。可是牛没有找到，一个兄弟和一只猎犬却被猛妖吃掉了。八个兄弟带着八只猎犬又去找，又有一个兄弟和一只猎犬被猛妖吃去。七个兄弟带上七只猎犬再去找，一个兄弟和一只猎犬又被猛妖吃了。后来，剩下的兄弟不甘心，一次又一次再去找，每次都被猛妖吃去了一个兄弟和一只猎犬，最后全被猛妖吞吃了。

俄氏家里有个漂亮聪明的姑娘，叫俄英杜努。她见九兄弟都被猛妖吃了，又伤心又气恨，发誓去报仇。她对家里人说："我要像蝴蝶缠大树那样，去找猛妖拼命！"说完，俄英杜努穿上漂亮的衣服，头上包着绣花的头巾，耳上戴着闪光的银环，腕上套着晶莹的玉镯，脚上穿着闪光的金鞋，手里拿着梳妆的宝镜，嘴里哼着动听的曲子，从山脚向山头走去。

猛妖阿忍莫果桑吃了九个兄弟，骑着一头山骡，从山头朝着山脚走来。

---

①古代纳西族有用父名末字作为子名首字的父子联名制。

到比勒妥树坡，猛妖和俄英杜努相遇。猛妖开口问："俄英杜努呀，你穿戴得这么漂亮，要到哪里去？"

俄英杜努看到这个吃人妖魔，恨不得一口咬死它，但想到自己势单力孤，不是猛妖的对手，必得用点计谋，便装出忧愁的样子答道："多少岁月过去了，我父亲匹配了九对伴侣，我母亲议定了七对婚姻，却偏偏不给我许婚。女人们都有了自己的伴侣，可怜我直到如今还没有个称心如意的伴侣……"说完，又问猛妖："那你又去哪里呢？"

猛妖阿忍莫果桑听了俄英杜努的挑逗话，心里痒酥酥的，说："我也同你一样，父亲不给我配婚，所有的男人都有伴侣了，我还没有，我要找个合心合意的妻子去。"接着，他向俄英杜努求婚起来，说："田沟耙得平，会有好收成；被离弃的男女做夫妻，也会生儿育女的。"

俄英杜努假意许诺，往阿忍莫果桑的山骡屁股上一骑，来到猛妖居住的九重大岩洞里。她打开窗子往上看，猛妖的九只猎犬在九座山上追猎，猛妖的七匹骏马在七个黑箐里放牧；她往床下一看，丢着九个兄弟的九颗头颅、九副弓箭、九碗血水和九个狗项圈。俄英杜努见了很伤心，白天坐着哭个不停，夜晚坐着哼个不住。阿忍莫果桑问："俄英杜努，你为什么白天哭、夜晚哼，有什么不顺心的事？"

俄英杜努把悲伤的真话瞒住不讲，却说："你的九只猎犬常在山上追猎，七匹黑马常在黑箐放牧，遇着了恶人，碰上了豹子，怎么办？实在叫我担心！"

阿忍莫果桑哈哈笑着说："猎犬不会丢，黑马不会丢。我像一匹快蹄好马经常去周游，在九个地方结了九个情侣，一点也不担心，你又何必担心呢？白天不要伤心地哭了，夜晚不要伤心地哼了。"

俄英杜努引过话茬，问："那么，你最担心的是什么呢？"

猛妖无意间把秘密披露出来了："在我这里，卧床的边边敲不得，空闲的床毡帘打不得，空碓舂不得，空锅炒不得，细针折不得，细线拉不得。我最担心的就是这几件事情。"

俄英杜努套出猛妖的秘密，暗暗高兴。忽然，猛妖觉得说漏了嘴，怀疑地看着俄英杜努，说："你为什么关心这些事？"

俄英杜努忙装作心不在焉的样子，说："我才不关心这些事。我关心的是我身上穿的白披毡，腕上套的绿玉镯，耳上戴的银耳环，手里拿的宝石镜。"说着，把宝镜向猛妖照了一照。

阿忍莫果桑信以为真，放心地把九只猎犬放到高山上去，把七匹黑马放到深箐里去。趁着这个时候，俄英杜努拔出刀来，狠敲猛妖的床沿，狠打空毡帘，又炒起空铁锅，舂起空石碓，折断细针，拉断细线。一眨眼间，猛妖屋里的东西，倒的倒，垮的垮，簸的簸，砸的砸，烧的烧，稀里哗啦碎成一堆，把阿忍莫果桑也埋进去了。俄英杜努拿起床下的头颅、血水、弓箭和狗项圈，跑下山来。

阿忍莫果桑没有被压死，挣扎了半天，从破烂堆里钻出来，叫来几十个小妖，朝着正往山下奔跑的俄英杜努追来。到了第一坡，俄英杜努眼看猛妖们快追上了，把九颗头颅往后一丢，头颅像滚石一样砸向妖群，砸死了几个，她便逃脱了。到了第二坡，猛妖们又追上来了，俄英杜努把九碗血水往后一甩，血水化成了一股洪水冲向妖群，淹死了几个，她又逃脱了。到了第三坡，猛妖们又涉过洪水追上来了，俄英杜努把九个狗项圈往后一丢，狗项圈顿时化作绞扣向妖群套去，箍死了几个。到了第四坡，猛妖们又追上来了，俄英杜努把弓箭往后一掷，箭像雨点一样射向妖群，射死了几个。到了第五坡，猛妖们又追上来，俄英杜努脱下白披毡往后一甩，白披毡化作一片浓云遮住了道路，她又从第五坡逃脱了……直到第九坡，阿忍莫果桑和几个剩下的小妖又追来了，俄英杜努没有东西可丢了，怎么办呢？她想起龙部落须徐蕊家有一只厉害无比的花雄野猪，便一直来到洛多地方的大黄栗树下找须徐蕊。须徐蕊对她说："我的花雄野猪惹不得，不然它一发怒，张开岩洞般的大嘴，翘起利剑般的钢牙，不管什么东西都要被它咬断成百段千段！"

俄英杜努听了，想出了一条妙计。待到猛妖们追上来时，她"唰"地拔出刀来，把花雄野猪最宠爱的猪崽的耳朵割掉。猪崽尖声乱叫，花雄野猪听

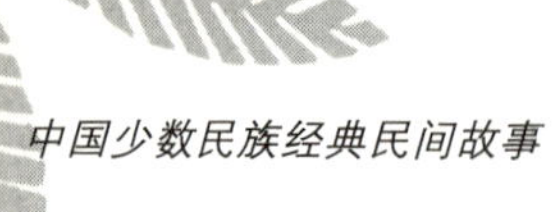

到跑了出来，它一见猛妖们，以为是猛妖们要吃猪崽，立刻怒吼一声，张开大嘴，翘起利剑一样的钢牙，向猛妖乱撬乱撕，把凶恶的阿忍莫果桑和小妖们咬成了千百段。猛妖们的灵魂不死，变成一片有刺的荨麻。花雄野猪咬得性起，把荨麻枝叶都嚼下肚去，又拱开九层土巴，把荨麻根根也吃个干干净净。

俄英杜努报了大仇，开心地笑着，慢慢地走回家去。

附　记：

这篇伏魔神话，同时又是祖先神话，因俄英杜努列于纳西族上古祖先系谱之中，作品末尾尚有一段：俄英杜努忆及往日曾与三个男子结缘，仍找不到归宿，自己没有更多的家产、土地，慨叹之余，她只想与兄弟俄高楞结缘到老。这里反映出母系制和血缘婚向父系制和远缘婚过渡的阵痛和恋旧情绪，因与伏妖主题无关，故未整理。

神 马

在远古的时候，世上还没有马，只有鸡，马是鸡蛋孵化出来的。

那时候的鸡要比现在的鸡大得多，头有一丈宽，尾巴三丈长，步行于地，飞翔在天，是只吃大米、饮天上仙水的神鸟。

神鸡产下蛋后，就在五彩云中做窝孵小鸡，云雾缭绕遮蔽着它的全身。神鸡在云中孵啊孵的，孵了九百九十天，蛋分别变成了黄金、白银、珊瑚、珍珠、玛瑙；还有一只蛋，被纳西族最大的神牟里注阿普偷去了。

牟里注阿普把偷来的蛋放在自己怀里孵，过了九十九天，啥都变不出来。牟里注阿普就把蛋丢在天上，拿白云做成窝，让棉花一样洁白、羊毛一般柔软的朵朵白云孵，还是啥也孵不出来。牟里注阿普又先后把蛋交给凤、乌鸦、马鹿、山牛孵，也孵不出。他又把蛋交给獐子抱了整整三天三夜，还是孵化不出啥。牟里注阿普叫水蛇、癞蛤蟆、石头、水都试了个遍，仍然孵不出来。

牟里注阿普生了气，把蛋丢到汪洋大海里，任凭大海浪涛冲刷。隔了九天九夜，他才把蛋捡来放在深山老林的大岩上，结果蛋里孵出马来了。

从此，神鸡下的银色蛋就变白马，黄金色的蛋就变黄马，绿珊瑚色的蛋就变成绿马，黑色蛋还变成了能够飞翔的黑马。还有一种蛋，变成了长年累月生活在大山里、不愿同人一起生活的、纳西人称它为“注”的野马。最后

的一种蛋被甩在河里，变成了长在河边的挺拔的白杨和细柳。

马的祖先来自汪洋大海中浸泡过的神鸡蛋，它喝了水就长得非常好看、结实、雄壮、高大，生着粗壮修长的尾巴。马用它刚劲的四蹄行走如飞、遍游天下后，它感到只有同人一起生活才幸福。所以，后来马都是同人们在一起生活。

牦牛、马同纳西族人称呼为“注”的野马本是同胞弟兄，但是，它们不能和睦相处。一天，它们三个一齐到海边喝水时，牦牛撬了注一角，注很生气，回到高山后把满山遍野长得鲜嫩肥美的青草吃了个够；又把剩下的草踩得稀烂，才让马吃。牦牛最后赶来，吃不上草，只好吃马屙的屎。马就讥笑牦牛说：“你好不害羞啊，连我屙的屎都要吃。”牦牛恼羞成怒，一角就把马撬得开肠破肚的，马死了。

从那时候起，马同牦牛结下了深仇大怨，马害怕牦牛，牦牛也厌恶马。直到现在，在木里牧场上，牦牛撬死马的事都经常在发生。

人们爱把马拴在房背后，夜晚也不拉进屋。一天，天下暴雨，山洪冲垮了房后的山崖，马吓得把绳索挣断逃跑了，三天三夜不归家。

人们请牟里注阿普想办法，人们按他出的主意放撵山狗到深山老林清查马脚印，才把马找回来。

牟里注阿普问它：“你为啥要跑？”

“人不喂我盐巴吃，又不好好给草料。”马说：“我还怕人吃我的肉，又怕他们拿我的皮去做工具。”

牟里注阿普告诉马：“我给人说过，不许他们吃你的肉、用你的皮。”

所以，现在藏族、纳西族都不吃马肉、不用马皮。

“我还做了一个梦。”马又说：“昨晚我梦见老虎、豹子咬我的身，乌鸦、老鹰啄我的头，耗子啃我的尾，蟒蛇缠住我的颈，大雪埋了我半截，身上很重，不知背的啥东西。”

“那不是坏梦。”牟里注阿普给它说：“今后你的颈项上面会有雪白的哈达挂，戴的笼头贴满黄金、白银做的花，金银财宝任你驮。”

马说：“我害怕牦牛再打我。”

“别害怕，我叫人们杀牦牛，把它的尾巴染成五颜六色的缨穗花，任你头上插，由你胸前挂，给你配的鞍辔最豪华。”

人们到现在都遵照牟里注阿普的吩咐，杀了牦牛就要把尾巴割下来染成五颜六色的缨穗打扮在马的身上，拿牦牛血给马喝，分牦牛心子肉吃。按纳西族人的风俗，死了人，在长长的出殡行列里要牵上一匹打扮得最华贵的高头大马，算是死者去阴曹地府路上的脚力。纳西族的东巴①们念诵葬词时，对死者和马都要千叮咛万嘱咐，还要极力赞美和祝福。

人们感谢马给人类做了许多事，出了很多力，对它很尊敬。马死了，木里的纳西族人、蒙古族人还要给马磕头祷告，送葬行礼。

①东巴：纳西族巫师。

四个部族的由来

古代纳西族有四个氏族部落：禾部落、梅部落、束部落和叶部落，又叫禾墩[①]、梅墩、束墩和叶墩。还有“禾、梅不离居，束、叶不分离”的说法。据传，禾、梅二部落居住在金沙江东岸沿江峡谷，即现今的盐源、宁蒗、木里等县；束、叶两部落居住在金沙江西岸峡谷一带，即现今的丽江、维西、中甸等地区。禾、梅、束、叶四个部落的姓氏是怎样来的呢？

远在公鸡还在老林深处搭窝的时候，纳西族传到了猎人高楞趣这一代。高楞趣有四个聪明的儿子，老大叫趣若迪，老二叫趣若吕，老三叫趣若斯，老四叫趣若鲁。

高楞趣是个很出色的猎手，雪山岔口上看得见他的影子，雪羊行走的陡壁上留着他的脚印，密林深处传有他粗犷的呼喊声。他看一眼百兽走过的脚印，就能辨出是老虎还是豹子，是獐子还是麂子；他从野兽留下的屎堆上，也会判断野兽什么时候路过这里，又朝哪座大山走去了，他的判断准确得不差一根头发丝。高楞趣埋下的地弩从来没有虚发过，他挖掘的陷阱能欺骗狡猾的狐狸，他下的扣子一次能扣住两只箐鸡。九山十八寨都传扬着高楞趣的大名。

---

①墩：纳西语，指居住的地方。

一天，他挎着用牛筋做成弦的大弓，领着生有六趾脚爪的猎狗，来到马鹿经常出没的沟坎边安设地弩。正当他安下地弩的时候，突然“轰”的一声山洪暴发了。眨眼之间，滔天洪水涌满山谷且漫溢到山顶，冲塌了坡坎，高楞趣被埋到了坡坎下面。

滚滚洪水淹没了村寨，高楞趣的四个儿子只好逃到大山里。等到洪水退落，四个儿子回到家里，低矮的木楞房被冲坍了，牲畜和家禽被淹死了，村寨里只留下树桩和石头，人间荒凉得像一片沙滩。四个儿子只得重新建造自己的家园。

在辛苦和劳累中，三年时光过去了。这三年里，高楞趣的四个儿子没有吃过一顿安逸饭，没有睡过一天安稳觉，没有工夫坐下来谈过一次家常。他们流下的汗水浇出了幸福的硕果：木楞房梁柱上挂着百种野兽的干肉，牧场里游动着像云朵一样的牛群和羊群，奶汁像河水一样流淌，酥油和奶渣堆成了山，生活像蜜糖一样甜。

在贫困的时候，四个儿子没工夫寻找失散的亲人，但是当富裕又回到身边，一家人又可以团聚的时候，他们就加倍思念失散的老父亲。一天，四个儿子邀请村寨里的人到家里做客，当全寨人都环坐在火塘边吃肉喝酒的时候，一份坨坨肉多出来了，一只斟满甜酒的酒碗多出来了。是请漏了哪个客人？是哪个人还没有到？高楞趣的四个儿子从寨头算到寨尾，又从寨尾数到寨头，全寨子的人都在座了。

当老人们捧着酒碗唱起祝酒词的时候，高楞趣的四个儿子的脸色突然变了，他们突然想起，这多下来的坨坨肉和酒是自己阿爸的那份，他们的泪水像断线的珍珠洒落在酒碗里。

趣若迪哽咽着说：“弟弟们呀，我们应该去寻找阿爸的下落。”“寻找”，纳西话是“梅”。以后，“梅”就成了老大一支的姓氏。

趣若吕伤说地说：“我们想得太迟了！”“迟”，纳西话是“禾”。以后，“禾”就成了趣若吕一支的姓氏。

趣若斯难过地接着说：“恐怕阿爸的尸体都已经萎缩了。”“萎缩”，纳西话是“束”。以后，“束”就成了趣若斯一支的姓氏。

趣若鲁焦急地抢过话头说：“可能阿爸的尸体都已经腐烂了。”“腐烂”，纳西话是“叶”。以后，“叶”成了趣若鲁一支的姓氏。

四个兄弟商议一阵后，老大趣若迪骑着一匹黑马，去寻找阿爸高楞趣。有一天，他在大山里默默地走着，一只金色的蜜蜂在他的耳边兜着圈子，趣若迪烦躁极了，抬起手把蜜蜂撵开，蜜蜂“嗡”地哼一声，飞走了。趣若迪没有找到阿爸，伤心地骑着黑马回来了。

老二趣若吕也骑着一匹黑马，去寻找阿爸。他一边走一边把手搭在嘴边，冲密林呼喊了几百遍，大山响起了“呜呜”的回声。突然，一只金色的蜜蜂飞来，在趣若吕的耳边兜圈子，弄得趣若吕也烦躁起来。他扬起马鞭把蜜蜂赶开，蜜蜂丢下一串哭声，又飞走了。趣若吕没有找着阿爸，伤心地骑着黑马回来了。

老三趣若斯也骑着一匹黑马，捧着一碗祭食，出门去寻找阿爸。他默默地骑在马上，在一条幽静的山谷里走着。金色的蜜蜂又飞来绕着他不住地飞旋，趣若斯烦躁地晃摇着巴掌把蜜蜂赶跑了，蜜蜂“呜呜”地哭着飞走了。趣若斯也没有找着阿爸，只好骑着黑马回来了。

老四趣若鲁骑着一匹雪白的骏马，也捧着一碗祭食，去寻找阿爸。他冲着大山和老林一边走一边悲伤地呼唤着，他的呼喊声在大山间久久传荡。突然，一只金色的蜜蜂飞来，在他耳边悲鸣盘旋。趣若鲁心想，这只蜜蜂也许和阿爸有关。他捧着祭食虔诚地说：“金子一样珍贵的蜜蜂，雪山一样尊严的蜜蜂，你若是我阿爸的灵魂，请歇在祭食上；若不是阿爸的灵魂，请你赶快飞走吧！”趣若鲁的话刚说完，蜜蜂在他头顶上盘旋了三圈，然后“嗞朗”一声轻轻地落在祭食上，又瑟瑟地抖动着翅膀，仿佛是一位父亲在对儿子倾吐心里的话。趣若鲁用一根白毛线拴在蜜蜂的腰上（传说蜜蜂的腰就是被他勒细了的），蜜蜂又“嗞朗”一声飞走了。趣若鲁鞭着白马，紧紧尾随在后面。那只拴着白毛线的蜜蜂飞到一道塌坡的土堆上，兜着圈子飞了三圈，就隐没到土堆里去了。

趣若鲁急忙骑着白马跑回家，把三个哥哥叫拢，一起来到蜜蜂隐没的土堆前面。他们扒开土堆，终于找到了阿爸高楞趣的尸体。阿爸的脑壳上长着一棵刺柏树，手上长着一棵黄栗树，脚上长着一棵白桦树。

从此以后，纳西族人遇到耳边飞鸣的蜜蜂，就认为它是祖先的灵魂，不能伤害，还要对它祈祷，请求祖先保佑。另外，祭天时，还要在祭坛中央插一枝刺柏，两边插两枝黄栗，前面插一枝白桦，顶着一个鸡蛋，表示天地和祖先。

四兄弟流着伤心的泪水，给阿爸行了火葬礼后把阿爸的灵魂送到祖先居住的地方。后来，四兄弟分了家，老大趣若迪迁到梅墩居住，成为梅氏部族的祖先。老二趣若吕迁到禾墩居住，成为禾氏部族的祖先。老三趣若斯迁到束墩居住，成为束氏部族的祖先。老四趣若鲁迁到叶墩居住，成为叶氏部族的祖先。他们的后裔像五月的青蒲一样，在金沙江峡谷两岸繁衍昌盛。

附　记：

在这篇神话中，当高楞趣狩猎未归(遇难)后，趣氏四兄弟说的四句话有异文，即：老大说的是“苏”(要去领回)，老二说的是“由”(怕是腐烂了)，老三说的是“买”(还来得及)，老四说的是“何(禾)”(迟了)。根据这一说法，纳西族四大支又写作“苏、由、买、何”。

门神的来历

很古的时候，一天的时辰抵得现在的十天。陆阿普和色阿主①是吃一个奶头长大的两兄妹。陆阿普看见公狗亲着母狗心里会发慌了，色阿主看见公鸡追逐着母鸡脸盘会发烧了，兄妹俩偷偷学着亲热了。

兄妹间乱伦的事情玷污了天地，天神美利东阿普气得在天上狠狠地跺脚，跺塌了天河，天河水汹涌着倾倒向人间，大地上洪水横流。洪水一天比一天往上涨着，人间的生灵都裹进洪水里了。洪水把居那什果神山淹得只剩下可以搁放一只鸡窝篮的顶尖了。陆阿普和色阿主逃到居那什罗神山的尖顶，用手扒挖了一个鸡窝大的窝巢，兄妹俩潜伏在洞穴里。

天神美利东阿普发现陆阿普和色阿主没有被洪水吞没，为他们兄妹的智慧佩服。为使他们有个醒悟的机会，宽恕了他们的罪孽，让他们去人间做守门护家的门神。美利东阿普告诫兄妹：留在人间的时候，要帮助人们分清黑白、阴阳、人鬼、神妖、善恶，善的都放进屋里，把鬼、妖和恶的拒在门外，使人间变成只有春天，没有冬天的天堂。

陆阿普和色阿主离开天庭的时候，美利东阿普赐给陆门神一头犄角朝天

① 陆阿普，陆又写作“卢”“东”“董”等，阿普是男始祖的称呼；色阿祖，又写作“塞”“瑟”，“阿主（仔）”，是对女始祖的称呼。

的牦牛当乘骑，又赐给色门神一头利爪如刃的老虎当坐骑。兄妹俩骑着牦牛和老虎到人间，陆门神守护在人类大门的左边，牦牛拴系在左边；色门神守护在人类大门的右边，老虎也拴系在右边。

陆门神和色门神教会人类裁判美丑、善恶、真假，他们叮嘱牦牛和老虎把神和人、善和美放进屋里去，把鬼妖和污秽肮脏拒在门外。陆门神和色门神庇佐着人类安泰幸福，向天神传递着人类虔诚的妙音，又制定了人间的规矩礼节。

陆门神和色门神到人间多年了，后来他们生了一男一女，男的叫陆盘若金，女的叫色盘命金。陆盘若金和色盘命金像两只羽翼丰满的金鸡，很想离开父母飞天。一天，陆盘若金和色盘命金走进老林里去狩猎，走到一条幽深的深谷里，发现一潭清冽的泉水，泉边落下百兽的脚印子，兄妹俩的心热了，悄悄地把捕捉野兽的扣子埋在泉水边了。

第二天，兄妹俩来到泉水边收扣了，看见扣着一头小马鹿，高兴得使他们的头昏热了。他们咬着牙，狠着心，用一根藤索勒死了马鹿，剥下了鹿皮，背着鹿肉回家了。

陆盘若金和色盘命金的嘴巴沾着鹿血，手上也沾着鹿毛。他们刚走到门口，左边的牦牛和右边的老虎看见了污血，闻到了膻腥秽气。这使牦牛和老虎惊骇，误认为是恶鬼暗里来戕害他们，就嗤着雷鸣般的响鼻，甩着尾巴，挥动犄角，伸出利爪。牦牛把陆儿子顶死，老虎把色女儿咬死了。

陆阿普和色阿主十分悲伤，他们的哭声愁得人间的泉水干涸了，悲得天上的云缕滴下了泪水，引得人间树木落叶了，山变老了。陆门神没有了子嗣，他老得胡子像云缕一样又白又长；色门神没有了子嗣，她老得像枯干的芜菁。他俩的背佝偻如一张弓，眼睛泛绿了，牙齿像木齿耙，手脚干枯如鸡爪，脚板似板耙。他们看到石头永远年轻不老，所以当陆门神离开人间朝着火古洛[1]走的时候，把他的灵魂托付给了永远不会老朽的石头，这样，石头

[1] 火古洛：纳西语，指北方。

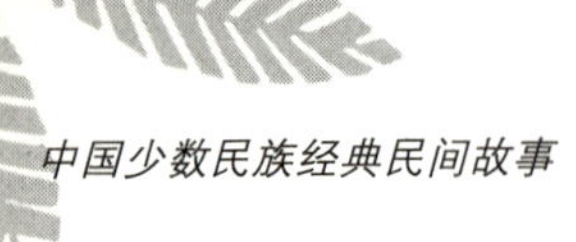

坐在陆门神的座位上了；而色门神离开人间朝着叶时蒙[1]走的时候，也把她的灵魂托付给了永远不会老朽的石头，这样，石头坐在色门神的座位上了。从这以后，纳西族的居家门口竖起两颗牛头大小的石头，表示陆门神和色门神的灵魂。陆门神和色门神把他们从天上骑到人间的牦牛和老虎依然拴系在门口，让牦牛和老虎守护着门口，裁判人间的神和鬼、人和妖、黑和白、阴和阳、美和丑、善和恶。

纳西族人把陆门神、色门神立下的规矩礼节称为“陆模”，凡事遵照而行；把两颗门神石称作“陆鲁”，逢年过节都要祭祀它。

①叶时蒙：纳西语，指南方。

人为什么有智慧

善神美利董阿普要分智慧水给动物，好让所有的动物都有同样的本领。那时候，人叫本茨汝，跟动物住在一起，身上也有很多毛。善神先派乌鸦去通知本茨汝，乌鸦没有去，找个地方偷闲了半天，转回来在美利董阿普面前撒谎说："我已经把事情说给本茨汝了。"尽管乌鸦撒了谎，全身长毛的本茨汝还是晓得了，他非常痛恨乌鸦，决定做一把桑木弯弓，要把乌鸦射死。

转眼间，三天过去了，分智慧水的日子到了。所有的动物都聚集到美利董阿普那里，唯独本茨汝没有来。美利董阿普便问乌鸦："你没告诉本茨汝吧？他咋个没有来？"乌鸦说："告诉他了，不知他为哪样不来，我再去喊喊他。"说罢，拍翅飞走了。

本茨汝正在家中做桑木弓，乌鸦见了，没有喊他，只是远远地望了一眼，便飞回去对美利董阿普说："本茨汝在家里削肋巴骨，我喊他快来喝智慧水，他说不来了，还说，他的那一份送给我喝啦。"美利董阿普对乌鸦说："不行。你再去告诉本茨汝，我要分给大家的智慧水，一个只有一份，不得多喝，不得不喝，叫他一定快来。"

乌鸦又飞到本茨汝那里，见他正在拉弓弦，悄悄地望了一眼，便折回去对美利董阿普说："本茨汝在家里拉牛筋。我催他快去，他却说：'本茨汝在家里拉牛筋，去不成。'他还是让我喝他的那一份。"美利董阿普还是不让乌鸦喝，他坚决地对乌鸦说：“乌鸦，你再去对本茨汝说，我叫他非来不可！”

乌鸦感到要骗取这份智慧水没指望了，便飞到本茨汝家大门口大声喊叫：“本茨汝，美利董阿普叫去你去喝智慧水，你赶紧跟我去吧，要不就没有你的份了。”

本茨汝已经做好了弓箭，见了乌鸦，就大声呵斥：“你咋个不早告诉我，咋个做贼似的飞来飞去？你以为我不晓得你的心思吗？”

乌鸦做贼心虚，“啊啊”地支吾着，想溜走，本茨汝拉满木弓，瞄准乌鸦脖子，一箭射去。只听“当”的一声，乌鸦便蔫下翅膀，弯着脖子倒地死了。

本茨汝丢下弓箭，急急忙忙赶到美利董阿普的住处。他看见所有的动物都在那里，便急忙问道：“智慧水呢？智慧水呢？”动物们说：“你咋个这会儿才来？前面碗里盛着呢！”本茨汝以为其他动物都喝过了，一仰脖子，咕嘟嘟一下把它喝完了。

动物们见本茨汝把智慧水全都喝光了，气得像一群蜂子似的拥向本茨汝，你一撮、我一撮地拔他身上的毛。本茨汝慌了，又没躲处，只好用手捂着自己的脑袋。最后，本茨汝除了头发外，身上的毛全都被拔光了。

本茨汝知道其他动物都还没喝智慧水，感到非常抱歉，便跟它们说明了事情的原因。动物们明白了真情，都痛骂乌鸦。从这以后，本茨汝就有了非凡的智慧，任何一种动物都赶不上他了。

当所有的动物都去拔本茨汝身上的毛时，青蛙却在一旁舔碗，把碗底剩下的点滴智慧水舔得光光的，这样，青蛙的形状就跟人有点相似。所以，纳西族人认为青蛙比其他动物聪明。

东巴文字的来源

从前，一个汉族人、一个藏族人、一个纳西族人约好了日子，要一同到天上找天神取经。结果，汉族人、藏族人就先走了，纳西族人东巴戛拉丢在后面，等他赶着去追赶两位伙伴时，在吉拉染柱山上碰见他俩回来了。

“我们把经都取回来了！”汉族人和藏族人对东巴戛拉说。

东巴戛拉看见他俩取经回来后心高气傲的样子，着实不高兴。闷起想了一会，对汉族人和藏族人说：“我虽然没有取成经，没有学到写字的本领，但是，我能够看见山就画山，看见人就画人，看见牛就画牛，看见马就画马。”说完，当场就给他俩画了许多山、水、羊、马、牛、人等的符号。

从那个时候起，纳西族的东巴想写啥就画一个啥，念经的时候就有了象形符号的东巴文经书[①]，再也不愁没有文字了。所以，直到现在，纳西族用的都是象形东巴文。

汉族人和藏族人在天上听神仙讲经的时候，听得入了神。汉族人不住地点头称赞说：“对！对！对！”结果他回来写字是从上到下竖起写；藏族人听了也摇头晃脑不歇气地称赞说：“再讲点！再讲点！”结果他回来写字就是从左到右横起写，所以，一直到现在藏文都只是横起写的。

---

① 东巴文经书：纳西族的象形文字经书。经书中记述有纳西族的神话传说、请神送鬼等内容。

卜筮术的来历

人类都是从居那若倮山上迁来的，所有的禽鸟都是从缪沟褒喀岭上飞来的，所有的河流都是从高山大岭之下发源的。晁增利恩和倩红褒白来到人类的世间，他俩做一家人，克服一切艰难，建立一切规矩，留下了不灭的火和不朽的石。那时候的人们，谁也没生过疾病。

天不快乐，地不欢喜，哥排公子有病了，开美小姐有病了。不知名字的鬼不能禳解，犹如不见面的客人无法招待。用牦牛和犏牛祭祷过了，没有效验；用深箐里的清水祭祷过了，没有效验。人类的世间，智者与能者商量，祭者与祷者商量：天上的排子女神有卜筮的法术，去到天上求来卜筮的法术，祭祷才能有效验。

神鹰神雀做使者，一齐飞到神塔下面歇一夜。下雨又下雪，下了三天三夜还是不停止。神鹰神雀不能飞到天上去，吃的东西也没有了。神鹰肚子饿，就把神雀一口吃掉了。

三天复两晨，神鹰独自飞到居那若倮山下，山神老荣比梭见了神鹰便问：“你来这里干什么？”神鹰说：“人类世间的哥排公子生病了，开美小姐生病了，我要去到天上排子女神那里请求卜筮的方法。”山神老荣比梭斥责神鹰：“你的嘴巴不干净，你的肚子不干净，你不能去到天上排子女神那里！”老荣比梭不准神鹰上去，神鹰只得很害羞地回来。神鹰骗人们说，神雀儿在大雨大雪里受冻挨饿死了。

人类的世间，智者与能者商量，祭者与祷者商量：可以使谁去到天上排子女神那里请求卜筮的法术呢？大家认为诚实的雄贡大鸟最可靠。雄贡说：“雄贡的舌头笨拙，不能传达好言好语，要请聪明巧辨的白蝙蝠上去。”白蝙蝠说：“蝙蝠的身翅弱小，高处的风势猛大，弱翅抵不住大风，蝙蝠就会飘零失路呢。”大家商议，就让白蝙蝠和雄贡大鸟同去。

聪明的白蝙蝠对忠实的雄贡鸟说：“明天早上，你我各自出发，看谁先到居那若倮山下？你我两个中，先看见太阳第一道光线的那一个，应该由后看见阳光的那个背到天上去。”雄贡答应了。第二天早晨，两个都起身很早，一齐飞到居那若倮山下。太阳快要出来了，雄贡向东方等候着，白蝙蝠向西方等候着。东方山上的太阳本身还没有出现，西方山上已经看见阳光了。白蝙蝠说：“太阳光是我先看见的，我要骑在你背上去。”雄贡把白蝙蝠背着，飞到居那若倮山上。烧起香木树枝的烟火，左边白云缭绕，右边黑风飘扬，雄贡和白蝙蝠乘着风云飘到天上来了。

雄贡和白蝙蝠一同歇在天神家农场里的麦架上，看见神的奴仆出来牧羊，看见神的奴仆出来挑水。聪明的白蝙蝠用好言好语招呼神奴神仆，请他们传达给排子女神说：“人间的使者白蝙蝠求见，请排子女神自来迎接！”排子女神使奴仆穿着太太衣服出去迎接，白蝙蝠不愿进来。排子女神穿着奴仆的衣服出去迎接，白蝙蝠很恭敬地对她行礼，很高兴地跟着她进去。

排子女神问人间的使者白蝙蝠说：“你有什么事来到这儿呀？”白蝙蝠说：“人类的世间，哥排公子有病了，开美小姐有病了，不知道名字的鬼不能禳解，犹如不见面的客人无法招待。用犏牛、牦牛祭祷过了，没有效验；用肥鸡、肥猪祭祷过了，没有效验。听说天上排子女神有卜筮的法术，我们求求排子女神指示卜筮的法术。”排子说给他们从天卜到地的方法，蝙蝠不愿学；排子说给他们从父卜到母的方法，蝙蝠不愿学；排子说给他们从虎卜到豹的方法，蝙蝠不愿学；排子说给他们从鸢卜到鸡的方法，蝙蝠不愿学；排子说给他们用羊骨、鸡头占卜的方法，蝙蝠愿学了。排子说给他们用海贝、竹签占卜的方法，蝙蝠愿学了。排子送给白蝙蝠带回来三百六十卜的卜书，嘱咐他不要在路上打开看。白蝙蝠同着雄贡鸟回来，走到居那若倮山上，便把卜书打开看了。一阵大风把卜书一齐吹去，落在山上的大海子里，手边只剩下六种卜书了。海里原来有个神蛙，白天在海里游泳，夜间在山头的枇杷树下睡眠，神蛙把落到海里的卜书统统吞了。白蝙蝠和雄贡鸟找了三天三夜，总是没有找着。回到天上排子女神那里，哀哀地求她帮助。排子叫老瓦老韶苴弟兄五人，分头去找。一个从东面找过去，一个从西面找过来，一个从南面找过来，一个从北面找过去，一个在中心路上看守着。找到居那若倮山顶的枇杷树下，看见神蛙睡在树下没有醒来：蛙头朝着南方，蛙尾朝着北方。老瓦老韶苴老大从东面射来一箭，射中蛙的左腋，蛙嘴里吐出火光，火光朝南飞去，南方就变作火位；蛙尿射向北方，北方就变作水位；箭镞落在蛙的西方，西方变作金位；箭杆留在东方，东方变作木位，蛙腹腐化为土，中央变为土位。五行由此而生，四方四隅由此而定。

居那若倮山上的海水里，有一对会变化的金鱼，金鱼每天朝着天空吸吮甘露三次，因此一日分作早、午、晚三段时间。一月共有三十天日子，一年共有十二月的节令，也从金鱼出没的次数上推算出来了。

居那若倮山顶的那棵枇杷大树，一共有十个枝干，每枝生叶二片，每片所属不同，天干地支由此分别。

白蝙蝠和雄贡鸟回到人间，人间有了卜筮的方法。藏族用卜书占卜，纳西族用羊骨占卜，露鲁[①]用绳索占卜，傈僳族用生竹签占卜，白族用海贝占卜。年、月、日、时和五行十二属的卜法，都是从此得到决定了。

附　记：

这篇神话不仅民间流传，且载于象形文字《东巴经》，又称《白蝙蝠取经记》或《蝙蝠取卦书》。

---

①露鲁：纳西族的一个支系。

丁巴什罗

天女第七代沙饶里字今姆与阿普第九代今补拖格结婚后不久，今姆怀了丁巴什罗。

当怀孕九个月，到产期不足十三天的时候，什罗预备出世了。他在母亲腹中问："妈妈，我从哪里出来呀？"母亲回答说："你就从人类降生的道路出来吧！"什罗说："人类降生的道路不干不净，我不能来。"母亲问："那么，你要从什么地方出来呢？""妈妈，请借我用一用你的左腋吧！"母亲只好抬了一下左臂，丁巴什罗就从母亲的夹肢窝里出来了。

两晨复三天，丁巴什罗降生的消息传开了，天下所有的魔鬼都来看什罗。魔鬼们看过了什罗后，一个个哭丧着脸，"唧唧咕咕"地说："那对眼睛是降魔的眼睛，那张嘴巴是吃鬼的嘴，那双手是杀鬼的手，那双脚是踏鬼的脚。在这个天底下，还有我们魔鬼生存的地方吗？我们就像那禽鸟没有可栖的树，像那牲畜没有可牧放的地方了！"魔鬼们都流着眼泪散去。

过了几天，又有一个名叫司命麻左固松麻的女魔来看什罗。她头戴一口八耳铜锅，手里拿着九丛棘刺和九根麻绳，率领鬼卒三百六十个，装作好人，对什罗的母亲说："听说你生了一个与众不同的神人，抱来给我看一看。"沙饶里字今姆抱出孩子给她看，女魔固松麻一把抢过什罗，夹在腋下就飞跑了。

女魔固松麻把什罗放在大铜锅里煮，煮了三天三夜，以为煮烂了，打开锅盖看，什罗却满不在乎地坐在锅里。就在这时，水汽蒸腾，火烟突冒，什罗乘着烟气上升，升到十八层天上去了。

天上有锦缎帐幕，有金银玉器，什罗在那里念东巴经，边念边画边写经书。另外还有三个喇嘛也在念经，一边念，一边写。

喇嘛嫉妒丁巴什罗太高明，屡次用法子整他都整不赢，就不给什罗饭吃。什罗很生气，心想要惩治他们。他口里念着咒语，左边刮起白风，右边刮起了黑风，把喇嘛的经书吹得四处乱飞，分不清哪页是头，哪页是尾了。喇嘛理不清自己的经书，三人非常着急，后来还是什罗替他们整理好，一页都没有错乱。喇嘛佩服丁巴什罗的神通，剪下各人的衣服袖子，脱下各人的裤子，一齐献给了什罗。从此，东巴有了花衣和裤子，喇嘛却没有了裤子，衣服也没有了袖子。

女魔固松麻在人间到处扰乱，到处作祟。天下人不得安宁，天下牲畜不能繁殖。人们一起商量：丁巴什罗在天上念经，只有他的法术才能制服女魔固松麻。大家推举老瓦老韶苴和韩英精褒排前往天宫，请丁巴什罗下凡。

老瓦老韶苴骑一匹白云似的马，韩英精褒排驾一只名叫雄贡的大鸟，一起来到天宫，迎接丁巴什罗。他俩向什罗诉说了女魔固松麻扰乱人间的罪行，请求什罗杀灭魔鬼，拯救人类。丁巴什罗答应了两位使者的恳求。临行，每个天神送什罗一件法宝，九十九部经典，白铁的神叉、神冠，黄金的板铃、顶扇，洁白的海螺，绿松石般的法鼓，以及神弓、神箭、宝刀等等东巴教法器，还送了一笼锦缎叫他做帐幕。

丁巴什罗骑着乳白色的神马，用天国的牦牛、犏牛驮经，黄象、白象驮法器，带领生翅的护法三百六十个，生爪的护法三百六十个，生角的护法三百六十个，东巴徒弟三百六十个，天兵天将千千万万，右手摇着黄金板铃，左手敲着法鼓，浩浩荡荡地下凡来了。

丁巴什罗率领所有兵将，走到居那若倮山上驻扎下来。一个叫毒苴巴漏的魔王负着一座黑山前来挑战。什罗向魔王念咒语，才念了九个字，那座黑山即刻倒了，毒苴巴漏被压死在山下。

丁巴什罗所到之处，魔鬼都抵挡不住，有的战死，有的吓死，只剩下固松麻了。女魔固松麻胆战心惊，可是装作不害怕的样子，打扮成花容美貌的美女来对什罗献媚："你在十八层天上念东巴经，还觉得不好吗？这个人世间，简直成了血海地狱，你来干什么呢？"什罗回答说："我在十八层天上，娶了九十九个美貌的妻子，一百个还少一个，你是世间最美的美女，我特意下凡来娶你，你能答应我吧？"固松麻见什罗中了计，就更娇滴滴地说："你是天宫最英俊的人，我对你一见钟情。但你要娶我，就要对天发誓。"什罗马上发誓道："我的舅舅是神族，他家的牦牛、犏牛最多，如果我不是真的和美女固松麻结婚，让我舅舅家的牛群都死掉！我的姑妈是官族，她家的马帮、骡群最多，如果我不是真的和美女固松麻结婚，让我姑妈家的马帮都死掉！"什罗发过誓后，接着对固松麻说："我已发誓，你也要依从我一件事：我们结婚之后，你随身携带的东西都要埋在地下。"固松麻慨然答应了，立刻把八耳铜锅、九丛棘刺、九根麻绳都埋到地下。丁巴什罗就和女魔固松麻结婚了。婚后，夫妻俩同枕异梦，各做各的事：魔女作祟，使人生病；什罗禳解，使人病愈。

哥排若金病了，开美命金也病倒了，来请丁巴什罗禳解。什罗临走的时候，固松麻再三嘱咐他："人家的病好了，主人一定会酬谢很多东西，但是你要牢记着，一切东西都不能接受，一针一线也不能带回。"

丁巴什罗替哥排禳解，他的病全好了；什罗又替开美禳解，她的病也好了。主人酬谢什罗很多东西，黄金啦，白银啦，牛、马、羊啦，什么都拿来送给他，什罗一样也不要。

丁巴什罗不受谢礼，疾病不会断根。主人心里不安，暗暗把一颗鸽蛋大的绿松石系在什罗的马额上。

丁巴什罗回到家里，固松麻正在叫头痛，一见什罗就骂道："你为什么不听我的话，接受了礼物回来？"什罗说："我没有接受一针一线呀？"固松麻叫他去看马额上的那颗绿松石，什罗才知道是主人暗中系上的。

猪肥了就要宰，谷子熟了就要收割。丁巴什罗见固松麻病倒，心想下手的时机到了。他一刻不停地念经。右手摇黄金板铃，左手敲法鼓，急忙召集三百六十个教徒把女魔固松麻的魔器从地下取出来，用那九根麻绳绑住女魔的手脚，拿那九丛棘刺做燃料，把她煮在那口八耳铜锅里，煮得固松麻肉烂骨化。

女魔固松麻死了，丁巴什罗率生翅的护法神、生爪的护法神和生角的护法神都来杀鬼杀魔，普天下的魔鬼大都杀完了。

从此，人们把丁巴什罗奉为东巴教的教主。

阿明什罗[①]

传说，阿明什罗是纳西族东巴教的第二代祖师(第一代祖师是丁巴什罗)。他是中甸县[②]白地人，出身于贫寒之家，但从小聪明过人，对经书过目不忘，入耳能诵。

有一天 ，有几个喇嘛来到水甲村旁，见阿明与一些村童玩耍。他们发现阿明十分聪明可爱，认为长大了能当活佛，于是连哄带骗把阿明弄回大寺庙。寺庙主持不愿让外族人学习藏经，于是让阿明去放马。

当时来大寺庙学经的很多，都是贵族子弟，十分富有，每人都备有全副鞍马坐骑。起初，阿明白天到草原上放牧，夜晚与众学徒同宿，边看边听，居然学会了很多藏文，会念藏经了，甚至比学得好的学徒还好。众学徒又气又恨，禀明主持，便让他独自宿于隔壁小密室内，这样，阿明便不能学经了。可是他是个十分聪慧的人，想出了使人意料不到的办法。他趁放牧之机，找来许多又长又柔的草叶，晚上坐在密室里听隔壁学徒们念经。听到一句，一面默记在心里，一面结一草绳结。第二天，在牧场上念一句解一绳

① 阿明什罗：“阿明”是人名，“什罗”是对大东巴的尊称，表示与教主齐名。

② 中甸县：旧县名。2001年改为香格里拉县，下同。本书正文中均保留旧县名，不改为今名。

结，居然会背诵许多经卷了。

阿明爱自己的家乡，爱自己民族的文化。他从藏经中逐渐体会到东巴经应当有所改进，于是打算找机会逃回家乡。他开始每天训练起那些马匹来了。牧场边有一条大河，上面架有一座木桥，通过木桥是走向家乡的大道，他留下一匹十分喜爱的骏马，其余的马，他每次骑到桥头就扬起又破又烂的羊皮褂，让马大吃一惊，掉头往回跑。这样训练了一段时间，所有经过训练的马匹不经吓唬，一到桥边就自行掉头往回跑，任鞭子抽在身上也不行。

机会终于来了。有一天，大寺庙里全体僧人应邀赴会，去念经做道场。阿明偷出几本重要的经卷，骑上那匹喜爱的骏马，一溜烟逃回家乡。下午，僧人们回到寺庙里，发现牧人不在了，于是纷纷骑上骏马去追。可是，所有的马一到那座桥边都一律往回逃，就像有个鬼使差守在桥边似的。这样一连几天，僧人们都无法通过木桥追捕，只好派出三名僧人改道去追逃亡者。

阿明带着藏文经卷回到了家乡——白地水甲村。他害怕僧人追来收回经卷，于是，把一部分经卷藏在村西头岩下叫“勾吐玛”的小石洞里；自己带着大部分经卷藏在离村二十多里的北面山腰的两个大岩洞里，趁便修行神功，增补和改进东巴象形文，写下许多东巴经典。这两个大洞后来被人们称为“阿明奶可”，意思是阿明藏身洞。

不久，阿明以为危险已过，便回到村里帮助寡母种地。时值夏收之际，有一天，来了三个骑高头大马的藏僧，向村外正在割麦的妇女们打听阿明的去向。阿明正在捆麦子，走过来说：“我就是阿明，你们找我有事么？”僧人们说：“我们奉长老之命来找你，只要把经书还归寺庙，可放你一条生路。”阿明说：“这事好说，不过你们也走累了，请歇一歇吧。”于是阿明用一只手提过来三个大石头，请三位僧人坐下，说是等收工时再领他们进村。谁知一坐下，三个僧人像被钉住，再也起不来了。阿明叫人送晚饭给他们吃，让他们在石头上过夜。第二天一早，阿明又端来早饭给他们吃。三个僧人说：“我们奉长老之命，辛辛苦苦找了三个月才找到你，谁知你已炼成个法力高超的东巴，请你可怜可怜我们，让我们离开这儿吧！”阿明说：

“这也容易，不过你们见到长老时，请替我致谢一声，说阿明不会忘记他老人家的教诲之恩！”又说一声：“起！”石头便震了一震，三个僧人忙不迭地跳起。阿明说：“你三人走了三个月，盘缠肯定用完了，让我给你们准备吧！”于是领他们进了家，给了足够几个人吃的干粮，三个僧人才千恩万谢地走了。

三个僧人回复了长老，长老也就不再追究了。可是有个十分奸刁的僧人听了，就想报复一下。这僧人是约东地方哈批村人，传说这哈批村的百姓是来自白地纳西地方，因此每年要请白地有名的东巴来念经。大年初一全村男女老少只准说纳西话。这奸僧回到村里，买通伙头[①]，要请阿明来念经。第一次请，不来。第二次请，还是不来。第三次，阿明答应了，并说：“不必接我，正月十五日我自己会来的。”

到了日子，阿明一个人上路了。走到山垭口，遇到一位白胡白发仙人。仙人问：“正月十五人们是不应该出门的，你为什么偏偏要出门？”阿明说：“我算定今日会碰到一位神仙，想向他学三句咒语，碰巧遇到了你！”仙人说：“人说你料事如神，果不其然！咒语我可教你，但你今天会有危险，你又无法预知，所以我才来提醒你的啊！”阿明再三拜谢救命之恩，并问有何危险。仙人说：“哈批村人受了奸僧蒙蔽，正在设法害你，他们将毒药放进酒里，让你饮用。你切不可喝下去！”阿明记下仙人的话，并学了咒语，告别仙人，又上路了。

到了哈批村，伙头带着全村人来迎接他，把他迎进伙头家，坐在神龛之下右边的火塘旁。众人说了许多仰慕敬佩之类的话，端来铜盆，请他洗过手，听他念了些吉祥保佑之类的经文，于是端上来三杯酒：一杯奉献神灵，一杯奉献给大东巴阿明，一杯奉献给主人伙头。阿明并不急着饮酒，天南地北地说了一阵，使在座的人都敬佩得五体投地。他念着才学来的咒语，用中指和拇指蘸了一点酒，往上一弹，现出五彩缤纷的云雾。阿明趁众人惊叹之

①伙头：相当于村主任。

机，神不知鬼不觉地调换了酒杯。等众人重新端坐之时，他端起酒杯，一饮而尽。众人也干了自己的那一份。伙头被毒死，哈批村人却更加信服阿明。那奸僧吓得不住祷告，再也不敢害阿明了。

阿明的名字传遍四方，使丽江的木天王惊慌起来。他怕阿明的声望压过自己，更怕阿明的智慧和高超的法术会危及他的统治，于是想方设法要害死阿明。恰好，木天王的母亲去世了，木府请来了众多的高僧、道士，还有一批有名望的东巴教徒，念经做道场。木天王还特别派出使者，匆匆前往有五天路程的白地水甲村，去请阿明大师。

阿明欣然前往，但他只带了一个饭团作为盘缠，使者不禁暗暗发笑。到了打晌午的地方，众使者拿出好饭好菜吃了起来，只见阿明举着饭团，口中念念有词，饭团飞了出去，不一会儿一头鹿飞奔而来，到阿明面前倒毙。阿明便烧肉吃，也给使者吃，使者惊叹不已。

阿明与使者来到金沙江边，木天王早派人藏了渡船，想让阿明当众出丑。阿明不忙渡江，先在江边作起法来。他见牧羊人赶着羊群过来了，故意讨口饭吃，小气鬼牧羊人不但不给吃的，还讥笑他。阿明说："让这些羊整天瞎跑吧！跑十步才吃上一口食吧！"从此，山羊便满山乱跑，从不安静地吃草。又有牧猪人赶着猪过来了，他又讨饭吃。牧猪人说："快别说'讨口饭吃！'赶路人谁也不带上粮食锅灶，来吧！我们一起吃午饭吧！"阿明很高兴，便说："让这些猪不用走路就能吃饱吧！"于是，猪群便停步，用嘴拱土块，大嚼起草根来。从此，所有的猪都在一小块地方打转，都能吃得肥头大耳。阿明谢过牧猪人，骑上自己带来的皮鼓，投入江水漂流而去。皮鼓燃起熊熊大火，阿明却安然无恙。他让皮鼓在对岸悬岩峭壁下停住，凭手攀登而上，如履平地。使者见了，一个个目瞪口呆。

阿明来到木府，已是开道场的第三天了。阿明对木天王说："父为天，母为地，然后有儿女之躯。你老人家请了这么多僧道，花费多，排场大，可惜没有尽到孝道，没有孝道，再闹也是白费劲，祖宗是不领情的。"

木天王大惊，问道："阿明大师，我听说白地虽然地处偏僻，那里的东巴却道行高深，请大师教我，如何尽到孝道？”

阿明说：“此次我已带来全套法器，又带有几部好经卷，为使木天王能尽孝道，这次送葬应从头做起。明日一早，你应头上带上孝巾，身穿反面麻布长衫，腰扎麻皮，手拿香油天灯，由两位伴者相扶，放声哭灵，这是孝道的头一件事。所有亲属都应头扎孝巾，不得穿红戴绿、嬉笑玩闹。一切吟诵、祭、超荐、哭灵、守灵、送灵及安葬等事，只听我阿明一人主事，所有僧、道不得越礼……方能做到尽礼尽孝。”

木天王大喜，当众宣布从头超荐三日，一切由阿明大师主持。至此，内地的纳西同胞才知本族的古礼古道，才有机会聆听本族的古经吟诵，无不心服口服。丧事做得井井有条。阿明什罗的名气越来越大了。

众人越是惊服阿明大师，木天王越觉得阿明大师圣明，就越要害死他。晚上，他设下毒计，要在第二天毒死阿明。

第二日，木天王大宴宾客。按纳西古俗，应先献茶，木氏派人敬茶，阿明已知有毒，趁便倾倒不饮。木氏无奈，亲自端起毒茶献给阿明。阿明已知自己阳寿已到，于是对木氏说：“难得主人这般殷勤，你我各饮一杯，算我借花献佛。”木氏不得不饮下自制的毒茶。阿明含笑，也饮干了毒茶。

木天王临死前召大儿子说：“我死后装于铜棺中安葬。”他的用意是大儿子每次行事都反其道而行之，所说铜棺，是要大儿子用木棺安藏。谁知大儿子动了真情，决心一生中第一次听父亲的话，就用铜棺安葬。木氏本可还阳，至此却永世不得翻身了。从此，木天王的后代一天不如一天了。

靴顶力士

远古的时候，天上出了九个太阳和七个月亮。白天，太阳一出来，晒得满山遍野的树林噼啪燃烧，江河湖海里的水滚滚沸腾。庄稼烧死了，牛羊渴死了。晚上，月亮出来了，大地一片冰凉。江河冻住了，牲畜冻僵了。人们面临着绝境。

这时，有个叫桑吉达布鲁的大力士出来对大伙说："乡亲们，我看天上出现这么多的太阳和月亮，一定是神灵有意跟人们作对。我上天去，找天神去！"

桑吉达布鲁抓住一只大鹏的翅膀，飞到了天上。

天神坐在金銮宝殿上，桑吉达布鲁冲上去问："天上出了九个太阳和七个月亮，人们无法生活，你管不管？"

天神见来找他的是个平平常常的凡人，便说："九个太阳也好，七个月亮也好，这是天上的事，你管不了，还是赶快回去吧！"

桑吉达布鲁听了很是生气。"呸！"他吐了口唾沫，抡起两条粗壮的胳膊，上前抱住宝殿中间的大圆柱子"咯吱咯吱"地使劲摇晃起来。顷刻，整座宫殿就像筛子一样晃来荡去。那些飞檐和宝顶噼里啪啦纷纷坠地。吓得天神跌跌撞撞边往大门口跑边恳求："不要这样摇了，你要什么就说吧！"

桑吉达布鲁看着天神这般狼狈的样子，又气又好笑，说："不要跑了，我只是手臂发痒，跟你开个小玩笑呢！”

天神见天宫不再摇晃了，喘着大气，恭恭敬敬地对桑吉达布鲁说：“大力士，你要我做什么，请说吧！”

“天神，您是天上的至尊，知道怎样才能治服太阳和月亮，快给大地下几场透雨吧！”

“我可以立刻请雷公、电母和龙王给人间下几场透雨，但没有能力治服太阳和月亮。天宫里倒有一把能射日月的神弓和十四支神箭，可是没有一个人拉得动它。”

桑吉达布鲁听说有神弓和神箭，高兴起来，叫立刻拿来给他。

桑吉达布鲁拿起神弓，运了口气，拉了个满弓。接着，“嗖嗖嗖”一连射出十四支神箭。八个太阳和六个月亮一下完全被射落了。八个太阳变成了八块草坪，六个月亮变成了六个海子。

树又绿了，草又发了，花又开了，大地又复苏了。条条山谷流淌着清亮亮的泉水，雀鸟“啾啾”地鸣唱着，牛羊撒欢嬉戏。人们又开始翻犁土地，播种五谷，过起安居乐业的生活。

谁知好日子没过几年，天上又没有落一滴雨，土地又裂开了尺把宽的裂缝，庄稼晒得变成了干草。人们又发起愁来：唉！大地又要着火了，我们可咋个生活呵！

桑吉达布鲁听到人们的叹息，也急起来。他望着天空，恨不能把它踢个稀巴烂。他又去找天神，怒不可遏地说：“天神，你好歹毒呀，人们还没有过上几天好日子，你又捣鬼了！”

天神见他气势汹汹，便问：“你要干什么？”

“我要杀死你！”说着，桑吉达布鲁猛一抬脚，竟把穿在脚上的一只氆氇皮底靴“呼”的一声踢上了天空。谁知那靴子化成了一个葫芦，从天空中把大雨哗哗地洒下来。

枯黄的庄稼又转青了，草滩发得绿油油的，树林变得翠翠的。人们都跑到地里去，淋着雨水，手拉着手欢唱着，欢跳着……

雨一停，那只化作葫芦的靴子忽地又从天上落下来，底朝天，筒朝下，不偏不倚刚刚套在桑吉达布鲁的头上。

从此，桑吉达布鲁就把这只靴子戴在头上，人们尊敬地称他为靴顶力士。

好多年以后，人们为了纪念桑吉达布鲁的功绩，铸造了一尊铜像。那铜像戴着一顶状如靴子的帽子，身上背着一个葫芦，笑眯眯乐呵呵的样子。

附　记：

这篇传说中的靴顶力士被丽江百姓奉为雨神。丽江城郊庆云村建有靴顶寺，大殿内塑有其铜像，像高仅23厘米，独脚立于莲花宝座上，头顶一靴，全身纳西打扮，内着长袖衫子，外罩羊皮坎肩，束腰带，呈手舞足蹈状。民间另有一个传说：古时丽江大旱，木天王叫喇嘛和道士作法求雨，依然烈日如火，无奈，又从丽江宝山请来东巴伍乘、伍丹、伍勒三兄弟(三人的名字又称嘎底、嘎趣、咕本)，设道场施术，顿时大雨倾盆。木天王喜中有惊——怕东巴作法夺位，便暗地将泡过孔雀尾的酒送与东巴，伍乘刚把酒杯移近嘴边，就知有毒，借故让两个弟弟快速逃走，自己饮毒酒而死。木天王将大东巴作法的形象塑为铜像，作求雨灵物收藏。后有勇士将铜像偷出，建寺祀奉，民间自此有了向靴顶菩萨求雨的习俗。

普称乌璐

古时候，有个名叫普称乌璐的农人，住在冒米玻罗山下。开荒种地，收成很好，日子过得宽裕。

有一天，他请客，只请三位客人：一位铁匠，一位木匠，一位裁缝。三位客人都来了。普称乌璐请三位客人并排儿坐在上首席位，致辞说：“敬爱的木匠师傅，我使用的木犁、木耙、木锄是你做的，我住的木楞房子是你盖的；敬爱的铁匠师傅，我砍柴用的斧头，杀牛用的长刀是你打制的；敬爱的裁缝师傅，我身上穿的暖和的美丽的衣裳裤子是你缝的。”

“敬爱的三位师傅，我心里尊敬的客人，你们帮助我安居乐业，得到好的收成，使我过着宽裕的日子，谢谢你们，请喝杯甜酒，吃块肥肉吧！”

普称乌璐恭恭敬敬在三位师傅面前，每个摆一碗甜酒，一碗肥肉，还有香喷喷的白米饭。

正在招待客人，东巴教的教主丁巴什罗闯进来说：“普称乌璐，你呀！请客吃酒吃肉，为什么不叫我晓得？”普称乌璐顺口也请丁巴什罗坐在下席位。在他面前摆一碗淡酒，摆几节沾肉的骨头，摆一碗糙米饭。

丁巴什罗一看别人的甜酒肥肉，自己的淡酒、骨头，很不惬意了。他是受人尊敬惯了的，今天普称乌璐却这样薄待他，便气愤地说：“普称乌璐呀！你那颗聪明的心，被油层裹住了吧！你那双明亮的眼睛，被污物遮盖了吧！我是人们尊敬的教主！我会呼风唤雨！我能迎神驱鬼！你为什么待我坐在下席！只请我喝淡酒，啃骨头，吃糙米饭！”

普称乌璐素来不喜欢丁巴什罗，听了这些话更觉得丁巴什罗脸皮太厚。他笑着回敬道：“丁巴什罗呀！你成天念的什么经！与我不相干！你呀，成天东跑西窜，不种田地光吃饭，不喂牛羊光挤奶！人家只喂得起一头猪你要杀！人家只喂得起一只鸡你也宰！你到哪家念经都要杀猪杀鸡，你已经吃够了呀！”

铁匠、木匠、裁缝三位师傅听了普称乌璐的话，哈哈大笑起来。气得丁巴什罗恼羞成怒，拂袖而去，径直走到冒米玻罗山上，向龙王斯美纳布说长道短，唆使龙王斯美纳布给普称乌璐作祟降灾。

第二天，普称乌璐骑着白马去冒米玻罗山下收割庄稼。龙王斯美纳布在暗中作法，突然从灌木林中飞出一只野鸡，白马眼尖惊跳，把普称乌璐掀下马来，跌伤了。普称乌璐白天筋骨疼痛，晚上还做噩梦。

铁匠师傅、木匠师傅、裁缝师傅都来看他，只是眼巴巴地看着他，没有办法，就劝他说：“普称乌璐呀！魔鬼作祟才得疾病。只有丁巴什罗才会驱邪压鬼。没法子了，还是去请丁巴什罗来念经吧。”普称乌璐没法子，只好又去央请丁巴什罗。

古时候，纳西族人病了，就要请东巴教徒来念经，传说就是从那时开始的。

叶古年的传说

相传很古的时候，在金沙江上游的一座大石崖下，住着一对年老的夫妇。老伴在家里织麻纺线，老头子每天摇着一条木槽船，到金沙江里撒网打鱼，一年到头过着清贫的日子。

一个严寒的冬天，老头子冒着呼呼的北风一早到江里捕鱼，可是撒了好几天网，连一条小鱼儿也没有打着。“唉，这年头，鱼儿也变得狡猾了。”他看见江里漂来的树枝和木头，就用带钩的麻索把树枝和木头钩捞到岸上来，晒在沙滩上，准备夜间撒网打鱼时烧火取暖。

这天晚上，老头撒好网，上岸来坐在沙滩上烧着了火，准备下半夜再下江去收网。谁知，一会儿他便迷迷糊糊起来。忽然，他被一阵叮叮当当的响声惊醒，他睁眼一看，江面上红光闪闪，浮标摆动异常，急忙摇起木槽船去收网。拉呀，拉呀，网子沉重得很。当他收拢网子时，捞上来的是一只黄香木箱子。老头子又惊又喜，抱起箱子就朝家里跑。老伴吹燃了火塘，点亮了明子，见老头子手里的箱子，惊异地说：“你不是去江里打鱼？怎么抱回一只箱子来哟？”

“你莫问，这是江神爷送我的东西，你快找把凿子来，看看里面装着哪样？”

老两口撬开了箱子，里边装着一只做工精致的檀香木箱子。把檀香木箱盖打开，只见里面睡着一个又白又胖的婴儿，身上裹着一块红绸。一会儿，婴儿的嘴角翘了一下，发出一阵清脆响亮的哭声。

老头子说："一定是神灵可怜我们一辈子无儿无女，送给我们一个儿子啦。"

老太婆说："感谢神灵！我们有个儿子了。"

第二天一早，老头子挤回来一桶牛奶，老太婆挤回来一桶羊奶。

一日三，三日九。孩子长到一岁，就会爬着走了。老两口乐得合不拢嘴，给儿子取了个名字，叫叶古年。

又一晃，叶古年长到十岁，身体结实得像小牯牛，灵巧得像一只岩羊。一天，叶古年爬到一座高岩上，看见一眼晶莹的泉水。他喝了几口泉水，顿时变得耳聪目明。从此，他的眼睛能看见三座山外的东西，他的耳朵能识别鸟儿的各种叫声。

一回，叶古年和几个伙伴一起上山打猎，路经一片树林，一群白鹇鸟在叽喳鸣叫。伙伴们问叶古年，白鹇鸟在说哪样？叶古年仔细听了听回答说："白鹇鸟看见东山岩下有一群麂子，西山岩上有一群岩羊，叫我们快去打呢。"几个伙伴便临时分作两伙去两个地方打猎。果然，去东山岩的打着了麂子，去西山岩的打着了岩羊。

叶古年又聪明又勇敢，大伙都佩服他，才二十岁就被推举为部落的首领。他率领部落的人同敌人打仗，每次出战都取得了胜利。又过了几年，他们又去攻打叫作依古底的地方，撵跑了盘踞在那里的濮解人。从此，纳西部落就在土地平坦、水草肥美的依古底地方定居下来。

叶古年到依古底以后，十分想念他的老父老母，他跋山涉水，一个人步行到金沙江边接两位老人。可是老两口舍不得离开生活了一辈子的地方，不愿跟叶古年同去。叶古年左劝右劝，老人还是不从。叶古年想出了个主意，说："阿爹阿妈，你们既然不愿意跟我一道过日子，那么请把家产分一份给我吧！"老人说："我们家这么穷，哪有财产分给你呀？"叶古年说："家里不是有三只羊子吗？公羊留给阿爹，母羊留给阿妈，小羊就分给我吧。"老人说："那你就把小羊羔抱走吧。"

叶古年抱着小羊羔，头也不回地走出门去。一路上，小羊羔"咩咩"地叫，公羊母羊跟着小羊羔走。两位老人追了出来，说："叶古年，你不是只要小羊羔吗？怎么把公羊和母羊也带走了？”

叶古年激动地转回来说：“是啊！阿爹阿妈，公羊和母羊还懂得疼爱儿女，一步也不肯离开小羊羔。我是你们的儿子，为什么你们不能像公羊母羊一样疼爱自己的儿子呢？”

两位老人说：“叶古年，好儿子，做爹当娘的谁舍得自己的儿女离开呀，那我们一道到依古底去吧。”

叶古年背着年迈体弱的阿妈，扶着拄着拐杖的阿爸，沿着酷热的金沙江边，走呀，走呀，走到了一座岩子上。毒辣的太阳像要把人晒干，两位老人又累又渴，望着高高山岩下的金沙江水，悲戚地唱起来：

滚滚的江水哟，
从我的脚下流过；
可怜行路人呀，
找不到一滴水喝……

叶古年叫两位老人在阴凉处歇会儿脚，就去找水。他解下系在腰上的羚羊角，在岩壁上钻了个孔，又找来一截竹管插进石孔里，用嘴咂了咂。顿时，一股清亮亮的泉水从石孔里顺着竹管喷涌出来……

就这样，叶古年一家三人晓行夜宿，走走停停，终于走到了依古底地方。

叶古年当上了大酋长后，一心想把地方治理好，使部落的人安居乐业过日子。他听到藏王松赞干布修建了一座宏伟壮丽的大昭寺，十分羡慕，不辞艰辛，翻越了九十九座雪山，跋涉了九十九条雪谷，整整走了三三九十天，到拉萨朝拜。

叶古年在拉萨住了一年，学会了梵文、各种经书及技术。回到依古底后，他带领着大家开垦荒地，兴修水利，种植桑麻，统一了纳西部落。经过几年的经营，依古底变成了一个美丽富饶的地方。

丽江白沙翠屏山的石壁上有一个“梵文碑”，相传是叶古年的手迹，经过千百年的风雨剥蚀，石壁上的字迹还十分清晰，所以人们后来又叫它“魔岩”。

高取高拔

很久以前，金沙江边的上宝山上有个好汉，名叫高取高拔。他身材魁伟，神通广大，智慧过人，为家乡人民做了许多好事。他曾挥起神奇的长鞭，击破岩石，斩断树丛，在悬崖陡壁上开辟出一条“高取沟”。从此，清清的山泉引进了家乡，干渴的旱地变成了水田。他也曾用神力飞刀投向天空，钉住太阳，使太阳日夜不落，帮助乡亲们在很短的时间内开出了层层梯田。从此，这里的荒山荒坡变成了肥沃的良田。

有一次，高取高拔和乡里人离家去外面做事。他们走到半路，都饿得有气没力地倒在路上，高取高拔见此情景，心如刀绞。他强打起精神，腾地站起来说：“你们在这儿等着吧，我马上就给你们回来吃的。不过，要记住不管来了什么野兽，只要它口里叼着吃的，你们就要喊我的名字。”他说完，转身朝深山老林里去了。

高取高拔来到山林里，口中念着咒语，抖了抖身，变成了一只吊眼白额斑斓大虎：尾巴一扬，甩得山响；巨口一张，露出獠牙；长啸一声，震动山林。刚好，一只大麂子从树丛里惊惶地抬起头来。大虎一纵身，“呼”地猛扑过去，大麂子便落在了虎爪下。

高取高拔刚上山不久，大伙听见山林里传来虎啸声，正心慌时，突然跳出一只大虎来，吓得他们四处奔逃。唯有一个大胆的人见虎口里叼着只麂子，便大声喊道：“高取高拔！”话音刚落，大虎忽地变成了高取高拔，高取高拔喊拢了大伙，指着大胆的人说：“要是你不喊我，我可难变人啦！”

又对大伙说：“快收拾麂子，填饱肚子好上路！”大伙见有吃的，一个个都来了劲，大家七手八脚，有的生火，有的剥皮割肉，美美吃了一顿麂子肉。

这事像长了翅膀，一下子传到了住在丽江坝子里的木老爷的耳朵里，他半信半疑，想弄个虚实，便派人去宝山喊高取高拔。

高取高拔骑上马，告别了乡亲，离开宝山，来到木老爷府里。见了木老爷，他也不打拱作揖，昂起头，不冷不热地说：“我就是拉伯（宝山）的高取高拔，你叫我来这里，我来了。”正在吃饭的木老爷见高取高拔穿着麻布衣裳和山羊皮褂，斜了他一眼，牙缝里挤出两句话：“土里土气的，一点规矩也没有。”

木老爷出口伤人，高取高拔气得眼冒火星。他愤愤地念起咒语，使得坐在饭桌边的木老爷以及他的太太少爷们，一个个如木头人，身不能动，饭不能吃，碗筷却在桌子上“叮叮当当”地蹦跳起来。吓得木老爷颤声求饶，高取高拔才停住了咒语。这时，木老爷一面装出笑脸向高取高拔点头哈腰，一面令家里人殷勤招待客人。

心毒如蛇的木老爷见高取高拔的确是个不寻常的人，暗想：如果不除了他，那就难得制服了。于是，在高取高拔返回宝山的时候，木老爷暗中派了两个兵丁跟着。

高取高拔骑着马，走到有座叫捉美八的石拱桥上，木老爷的兵丁趁他不备，突然举起大刀从背后把他的脑壳砍下后就逃跑了。高取高拔鲜血迸流，可他没有倒下去，仍从容地俯身下马，双手把滚落在地上的脑壳拾了起来，捧在胸前，又跨上马继续朝前走。他想把自己的头安回脖子上，可是刚走到叫耀高吾的地方，他还没来得及把头安回原位，一棵树横挡住了他的去路，把马绊住了，高取高拔从马背上摔跌了下来，滚到山沟里，头和身子分离得远了，他就这样死了。

噩耗传到村里，乡亲们无不为他流泪叹息，大家怀着沉痛的心情把高取高拔的尸体火化安葬了。不久，乡亲们又为他建了座“高取高拔庙”，庙里塑着他威武的坐像。从此，人们把他尊为驱灾除难的神。

木老爷三留杨神医

明朝时候，丽江纳西土酋归顺中央皇朝。明朝皇帝给丽江土酋赐谕“忠义”，还赐姓木氏。

木氏土酋世居玉龙雪山脚下，摩挲江边的高原峡谷。

木氏土酋曾多次赴过京都，他从遥远的边疆来到富丽堂皇、繁荣昌盛的京城，看到的是红墙绿瓦的雄伟建筑群，鳞次栉比的店铺，琳琅满目的货栈，他深深地赞服和羡慕中原文化，想把繁荣昌盛的中原文化引进丽江，改变丽江原始落后的面貌。要改变丽江面貌，首先得有能工巧匠，但若派土人到京都投师取经，得派一大帮人，往返也得半年时间，挖尽土司府的金库也不够盘缠的花销。这样，木土司想了一个办法：他把京都七十二行的能工巧匠，每行请了一个师傅到丽江。然后，他支派土人投师学艺。

在木土司邀聘到丽江的师傅中，有的不愿意在丽江落籍，木土司不仅负担往返的银两，还赐一笔优厚的聘金。有的愿意在丽江落籍的，木土司就量才录用，封赐领地、住宅、厚禄，世袭沿承。所以，木土司在京都招聘了一批医生、兽医、泥瓦匠、建筑师、酿造师、纺织师、制革师、星象师、画匠、石匠、工艺师等，广罗了京都的一大批能人回来。

在丽江纳西族的民间流传着木土司聘用京都能人，开发丽江的许多民间故事，现在先讲一个木公三留杨神医的故事。

木土司从京都聘回丽江一位姓杨的医术高明、手到病除的神医。

原来，木土司的婆娘怀了几次身孕，但每次都是死胎，这使木土司作难了。后来木土司的婆娘又身怀有孕，他就请杨医生来负责治疗。

杨医生给木土司的婆娘切了脉，看了舌苔，观了气色，发现木土司的婆娘是因缺少走动，长年累月地龟缩在内室，不经风雨，少见阳光，弄得气血亏损，阳气衰竭，结果肚里的胎儿发育不正常，才出现死胎。

木土司问："杨医生，我的婆娘到底患了什么病，这只瓷碗能弥合成金碗吗？"

杨医生回答说："老爷，夫人患的病，我看不消吃药扎针也会好的。"

木土司疑惑地说："杨医生，大风怎能同雪山开玩笑，你莫跟我说笑话了。"

杨医生很认真地说："老爷，医生治病，吃药扎针是愚医；只有不吃药不扎针也能治好病的医生，才算高明。"

木土司瞪大眼睛，张着嘴巴，仍然怀疑地摇着脑壳说："人间果真有这般的不吃药不扎针也能治好病的医生，那真算是神医了。"

杨医生岔开木老爷的话，说："老爷，夫人的病痛，你能叫她每天撕扯一筐羊毛，又让她把羊毛纺成线，那她的病就会好了，木老爷的金柱上也会缠小龙了。"

木土司照杨医生的叮嘱，每天支派奴仆装一筐羊毛，叫他的老婆撕扯后，又纺成毛线。木土司的老婆每天从早到晚，手脚不停地忙碌着，累得汗流浃背，腰酸背痛。这样忙乎了一个多月，她惨白的脸庞变红润起来，过去一碗饭匀成三顿用，眼下一顿饭也能吃一碗饭了。夜间失眠的呻吟听不到了，只听到她熟睡的鼾声。

一天，杨医生来找木土司说："老爷，我要给夫人换一处方。"

木土司慌忙拿出纸笔，请他开处方。但杨医生轻轻地挡开了纸笔，笑着说："老爷，我的第二处方还是不吃药不扎针。请你每天拿一包绣花针撒到夫人内室，让夫人一根不漏地捡起来吧。"

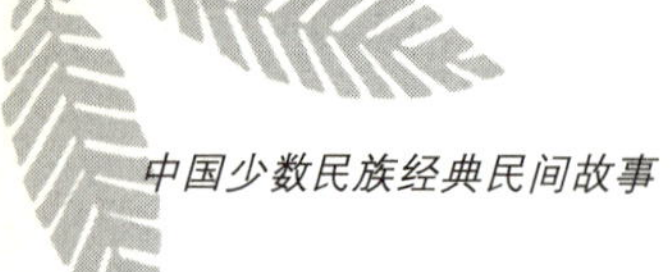

木土司遵照医嘱，每天拿了一包绣花针撒在地上叫婆娘一根根地捡起来。弄得他的婆娘一时忙东一时忙西，挺着个大肚子艰难地弯腰捡绣花针。这样捡了一个月就分娩了，生出白胖胖的一个小子。木土司抱着小子高兴得流泪了。

每年北雁南飞的时辰，杨医生思乡心切。一天，他把思念故乡的心情禀告木土司："老爷，雁鸣声给我捎信来了。父母的坟头上荒草萋萋了，梦里催我回家扫坟墓，我要告辞回家了。"

木土司婆娘的病自从被杨医生治愈，使木土司抱起了儿子后，木土司一则感激杨医生，二则敬佩他的神医妙手，有心要把他挽留下来，为纳西族人治病造福。眼下，他听到杨医生告辞的话，心里说不出地着急，故装无所谓地说："雁去雁来年年有。你何必这样伤怀，眼下玉峰寺的茶花开放了，我们明天去赏花吧。"

木土司把杨医生的话轻轻地推在一边。但是时间没有过三天，杨医生又来找木土司。木土司再也不好推口挽留，便说："杨医生你愿留在这里，我甘愿把石鼓一带的土地划归你掌管，作为你的世袭领地，好吗？"杨医生摇摇头。再也留不住他的心了，木土司没有办法，最后答应让他回乡了。

饯行杨医生的那天，木土司捧着一盘金子，一盘银子，恭敬地送给杨医生做盘缠。他还支使奴仆备了一匹雪白的骏马，配上鞍鞯，送给杨医生当坐骑。还叫土司府里的乐手吹奏着哀怨的柔情蜜意的"别时谢礼"，直把杨医生送到五里牌，才和杨医生分手。

木土司回到土司府里，原来他答应杨医生归故土是假，而想把他挽留下来是真。但是木土司劝留不住了，要强留？是反悔食言、辱礼折义的事，所以不能强留。他暗中支派八个士兵，吩咐如此，如此……

八个士兵日夜兼程，抄小路潜到梅子哨的老林里，直到第三天的早晨，杨医生骑着雪白的骏马，鞭着马儿，从谷底进入幽深的梅子哨口了。突然，老林深处大吼一声，跳出八个黑乎乎的彪形大汉，挥着栗木棒，拦住了杨医生的路径。杨医生自知是遇了强人，心中暗暗叫苦，他慌忙鞭了一下马，马前脚腾空，纵跳了过去，杨医生从马背上颠落下来，忙爬起来，想着自卫，却被猛虎一样扑过来的强人拦腰抱住了。搜了他的盘缠金银，牵着骏马，潜回老林里去了……

杨医生没有了盘缠，没有了坐骑，只好回到土司府里，拜见了木土司，诉说了他在梅子哨口遭强人抢劫的事。木土司听着陈述，心里暗自发笑，但他装作若无其事，宽慰杨医生说："杨医生，金和银丢了，不要紧，当作丢失了身上的病痛吧，这些没有心肝的强人，伤了你没有？杨医生，你留呢？还是走？"

杨医生不假思索地斩钉截铁地说："我还是要走。"

第二天，木土司又捧着一盘金子，一盘银子，又支派奴仆从厩里牵出一匹墨黑的骏马，一并又送给了杨医生，仿着前次饯行的礼节，又把杨医生送到五里牌。杨医生感动得流泪了，说："老爷，谢谢你的厚意了。"拱拱手，跨上骏马，上路了……

第二次，也像第一次一样，杨医生又在梅子哨哨口遭抢劫了，他只身又逃回土司府里。木老爷慌忙出迎，亲自慰问杨医生，还设宴招待他。席间，木土司支派家仆捧出一盘金子，一盘银子，还牵来了一匹海骝毛片的骏马。然后木老爷捧着一碗"合心酒"，回身走近杨医生的身旁……

杨医生也在席间紧锁着眉头，暗暗想着木老爷两次慷慨馈赠银两，送回故乡。可是两次都在梅子哨遭到抢劫，为什么遭抢劫的事情不在丽江土酋的领域里发生，而发生在剑川土酋的城池里？莫不是其中有木土司安设的圈套计谋？哎，木土司爱人才，舍得金银当粪土，他真心留人，是巧使这一串令人捉摸不透的事情。

杨医生正思索着，木土司却捧着"合心酒"走到他的身边，杨医生激动地挡开酒碗，抖着嗓子说："老爷呀，你留我的心像雪山磐石一样坚强，而我的回心也像摩挲江水一样不回头。你真心，我也真心，男子汉大丈夫不负真心知交的挽留，我就留在丽江了。"

木土司激动地搂住杨医生，捧起"合心酒"。两个民族的两张笑脸投映到酒碗里，木土司和杨医生一仰脖子一口喝干了“合心酒”。木土司红着脸说：“杨医生，让你的骨血在丽江的大山里世代流下去吧。”

这样，杨医生就落籍在丽江，娶了一个纳西族女人。他的高明医术和家传秘方，至今还流传在纳西族人民中。他的骨血一代传一代，发展成为上百户的大寨子。他对丽江的开发名存千古，纳西族人民传说他变成了药仙，所以逢年过节以祭神的仪礼祭祀杨神医。

虎跳峡的传说

金沙江从石鼓北行约五十里，便奔就一个远近闻名的大峡谷——传说只有猛虎才能跃过的虎跳峡。在这个地方，急流似箭，跌瀑飞空。高耸的玉龙雪山和哈巴雪山峙立两侧，绝壁千丈，山头白云飘动，十分雄奇壮观。这险峡银滩是怎么来的呢?

相传，怒江、澜沧江和金沙江原来是朝夕相伴的三姐妹。大姐脾性易怒，二姐性子急躁，唯有三妹金沙姑娘娴静稳沉，伶俐聪明。三姐妹长大了，父母把她们一同嫁往西方。大姐怒得叫，二姐急得跳，金沙姑娘却不声不响，笑着跟两个姐姐咬了一阵耳朵。大姐不叫了，二姐不跳了。到迎亲前一天晚上，三姐妹高高兴兴进屋收拾、梳妆，父母放心地睡去了。第二天，迎亲队伍进了门，唢呐声响个不断。父母去叫女儿们出来坐花轿，想不到房子早已空了，三姐妹跑得无影无踪——原来这是三姑娘出的主意：她早已下决心到金太阳升起的东方，去会她所钟情的东海渔郎，就邀约了两个姐姐一块儿去东海。

父母又气又急，忙把大儿子玉龙和二儿子哈巴喊来，吩咐道："你们快抄条近路往东去，把三个妹妹堵回来。要是让她们跑脱了，你俩就莫想进家门！"玉龙背上十三柄银闪闪的宝剑，哈巴挎起他的十二张弓，立刻拣小路朝东方追来。一路上翻山越岭，涉水跨涧，到丽江白沙，终于抢在三姐妹前头了。两兄弟脚抵脚，面对面地坐着，挡住去路。等呵等，妹妹们还没有来，玉龙早已困了，眼皮直打架，便对哈巴兄弟说："我想睡个觉，你先守着，等我醒了你再睡。我和你先约法，要是让她们溜走了，定按家法问斩，决不留情，你可千万不要粗心大意。"哈巴点头答应，玉龙便呼呼睡去。

三姐妹走到半路，猛一抬头，瞧见两个力大无穷的哥哥挡住去路。大姐说："我们不是哥哥的对手，往东定被挡回家，不如到南边去吧！"二姐附和着大姐。金沙姑娘却执意要去东方："不管有什么样的艰难险阻，也要找到金太阳升起的地方。"大姐见劝不转三妹，怒得直叫，一个人怒冲冲地朝南奔去，她留下的脚印变成了怒江。二姐说不动三妹，又见大姐发怒走了，急得直跳，仓仓促促跟着大姐跑，她踩出的脚迹变成了澜沧江。金沙姑娘站在石鼓上边，依依不舍地目送两个姐姐远去，接着毅然折转身，沿着去东海的大路走来。"长江第一弯"就这样形成了。快要到玉龙、哈巴挡路的地方了，她一边思考着，一边放轻了脚步。忽然，她想出办法了，高兴地唱起了优美动听的歌曲。那优美的曲子像催眠的清风蒙住了哈巴的耳鼓，像甘美的醇酒浇醉了哈巴的心魂。唱呀唱，金沙姑娘一连唱了十八支曲子，听呀听，哈巴听得蒙眬迷糊，渐渐沉入了梦乡。金沙姑娘趁两个哥哥熟睡的机会，从他们互相抵着的脚掌间飞快地溜了过去。一出关口，她舒了一口气，头也不回地径直向前奔去。

玉龙醒来，见哈巴睡着，三妹却已从他俩脚下溜出去，早跑得老远老远，追不上了，又是气，又是悲。气的是哈巴失了职，违了约，放走了三妹，他俩都不得回家了；悲的是按家法不得不将哈巴斩头。他心里很不忍，但又没有办法，只得慢慢抽出十三柄宝剑，趁哈巴熟睡不醒时轻轻地把他的头砍了下来。玉龙不忍再看无头的哈巴，把十三柄剑插回背上，转过身去痛哭，眼泪流啊流个不住。

霎时，玉龙和哈巴都化成了高耸的雪山，他俩中间形成了一个巨大的峡谷，后来称为虎跳峡。三姑娘走过的路变成了金沙江，在雪山峡谷中滚滚奔流。哈巴身上的十二张弓松落下来，变成虎跳峡西岸的二十四道弯。他的箭筒一倾倒，各式各样的箭纷纷散开，化成满山的松杉林木。玉龙的光脊背变成一堵连猴子走的路都没有的万仞绝崖，矗立在虎跳峡东侧。玉龙的两行泪水变成玉龙山东麓的黑水和白水两条河，清滢透亮，永流不竭。金沙姑娘唱的十八支歌曲，化为虎跳峡里的十八个哗哗作响的江滩。从虎跳峡上峡口到下桥头的那段江面，水流极缓，微波不惊，像一块明镜嵌在谷底，那是金沙姑娘低头思考、脚步放得很轻的地方。一出下峡口，满江白浪汹涌，喧声冲天，传说那是获得胜利的金沙姑娘乐得手舞足蹈而发出的欢快笑声。

白水台的传说

中甸县三坝地方有一堵又高又宽的白崖，清澈的泉水缓慢、均匀地从崖台上滑流而下，看上去就像是洁白的奶水一样。崖台中间有一尊天然的雕像，传说她原来是天上的酿奶仙子。

很久很久以前，天上的王母带着小玉皇来到人间巡游。他们踏风踩云，尽情欣赏青山绿水，不禁被画一样的美景迷住了。来到这里时，小玉皇累了，就说："妈妈，我们坐一会儿歇口气吧！"

崖子顶上到处凸凸凹凹的，小玉皇没法坐，王母就拔下金簪子在高崖上轻轻地划起道道来。她划一下，凸的地方削成了平地；再划一下，凹的地方修成了台阶。王母一下又一下地划着，把一大堵峭崖划成一层又一层宽大的石阶，像椅子可以坐，像牙床可以躺。

王母扶着小玉皇坐在崖台上，一边休息，一边观赏这里的景色。小玉皇肚子饿了，摇着王母的手说："妈妈，我饿了。""好，给你吃。"王母说着，从衣袋里掏出一只轻巧的宝罐，拔开塞子，递给玉皇，说："喝奶吧！"小玉皇接过罐子，斗在嘴上就"咕嘟咕嘟"地喝起来。这奶是酿奶仙子专门为小玉皇预备的奶，放在小宝罐里，是怎么也不会吃完的。

小玉皇痛痛快快地吃了个饱，把宝罐递还给王母时，不慎失手，宝罐滚落在脚下的崖台上。宝罐里的天奶顿时从罐口倾洒出来，流个不止。小玉皇起身要去拾罐，王母说："你不是吃饱了吗？一个小奶罐就不用去捡了，我们回天上去吧。"

王母和小玉皇走了，宝罐一直留在崖头，奶浆日夜不停地倾流着，慢慢地把一大堵崖都浸得又白又滑。后来，这奶罐和奶浆就变成了一股永远不会枯竭的奶泉。

过了几年，小玉皇长大成人了。他在天堂里天天吃龙肝凤乳，山珍海味，见什么都烦腻。不知怎么他忽然想起巡游人间时吃的那罐奶特别香、特别甜，就下旨把酿奶仙子叫来了。

酿奶仙子来到玉皇殿，跪下说："玉皇陛下召我前来，有何吩咐？"

玉皇说："酿一罐甘美的天奶来！"

酿奶仙子急忙回去酿造，用轻巧的宝罐盛着，恭恭敬敬地献在玉皇面前。玉皇拿起就喝，可是喝了几口就皱着眉头说："不好，再另酿一罐来！"

酿奶仙子急急转去另酿一罐甘乳送来，玉皇喝了两口，又把眉头一皱说："不好，再另酿一罐来！"

酿奶仙子没法让玉皇满意，就说："这两罐是我酿的最好的奶浆了。"

玉皇说："既是这样，你去把我和王母巡游人间时丢下的那罐奶收回来，那罐奶是我吃过的最好的奶了。"

酿奶仙子奉了玉皇圣旨，来到玉皇坐过的岩台上收奶。她一到人间，就被人间的山山水水迷住了，觉得人间比天上好多了，可是这里的人们都很穷困。于是，她先不去收奶，却去把穷困的人们叫到这里来痛饮奶泉，又教人们依照这一层层崖台的模样辟山造田，引奶水种谷。人们的生活一天天好起来，男女老少个个长得结实漂亮，酿奶仙子也快乐地笑了。

玉皇等了许久，不见酿奶仙子收奶回来，就派雷神到人间去催她。雷神站在半空里看见酿奶仙子与人们一起欢笑，就大声吼起来："酿奶仙子，玉皇叫你快快返回天宫，迅速把那罐宝奶收上来！"

听了雷神的话，酿奶仙子真是焦心：要是把这奶泉收走，这里的人们又

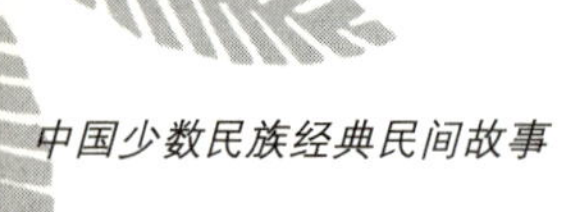

要过穷苦的日子，怎么忍心呵！再说，我自己也舍不得离开这里呵！她想来想去，打不定主意，可日子一天天过去了。

玉皇又等了许久，仍不见酿奶仙子回来，又派雷神去催。雷神禀告道：“我见她同人们一起开颜欢笑，无心收奶，恐怕是生了异心。”

玉皇一听，大怒，对雷神说：“要是她不肯收奶，你就轰它一个雷，让她和她的天奶化为石头！”

雷神又在半空里吼道：“酿奶仙子，玉皇叫你速回天宫，把天奶收上来！”

人们听见这吓人的声音，围在酿奶仙子旁边，依依不舍地苦苦哀求道：“仙子，你可莫离开我们哪！”

雷神不愿久等，“轰隆隆”一声放出一个炸雷，酿奶仙子呆住不会动了。人们扑上去呼唤她，可是，她已经变成雪白的石头，在她身边流个不住的奶浆也突然凝固，变成白玉般的岩石；泉眼里也不再涌奶，只流出些清清的水来。

人们尊敬酿奶仙子，怀念酿奶仙子，每年一到农历二月初八就从四面八方赶来，在石像旁边赏泉、野炊、赛马，以此纪念这位为人们造福的仙子。

泸沽湖的传说

传说在很久以前，这里原是一片土地肥沃，水草茂盛的坝子，从狮子山流出来的一股山泉水横贯在坝子中央。勤劳的摩梭人[①]来到这里后，辛苦开垦，养殖牛羊，把荒草坝开辟成人丁兴旺的家园。可是不久，一户有钱有势的土司霸占了这里的田地，逼迫人们搬到山坡上，还要交上租税。好多人家变成了土司家的奴隶，过着牛马一样的生活。

有一个十来岁的牧童，天天替土司家放羊。一次，他不小心丢了一只山羊，土司一边恶狠狠地骂他，一边从柱子上取下牛皮鞭子来抽他，三天不准他吃饭、喝水，还罚他到遥远的狮子山上放牧。牧童赶着羊群，有气无力地爬呀，爬呀，爬到半山坳，累得直冒冷汗，肚子饿得“咕噜咕噜”地叫，喉咙干得像火烧。他想找点水喝，就向山坳泉洞里走去。

岩洞又大又深，越往里走，就越黑漆漆的，耳朵能听见泉水潺潺响，却看不见也摸不着水在哪里。他提心吊胆地摸索着走了一阵，忽然觉得脚下越踩越软，便蹲下去用手一摸，啊，是一片鱼鳞。这时，一股鱼腥香味也扑进鼻孔，使他止不住地直淌口水。他想：这鱼好大呀，为什么躺在这里不动？为什么还活鲜鲜地喷着香气？会不会是狮子山女神护佑我呢？想到这里，

①摩梭人：纳西族的一个支系。

他更感到饥饿难忍，就拔出带在身上的小刀，割下马掌大的一块鱼肉拿到洞外，烧起一塘火来烧吃。这鱼肉的味道真是美极了！可是，还没吃下半块，肚子就觉得饱了，浑身像有使不完的劲。牧童非常惊奇，就点着一把松明，再进岩洞里去看。原来，他刚才踩着的是一条巨大无比的鱼，只见鱼脊背像一块平地，不见头也不露尾。再看看割了肉的地方，早已经长还原了，就像没有割过的一样。他真不相信自己的眼睛，就左手举着火，右手拿着刀，又割下一块鱼肉来。刚一眨眼的工夫，割口已长得严丝合缝的了。牧童想：这一定是一条神鱼，割不尽，吃不完，自己生活有依靠了。

从此，牧童放羊不愿到别处去，天天来这山洞旁放牧，一日三顿饭都是割鱼肉来烧吃。他还把这洞里的秘密悄悄告诉了穷邻居，大家都不再为过日子发愁了。

几天过去了，土司满以为牧童已经渴惨了，饿坏了，一定会来跪着恳求给点剩饭吃，可是一直不见他来。吝啬的土司乐得省些粮食，装作不知道的样子。

又过了十天半月，土司还是不见牧童来要饭吃，只见牧童每天依旧很早就把羊群吆出去，很晚才赶着羊回来，心中不禁奇怪起来。土司细心察看牧童的脸色，不但没有一点挨饥受饿的样子，反倒红光满面。身子越长越健壮了；人也不再像往日那样愁眉苦脸，变得乐呵呵、笑眯眯的。狡猾的土司觉得这事有点蹊跷，便暗地里指派一个心腹仆人扮作砍柴汉子，跟在牧童后面监视。

这样，岩洞里有神奇大鱼的秘密最终被泄露了。贪得无厌的土司听到仆人的报告，高兴得一夜睡不着觉。他想：不能再让牧童这帮穷骨头吃神鱼肉了，得设法把这条神奇的大鱼弄到手，我这一辈子连同我的子子孙孙千世百代，光吃肉也吃不完。而且不用几年，金钱就要堆成山、铺成海了。他想得心花怒放，马上叫仆人和家丁去拖神鱼。第一次，去了二十个人，但就像蚂蚁摇石头，无法动一动神鱼；第二次，派去三十个人，也好像蝴蝶扳大树；第三次，派了五十个大力士，也白费力气，扫兴而归。

牧童见这情景，心里暗暗着急。在夜深人静的时候，他悄悄跑进岩洞里抚摸着神鱼说：“神鱼，神鱼，你快想办法离开岩洞吧，土司不把你拖去是不会甘心的呀！”

一会儿，洞里响起了一个温和的声音：“小牧童呵，你不知道我堵着一股很大很猛的水呀！要是我一走，坝子会变成海子的。你快去告诉坝子里的穷乡亲们，叫大家赶快搬到山坡上去！”

“谢谢你，神鱼！”牧童大喊了一声，就飞快地跑了。他跑遍坝子，把神鱼的话告诉了所有心肠好的人们。

第二天，土司想了个办法，用十八根碗口粗的皮绳子，套上九头牯牛和九匹壮马，亲自督阵去拖神鱼。

土司看着一条银光闪闪的神鱼，正被九牛九马一截一截地往外拖出来时，高兴得手舞足蹈，好像喝醉了酒一样发起狂来。忽然，只听“哗啦啦”一声响，仿佛晴天打了个大炸雷，神鱼刚被拖出洞来，岩洞里就喷出一股大簸箕一样粗的水来。大水滚滚滔滔，挟石卷砂，直向坝子中心的土司庄院扑去。神奇的大鱼就顺着水势翻了几个身，掀起山一样高的大浪，把土司和家丁们连同九牛九马一齐卷进激流里去，奔腾咆哮的大水淹没了土司的田地，淹没了土司的庄院，冲走了土司府里数不清的金银财宝和粮食、家畜。

当大水涌进土司府的时候，一女奴正在为土司家喂猪。她一看自己被大水包围了，不觉大吃一惊。可是，四面都是水，来不及逃走了，她正着急时，眼前不觉一亮，有办法了！她立即跳进喂猪的大木槽，手扶槽沿蹲着。水往上涨，猪食槽往上漂。过了一会儿，她又有了主意，把身子稳在槽中，腾出双手来划水，慢慢地划到了山坡上。她得救了。

坝子里的穷乡亲们在听了牧童传来神鱼的话后，立即搬到山坡上。这时，大家见这位摩梭姑娘划着木槽死里逃生，都称赞她聪明、勇敢、能干，便推举她当了首领。

此后，大水不落也不涨，变成了永不干涸的泸沽湖，摩梭人就依山临湖，安居乐业。那神奇的大鱼繁衍出数不尽的鱼儿，让人们捕捞食用。牧童

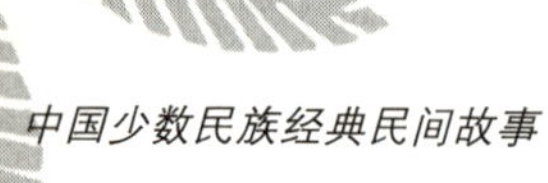

想起了喂猪姑娘坐猪食槽死里逃生的情景，就模仿猪槽的样子把整段树干凿空，做成轻巧灵便的独木船，天天下湖去见神鱼，神鱼总是让他满载而归。

泸沽湖有了牧童制造的独木舟，人们便在春和景明或者秋高气爽的日子里驾着猪槽船向湖心划去，有时还能看到那条神奇的大鱼安卧在湖底哩！

玉龙雪山的传说

传说很古的时候，玉龙雪山和哈巴雪山是一对孪生兄弟。他们的父母死得早，也没有五亲六戚，兄弟俩相依为命，居住在金沙江边，靠耕种几亩山地和淘金度日。每年一到江水落潮的冬春两季，正是淘金的难得时机，兄弟俩披星戴月，每天早晨天一亮就带上晌午饭出发，来到金沙江河滩上淘金，一直到天黑才收工回家，一天也舍不得闲在家里。

一天，正是春播节令，玉龙哥哥要去山里撒荞子，就叫弟弟哈巴独自去淘金。正当玉龙哥哥在地里撒荞种的时候，哈巴兄弟哭着惊慌地跑到面前，上气不接下气地说："哥哥，从北方窜来了一个大魔王，霸占了金沙江峡谷，说要在金沙江里淘金挣钱。谁敢再往江边迈一步，他就要吃掉谁。"玉龙哥哥听了，把装着荞种的小箩往田埂边一扔，挽起袖子，说："走！找魔王算账评理去！"

于是，哈巴弟弟身佩明晃晃的大刀在前面领路，玉龙哥哥提着寒光闪闪的十三把宝剑紧紧跟在后面。两人来到金沙江边时，魔王早已蹲在那里了。两兄弟就同他评理，说金沙江开天辟地以来是他们兄弟管辖的地盘。但是讲了九十九条理由，劝了七十七句好话，大魔王全听不进耳朵，这样便你死我活地争斗起来。玉龙哥哥挥舞着十三把巨大的宝剑，哈巴弟弟拔出了腰间的大刀，与大魔王拼杀。双方都使尽了平生气力，大战了三天三夜，还是不分胜败。玉龙哥哥砍缺了十三把宝剑锋刃，累得大汗如雨，汗水沿着他的脊椎骨流到脚后跟，又从他的脚后跟流淌到大地上，变成了一年四季在玉龙山下奔流的白水、黑水、三思水。最后，大魔王终于被赶出了金沙江峡谷地带，但哈巴弟弟的头不幸被大魔王砍落在江里了。（传说，这就是哈巴雪山秃顶的由来。）玉龙哥哥为了防止妖魔鬼怪的侵犯，压住心头的悲痛，使出全身的力气，高高地举起十三把锋利无比的宝剑插在金沙江岩边，这就是后来拔地摩天、四季有雪的玉龙雪山十三峰。

大研镇的来历

丽江县城名叫大研镇，这“大研”二字是怎么来的呢？

明朝的时候，木氏土酋从白沙岩脚搬迁到丽江坝的狮子山脚下，动土兴建土司新的府宅。这样，狮子山脚下一天比一天热闹起来了。木氏还把三天一次街期改成了天天街，四乡土民也云集到狮子山下赶街。但新街还没有一个新的地名。一天，木增召拢府内的幕僚，要大家都来为新址取个新地名。幕僚们一个个捻着胡须，冥思苦想，一一说出新名，木增听后都摇头。最后，木增沉吟良久，抬手指了一个文笔山，冲着大家问：“大家看一看，这座山叫什么山？”个个暗想：此山叫文笔山，是你木增赐的山名，三岁娃娃也知道，今天怎么突然问起来？幕僚们都被弄得像堕进了云雾里，面面相觑，不知内里潜伏着什么不可测知的秘密，生怕说错了惹出祸事。这样，一个个像丈二和尚摸不着头脑了。

木增发现幕僚们都不敢作答，他捉摸到大家心中的疑虑，就哈哈地笑着，慢慢地说：“哎，大家不是知道此山叫文笔山？可你们都闭口装糊涂，生怕说出来戳了我的什么隐痛吧？”他顿了顿，朝着大家看了一眼，发现他们紧张的神情松弛下来了，说道：“此山取名文笔山，是丽江文笔昌盛的意思，但光有文笔山，没有大砚台，我们怎么写成万古流芳的奇文雄章？大家看一看丽江坝的地形，不是像一块大砚台吗？”

幕僚们神情欣然，大家都称赞木增这个传神的比喻，异口同声地说：“很好，像块神奇的大砚台。”

木增捋着胡子，显出愉悦的神采，说：“大家都赞它好，我看就叫它大砚镇吧。”

古时，“砚”和“研”字相通，后来就写成“大研镇”，一直传到现在。

宝山石头城的传说

在丽江县城北面一百多公里的群山怀抱中有一座石头山，此山名叫石头城。它三面是危崖，一面临江，唯有南面一条小道可上。山上住了七八十户人家。

远看石头城，活像一颗龙头正在江中饮水。可又奇怪，这龙头没有和龙身连在一起，仿佛是一条头身分开的巨龙。这是什么原因呢？

相传很久以前，宝山是丽江土司木天王所管辖的要地之一，也是纳西先民最早居住的地方。

这里地处江边，气候条件好，土壤肥沃，盛产米粮，也出过好些人才。但是木土司对能人志士怕得要死，恨得要命，生怕别人来跟他争江山。所以能人志士都逃不脱被木土司暗害的命运。

有一年，一颗明亮的星星落在金沙江东岸的阿主山上。木土司从天象上看出阿主山那边要出现一个不平常的人物，于是他不择手段地日夜巡视在那里。

一天下午，木土司和地方的绅士们正在饮酒作乐的时候，天气突然变了。一阵狂风从四面卷来一团团黑锦绒似的浓云，在半空里翻滚着。一道强烈的电光刺得人们的眼睛发黑，撕天裂地的雷声能把人们的耳朵震聋，倾盆大雨弥漫了山山水水。在一片雷电风雨中，一股巨大的浓云重雾滚翻着直涌

地面，煤烟般的云团中出现了一条龙影，吞云吐雾，电光闪闪，直向阿主山方向卷腾。正在消遣的木土司和他的“打狗棍”们被这种突变的天象搞得惊恐不安，他们如坐针毡。木土司更像是热锅上的蚂蚁，命令他的爪牙们冒雨巡视，自己也提了金鞘玉柄大宝刀冲出了房门。他只见那条龙披云戴雾，直向阿主山去了。他气急败坏地喊着、叫着，活像一只被麂子蹬了一脚的撵山狗，既害怕又生气，跌倒了又爬起来，好似在烂泥塘里滚了三年五载似的。

那条龙径直向东腾去，以为一过江就大功告成了，到了江边就低下头尽情地喝起水来。正在这条龙埋头喝水的时候，木土司也恰巧赶到了。他“呼呼”地喘着大气，双手举起大刀照龙脖子就是一刀，龙头被砍断了，龙血像河水一样往两边淌流。原来，这条龙是阿主山圣人的前身，所以阿主山的圣人出不来了。

于是，龙头变成了石头城，龙身变成了蜿蜒连绵的阿主山脉。

只因为龙血的浇灌，石头城两边的土地特别肥沃，粮食才年年丰收。

石门开

石鼓镇在金沙江的第一道大湾子里，镇上有一面石鼓，石鼓镇对岸的村子里有一个石人。多少年来，人们中间流传着一首谜谣："石人对石鼓，金银万万箩，哪个猜得着，买得丽江府。"这个谜谣，上至白发老翁，下至三岁娃娃，个个都能背得出。

石鼓镇有一家老财，金沙江两岸的土地都是他的。他家积了万贯家私，粮食堆得发霉，腌肉放得发臭。可是，见到哪家有一只鸡鸭和一点粮食，他还要眼红，从来不肯放过。所以人们暗地里管他叫作"山猫子"。

"山猫子"贪财迷了心窍，他想：我有万贯家产，不过占据了这小小的山椒椒，要是能弄到这万万箩金银，足够买得下丽江府，不就比丽江的木天王更阔气了吗？于是，他到处打听，连睡梦中也在找这万万箩金银。

在这个村里，有一个年轻的佃户，名叫双宝，年纪大概只有二十岁，身强力壮，生有一双山鹰般的眼睛，学得一手好箭法。他的箭能射穿豺狼的脑袋（豺狼的脑袋是最硬的），因此村子里哪家出了乱子，或者野猪来拱荞子，或是狗熊来偷苞谷，总是请他去杀这些野兽，他也总是乐意帮别人的忙，把乱子平下来。他打得的野兽，"山猫子"要去的很多，剩下的一点点才奉养老母亲。

一天，双宝带着弓箭到山上去，走进林子，看到一只小鹿在远处嚼着青草。双宝拉弓搭箭，正要向小鹿射去，哪知小鹿有了警觉，马上飞一般地跑了。双宝哪肯放过，他想：这是难得的机会，要是猎到了，一对鹿角可以卖了来付“山猫子”的利息，鹿的皮肉也很能卖些钱来维持生活。于是，就一直追赶下去。

追呀，追呀，追过了好几个山岭，爬过了好几个土坡，忽然见到小鹿在一堵高岩面前停住了。它竖起长耳朵，四面望望，像在察看周围有什么动静。双宝连忙闪在一棵大树背后，拉开弓弦，搭上药箭，正要射出去，忽然听到小鹿轻声喊道：“石门开！石门开！”随着喊声，只见岩石中间一下子现出了一道大门，大门向两边闪开，小鹿一纵身跳了进去。

双宝看得呆了。等他想追进去的时候，石门早已不见了，岩石依然壁立着，看不见一点门的痕迹。双宝只好空着手回家，一路走一路想着刚才所见的奇事。到家后，他把这些经过告诉了母亲。

母亲想了一阵，忙说：“我双[①]，这是好兆头呀！老年人不是说，那万万箩金银就在这一带的岩石里藏着吗？说不定就在你今天见到的那个岩子里。你不如也像小鹿一样去叫叫看，也许石门也会开呀！”

双宝一听，觉得很对，于是，第二天起个老早，就跑到那个岩前学着小鹿轻声地喊：“石门开！石门开！石门……”话还未了，眼前已开了一道大门，他惊喜地往里边走。开始里面一片漆黑，走了不久，忽然前面一片光亮，整个岩洞里亮堂堂的，他还以为自己又见到了太阳，走近一看，哪里是什么太阳，原来是一堆一堆的金银、珍珠、翠玉所发出的光辉，射得他两眼发花。他正想往回走，忽然看见岩壁旁边放着一把光莹的弓箭。他提起弓箭就高高兴兴地往外跑了。

双宝得到宝弓这件事，很快传到了“山猫子”的耳朵里。“山猫子”马上派狗腿子阿狗去把双宝找来，问他说：“你的宝弓是从哪里弄来的？”

双宝说：“拾来的。”

“山猫子”又问：“从哪里拾来的？”

双宝说：“山上。”

---

①我双：双宝的爱称，纳西族长辈称小辈多加“我”。

"你领我去看。"

"我没有空。"

"山猫子"看双宝态度强硬，就冷笑着说："好啊！坏小子，胆敢欺瞒我老爷，不给你点厉害尝尝你不会说真话。"说着，就叫人把双宝吊起来，自己拿根皮鞭朝双宝身上抽，抽一下问一声："带不带我去？"

双宝虽被打得皮开血流，但他咬紧牙关不吭一声。正在打着，双宝的母亲上气不接下气地跑了进来。她见自己的儿子被吊着，遍身打得血肉模糊，踉踉跄跄地闯过去拦住"山猫子"，双手拉住他的鞭子说："老爷，你饶了他吧，那把宝弓是从大石岩那里拾来的。"

"山猫子"听说，赶快追问道："是怎样拾到的？快给我清清楚楚地说。"于是，母亲把追鹿、探石门的事一一说了出来。

第二天，鸡还没叫头遍，"山猫子"就叫醒阿狗，带了几驮麻袋，绕小路直向大石岩奔来。到了石岩前，他就喊道："石门开！石门开！"石门果然开了。他和阿狗奔进去，只见遍地都是金堆银堆、珠宝玉石，把个"山猫子"喜欢得扑倒在金堆上打滚。

主仆俩打开麻布袋忙着把金银往里面塞，一袋又一袋，每袋都塞得扎不起口子来。"山猫子"见金银还剩下很多，可是麻袋已全部装得满满的，只得惋惜地拾几锭塞在皮靴里，喊一声："快把袋子送出去！"就领头向石门走去。可是，越走越黑，根本找不到门，就连一丝光线也没有。原来石门已经关上了。"山猫子"正要喊，可是他一心装金银，竟把叫"开石门"那句简单的话都忘了，直急得他出了一身大汗。两人在里面像疯狗一样乱叫乱转，可是，谁也想不出那句简单的话来。从此，石门永远关上了。这个贪婪霸道的老财、凶恶的"山猫子"，就永远葬身在金堆银堆里了。

以后，人们就把这座大岩子叫作石门关①。

---

① 石门关：在石鼓沿江上去三公里的地方。

厄则坎美

在金沙江畔那“燕飞不到关，伸手摸着天”的拉伯太子关下，有一条坚固牢实、横贯陡坡的大水沟，清澈的流水长年不断，浇灌着陡坡上的层层梯田，养育着世代在这里居住的纳西族人民。这条大沟名叫“厄则坎美”。为什么叫这个名字呢？这里有一个古老而优美的传说。

相传，居住在拉伯地区的纳西族先民是从达支勒帕窝地方搬迁来的。初到拉伯定居时，分为木姓与和姓两个宗族。木姓宗族人多势众，占着下半坡。那里面临金沙江，气候温和，坡度平缓，地势开阔。和姓宗族人少势弱，占着上半坡。那里背靠雪山，气候寒冷，土地贫瘠，坡陡崖险，但生长着茂密的树林，有着充足的水源。

开初，和姓的人曾恳求木姓的人让出部分平坡，以便开田耕种，但遭到木姓的拒绝。为此，两个宗族之间结下了“疙瘩”，相互间很少往来。

木姓的人利用地形优势，不分昼夜地砍树刨根，挖土平田，撬石垒埂，在下半坡开出了层层梯田。

和姓的人也利用水利资源，团结一心，在陡坡上凿岩炸石，开沟理水，将山箐中狂奔怒吼的水引进沟内，用它浇灌山间坡地。他们截断水源，不让山泉水流到木姓地界。

结果，和姓的人有水无田，木姓的人有田无水，两姓人民各有所难。

木姓的人开出的田地无水灌溉，撒下的种子长不出苗。他们着急了，不得不派一个名叫窝得高的老人去向和姓一个名叫窝科的人求水灌田，却被和姓宗族拒绝了。后来，在木姓人的再三请求下，和姓的人经过商量：为了共同种好庄稼，有碗饱饭吃；为了两姓人民的和睦相处，同意给木姓放水灌田，但要以木姓所开田地的一半作为交换条件。木姓的人答应了这一要求。

和姓与木姓人民之间结下的“疙瘩”，就这样解开了。开沟放水那天，和、木两姓人民在水沟边宰牛摆酒打平伙，大家都穿上新衣裳，唱歌跳舞，立约盟誓，欢庆和解。

为了纪念两姓人民的友好和睦，大家把这条沟取名为“厄则坎美”，意为“宰牛庆睦大沟”。

自那时起，居住在拉伯地方的纳西族的和、木两姓人民，世代和睦相处，安居乐业。

禹将石

传说在大禹治水的时候，石鼓那地方四面都是高山。金沙江流到这里后被挡住去路，流不出去了。江水却一天天地往上涨，淹了低处的平坝，淹了道路和村寨。百姓们没有办法，就往山上搬，可是大水还在不断地上升，追着他们往山上跑，眼看难以逃命了。

正在这时候，大禹治水来到这里。他把船停在望江山顶，察看四周的山势，看见东北角有两座大山，一座是玉龙雪山，一座是哈巴雪山。两山之间有岩壁相连，那里没有人居住，只要把岩壁凿开，大水就可以疏浚到东方的大海里去。于是，他把随身最勇敢的将军叫到面前，吩咐道："快快前去把那堵岩壁凿开，让这里的水流出去，拯救这方的百姓要紧！"

将军奉命，马上动身。

可是过了多时，还不见动静，大水正不紧不慢地往上淹来。大禹急了，亲自前去督察。走到半路，想不到那将军竟躺在路边睡着了。原来，将军日日夜夜帮助大禹治水，劳累过度，走着走着就倒下去，鼾声如雷。大禹见这情景，十分震怒，大喝一声，把将军叫醒："你好大的胆子！拯救百姓，刻不容缓，你却把十万火急的大事忘在脑后，在这里睡觉，怠慢我的指令，贻误治水大业，按罪当斩！"

将军惊醒后，悔恨万分。他看着大水势头，要走到岩壁那里已来不及了，百姓马上就要遭殃，于是向大禹恳求："我的双脚虽然不能走得像风一样快，但我的头颅能够像风儿一样飞，它是雷公电母抚育出来的，里面装着千钧雷火，我愿让它飞去砸开那堵岩壁，弥补我的过失，请把它砍下来吧！"

大禹哪里忍心！可是，眼看一场大灾难即将发生，他不得不举起宝剑，闭上眼睛往前挥去。一眨眼，将军的头颅像一团火球，滚落水中，冲开波浪，"哗哗"地呼啸着朝着东北角的石壁飞去。它以千钧之力猛砸在高耸的岩壁上，只见闪起一道耀眼的电光，响起一阵"轰隆隆"的雷声，石壁砸开了，岩石雨点般崩塌下来，震得玉龙雪山和哈巴雪山都后退了几步。不一会儿，两山之间就现出了一条很深的夹道，大水"哗"地从夹道里倾泻下去，推推搡搡，汹涌咆哮，朝着遥远的东海奔流。

流了三天三夜，积聚的大水流完了，被淹的村庄、田地、道路又都露出来了。成千上万的百姓转危为安，从山上搬回了家园。人们怀念这位英勇的将军，把他的遗体抬到石鼓江边。这时，遗体却已化成石头，立住不动了。人们只好雕了一个石头颅安在上面，把它称为"禹将石"。

大禹十分感动。当他离开石鼓顺流而下，经过被将军头撞开的夹道时，在石壁上用蝌蚪样的字刻了个碑，叫作"禹王碑"。传说，这块禹王碑至今还在虎跳峡中。

火把节的来历

在高高的天上，有一位叫作子劳阿普的天神。有一天，他领着一群天兵天将来到银河边上游玩。他们正玩得高兴，一阵悠扬的歌声从远远的地方飘来，子劳阿普忙问："是谁在那里唱歌？"

一位年老的天将指着脚下说："阿普，那是下界人间在欢歌起舞呢。"

子劳阿普低头一看，在蓝天覆盖的大地上，人们过着安居乐业的生活。山坡上长着蓊郁苍翠的树林，箐谷里流淌着清亮亮的泉水，绿茵茵的草坪上放牧着牦牛和羊群，宽阔的坝子里栽种着庄稼，子劳阿普气得一张脸变青了。他万万没有想到，人间是这样美丽，人类的生活竟是如此美好，天国也望尘莫及。他再也没有兴致游玩，立刻带着天兵天将返回宫里。

这天夜里，子劳阿普秘密召来那个年老的天将，吩咐他立即到人间去，把大地烧成一片火海。

老天将是个有良心的人，他不肯一下子就把人间毁掉。

他装扮成一个白发苍苍的老者，手里拄着一根龙头拐杖，一跛一拐地来到寨子里。这时，迎面来了个头戴羊毛毡帽，身穿麻布衣裤的汉子，背上背个大男孩，手里牵着个小男孩。天将见了，奇怪地问："大哥，你怎么背着大的，让小的跟走，是大孩子生病了吗？"

"老人家，托神灵保佑，两个孩子都壮实呵。"汉子一见老人不解，又解释说：“大男孩是我哥哥的孩子，小男孩是我的孩子。哥哥嫂嫂都去世了，就剩下这个根根，我应该格外疼爱他。”

天将听了深受感动。他想：人们的心这样善良、高尚，为什么子劳阿普却要如此嫉恨人间呢？

他走近汉子身边悄声说：“大哥，你记住我的话，赶快回寨子扎支火把。后天就是六月二十五日，天神要来人间放火，你事先点支火把竖在门口，就免遭这场火难，保住你的房屋、牲畜和全家人的性命。”

汉子听了，大吃一惊。他不敢耽搁，急急忙忙跑回寨子里，逢人便把老人的话说一遍。一传十、十传百，很快就传遍了九十九个村寨，家家户户都在门口竖起了火把。

到了二十五日，天刚黄昏，九十九个村寨的千家万户的纳西族人都点燃了火把。熊熊的火光把天地照得一片通红。天将一看遍地的火把，知道是那汉子走漏了消息，无奈，只好回天庭禀告：“阿普呵，请您出来看看吧，人间大地已经烧成一片火海啦！”

子劳阿普一看，人间大地到处是红彤彤的火光，拍手大笑道：“谁说人间比天堂好呢？让他们在火海里灭亡吧！”说罢，倒在床上，心满意足地呼呼睡去了。从此，子劳阿普高枕无忧，再也没有醒来。

从这以后，每年六月二十五日就定为纳西族的火把节。每年的这一天，村村寨寨各家各户每到黄昏都点燃了火把。人们在熊熊的火把光下又唱又跳，欢庆人类的胜利，祝愿人间更加美丽，更加繁荣昌盛。

喂麦达的传说

从前，在老人去世或逢年过节的时候，都要唱“喂麦达”来送丧或度过节日。

“喂麦达”是纳西族的一个唱调，“喂麦达”多半是老人唱的。唱时大家都围着火堆，在天井里男女手牵着手，有时男排用手搭在前面人的肩上，男的站前，女的站后，一边走，一边唱，唱时由一个人领头唱，他总是先唱：“麦达，喂麦达！”然后众人合唱。起头了以后，有专唱的歌手来对唱，歌手唱时是针对主人家办的是什么事，办丧事就唱丧事的内容，也有办红事唱的。逢年过节唱的内容各不相同，但“喂麦达”曲调是相同的。唱的调子是多的，有时可以唱通宵达旦，唱的内容也十分丰富。

什么是“喂麦达”呢？“喂”是纳西话，是“鹰”的意思；“麦达”是纳西话，是“很可怜”的意思。“喂麦达”的意思就是“可怜，可怜的鹰”。为什么对鹰可怜呢？对鹰可怜缘起三件事，这三件事就是驯服鹰的办法。

第一件事：鹰本来是自由自在地在高空飞翔捕食的，但它被人们捕捉到手以后，要为驯养它的人们捕捉飞鸟。因此，就得用针线将它的眼睛缝起来，将鹰的上眼皮扯下来盖住它的下眼皮，然后将它缝合好，它的眼睛就看不见了。缝时也不能伤着它的眼球哩。鹰的眼睛被缝起后，看不见与森林不同的环境，看不见各种飞鸟，全靠主人的喂养了。为了驯服鹰的野性，眼睛要缝二七一十四天，然后才能拆开眼皮上的线，让它重见光明，让它认识主人。

第二件事：为了让鹰在主人的手上架起，就用铁链子将它的一只脚拴起，铁链子上再用皮条连接拴起来，两只脚互相连拴着，步子不能跨大也不能跨小，只能适合在架子上走动。要放鹰时，主人就把它架在皮手套上。

第三件事：鹰的眼睛线拆开了以后，不能让它睡觉，它要闭了眼睛，看物看鸟就不灵了。因此，就要打搅它，使它不得睡觉，随时随地都注视着要捕的食物。喂食时还要少喂，不让吃饱；肉食要用水泡起，将肉内营养去掉，营养少了，它就又饿又瘦，这样才勤捕食鸟。为了不让它飞起，尾巴上又拴住一个小铜铃，飞到哪里响到哪里，主人好找它。

鹰要为主人捕捉食鸟，先有这三件事，所以说 “鹰是可怜的”。

纳西族的歌手就用这样的借语来比喻，因此，办白事时，就唱“喂麦达”来安慰死者的家属，唱来唱去，“喂麦达”就成了一曲调的开头语了。“喂麦达”也就这样被沿用下来了。

现在也还唱“喂麦达”，虽然曲调起头一样，内容却不一样了，可以用比较欢快的音调来歌唱新社会、新生活。

口弦的故事

传说世上还没有口弦流传的时候，有个穷汉子叫戈鲁，是领主家的佃户。戈鲁的妻子因为长得漂亮，被狼一样的领主糟蹋，跳河自尽了。留下三个儿子，戈鲁一包眼泪一口饭地喂养他们。

一天，戈鲁看着儿子们长大成人了，但都还笨手笨脚的，一样手艺也不会，便把儿子们叫到自己跟前吩咐说："我已经是半截身子入黄土的人啦，也许再过几年就要上西天，那时你们就得靠自己挣钱生活，成家立业，还要为你妈妈报仇。现在趁我健在，你们都出去闯闯，各人学一样好本事，三年后回来。"三个儿子听了父亲的话，决定离家去外面学手艺。一分手，三兄弟就各自朝一方走了。

老三刚走到一个寨子，远远看见一家门前围着一大群人，跑过去一看，地上躺着血淋淋的一个老头和一个老奶。

他忙向旁边的人打听是怎么回事，有个汉子告诉他："刚才，财主安戛尼带着一群家丁，领着大藏狗，来抢这家的独姑娘，老两口抓住女儿不放，财主就使大藏狗咬死了他们。"

老三十分气愤地说："他大白天这样行凶，世上还有没有王法？"那个汉子冷笑一声："嘿！王法还护他哩。他是这地方的大恶霸，抢个姑娘，抓个男奴，就像我们喝水、抽烟一样平常。庄稼一熟，他还来挨家挨户收租逼债，闹得全寨子哭天喊地。前天，有一家母子三人活活被饿死，他还笑着说，'我家米粮堆成山，宁可发霉喂老鼠，也不准穷鬼吃一颗'。你看这世道，穷人雪上加霜，富人肥肉上加膘，像什么话！"老三心里很难过，和大家一起掩埋了老两口，叹息着走了。

以后他每到一个地方，都要碰到这类令人悲痛愤恨的事情。于是，他慢慢地变得忧郁起来。

一天，他正闷闷不乐，低着头走，忽然从附近林子里传出一种优美动听的乐声。走近一看，原来有个人拿着三张竹片凑在嘴边弹着，发出了"阿喂悠喂"的声音，像山泉潺潺，像水滴铜盆，像蜜蜂飞鸣；如泣如诉，如歌如吟。老三呆呆地听着，慢慢听出意思来了：

> 雪山化不尽呵，苦难化不完；
> 江水流不干呵，泪水比江长。
> 天地没有私呵，富人贪如狼；
> 点起火把走呵，去找幸福园……

听了一曲又一曲，老三觉得像是自己在把郁积的忧闷一股脑儿倾吐出来，心里松快多了，浑身添了劲头，便恭敬地对那人说："大叔弹的是什么宝贝东西，这么好听？您把这手艺教了我吧！"那人苦笑一声："唉，这是安慰穷人心灵的玩意儿，是我用黄竹雕的，叫口弦。穷人一听它，就会高兴，就会有劲。你有心学它，我可以教你。可是领主的王法不许弹口弦，因为穷人一听口弦调，入了神，领主的话就听不见了。领主以为穷人在悄悄商量什么事，就会害怕，就要来迫害。你怕不怕领主？"

老三斩钉截铁地说："怕什么，我还要找他报仇呢。我要到处弹，到处唱，弹得穷人笑哈哈，弹得领主做梦也害怕。"这样，老三学会了雕口弦、弹口弦。

三年过去了，三个儿子都回来了。戈鲁很高兴，叫各人把学来的本事使

出来。

老大学成了鞋匠，给父亲缝了一双又合脚又暖和的皮靴。父亲开裂的脚穿上新靴子，乐呵呵地说："好！对老大我放心了。"老二学会了木匠，替父亲盖了一间精巧清秀的小木房。父亲从雕龙刻凤的窗户里探出头来，笑道："多谢菩萨保佑我的老二。"

老三精心雕制了一副黄竹口弦，给父亲弹了一曲忧伤的调子。弹着弹着，树上的小鸟也飞下木房边来听，天上的白云也停在山头不走了，小河的流水也不再发出淙淙的响声，墙角的小猫不断地在用前爪抹着泪。父亲也感动得入了迷。弹完了，父亲问："难道只学了这个？"老三点点头。

父亲跳起来发了火："无赖汉的行道，算什么本事！难道弹弹口弦就能吃饱穿暖？"老三从容地答道："阿爸，大哥二哥学了谋生的好本事，可是他们想得不远，没有想到为阿妈报仇。我学弹口弦，是要让穷人们高兴，添力气，不再听领主财主的屁话，起来同领主财主作对。我想的是让穷人都过上好日子，是为阿妈报仇呀。"父亲点点头又摇摇头："你想得远，可是远水解不了近渴，万一我去世得早，靠谁养活你？不行，还得出去学本事，学不成就一辈子别来见我。"

老三含着眼泪从家里出来，到哪里去学手艺呢？他一边想一边弹，漫无目的地走着。口弦声随风向四方传开，挖地的人直起腰来听着，砍柴的人停下斧子听着，悲哭的人露着笑容听着。口弦声响到哪里，穷人们听到哪里，老三成了穷乡亲们的知心人。

走到财主抢姑娘的那个寨子，他把口弦弹得格外响亮。弹呵弹呵，穷人们都围拢在他旁边听，不去交租子，不去给财主干活。财主的家丁也听入了迷，听不见财主的使唤声了。财主又气又怕，暴跳如雷，放出一群大藏狗来驱赶人群。穷人们愤怒了，拿起石头、木棍把财主的藏狗打死，把老三藏起来。财主连夜去向领主求救，领来一群兵丁要捉老三。为了使穷乡亲们不受牵累，老三孤身跑进森林深处躲了起来。

密林里，白天见不到阳光，晚上见不到月亮。再也听不见人们唱"谷气”调，跳“阿默达”，老三孤孤单单，只有黄竹口弦做他的伙伴。

他又弹起心爱的口弦，那美妙而又忧伤的弦音荡漾在林间。弹呀弹呀，猫头鹰不再尖叫，野兔不再狂窜，马鹿跑来玩耍，白鹤飞来倾听。有一只黑熊乖乖地躺在他旁边听，感动得流出了露水般的眼泪。老三走到哪里，黑熊跟到哪里，一刻也不曾离开。当豺狼来的时候，黑熊保护老三，把它撵跑；遇到下雪天冷，黑熊用自己厚厚的茸毛温暖着老三。黑熊和老三相依为命，难舍难分。

一天，老三轻轻抚摸着黑熊，用口弦对黑熊倾诉自己的情怀：

雪山有珍兽呵，蹄印雪中留；
我踩兽蹄印呵，泪在雪中流。
雪泪汇成河呵，要往哪里淌？
把我载起走呵，去找幸福海……

忽然，“轰隆隆”一声，林摇树转，好像天崩地裂。老三觉得自己像一朵云彩，轻飘飘地飞升起来，吓得紧紧闭住两眼。等到一切声音都消失了，双脚才好像着了地。他睁开眼睛，发觉自己来到了一个陌生的地方：四面是长满青草和鲜花的山，白云像玉带缠绕着石岩，清汪汪的泉水从岩头飞泻下来，流入有鸳鸯游戏的池塘。太阳暖融融地照耀着，处处散发着诱人的花果清香。老三看着这图画般的美景，心里又惊奇又高兴，不觉掏出口弦边弹边唱：

白云像银子呵，太阳像金子；
不是做美梦呵，碰着好日子。
欢乐像云雀呵，自在像神仙；
托风捎家信呵，快来把福享……

弹着唱着，往日的忧伤愁苦都飞到九霄云外去了；唱着弹着，又想起了自己忠实的伙伴黑熊。老三正要去找它，一转身，一个漂亮的姑娘来到面前。她对老三行了个邀请礼：“请到我家去吧！我父亲很喜欢听弹口弦，可从来没有听过一调满意的。要是你把这优美的调子给他弹一次，他一定会满意。”老三呆了一阵，微微点了点头。姑娘高兴地指了指，说：“我家就在那边。要是我父亲问你要什么，你就说，要那个挂在柱子上的葫芦，可别忘了。”她一说完就不见了。

老三顺着姑娘手指的方向一直走，到了一个更秀丽的地方。

只见一个白发苍苍的老人从大红木门里出来，对他说：“请到屋里坐吧。”老三进到屋里，老人盛情招待他，并说：“听说你口弦弹得好，请弹一曲你认为最好的调子吧。”老三谦恭地回答：“我弹的七十二个调，没有一个弹得娴熟，但愿意尽我的能力弹一曲。”说着掏出黄竹口弦弹了一支《猎狗撵鹿》[①]调，“阿汪由汪”的声音多么优美，乐得老人称赞不迭。老三又弹了一曲《蜜蜂过江》[②]，“忍哩软啷”的弦音无比悦耳。

老人站起来夸奖道：“我这一辈子还未见过像你这样弹得好的人，我要送一件礼物表示谢意，不知你需要什么东西？”老三记着姑娘的嘱咐，直率地说：“我要挂在柱子上的那个葫芦。”老人有些为难，说：“这么个普普通通的葫芦，你要它做什么？要件值钱的东西吧。”老三不改口，老人只好答应：“也是你眼力好，有福气。这是个宝葫芦，你要什么都可以从里面倒出来，可要爱护好呀。”

告辞了老人，老三提着葫芦出来，想回家去把找到好地方的事告诉父亲。

半路上，他想起黑熊伙伴，就把葫芦一倒，果然那只黑熊从里面爬了出来。他正高兴，那黑熊在地上一滚，变成了先前碰到的那个美丽姑娘。她

---

①《猎狗撵鹿》：纳西族传统口弦调名。

②《蜜蜂过江》：纳西族传统口弦调名。

睁着星星一样的眼睛，笑吟吟地问老三："我们到哪里去呢？"老三很惊奇："我想回到父亲那儿去，你怎么……"姑娘接过话头："你不是向我父亲——善神求婚，要了我吗？"老三更加奇怪了，说："说哪里话，我没有求婚呀。"

姑娘羞答答地说："没有我，就没有你要来的葫芦；你要葫芦，就是在要我。说实在话，在森林里陪伴你的黑熊是我变的。我爱听你弹的口弦，也爱你的心。你有美好的愿望，我愿帮助你。"

老三恍然大悟，呵，原来是这么回事。这么情深意厚的姑娘，走遍天下也难找。他看着她，心里爱得不知怎么办才好，半晌才喜滋滋地对她说："当初碰到黑熊——不，是你，我还真有些怕哩，怎么也想不到你这么美。"姑娘笑着说："要是你只图外表好看，不是那样勇敢、善良，我也不会来陪伴你，我父亲也不会把我给你。"

老三深情地挽住姑娘的肩膀说："我们一起回去拜望父亲吧？"姑娘点点头，拿过葫芦，把两个人都拴在上面，只一倒，身子就像白云飘起来飞了，等到看见老三家门前的草地才慢慢落下来。

老三对姑娘说："我们要给父亲一个意料不到的快乐。"说着把葫芦一倒，草地上出现了一座四合五天井的大瓦房。老三和姑娘先进去收拾打整，准备举行婚礼。

第二天清早，戈鲁老汉接到一份请帖，说是对面那家办喜事。

戈鲁想：对门是一片荒凉草地，怕是请帖送错了，连忙出门来，想问个明白。哪料到，一夜之间在对面草地上盖起了一座高大的瓦屋，屋里还响着唢呐声。他非常奇怪：这到底是谁家办喜事呢？是鲁班大师搬到这里？还是天上的知罗阿普下凡来住？看了一阵不够味，还想进去探个实在，便喊上老大老二，到四合院里来吃酒席。

四合院里，人山人海，非常热闹。三父子和客人们入了席，新郎新娘就来敬酒。戈鲁看新郎好像是自己的三儿子，先是又惊又喜，后又怀疑自己的老眼看花了。等新郎新娘来到面前敬酒，亲热地叫一声"阿爸"，戈鲁才知

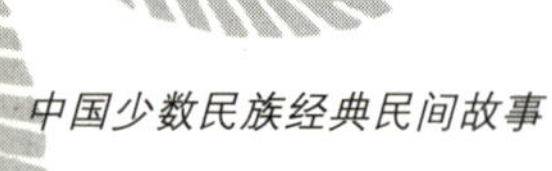

道是真的，愣着说不出话来。

老三从葫芦里倒出香喷喷的酒和各式各样的佳肴美味，招待父亲、哥哥和其他客人。老三对父亲说：“这回您不再赶我出去了吧？”父亲乐呵呵地说：“放心了。不过，你阿妈的仇还没有报，穷乡亲们还在受苦。”老三指指新娘，说：“您那贤惠能干的三媳妇，会帮助我们实现这个愿望的。”

接着请父亲、哥哥和客人都到门外来，再把葫芦一倒，倒出两只猛虎。老三对老虎耳语了几句，两只猛虎蹦跳而去。不到一锅烟工夫，只见一只老虎咬着领主，另一只老虎咬着抢穷家姑娘的财主安戛尼，跑到人群面前。这两个无恶不作的恶霸都已被老虎咬死了，父亲高兴地笑了，乡亲们高兴地笑了。

美丽的新娘又拿起葫芦，倒出许多小葫芦，向每个客人赠送一个。穷乡亲们唱着跳着，老三掏出金色的口弦弹起了欢乐的调子。从那以后，麦子长得大麻高，苞谷长得像松树，家家都过上了幸福的日子。

可是，天上的恶神子劳阿普知道了这个消息，魔心发作，派出许多鬼怪到人间，把所有的宝葫芦都偷去了，人们又过着贫穷的生活。

纳西族人民为了找回宝葫芦，便弹着黄竹口弦，一个跟一个、一代接一代地去寻找。他们深信，宝葫芦一定能找回来，好日子一定会盼到。口弦和口弦调，也就这样流传到了今天。

三朵节的传说

很古的时候，纳西尤部落从金沙江东岸迁到丽江坝。部落酋长阿琮做了一个梦：一个长着白胡子的智者，满脸堆笑来到他家里，赐给他一个金光闪闪的木匣子，说："你是利恩天神的后代，有乌鸦飞翔七天还转不完的天地是属于你的。假若你碰到了困难，叩响木匣，神就会赐你智慧，暗里帮助你。"

白胡子老者轻轻地把木匣子放到阿琮的手里，倏地消逝了。阿琮从梦中惊醒，看不见白胡子老者，也看不见木匣。这时天已亮了。但他在火塘边煨早茶的时候，还痴痴惦念着晚上的梦。梦中的事会在白天应验吗？他老是不由自主地把头侧向门口，突然，白胡子老者满脸堆笑地走进屋里来。阿琮领悟到是梦见的智者，便恭敬地把老者让在尊贵的客位上，殷勤献茶、斟酒。老者深沉地叹了一口气，说还要赶路，不能久留。阿琮慌忙扯住老者的衣襟说："尊贵的客人，您到我的屋里，就像太阳到了我的火塘边，满屋透亮暖烘，假若您不嫌弃火塘火的烟子呛，请您留在我的客位上，我喝淡茶，决不会捧给您白开水，尊贵的客人留下吧。"

白胡子老者长叹了一口气，说："哎，我一天要吃两头牛的肉，留住我，恐怕我会吃空你家的财富。"

"尊贵的客人，就是您一天要吃一群牛，我们的部落也不会亏待您，请

您长住我家的火塘边吧。”

老者和阿琮的对话被阿琮的老婆听到了，她装作跌跤的样子，“哎哟”一声瘫在地上。阿琮慌忙离开老者，把婆娘扶进内室。婆娘沉着脸，埋怨说：“也不摸一摸你屁股上长着多少肉，怎能答应每天给这个老者吃两头牛？不怕吃空了家产？还是趁早把他送走。”

白胡子老倌在室外听到了阿琮老婆的话，一跺脚说：“抱着石头丢了金坨子。”就悄悄离开了。

白胡子老者来到玉龙雪山上，突然转回身，看了一下丽江坝子，深深地被迷人的景色迷住了，再也不想离开了，就摇身一变，变成了一只白马鹿，留在玉龙雪山上了。

阿琮有一个力大无穷的名叫阿宝嘎底的家将，很爱打猎。一天，他来到玉龙雪山的老林里狩猎，发现一只犄角撑天的白马鹿，慌忙解下大弓，抽出一支箭，瞄准白马鹿，但白马鹿倏地消失了。他惊奇了，慌忙奔了过去，发现刚才出现马鹿的地方躺卧着一颗雪白的石头，直愣愣的竖在阿宝嘎底前面。阿宝嘎底越发奇怪了，他伸出大手，使劲搬动一下大石头，石头“咔嗒”一声躺下地。他躬下身子，把石头背到背上，摇摇晃晃走下山来。阿宝嘎底越走越觉得沉重，就仿佛背上压着一座大山一样。他踉踉跄跄走到雪山脚下一条泉水边，把石头放下来，伏在河边喝了几口泉水。阿宝嘎底肚子饿得“咕咕”叫，就把石头暂时搁在这儿，想回家吃饱饭，再回转来背。阿宝嘎底气喘吁吁回到家，对阿琮说：“主呀，今天我遭到了一桩稀奇古怪的事情。”

阿宝嘎底详细讲了一遍，阿琮听了，认为是神灵应验，便说：“嘎底将军，你是背一座大山不喘气的勇士，请把这颗石头背回来吧。”

阿宝嘎底又转来背白石头，可是怎么找也找不到了。他漠然地抬头望了一眼茫茫的雪山，挎着弩弓，爬上玉龙雪山去找寻这个神奇的白石头。

从谷底找到雪山顶，从雪山顶寻到老林间，太阳落了七次，月亮升了七回。突然有一天在一堵碧玉墙壁似的雪岩下，又发现了一头白马鹿。阿宝嘎底慌忙解下弩弓，弯弓搭箭，悄悄瞄准着白马鹿，白马鹿一晃鹿角，笑眯眯地说：“你莫射我。”倏地一下，白马鹿变成一个白髯飘忽的老者，冲着他招手，说：“你过来，快过来。”

阿宝嘎底忐忑不安地走过去，老者长叹一口气说：“你的主人是个心慈的人，我托了梦。他想留住我，可他婆娘舌头太伤人，我才离开你的主人，但是你的主人又派你来寻找我，真是情谊如山重啊。你回去告诉主人，木里国的王子在磨刀，乘着你们祭天的时辰要来偷袭丽江国，叫你的主人酿下九十九坛酒，杀下九十九条牦牛，在黑白水的老林边上埋锅造饭，佯装欢迎他们。”

阿宝嘎底吃了一惊：“哎呀喂，按老者的说法，丽江国的勇士是去投降吗？”

“哎，我不是说用计吗？”

白胡子老者笑哈哈地说：“木里国的士兵一个个都嗜酒如命，他们见了酒就会争着痛饮，见了牛肉更高兴，那时人醉了，你们乘机杀过去，一定会胜利。”

阿宝嘎底连连点头，一阵清风倏然刮过来，老者突然不见了。阿宝嘎底转回来把白胡子老者的话一句不漏地告诉了阿琮，阿琮沉吟良久，说：“天助我丽江国也。”

阿琮按着白胡子老者的嘱咐，在祭天前的一天，派人去黑白水的老林边上，摆下九十九缸酒，煮上九十九锅牛肉，命阿宝嘎底背上九十九袋辣椒面埋伏在玉龙山风口处，他自己带领着兵丁埋伏在密林里。天蒙蒙发亮了，入侵的兵丁偷偷来到了黑白水，他们沿路没有受到任何阻击，以为丽江国没有发觉。在路边看见大坛的酒，大锅的煮牛肉，一个个像饿狼扑牛一样，捧起酒坛就狂饮，割下大坨的牛肉就吃，一会儿便都醉倒了。

阿琮率兵从老林深处杀出来，又顺着呼呼的风撒辣椒面，打了一场大胜仗。丽江国在举行祭祀胜利神的时候，阿琮想：这场胜利是托白胡子老者的指点，难道胜利神是白胡子老者吧？于是又派遣阿宝嘎底去找寻白胡子老者。阿宝嘎底来到雪山老林里，又看见一只白马鹿，正要拉弓搭箭瞄准，白马鹿抬起头，又变成了一块白石头。阿宝嘎底慌忙跑过去，把白石头背下来。当他背到白沙玉龙村的时候，浑身累得又饥又渴，便把石头歇在地上，去水边喝了几口泉水。当他回到白石头旁边又去背，石头似乎生根似的，牢牢栽在地上搬不动了。阿宝嘎底没法，回去向阿琮说明。阿琮说不用背回，就在原地盖庙。原来，阿琮梦见的白胡子老者说他叫三朵，是属羊的，生辰就在二月八，是美利东阿普派他当纳西族的守护神。从此，阿琮就在白石落脚的地方修建了一座“北岳庙”，还模拟白胡子老者的形象塑了三朵神像。每年一到二月八，纳西族都要祭祀阿普三朵，到后来就变成了三朵节。

附　记：

这个传说有异文，主要情节基本一致，这里收录一则：从西边加宽地迁来三兄弟，长兄阿吴瓦住在玉龙山西坡太子关，二兄刺开刺胡住在拉什坝纳古瓦山上，三朵神是老三，也曾住雪山西坡可索罗悬崖中，后又来到这里。三朵神穿白甲、戴白盔、执白矛、跨白马，曾对一个国王说：“你每天供献我三只兽，会享大福。”国王照办，却久不见大福来临，王后埋怨说，家畜都供献完了，福在哪里？三朵出现了，他说：“我打算让一半天下尊你为国王，为什么还怨我？我要回玉龙山去了，供献的东西加倍还你。”说完，国王供献的家畜、钱币都还来了，比原来多了十倍，可是这个王国一天天弱下去了。这同时，三朵又托梦给丽江的麦琮，说：“麦琮，我是三朵，从北方来帮你作战，你是正直的南方人，有使你的王国受福的愿望，切勿三心二意！”说完就化成白麝消逝了。此后，麦琮每上战场，总有一个白色勇将助阵，一打胜仗，就有风雨，又什么都看不见了。平时，三朵也秘密帮助麦琮打猎，常见一只白麝在玉龙山时隐时现，却捕捉不到。一天，他的猎犬围着一块白石头，人们把它抬起，石轻如纸，下到半山，又重得抬不动。猎者拿米饭供献，祷告要它变轻，果又变得很轻，到山下又抬不动了，便就地盖庙祀奉。忽必烈南征时，传说有三朵助阵，于是忽必烈敕封它为“大圣雪石北岳定国安邦景帝”。

纳西族人是怎样成为土司的

古时候的纳西族人和汉族人、彝族人争土地、草场、山林。汉族人很聪明，他们割草堆草为记号，凡有草堆的土地、草场、山林都归汉族人所有。

彝族人脚轻手快，打木桩、插树枝的土地、草场、山林都归彝族人所有。

纳西族人那时叫吐蕃波纳惹人，他们身躯高大笨重，行动迟缓，拣石堆石为记号，凡堆有石头的地方都归纳西族人所有。但他们远远赶不上汉族人和彝族人打的记号多，因此，他们得到的土地、草场、山林就很少。

也该汉族人、彝族人吃亏，那年干旱最凶，一场山火把草堆、木桩、树枝全烧光了，烧成了灰烬，满山遍野露出了好多好多的石头。一场大雨过后，土地都湿透了，种庄稼的季节来了。凡是有石头的地方，都是纳西族人的。汉族人和彝族人没有自己种庄稼的地方，就告到了皇帝那里。波纳惹人也向皇帝说了自己的记号。皇帝就派人来查看，果然只见石头堆堆，不见草堆和木桩，就下了圣旨：凡有石头的地方都归波纳惹人所有，其他族人种地都要向波纳惹人租用。于是，纳西族人一下就掌握了好多好多土地、草场和山林，纳西族人就是这样成了土司的。

露鲁人供祖的由来

纳西族先民高勒趣生了四个儿子。老大名叫美，老二名叫和，老三名叫由，老四名叫苏。由娶了个傈僳族姑娘，生了一个孩子叫露鲁。不久，由就去世了。因为露鲁很小就失去父亲，跟着母亲生活，所以纳西话也不会说了。他性格孤僻、粗暴，经常对母亲发脾气。平时上山种地，母亲为他送饭，他不是说送早了，就是说送迟了，甚至常常用赶牛的青柳条打母亲。

有一天中午，露鲁正吆喝着牛犁地，一只乌鸦含着一棵草，飞来丢在牛跟前，牛便停下脚去嚼这棵草，露鲁觉着自己肚子也饿起来，看牛又不肯走，就生气地举起柳条打牛。停在一旁的乌鸦却说起话来：“请你不要打了，它原是我的亲生母，只是死后变成了牛。今天我特意含草来报答她养育我的恩情。”露鲁听了这番话，心想：乌鸦不忘死去的母亲，对再生的母亲还如此疼爱，我是一个人，却对养育自己的生母这般蛮横无理。想到这里，他心里非常难受，又非常羞愧。这时，村口路上，母亲正提着送饭篮子急步走来。他激动得忘记放下手中的赶牛青条，便去迎接母亲，老远就喊：“阿妈！阿妈！”母亲听到儿子的呼唤，又看见儿子手里摇着赶牛条飞快跑来，以为今天又要挨儿子的打了，于是丢下饭篮拼命逃向另一座山。

露鲁知道母亲误解了，他一边使劲地喊“阿妈”，一边加快步子追赶。但是追上山头，东瞧西找，怎么也看不见阿妈的身影。露鲁在树下叫，阿妈好像在树上回答，露鲁爬到树上叫，阿妈又好像在树下答应。露鲁万分难过，抓住片干树[①] 树干，号啕痛哭。他悔恨自己平时不该打骂阿妈，使阿妈生气，变成这棵片干树。于是他再爬上树喊：“阿妈，只怪我不好，请阿妈回去吧！”可是，再也听不到阿妈的声音了。他只得砍下一节片干树枝干，拿到家里，恭恭敬敬地放在灶台上供奉起来。

直到20世纪50年代初期，露鲁一直把片干树枝干作为自己的祖先供奉着。每逢老人死后，都要砍片干树枝干做成男女的刻像，穿上彩色的绸缎服装，以后每年腊月二十七日上山举行送祖、接祖的仪式，更换一次新的枝干。

①片干树：栗树的一种，多长在高山石灰岩间。

烧杜鹃木的来历

很古很古的时候，有一家摩梭人只有父子两人，父亲名叫巴施吉尔木，儿子叫巴施吉尔苴。父子俩长年生活在一起，显得很寂寞。

有一天，儿子巴施吉尔苴给父亲说："阿波[①]，我想去找个婆娘。"

父亲一听，心里乐滋滋的，就对儿子说："你去找一个嘛，你也大了，该成家了。"

巴施吉尔苴就去找心爱的姑娘了。他平时看到拿让吉布[②]家的姑娘长得非常美丽，就直朝拿让吉布家走去。

来到拿让吉布家，巴施吉尔苴受到了热情的接待，并给了他一个非常漂亮的姑娘，同时也定下了办喜酒的时间，到时由拿让吉布家把姑娘送到巴施吉尔苴家。

亲事定好后，巴施吉尔苴高兴地跑回家对父亲说："我已经找到了一个非常漂亮的姑娘，办喜酒的时间也定好了，到时人家会把姑娘送过来。"

巴施吉尔木听了儿子这样一说可高兴了，忙问："好儿子，你真不错！你到什么人家找的啊？"

①阿波：对父亲的称呼。

②拿让吉布：传说中的鬼王家。

巴施吉尔苴看着父亲那么高兴，就忙答道："阿波，我去拿让吉布家找的。他家对我非常喜欢，热情接待了我，给了我最漂亮的那个姑娘。"

他正说得得意，老父亲的脸色一下子变得又老又苍白，好半天才转过来，对儿子说："啊哟，儿子！你找错了，怎么能去找拿让吉布家的姑娘？东南西北多的是，偏去找个鬼姑娘。啊呀！这可怎么办呢？"父亲十分焦急地在屋子里走过来走过去，原先那股高兴劲一点儿也没有了。

巴施吉尔苴看着父亲，想想办喜事的时间也快到了，要接一个鬼姑娘，这，这该如何是好？屋子里只剩哀叹的声音。

巴施吉尔苴终于打破了沉默对父亲说："阿波，这样吧，我在半路上就杀掉送亲的人。"

父亲一听更着急，赶忙说："不可，不可！你自己走过人家的门槛去求亲，人家把姑娘给了你，反而要杀人家。俗话说'让别人得了座位后，自己要坐的座位自然会有；让别人得了盘庄稼的地方，自己要盘的土地就会自然有'。打人、杀人的事绝不可干。"

儿子看父亲不同意，急得像热锅上的蚂蚁，想起隔天送亲的人就要来了，要不想出一个办法就糟了！就对父亲说："阿波，我干脆逃婚算了！"

父亲问："你跑到哪儿去？"

儿子说："我要跑去老牛会屙酥油的地方，布邦[①]会起火的地方，不是公鸡可有鸡冠的地方。"父亲明白儿子的意思，他是要逃到天宫去。

临走前，巴施吉尔苴对父亲说："老牛关进圈里，不然拿让吉布家会拉走；老马套好羁子，不然会被赶走。"说完就上路了。

第二天，拿让吉布家送亲的来了，看见只有巴施吉尔木一个人在家，拿让吉尔家的王子就问："巴施吉尔苴的父亲，你的儿子到哪里去了？"巴施吉尔木满不在乎地答道："我的儿子走了，是到老牛会屙酥油，布邦会起火，不是公鸡有冠子的地方去了。"

---

①布邦：指雷电。

拿让吉布家的王子听后，皮笑肉不笑地说：“哎，巴施吉尔木，地上恐怕没有那样的地方吧？”

说完叫来了他的随从监视巴施吉尔木，观察他的动静，看他的儿子到底躲到哪里去了。

巴施吉尔木心里时常挂念儿子，眼睛老是看太阳，结果拿让吉布家的王子知道了巴施吉尔苴的去向。

他带着强壮的兵马等在太阳落山处，准备等太阳一落山就把巴施吉尔苴抓起来。

再说躲在太阳上的巴施吉尔苴看见了王子的兵马，感到势头不对，就从太阳逃到月亮里去了。

这事又让拿让吉布家发现，他们又去月亮落下的地方守着。月亮快要落下时，巴施吉尔苴又看见了拿让吉布家的兵马，又从月亮里跳出来钻进了大海子，躲在海子底下。

拿让吉布家没有办法去追，但拿让吉布家的王子知道巴施吉尔苴要想讨一个漂亮姑娘的心情，于是他把家里所有最漂亮的姑娘选出来，到海子边吹出悠扬的笛声，围着海子跳起舞来，同时叫来力气最大、撒网最有经验的阿斯纳几苴和纳甲卓波苴，叫他俩带着金网守在海子边，巴施吉尔苴一旦伸出头就撒网把他套住抓回去。

一切布置好后，王子站在海子边大声呼叫：“吹起红竹笛，争跳头舞来，牦牛尾巴系腰间，接尾跳起来。”

他的这一声呼唤，海子边顿时热闹起来，竹笛声、跳舞的脚步声震动着海子。特别是姑娘们那悠扬的歌声更吸引着海底下的巴施吉尔苴，他受不住姑娘们的歌声的引诱，在海底下实在坐不住了，想悄悄地看一眼就跑回海底。

于是他悄悄地上来，刚露出半个头来看姑娘时，力大如牛的阿斯纳几苴和纳甲卓波苴用网把他套住了，抓到王子面前，然后用链子把他的手脚套上，带回拿让吉布家，关进一所叫“开鲁古瓦”的牢房里。那所牢房有九层厚，三层墙，三层水，三层铁铜，周围还打了铁铜刺，谁都难见到他。

关在拿让吉布家的巴施吉尔苴想办法找机会给父亲寄个信。

一天，他在牢房里装病，“哎哟，哎哟”地大声叫起来。看守他的人马上报告给拿让吉布家王子，王子来问道：“巴施吉尔苴，你哪里疼？”

“哎哟，哎哟，我肚子疼。”王子看他病得不轻，便又问：“你在家里常吃些什么药？”他说：“我只有吃花猪油、花鱼肉才能治好病。”

拿让吉布家王子一听，赶紧组织人去山上砍杜鹃叶、烧香。

原来拿让吉布家的花猪油、花鱼肉就是烧上杜鹃叶就算是杀了猪，杀了鱼。

这时，采摘杜鹃叶的姑娘们正好路过牢房门口，恰好掉下了一枝杜鹃叶，这样巴施吉尔苴从门缝里用脚尖把杜鹃叶拖进去，然后把给父亲的信写在杜鹃叶上。

他刚把信写好，飞来一只乌鸦栖在牢房头上叫了三声，这时巴施吉尔苴对乌鸦说：“我想把给父亲的信交给大雁，又怕大雁把信丢在白云间；我想把信交给野鸭，由于野鸭年纪轻，怕它忘在草滩上。今天正好你来了，我就把信交给你，请你安全交给我父亲。如果你把我的信交给我父亲，将来我一定感谢你，不给你吃一百团饭，也要给你吃一团；一百团酥油给不了你，也要给你尝一团；普石独[①]大树上，一棵你栖不了，也要给你一枝树枝栖。”说完，把杜鹃叶丢给乌鸦，乌鸦拿到杜鹃叶后，飞往巴施吉尔木家去了。

巴施吉尔木已经知道儿子被拿让吉布家抓走，很失望。

一天，乌鸦飞来栖在他背后的大桃树上叫了三声，巴施吉尔木听见乌鸦的叫声，便说：“青示[②]，说好话，报好信来，如不报好信，我用箭把你射死。”

巴施吉尔木刚说完，乌鸦就把杜鹃叶从空中丢到他手里。巴施吉尔木一

①普石独：传说世上所有的植物都没有它大，是棵有名的大树。

②青示：对乌鸦的称呼。

看是儿子写来的信，他含着眼泪念不下去了。儿子在信中写了自己被抓的经过，还告诉他说：“你要来救我的话要小心，来的路上鸡群会把你抓死，你来时请一只黄鼠狼来。鸡群过去有猪群，想把你咬死，你就请狼来。再走你会见到一群牛，想把你抵死，你就请一只虎来。又来到一处鱼群会堵在路上，你就请水豹来。快到拿让吉布家时，有一座山垭口全被经书封着了，你就请来阿啊喇嘛，这样你就可以到我那里了。”

巴施吉尔苴的父亲看完信后，就赶快去请了儿子信里所说的那些动物，全部请好后就一齐上路。

巴施吉尔木和请来的那些动物来到第一个关口时，那群鸡立起冠子朝他追来，他就请黄鼠狼前面走，鸡群就散了。

来到第二个关口时，一大群猪嘴里吐着泡沫，立起鬃毛直冲过来，他就请狼先走，猪群见到狼就散了。

又来到第三个关口时，只见一群黄牛用角拱地在练武，这时请虎往前走，老虎一吼，牛全吓跑了。

到第四个关口时，只有一群鱼在水里横冲直撞，他请水豹往前走，水豹一跳进水里，鱼就跑得无影无踪了。

最后到了拿让吉布家那座山垭口，见垭口全被经书封住了，不能过去，他就请阿啊喇嘛开道。阿啊喇嘛手翻经书嘴里念着经，一时间被封的垭口开了一扇门似的大缝，他便顺利翻过垭口来到了开鲁古瓦牢房。

但是他没有办法打开牢房房门，他想越墙进去，可铁铜刺太锋利，他想用火烧，但一层夹着一层，火烧不成。实在没法时，巴施吉尔木就请天和地帮他的忙，他对天和地说：“从前无天，是我开了天；从前无地，是我开了地。今天我遭难，请你天地来救我。”

巴施吉尔木一说完，天上乌云一片漆黑，雷鸣电闪，突然下起了暴雨，水势凶猛，把拿让吉布家吓得不敢出来。

地也震动起来，关巴施吉尔苴的牢房已震裂了一个大口子，这时巴施吉尔木很快进去把儿子救了出来，这样巴施吉尔苴脱险了。

说来也巧，巴施吉尔苴虽然在拿让吉布家关了一阵，但他学会了不少东西。例如，吹竹笛跳舞，传说世间的人原来是不会跳舞的，他回来后也就教会了大家。还有祭祀祖先也是向拿让吉布家学来的。传说原来人们也不知道怎么祭祀祖先，祭什么供品祖先才喜欢等，是巴施吉尔苴回来后人们才开始祭祖先的。

巴施吉尔苴看见拿让吉布家的花猪是杜鹃叶，烧一蓬杜鹃叶等于杀了一条牛。他还看见拿让吉布家到冬天要搭着栗树叶棚祭他们的祖先，夏天搭小桃叶棚；每到十五、二十五，家家都要烧杜鹃叶祭献给祖先。

传说，每月的十五、二十五，拿让吉布家要把所有关在牢房里的“人”全放出来，让他们自由两个晚上。牢房里放出来的“人”就是人们说的鬼。鬼碰到烧杜鹃叶就非常高兴，很感谢尘世间的人们，说是杀了一条牛敬献给他们，就不再与人们作对，一切灾祸也没有了。

从那以后，摩梭人就会跳舞和祭祖送鬼了。

祭猎神的由来

从前，在野兽和家畜还未分开的时候，有两个异母同父的兄弟相亲相爱，非常要好。他们的父亲死后，后娘因哥哥不是亲生的，待他很刻薄，动不动就打骂，还叫他去做大人的活路。憨厚的弟弟见了，心里不忍，便悄悄地去帮忙。

一天，兄弟俩赶着家中所养的各种动物，带上干粮，离开家到远远的高山林里去放牧。他俩吃住在山里。白天，把动物赶到草肥水绿的地方；晚上，又把动物赶回到栅栏里。兄弟俩每天早出晚归，时间久了，家中带来的干粮吃完了。哥哥留在山里放牧，弟弟便回家去取干粮。弟弟到了家，向母亲索取粮食。他母亲从木柜拿出早装好的两麻袋粮食，唠唠叨叨地说：“我儿记好，这袋干粮是你自己的，另外一袋是你哥哥的。今后，你俩不要合伙吃了，要各吃各的。”弟弟想赶紧回山，便“嗯、嗯”答应着，背起干粮走了。

他爬坡翻山，回到山林中的木桩房里，见哥哥放牧还未归来，便去烧火做饭，谁想，打开麻袋口一看，给自己的麻袋里装着雪白的大米和细面，给哥哥的那麻袋里却尽是麦麸和米糠。弟弟一下傻了眼，为了不让哥哥晓得此事，便把那袋麸糠藏在木桩房附近的一个树洞里。就这样，弟弟便把自己的那袋米面分给哥哥吃。

光阴似箭，兄弟俩在高山林里放牧三月又三天，该把动物赶回家去了。

可这天，弟弟藏在树洞的那袋麸糠被哥哥发现了。哥哥问弟弟是咋个回事？弟弟见自己做的事已露馅，就把回家取干粮时，他母亲对他说的话原原本本地讲了一遍。哥哥得知后娘的恶心，气得半晌说不出话，想起后娘平素待他的白眼怒脸，骂他的恶言臭语，泪水像断线的珍珠从眼眶里掉下来："她哪儿把我当人看呀！"哥哥越想越气愤，决定在山上过一辈子。哥哥对弟弟说："弟弟啊，你挑一部分你喜欢的动物自己回去吧，我不回家了。你待我这样好，我一辈子也不会忘记的。以后你要吃山上的动物时，只要告诉一下，我就给你。"弟弟不忍心哥哥独自留在山中，硬要同哥哥在一起。哥哥左劝右劝，弟弟才挑了些牛、羊、猪、鸡等赶回家去。那部分动物就成了家畜，留在哥哥那里的动物便成了野兽。家畜和野兽就从此分开了。

后娘见弟弟没有把所有的动物赶回来，气得拉长了马脸。一天，她上高山去要回留在哥哥那里的动物。哪料走到半山腰一个山险路陡的地方，双脚一滑，就滚下岩去摔死了。

哥哥在山上掌管着各种野物，天天以肉作食，日子过得自在安逸。后来他在山上修炼苦行，成了猎神。听说哥哥成仙了，弟弟将信将疑。这年，弟弟想要只野物，便带一个猪头和一只鸡来到高山上，到处寻找，不见哥哥的影儿，便拿出带来的猪头和鸡祭祀哥哥，结果获得了许多野物。从这以后，猎人每年都拿猪头和鸡去祭猎神。猎人获得猎物时，还拿野物的血和肚杂祭祀猎神表示感谢。这就是祭猎神的由来。

火葬烧披毡的来历

很古的时候，有两兄妹从小死去了阿妈，他俩像一对形影不离的小鸽子，在家里的火塘边相依着长大。不觉之间，哥哥长到二十出头了，妹妹也长到了十八岁。十八岁的妹妹长成像金鸡一样漂亮的姑娘。

一天，哥妹俩进山里去砍柴火，半路上遇到了进山狩猎耍玩的土司，浑身冒出了一身冷汗。妹妹怯怯地躲藏在哥哥的背后，但是土司发现了这个比月亮漂亮的妹妹，就把妹妹抢走了。

妹妹被抢走后，哥哥苦得脊背像把弯弓。掐指一算，哥妹分离有九年了。九年来，哥哥日夜想着妹妹，饭没味，睡不稳，多想见一面妹妹呀！但是，心里的希望却像飘去的白云，再也没有飘回来了。

后来，妹妹生了个孩子，孩子长成了小伙子。妹妹的儿子结婚的时候，哥哥恰好路过妹妹家的寨子。这时哥哥的肚子饿得“咕咕”叫，饥饿折腾得双眼也发黑了，他踉踉跄跄地走了进去。这时候，土司家正在待客，哥哥疲惫不堪地坐在卑贱的下方座位上，直到主人把大肉坨发到下方座位上的时候，木盘里仅剩下了两根骨头。按照纳西族的俗礼，天大，地大，舅舅为最大，再穷酸的舅舅也得安排在尊贵的地方。哥哥却被安排在下方卑贱的座位上。这样，哥哥就忍耐着难挡的饥饿，气呼呼地离开了座位，走出土司家的大门。这时，妹妹从隐约熟悉的背影里才发现气走的是自己的亲哥哥，是她多年梦里相见过的哥哥。她丢下木盘，慌忙赶了出来，追上被气走的哥哥，伸手紧紧抓住哥哥的披毡，朝着屋里扯拖着，想把哥哥扯回屋里，招待在尊贵的客位上。但是哥哥气呼呼地抽出腰间挂着的长刀，把披毡的下摆割断，连头也不回地走了。从这以后，纳西族人的披毡变成了圆形的下摆。

妹妹紧紧地捏住被割断的披毡下摆，她悲伤得软瘫在地上，死了。举行火葬的时候，妹妹的尸体像石头一样，熊熊的大火烧化不了。土司派人找回了婆娘的哥哥。哥哥看见两眼圆睁着的妹妹，他悲哀地脱下披毡，把割走了下摆的披毡头脚颠倒地盖到妹妹的尸体上。突然，妹妹不瞑目的眼睛闭拢了。当他们重新又举行火葬的时候，烧尸柴垛一经点燃，妹妹的尸体像麻杆一样轻易地烧化了。

从这以后，纳西族举行火葬的时候都要烧一床披毡，而且特别尊敬舅舅。

附　记：

这个传说流传较广，异文也较多，归纳起来有几点不同：（1）主人公不是哥妹俩，而是姐弟俩；（2）被割断的不是披毡下摆，而是右衣角；（3）女方不是被抢，而是远嫁他乡；（4）弟弟来到姐姐家，恰逢外甥娶亲，但他并不知道是姐姐家，开头自己坐于尾席，待客从头席起，到他那儿只剩骨头。第二次他又改坐头席，待客却又从尾席起，到他那儿只剩残汤，所以他被气走；（5）他走时感叹地唱了一曲，这曲子是小时与姐姐常唱的，故姐姐才认出是弟弟。另外，除故事体外，还有叙事诗形式的《胡丽关伏若和阿妮永朱命》，有的则把这揉进纳西《猎歌》中，成为其中的“舅舅送毡”一节。

异文中，以流传于宁蒗永宁的《舅舅的右衣角》较为典型，引述于下：

一户山里人家，父母去世，姐弟二人相依为命。弟弟还小，姐姐却被外部落的人家抢走。弟弟历尽艰辛，成为一个好猎手。有一次，他追赶一头野兽直到天黑还没有追上，就到山下一户人家借宿。这家正办喜事，因为客乡，女主人把他安排在下房。第二天，女主人忙于待客，把寄宿的人忘了，最后才拿排骨汤和喝剩的酒给他。猎人发觉女主人就是自己的姐姐，想上前相认，但一想起自己受到冷遇，就把酒菜倒给狗吃，用摩梭调唱了自己要说的话，就走了。女主人知道猎人就是亲弟弟，马上追出去，拉住他的右衣角不放，要他留下住几天。弟弟不肯，拿刀把姐姐拉着的右衣角割掉就走。姐姐当场就气死了，火葬时尸体总是烧不化。她儿子请达巴（巫师）卜卦，达巴说要她弟弟那件缺衣角的衣裳盖着。她儿子去求舅舅，舅舅知道亲姐姐被自己气死了，又悲痛，又后悔，立刻前来把缺角衣裳盖在姐姐身上，让它与割断的衣角复合，表示姐弟和好如初。不一会儿，尸体就烧化了。从这以后，摩梭人家的兄弟不再和姐妹分开，并受到格外尊敬。

泼灰习俗的来历

龙王，在东巴经书里的字形是蛙头、人身、蛇尾，它叫术神。相传人类和龙王是同父异母的兄弟，分家后，龙王居住水域，人类居住陆地。龙王既能庇佑人类，也能降灾于人类。

很古的时候，纳西族部落有一个酋长，酋长有一个像月亮一样美貌的女儿，石头看见她会动心，云朵看见她会着迷，河水看见她会哑口，花朵看见她也会羞得低下脑壳。

一天，姑娘背着黄木凿成的木桶，拎着葫芦水瓢，匆匆来到屋后的水井里背水，影子投印在水里就像一朵彩霞。刚巧，龙子走出门来溜达，发现姑娘映在水里的美貌，顿时神魂颠倒，像一张网紧紧地把他套住了。可当他抬起脑壳寻找姑娘的时候，水面上只留下了一圈套着一圈的波纹，姑娘不知道隐藏到哪里去了。

龙子闷闷不乐地回到家，心里似乎失落了贴心的宝贝一样空虚。龙子烤着温暖的火塘，火塘火失去了温暖；喝了喷香的奶茶，奶茶像黄连汤一样苦涩。龙子日夜思慕着酋长的美貌姑娘。

恋着美貌姑娘的小伙子，纵有陡崖险滩，在他眼里只看作是坝上的坦途。一天晚上，龙子被难耐的情思搅翻了心，摇身一变，变成一个英俊的小伙子，悄悄走到酋长家的屋后，对着姑娘闺房的窗口唱开了情歌。小伙子唱到第三天晚上，衷情挑翻了姑娘的心，爱情的羞涩烫红了姑娘的脸盘，酋长的女儿咬着牙巴骨，悄悄地摘了门闩。

酋长的女儿和龙子，像蜂和花一样热恋着。等到桃花结果实的时候，酋长的女儿怀孕了，苗条的身材变得肥胖了。酋长像一头惹急了的牯牛，嗤鼻子，瞪眼睛，挥着鞭子跳起来，逼迫女儿说出偷了谁家的汉子，姑娘硬着头皮如实招认了。

但是酋长的女儿不知道小伙子姓甚名谁，家居何处。酋长沉吟良久，从屋里取出一团毛线，交给女儿说："晚上你把毛线挽个扣子，拴系在他的脚上吧。"说完，酋长丢下毛线团，气冲冲地走了。

这天晚上，龙子摸着夜路，又悄悄来到姑娘的闺房里。酋长的女儿按着阿爸的叮嘱办了。

第二天，酋长顺摸着毛线牵引的路径寻找那小伙子的脚迹，他走着走着，突然被一堵大岩拦住去路，发现毛线牵进一个黑森森的灵泉洞里去了。酋长知道自己的女儿落进了龙子的情网，很是着急。后来，女儿分娩了，生下了许多的斑蛇和斑蛙。酋长请来东巴祭祀，恭敬地把这些精灵送出去了。

从这以后，纳西族人为提防龙子偷寨子里的姑娘，就立下了规矩：每逢到了立夏这一天，寨子里家家户户都得拿灶灰往住房四周的墙脚泼洒，边泼边念叨："灶灰是火神的唾沫星，让龙子在自己屋里不要出来。"

七星披肩的来历

纳西族妇女自古以来喜爱披一件七星披肩。这种特异服饰的制作是这样的：首先选择毛色油黑、绵密柔厚的绵羊皮，经过反复鞣制加工，使皮面子变得雪白而舒软，然后把皮面子剪裁成半圆形，在弦边至皮面子三分之一处横绷一层黑金绒或蓝氆氇，两侧结两条雪白的长带，带端呈菱角形，绣以蓝色的线条图案。面子正中，一字横排镶饰着七个用七彩丝线精心绣制的圆盘，每盘各系两股白皮索，像银丝般飘动。每逢佳节盛会，浓妆艳抹的纳西族姑娘，个个披着七星披肩，五彩缤纷，银辉闪灿，令人眼花缭乱。这精致绚美的七星披肩是怎么来的呢？这里，还凝结着一个古老的传说。

很久很久以前，现在的丽江坝子原来是个清汪汪的大湖。人们聚居在湖畔山边，种地、放牧、打鱼、狩猎，辛勤劳动，谋生过活。不料有一年，出了个残暴的旱魔，放出八个火太阳，想把山河烤焦。于是，天上一共有了九个太阳，一个落了一个出，好像走马灯，只有白天，没有黑夜。尤其是那八个假太阳，喷射出火焰般的热光，烤晒得石头也冒烟。人们躲在房子里，汗水也像雨一样的滴落，像在热锅上煎，甑子里蒸。不久，树木、庄稼晒干了，田地晒裂了，山泉枯竭了，大湖快要干涸露底，人和家畜也都快要渴死了。

寨子里有个叫英古的姑娘，非常勤劳能干，无论上山下湖，种地织麻，都是全寨数一数二的行家里手，人也长得健壮而美丽。她深受大旱之苦，不忍看见万众遭殃，立誓要去东洋大海请龙王来解救。她捉来许多将要渴死的水鸟，拔下羽毛，编织成一件五光十色的顶阳衫，披在肩上，便直向遥远的东方奔去。

翻过九十九架山，跨过七十七道箐，蹚过三十三条河，英古来到茫茫无涯的东洋大海边上。只见白浪滔天，怎样才能见到龙王呢？她徘徊着，唱起了动人的歌：

世间出旱魔呵，太阳像团火；
百花要烤煳呵，万众命难活！
东海碧玉水呵，可以救干渴；
难得见龙王呵，焦愁积心窝……

英古不停地走，不停地唱，那美妙的歌声飘荡在海面上，白浪平息下去了，似乎在歌声的陶醉中安睡。刚巧，龙王的第三个王子出来游玩，听到英古的歌声，连忙露出海面，变成一个年轻英俊的小伙来到英古的身旁。两人倾心交谈，诉说身世，深情相爱。龙三王子赠她一枚避水宝戒指，并亲自把它套在英古的手指上。一对有情人回到龙宫，上上下下无不举酒相贺。龙王龙母商量备办盛筵，择日为他俩举行隆重的婚礼。英古想到家乡旱情，心急如焚，恳求龙王帮助，先灭旱火，再行婚仪。龙王和旱魔本是冤家对头，听了英古讲的一番话，气得直瞪眼睛，马上叫龙三王子携带万顷玉液，陪英古回家乡救难。

龙三王子叫英古挽着自己的臂膀，闭上眼睛。英古照着做了，只觉得身子像云朵一样飘起来，耳边一阵阵热风呼呼作响，不到一锅烟功夫，双脚落地，睁开两眼，已经回到了故乡。三王子作法变化，满天浓云翻滚，顷刻下起大雨来。人们纷纷从屋里跑出来，簇拥着英古，在大雨中痛快地喝，尽情地洗，高歌畅舞，向飞在云端里的龙王子致谢，沉浸在一片狂欢之中。

阴险可恶的旱魔看到这个情景，连肚皮都气破了，连忙想了个毒计，便来找龙三太子交战。旱魔满脸通红，伸着带火的长手来捉龙三王子。王子喷出一股大水，像一杆银子的长矛，直捅过去。旱魔招架不住，仓皇逃了。到一道坎子边，旱魔站住，转身对龙三王子说："来来来，看我把你烧成一堆灰。"龙三王子厉声呵斥："我非要把你淹成个水鬼不可！"说着便冲过去。忽然"轰隆"一声，龙三王子落进地底下去了。原来旱魔十分狡猾，预先在这里设了千丈深的陷阱。龙王子上了当，旱魔狞笑着封住陷洞，吆来一头大象和一只狮子镇守洞口。

英古看见心上人被旱魔诱进陷阱，披起顶阳衫，奋不顾身来和旱魔搏斗。一连苦战了九天，汗水流干了，力气使尽了，终于倒在地上。人们为了纪念她，从此把她躺下的地方称作"英古墩"①。

善神北时三东②见善良无辜的人类惨遭旱患，龙三王子也被幽禁深洞，便用雪精造一条矫健非凡的巨龙去制伏旱魔。这条浑身雪白的长龙乘风驾云，凌空飞舞，张开巨口，把旱魔放出的火太阳一个个地吞去，衔在嘴里变冷后吐到地下，只把变冷了的第八个火太阳留在空中，当夜里的月亮。雪精龙胜利归来，又用身子把旱魔死死地压住，千秋万代不得翻身。以后，这条雪精龙变成一座银冠玉帔的高峰，就是现在的玉龙山。

龙三王子虽被囚在陷洞里，但耳目灵聪，早已闻知英古力竭而死的凶信，这时又见旱魔被雪精龙镇住，便鼓足气力，拼死冲出陷洞，把狮子撞开三十三丈远。大象和狮子都被吓死了，后来化为两座山，就是现在的象山和狮子山。狮子山离象山有数十丈远，传说就是龙三王子猛撞的缘故。龙三王子那一腔纯洁深厚的爱情，随同携带来的碧波玉液从大象脚旁喷涌而出，呼叫着扑向英古躺着的地方，萦绕着英古美丽的身影流淌，流淌……（丽江坝

---

①英古墩：指丽江。

②北时三东：北时，地名，即今白沙。三东，纳西族传说中战无不胜的善神，居于北时，故名北时三东。

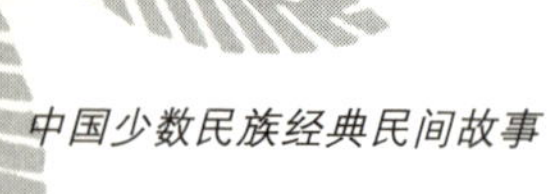

沟渠纵横泉水清碧无比，典故就出在这里）。龙三王子蹦出陷洞的地方，后来化作一眼清泉，千秋不断，就是现在的玉泉（俗称黑龙潭，又称象山灵泉）。

北时三东把雪精龙吐下的七个冷了的太阳捏成七个光芒闪闪的圆星星，镶在英古的顶阳衫上，表彰她的勤劳、智慧和勇敢。姑娘们看着干裂的湖底又涌出一股甘甜清冽的泉水，无比怀念英古。她们为了铭记英古的功绩，效学英古的榜样，仿照英古那镶有七个璀璨圆星的顶阳衫做成精美的披肩，世代相传。这样，那象征披星戴月、勤劳勇敢的纳西族的七星披肩，便沿袭到了今天。

婚后买松明和韭菜的来历

过去，纳西族青年成婚后的第二天，小两口就要去逛街，并买回一束松明、一把韭菜。这是为什么呢？细说起来，还有个古谱哩。

话说有一年腊月二十四，一对青年男女结成了夫妻。第二天，新娘子一大早就起了床，忙着挑水、扫地、烧火、做饭，把个里里外外收拾得干干净净。婆婆见了自然满心高兴，但这还只是表面的呵！早饭后，新娘子恭敬地问婆婆："阿妈，请问今天有什么吩咐？"婆婆是个精明人，她正想试试媳妇的心计，于是顺水推舟地说："今天，你们就去逛街吧。"新娘子很不好意思，自己刚过门，怎么能去逛街玩耍呢？婆婆笑着说："没什么，没什么，以后还少得了你做的活，就去痛痛快快玩它一天吧。"既然这样，新娘子就说："那要给家里买什么东西回来吗？"婆婆说："方便的话，你就买两件全家吃不完、全院搁不下的东西吧。这是给你们的开销钱。"婆婆从怀里掏出个小布袋，递过来几个小钱。

一路上，新娘子心里七上八下，这点钱够买什么东西呢？这明明是婆婆在有意为难自己呵！她与丈夫商量，可丈夫又只会抓耳挠腮，毫无办法。怎么办呢？突然，她眼睛一亮，想到了一个好主意。

天快黑时，小两口才回到家。一进院，婆婆就迎了过来，帮着新娘子卸篮子："孩子，你买回什么好东西？"新娘子把篮子上的绸巾一掀，拿出

一把韭菜说：“妈，这不就是全家吃不完的东西吗？”婆婆心里一惊，说：“孩子，这当什么讲？”新娘子从容地说：“煮韭菜，三天三夜味不尽，锅边碗边难洗净，所以是全家吃不完的东西。”婆婆暗暗佩服。“那第二件呢？”新娘子又从篮子里拿出一把松明说：“这第二件也给你买回来了。”婆婆又忙问：“这又当怎么讲呢？”新娘子从屋里取出一块烧红的炭，把松明点着了，火光照得整个院子明晃晃的。婆婆对新娘子的聪明能干十分满意，便解下自己腰间的铜钥匙系在新娘子的百褶裙带上了。

从此，婚后逛街买松明和韭菜就变成了一种风俗。人们还添上了一种说法，说韭菜，表示新婚夫妇日后生活富裕，丰衣足食；松明，表示新婚夫妇能在人生道路上不怕困难，创造幸福。

猪槽船的来历

从前，有个聪明善良的摩梭小伙子，他名叫农布。

农布和一个赶马人出远门，那个赶马人把他的金银财物骗了跑掉了，只留下一个很大很大的荞粑粑给他。

可是不小心，荞粑粑滚向大山沟去了。农布就顺着荞粑粑滚的方向去把树桩上沾着的粑粑一点一点地捡起来，一直到深沟底才找到了“残缺不全”的荞粑粑。他两手紧紧捧着荞粑粑爬呀爬，不知过了多少个山沟，眼看太阳快要落山，还没有爬到山顶。

太阳落山了，山里的雀鸟在找窝归宿。农布急得心像烧了一把烈火。这时他的眼前有些怪物的影子在晃动，吓得他将头埋进了两腿间，两手蒙着脸，放声大哭起来。

农布正哭得伤心时，飞来了一只乌鸦，栖在大树上，对农布说：“呀！呀！你是不是比次若[1]。”

农布听见乌鸦对自己说话，又惊又喜。惊的是，是不是鬼在给自己说话；喜的是，在这黑森森的山林里还有人对他说话。

正在惊慌中，乌鸦又开口了：“呀！呀！你是不是比次若？”

---

①比次若：摩梭语，指人。

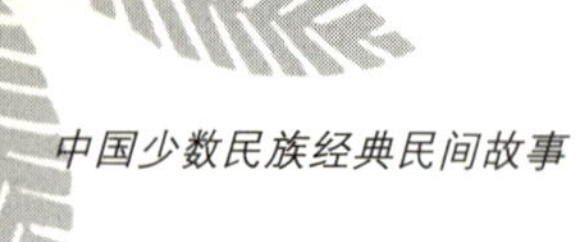

这时农布听清了乌鸦真的是在对自己说话，他却不由自主地朝乌鸦磕起头来，嘴里不停地说："是，是。"

乌鸦又说："你要是比次若就不能随便来这大山上，一到晚上，各种动物就会来这里集中开会，要是你在这里过夜，那就不够它们分吃了。但今晚上已经很晚了，我给你想个办法。今晚我栖在这棵大树上，你爬到我的下面一节树杈上来，用腰带把身子捆在树上，你就不会掉下去了。"

农布听了乌鸦的话，立即爬到树上来，把身子紧紧拴在大树上。

天全黑了，乌鸦说的一点不假，一时间，各种野兽前前后后来到这棵大树下，等齐后，它们就开始开会了。

动物群中首先出来发言的是狐狸，接着跳出一只豹子，豹子说："说起比次若真是笨得无法形容，今天我串了好些地方，有个地方吃水相当困难，比次若吃水要到离家三四天路程远的地方去背，真是累死他们了，要是他们像我这样聪明就好了。他们的村子旁边就有一个大龙洞，只不过被一块大石块盖住了洞口，水流不出来，如果把它搬开，那个地方就会成为大海，不仅比次若有水饮用，连田地都会有水灌溉，他们那地方就会成为鱼米之乡。"

野兽们七嘴八舌地讲了一夜，说出了不少好事，天一亮它们就一一散去了。

坐在树上的农布却把野兽们讲的话听得一清二楚，等它们都走完了，就从树上慢慢下来，去寻找能出水的那个龙洞。

农布沿着山间小道顺着溪水流的方向走去，不知不觉来到了那个吃水困难的地方。离村庄还有一杆烟路程时，在一个陡坡上遇见了许多背水的妇女。

这时，农布来到岔路口，装成要饭的人，横睡在路中间，装着非常口渴的样子。第一个姑娘背着水从农布身边过，她很冷淡地看了一眼，绕道走了。第二个背水的姑娘又来了，这时农布向她说道："阿妹，麻烦你给我一碗冷水喝。"那个姑娘听后非常生气地说："哼！要水，知道吗？我背了好几天才背来的，你倒是想得便宜，对不起，请让路！"

还没有等农布让开，她就越过了农布的身子走了，嘴里还不停地咕咕哝哝。

正在这时，第三个姑娘背着满满的一桶水也来到农布的身边，只见她累得头发根上都冒着豆大的汗珠。但她见有人睡在路上，就不敢过去，便和气地叫他让路。

农布看见一个说话和蔼可亲而又美丽的姑娘跟自己说话，也客气地说："哎呀，阿妹，我今天要渴死了，请给我一碗冷水解解渴。"姑娘马上就卸下桶来，农布接过姑娘给的水，痛快地喝了一顿，并说："嘿！这水喝起来真甜！"

姑娘一听，忙说："这水来得不容易，是从三天路程远的地方背来的。我们这里祖祖辈辈就是被这点水整住了。人畜饮水真比金子贵啰！"

这时农布有意问那个姑娘："哎，阿妹，你们这里为啥祖祖辈辈不想点办法呢？你们这里有一股喝不完流不尽的山泉水，但被一块大石板盖住了，如果想办法把石板掀开，泉水马上就会涌出来，这个地方就会成为山清水秀的鱼米之乡。"

姑娘一听，喜欢得嘴都合不拢了，问道："哥哥你说的话是真的吗？"

农布说："一点不假。"并叫姑娘马上领他去见司沛[①]商量引水的事。

姑娘高兴地领着农布进村去找司沛。见了司沛，把农布刚才对她说的话对司沛讲了一遍。

司沛听了她的话，一时不敢相信。但是看眼前这个小伙子说得很认真，还要亲自找水，又说出了掀石板的办法、地点，还说要九架牛[②]、九根铁链。

司沛想想后，带着试一试的态度，准备了掀石板的工具，还动员了村里所有的人。

---

①司沛："土司""头人""首领"的意思。

②九架牛：摩梭人用牛犁地时，两头牛称为一架。

第二天一早，农布领着所有的人，赶上九架牛，拿上九根铁链，来到一个大岩洞前，把九架牛和铁链拴在石板上，九架牛“呼哧呼哧”地喘着粗气拉着铁链，青石板随着人的呼喊声慢慢离地而起，一尺、二尺、五尺……突然，人群里有人大叫起来：“水出来啰！水出来啰！”

接着又是“哗”的一声巨响，一股清泉水从岩洞里喷了出来，陡坡上挂着一条白花花的瀑布。人们高兴得像青鱼一样跳进了水里，洗呀，笑呀，唱呀，整个村子都欢腾起来了。

这天，司沛高兴得说不出话来。为了庆祝引水胜利，司沛拿出自己的许多牛羊，大摆酒席，美丽的少女们手挽着手，跳起了欢乐的锅庄舞；老人们举起酒杯互相祝贺，人们沉浸在欢乐与幸福中。

但是水流太大，人们没有想到有这么大的水，不到几天所在的山沟都被水淹没了，变成了一片汪洋大海。坐落在山下的人户，有的看见猪槽浮起在水面上，就坐在猪槽上脱了险。

从那以后，摩梭人就有了猪槽船。也从那以后一直到现在，那一片汪洋大海就留在了永宁，人们称它为泸沽湖。

阿注婚的来由

在四川盐源与云南宁蒗交界的地方，有一个蓝宝石般的美丽湖泊——泸沽湖，湖的西北面耸立着巍峨秀丽的狮子山。狮子山是摩梭人心目中崇高圣洁的女神山。

很久以前，有个掌管狮子的女神，名叫狮格干姆。一天，她骑着狮子出巡，来到楼大赕[①]，见到宽阔的泸沽湖明亮得像一面镜子，湖旁鸟语花香，不觉迷上这秀丽的景色，住下来不走了。她的坐骑顿时化为雄伟的狮子山，她就做了狮子山的女神。

狮格干姆原是珊碧旺龙神山的三女儿，貌美动人，像一朵初开的红杜鹃，但任性而又淘气。大姐、二姐都很安分守己，一步也不敢离开家里，一长大就照父母的旨意嫁了人。唯独狮格干姆要强好胜，不要父母替她操心，而要自自在在地生活，自由结交阿注[②]。她一到楼大赕，周围数百里的甲牧山、果罗山、折子山、左所山、前所大白山等男山神都纷纷前来拜访，向她求婚。狮格干姆对他们说："年轻汉子们，我愿同你们交往，你们可以定期前来同我相会，只是我不能属于你们当中的哪一个，我是这里的主宰。"原

①楼大赕：今永宁。
②阿注：摩梭语，意为"朋友""伴侣"。

来男山神一个个争着要娶她，一听这一番话，知道她自有主张，不能强求，就做了她的临时阿注，友爱相处。

丽江玉龙山神长得英俊非凡，他听说狮格美丽无比，也远远地赶来向她求爱。在月色蒙蒙的夜晚，他俩在泸沽湖边对起歌来：

尊贵的干姆戴什么帽子？
编织白云做帽子。

美丽的干姆穿什么鞋子？
编织百花做鞋子。

多情的干姆什么当坐骑？
勇猛的狮子当坐骑。
……

玉龙山神问了几百问，狮格干姆都对答如流。随后，她又反过来询问，玉龙也应对得滴水不漏：

尊敬的玉龙戴什么帽子？
圣洁的白雪当银盔。

英俊的玉龙穿什么鞋子？
水晶般的玉湖当鞋子。

能干的玉龙什么当坐骑？
玉角金鹿当坐骑。
……[①]

---

①这是一支出名的摩梭民歌，用“久葸圭”调唱，男女对答，可伴以舞。

他们唱到三更半夜，越唱越欢喜，双双脾性融洽，情投意合，结成了亲密的侣伴。玉龙山神想方设法要把她娶走，劝她跟他到丽江去住，可是狮格干姆婉言谢绝，说："我是自由自在的女子，不愿做一个男子的妻子，你可以做我的阿注，时常来同我相会，但你不能成为我的丈夫，因为我是主人。"玉龙山神没有办法，只好恋恋不舍地告辞了。他临去前，前所大白山山神生怕玉龙山神把狮格干姆拐走，悄悄用一根大银链把她拦腰挽住。后来狮子山山腰有一圈白崖子，就是这根大银链变的。

就这样，狮格干姆女神不嫁人，不出走，世世代代住在楼大赕，护佑着四方八面的生灵，把繁荣和安宁赐给湖边的摩梭儿女，摩梭子孙不但崇敬她，爱戴她，而且都照她的样子来建立家庭、婚姻。这就是一直沿传至今仍有遗留的永宁摩梭母系氏族家庭的阿注婚制[①]的由来。

---

①母系氏族家庭的阿注婚制：过去，摩梭人以女性为家主建立氏族家庭，没有父亲，只有舅舅，母亲具有至高无上的权威，在社会上也享有很高的威信，财产由母系继承，世谱按母系计算。与此相适应，具有一种实行初期对偶婚特点的阿注婚姻制，即女不嫁，男不娶，配偶双方各居母家，由男方到女家访宿，翌晨匆匆返回母家劳动、生活。这种夜合昼分的婚姻，不须举行礼仪，只要成年男女情投意合，便可相约暗号（男子访宿时敲几下门，或在房头丢几粒石头等），结成阿注。同居以后，一方不愿，即自然解除婚姻，所生儿女属于女方。男女在一生中可同多个异性结成阿注偶居，但一般有一个较为固定、感情好的可保持几年、十多年，少则只有数日，这是母系社会的足迹。新中国成立后，随着经济文化的发展，这种古老的婚习逐步得到改革，实行一夫一妻制，自由登记结婚了。

阿套五勒古[1]

一到青黄不接的二、三月间，山上的阿套五勒古鸟就凄惨地叫起来：“没套没套由，没套没套由，过冷没套由！”[2]

它是怎样来的？为什么这样叫？原来这里还有一段故事。

传说古时候有一对夫妻生下五个儿子，挤住在矮小简陋的木楞房里。老两口成年累月开荒种地，可是山地瘦薄，年成不好，累死累活也养活不了这些孩子，逼得向富人家租了两亩好田。有一年，不幸遇到各种灾害：旱灾、虫灾、雹灾、涝灾像走马灯似的袭来，从田里收上来的还没有撒下去的多，缴了租子，家里就没有一颗粮食了。箩箩底朝天，坛罐嗡嗡响，穷得像清水一缸。老两口东借一碗，西讨一瓢，给孩子们糊口。到二、三月间，没处借，没处讨，就上山找蕨菜。蕨菜采完了，有好多天没有东西给孩子们吃了。五个瘦得皮包骨头的孩子，饿得挨不住了。大的叫，小的哭，有气无力地喊着：“妈妈，饿呀；妈妈，饿呀！”孩子们的母亲看着这个情景，心里像有一把刀子在绞，眼泪忍不住地淌下来。

眼看孩子们要活活被饿死了，想个什么办法呢？孩子们的母亲想来想

---

①阿套五勒古：一种鸟名。

②“没套没套由”这三句话意为“活不下去了，活不下去了，实在活不下去了！”

去，半天想不出一个好法子。这时，最小的那个儿子叫着要吃奶。母亲连忙把乳头塞给他，可是吸呀吮呀，吸不出一滴奶。母亲捧住自己的乳房使劲挤，可是干瘪的乳房挤不出半滴乳。母亲挤着挤着，忽然想起一个办法来。她走进屋去，忍痛割下自己的一只乳房，放进锅里煮给可怜的孩子们吃。五个孩子高高兴兴地吃完了锅里的肉，喝完了锅里的汤，便去找妈妈。可是妈妈不在了，只见她变成一只阿套五勒古鸟，从屋里飞出去，凄惨地叫着：“没套没套由，没套没套由，过冷没套由！”

杜鹃鸟的来历

丽江拉市坝南端的山上，有一座指云寺。很久以前，寺里有好多喇嘛，还有一个名叫杜宇的孤儿。有一年清明节，喇嘛们都回家去过节了，留下无家可归的杜宇一个人孤苦伶仃地守着寺院。他看到村子里跟他一样大小的小伙子和胖金美[①]，戴着柳条帽（纳西族清明节时有戴柳条帽的习俗），扫墓祭祖，想到自己的父母不知在哪里，也不知是去世了还是活着，心里十分悲伤。

杜宇正在低头流泪，从背后飞来一只金蜜蜂来到他面前嗡嗡飞旋，杜宇看它多可爱，不知不觉地跟它说起话来："小蜜蜂，我的好朋友，你每天到处飞，可知道我的父母？你看我多么孤独，请你帮帮我的忙，我要找父母。"

蜜蜂停在一朵花上，对杜宇说："我正要告诉你呢，你的父母原是江边财主家的长工。你还在很小的时候，你父亲就被抓去当兵，狠毒的财主趁着这个机会把你母亲奸污了。你母亲又羞又气又悲伤，不愿再活在世上，想去树林里寻死。但她要让你活下去，长大了好为她报仇。她含着眼泪，咬断右手食指，在你穿着的麻布衣裳上写上四句话：'你若能长大成人，就把江水

---

①胖金美："姑娘"的意思。

搅翻，淹没财主家，事成之后来树林里找我。’写好后，你母亲找来一块大木板，把你稳稳地放在上面，放在金沙江。木板在江里漂呀漂，被一个老人看见了，就打捞上来。可是老人穷得没法养活你，就把你抱到财主家。财主只要钱不要人，又把你卖到这个指云寺里，你就当了喇嘛的小仆人。”

杜宇翻遍穿烂的麻布衣裳，果然找到了血写的四句话。他悲伤地又问：“那我的父亲呢？”

小蜜蜂又说：“你父亲当兵回来，到处找你们母子俩，可是连个影子也不见。因为穷得没法子，又不得不去给财主当长工。财主天天清早逼他去江边打水，又不让他吃饱。一天，他正在江边打水，肚子饿得“咕咕”叫，头一晕，眼一黑，就跌进滚滚的江里，被一条大鱼吃了。后来，有个渔人打到了这条大鱼。财主听说了，逼着渔人把大鱼送去他家。财主一家人就把吃了你父亲的这条大鱼煮吃了。”

听了蜜蜂的话，杜宇“哇”的一声哭了：“我可怜的父亲呀，我可怜的母亲呀，我再也见不到你们了……”

蜜蜂劝杜宇：“不要哭了，快照着你母亲说的做吧！”

杜宇想到财主，火冒三丈：“我若不能报仇，死也不咽气！”

蜜蜂看杜宇铁了心，便借给他一双翅膀，教给他呼风唤雨、搅翻江水的法术。杜宇插上翅膀，就去搅动江水，逼着独眼水龙吹起大风，掀起巨浪。江水像煮沸了的豆浆一直往上冒，波浪滔滔，潮水滚滚，淹没了财主的田地，又扑向财主住的四合大院。不到一锅烟工夫，就把狠心的财主连同房子、家畜一起都冲到江里去了。

杜宇展翅飞进茫茫树林去寻找自己的母亲，边飞边喊：“阿妈，阿妈……”飞呀飞呀，找遍九个林子，总是看不见母亲的影子；喊呀喊呀，从白天喊到晚上，从晚上又喊到黎明，嘴巴都喊出血了，也没有找到母亲，他却变成了一只杜鹃鸟，不停地飞着叫着。

从那以后，每年一到清明节，杜鹃鸟就在林子里飞来飞去地叫个不停，叫得口里流出了鲜血，也还在飞着叫着。这时，江水也就会跟着涨了起来。

蝉姑娘的厄运

很古时候，蝉姑娘在春神的叫喊下醒过来了。

雪山脚下，春暖花开的时候，蝉姑娘抖动着她轻薄的翅翼，躲潜在绿树枝头，断一声续一声地聒噪着。有一天，一只云雀鸟在草丛里歇息，她被蝉姑娘吵得心烦意乱了，捂着耳朵故意揶揄着蝉姑娘，说她的歌喉尖响如锉刀锉物，嘹亮得能撕破云层传到天外哩。

蝉姑娘听不出云雀的话里话，误认为是云雀鸟也佩服夸赞她的歌喉哩。弄得蝉姑娘的脑壳更热了，她又振劲地抖动她的翅膀，对着云雀厚颜无耻地说："云雀大姐呀，就是你不夸我的歌喉，我也知道我的歌喉比过金喇叭哩，也能压倒山里伙子的笛子声，姑娘弹拨的口弦音。"

说完，蝉姑娘发狂似的抖动着她透明的翅膀，搓磨着她的手脚，着魔似的叫喊起来，吵得鹌鹑烦得躲藏进草窝里，噪得金鸡捂着耳朵逃跑了，所有的鸟雀再也不愿意听到她的刺心的聒噪声，也捂着耳朵远远离开了蝉姑娘……

蝉姑娘的歌声没有人听，但她还以为是自己的歌声比倒了百鸟的歌喉，使得人间的百鸟哑口无言了。这样，蝉姑娘更加得意，她扯着嗓门越发自吹自擂地叫喊着，吵得人间再也安静不下来。后来，百鸟们被弄到忍无可忍的地步，大家相约着飞拢在一起，你一言我一语地商量起来，都说只要有了蝉姑娘的叫喊声，人间就会变成噪音的世界，森林里就不宁静，百鸟就会被吵得失去安静的生活。百鸟们说着说着，都在想让蝉姑娘停止喊的办法。但想来想去没有想出一个得体的好法子来。大家很发窘，这时候，机灵的画眉鸟跳了出来，清了清嗓子说：“姐妹们，我倒有一个想法，不知道该说不该说？”

百鸟们争先恐后地拍着手，催促着画眉鸟快些说出来。画眉鸟羞得连她的画眉也喷红了，压着声音，显出神秘的样子说：“我想……想，我们到太阳神那里去告蝉姑娘的状，说是蝉姑娘整天价咒骂太阳神，她祷告着太阳神变成瞎子才甘心哩。借太阳神的手来惩罚这个恬不知耻的笨姑娘吧。”

百鸟们夸赞着画眉的主意是好办法。但是，派谁去到太阳神那里告状呢？麻雀原是蝉的邻居，她被蝉吵得搬到了人家的墙洞里，肚子里憋着一股诉不完的晦气，随时都想着要吐吐这股晦气。麻雀就拍着胸膛说：“姐妹们呀，道路不平烙心头。若是大家相信我能把事情办好，到太阳神那里告状的事就交给我吧！”

麻雀担着告状的挑子，她飞到太阳神的家里，拨动灵巧的舌头，挑拨太阳神说：“太阳老公公呀，不好了，蝉在没日没夜地诅咒着热了，热了，哭喊你的残酷，咒骂你变成瞎子，撞到山头上跌个粉身碎骨。”

太阳神睁开了眼睛，侧着耳朵一听，果然听到一串锉子锉铁似的刺心撕肺的声音。噪音把太阳神的心刺得痉挛了起来，他骇得苍白着脸庞，怯怯地后退了三步说：“麻雀呀，你的提醒像一阵浇凉雨，使我从睡梦里清醒了，我求你，蝉在哪里诅咒我，你就在哪里吃掉她吧。”从这以后，麻雀一听到蝉的声音，就会飞扑过去啄吃蝉（典故出在这里）。而麻雀啄吃蝉的时候，蝉身上溅出了鲜血，染黑了麻雀的腮巴，这样麻雀才变成黑腮巴的。

太阳神怯怯地退了三步后，这样人间瞬间骤冷了（人间原来没有冬天，是太阳神对蝉生气，才有了严寒的冬天）。蝉冷得瑟瑟发抖了，寒冷把蝉姑娘从树上撵逐到地上，慌忙挥舞双手，扒开了洞穴，她钻进土洞里去躲寒冷了。直到第二年，蝉从寒冷中苏醒过来的时候，天空又落起了霏霏细雨，蝉姑娘回不到树上去了。蝉姑娘弄得很伤心，她气愤得再也不想见到太阳了，愤愤地在头顶上撑起一把伞，遮住了太阳。从此，蝉又变成蝉菌了。山里人喊蝉菌是大虫草哩。

麦子与荞子

在很古的时候，谷类和茅草还混长在一起。后来，谷神为了分清五谷，举办了五谷点选会，下旨让各种作物去应选。谷类听到这个消息，个个欢欣若狂，争先恐后地应选，都想跨进五谷的行列。

起会那天，公鸡还未打鸣，麦子姑娘就起来准备赴会，梳洗完毕去邀约它的邻居荞子。

麦子和荞子相伴上路了。荞子看一眼娇小的麦子，只见它长得又胖又结实，像珍珠一样浑圆。而自己呢？长得瘦骨嶙峋，瘪缺干巴，越看越觉得自己长得比麦子丑，心里暗暗盘算：万一麦子选进“五谷”而自己选不上，日后做邻居也会受麦子冷眼耻笑。要是小麦不去应选，自己就多了三分当选的希望，不如把麦子哄转回去。

荞子想完这馊主意，冷不丁就站住了，扬起它那铁棱似的头颅，轻蔑地对麦子说：“小麦姑娘，天底下去应选的谷类多如牛毛，看你又干瘦又孱弱，谷神不会看中你这小东西，何必爬坡翻山，辛苦流汗，我劝你还是转回家去吧。”害羞的麦子红了脸，默了一下神，张开娇小的嘴巴说：“我虽不像你一样长得有棱有角，可是我肚里装的尽是人们爱吃的白面粉，秆秆也是牲畜的上好食料，全身都是宝呀。万一谷神看不中，我也不泄气。”

小麦的一番话，说得荞子哑了嘴巴。它想：我长有铁棱硬壳，肚里的面粉比麦子少，秆秆长得虽比麦子粗，可是牲畜不爱吃。荞子越想越觉得自己当选的希望渺茫，一股恼恨和嫉妒的火一下子窜上脑门，朝着麦子大喝一声：“你这该死的麦子，敢信口讽刺贬低我，撞死你这丑矮子！”荞子说完便高高纵起，一头撞向麦子姑娘那圆鼓鼓的肚子上，撞出了一道深深的裂口（现在麦粒的肚子上有一条深刻的疤痕，原因就在这里）。

麦子被荞子撞伤后，哭哭啼啼来向谷神告状。

谷神问荞子，为什么要撞伤麦子？荞子却蛮横无理地说：“我有鸡鸭啄不烂的铁棱硬壳，可是连小甲虫的袭击也抵挡不住的娇小麦竟来羞辱我。”谷神耐着性儿说：“麦子皮薄娇小，默默无闻地做好事，说句话也心怯胆战……”荞子昂着坚硬的三角头，截住谷神的话：“麦子讽刺我皮厚，肚里没货，长出的秆秆连牲畜也不吃，我才撞了它。”谷神笑着说：“对呀，小麦全身都是宝，对人贡献也大，你……”

荞子以为谷神偏袒麦子，猛跺一脚，气嘟嘟地叫道：“你既然偏爱麦子，嫌我丑陋，从今天起，我三天以外不躺在土层下面，三个月以外不留在地上，我要把土地的血统统吸光，不稀罕你选我进五谷行列。”荞子抖抖屁股上的灰尘，便转身走了。

从此以后，荞子成了任性的流浪者，撒下去三天就发芽，长三个月就可以收获。荞秆和荞花像鲜血浸染过一样红，那是它吸了土地的鲜血（种过荞子的土地特别瘦，正是这个缘故）。

麦子呢？得到了谷神的爱护。谷神安慰说：“虽然你身上有了缺陷，但只要你跟着蚕豆大哥的后面，尽心尽力为人们，我还是把你选进五谷。”麦子比蚕豆下种迟，成熟也比蚕豆晚些（典故就出在这里）。

骄傲的马樱花

很久以前，玉龙山新辟了个园子，要选花木。

消息传出后，一棵又矮又弯的小松树邀约邻居马樱花去应选。马樱花却扬起它那红霞般美艳的头颅，傲慢地说："小松树呀，你又不会开花，长得又矮又弯，真是个丑八怪，不是花神瞎了眼，怎会有点你进花园的美事？"小松树对马樱花的奚落并不在意，仍然谦逊地说："万一玉龙花神嫌我长得丑，不点我，我也不心灰意冷。你不愿同我一道去，我就先走一步了。"马樱花不耐烦地说："去你的吧，我早走晚走都一样，反正花神得给我留下好座位。花园没有我马樱花，还算什么花园？"马樱花摇摇它那红霞般的头颅，伸了个懒腰，又去睡它的懒觉。

玉龙花神开始点花木了，把踊跃前来应选的奇花异木都一一选进园里，朴素而又谦逊的小松树也被选上了。太阳落山了，点花结束了。

这时，马樱花才慢吞吞地走来。它骄傲地朝百花园中一看，只见小松树坐在园子里向它微笑，它感到十分意外，又非常嫉妒，吐了一口唾沫，便想冲进园子找座位。哪知花神已关了园门，马樱花被隔在篱墙外边。马樱花碰了一鼻子灰，方才知道骄傲不得，要后悔已经迟了。它独自站在篱墙外，感到非常孤独、空虚。

久而久之，马樱花的树心变空了，一开花，花蕊就腐朽。虽然它在阳春三月开得像红霞一般鲜艳，但从来没有一只蜜蜂飞来采它的花。

龙女树

过去，玉龙湖湖心有一株古老的海棠树，叶茂荫浓，如撑天巨伞覆盖着湖面。这就是众口相传的“龙女树”。关于它，流传着一段动人的故事。

很早以前，统治丽江的木天王为了扩大地盘，聚敛财富，实现独霸一方的美梦，一面不断派兵四处征伐，一面施用计谋并吞周围地方。

一天，木老爷听说北人（普米族）和纳西族人聚居的永宁那个地方，山清水秀，土地肥美，牛羊成群，很想把它并入自己管辖的领地。但因为路途遥远，兵丁不足，考虑了半天，决定不用武攻，而靠计夺。

于是，他亲笔写了一封信，派一个使者前往永宁拜望北王，向北王致意，说愿结两家姻亲，永远和好往来，并邀请北王在木天王五十大寿之日前来缔订婚约。北王盛情款待木天王的使者，并在木天王庆寿之日带着王子来丽江祝贺。

木天王有一位年轻的公主，美丽、聪明、善良，人们都喊她龙女。她看到父亲连年征兵打仗，连累百姓受苦，独自在闺房里叹息。

父亲庆寿那天，她从窗子洞里偷看往来祝寿的客人，蓦然瞧见一个穿着北装的青年男子，长得十分英俊，又非常老实，和蔼识礼，心里不觉悄悄地爱上了他。过后问问服侍她的使女，原来那人就是永宁的北王子。龙女很想再看到他，可是从那天以后，总是看不到。听使女说，北王和王子就要回永

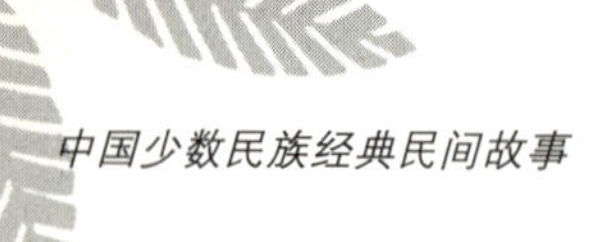

宁去了，她更心神不定，坐卧不宁。

一天晚上，龙女推说要去赏月，冷不防绕到北王子的住处来。北王子一见这个美丽的纳西姑娘，又是喜又是怕，连忙下拜问安。喜的是这次来木府缔结婚约，配的莫非就是眼前的天仙？怕的是晚上和木府公主私自相见，万一被木老爷发现，难免要闯祸。但见木公主既脉脉含羞，又有胆有识，北王子也就宽下心来，侃侃而谈。两人倾吐互相爱慕之情，各自早把心儿拴给了对方。

北王子走后，母亲告诉龙女：木府和北王做了亲家，龙女就要嫁给永宁北王子了。龙女一听，心里十分高兴，想不到父亲猜透了她的心，做了件好事。所以在出嫁的时候，她没有大哭，只是在离开养育自己多年的家乡时洒下几滴清泪。

到了永宁，她宽柔地对待“北”族同胞，上上下下，里里外外都十分尊敬她，爱戴她。她和北王子相亲相爱，过着和平美满的生活。

不久，老北王去世了，王子当了北王。这时，木老爷就以北王的老丈人自居，发号施令，叫女婿北王臣服于他，把永宁并进木家的管辖范围。可是想不到，北王看透了木老爷的伎俩，一口回绝。

木老爷见夺不来梦寐以求的永宁地盘，反而赔了公主，大发雷霆，要派兵去攻打。但事后又想想，觉得还是不如用个计谋，便假说有病，把龙女从永宁喊回来。龙女回到娘家，见父亲好好的，并没有生病，提出要返回永宁，但父亲不准。

一天夜里，龙女出来到院子里散步，瞧见厢房里亮着灯，像是父亲在和什么人谈话。她轻轻地走近前去，隐隐约约听到父亲这么说：“……你到北王家，就说我木天王病重，公主守了我几夜，也病了，叫北王赶快来看公主，接她回去……等他一到，我就把他斩了，到那时，永宁就是我木老爷的地盘了，哈哈哈……”

听到这里，龙女吓了一大跳：原来父亲把我嫁给北王子，不是猜着我的心，更不是为两族百姓友好往来，而是为了霸占永宁。龙女又气又悲，跑回闺房焦急万分，亲人就要受骗中计，就要无辜遭害，可自己在家里像关在牢狱里一样无法脱身回去，怎么办？怎么办？不由伏在枕上暗暗哭泣。

忽然，龙女觉得有一样又暖和又柔软的东西在脚上摩擦。低头一看，原来是从永宁带来的那只大黄狗，亲昵地舔着她的脚。看到这只狗，公主眼睛一亮，脸上露出了笑容：我应该马上写信，让它捎回永宁去。

夜深了，公主点起小油灯，铺纸磨墨，多亏从小读过一些书，写呀写，油灯点干了，又添上金黄的菜籽油，直到半夜鸡叫了，才写完了信。随后她又拿剪子剪了一块布，把信包在布里，牢牢地缝在狗脖子上的那圈皮带的内壁上。

把这一切安排停当，天开始亮了，她把黄狗叫过来，摸摸它的头，拍拍它的背："快去，快去，快把信儿捎回去！"大黄狗呆呆地看着她，无声地点点头，就转身窜出了房门。

木老爷的使者先到北王家，老实的北王听说岳父病重，爱妻也病了，真是着急得很。他送走使者后，马上打点行装，牵来坐骑，即刻动身去丽江。当他和随从刚刚跨出门槛，只见自家的大黄狗从山路上像箭一样飞跑而来。它喘着大气，一头扑在北王身上，用前脚爪抓着它脖子上的皮圈。北王明白了，连忙解下皮圈，拆下布包，取出龙女的密信，急不可耐地读着……这时他才发现自己一向尊敬、信任的岳父竟是这样的杀人暴君！他假惺惺地联姻订盟，原来是要并吞永宁，糟蹋北人。这口气怎能咽下呵！年轻的北王马上招集兵马，背上弓箭，挎上长剑，浩浩荡荡向丽江进发。

可是，木老爷派来的使者还没有走远，他在半途探听北王什么时候动身。当他得知北王带兵要攻打木天王府，大吃一惊，昼夜兼程赶回丽江，把消息报告给木老爷。木老爷一听，气急败坏，不知是谁把密计泄露出去，暴跳如雷，马上升堂商议，调集兵马，在要道口上安排埋伏，打算把北兵一网打尽。

老实的北王只凭一股怒气而来，完全没有料到半路会有伏兵。一进雪山脚下的要道口，就遭到木家兵马的伏击。箭如雨点般射来了，剑如雪片般砍来了。北王带领兵将，矛对矛，剑对剑，奋勇迎战，可是寡不敌众，势弱难支，不幸陷入重围，左突右冲，总是冲不出去，所带的北兵都英勇地战死在战场上。北王也身负许多箭伤和剑伤，血战到最后一口气，也壮烈地倒下了，鲜血染红了三司河水。

木老爷残酷地镇压了北兵，又从北王身上搜出了一封信，一看是女儿写的密信，气得吹胡子瞪眼睛。他怒冲冲跑到龙女房里痛骂："你是我的女儿，木天王府的公主，居然手肘往外拐，偷听、泄露王府的机密，忤逆不孝！"龙女气得脸色发白："您不是常说'嫁狗随狗，嫁鸡随鸡'吗？我嫁了北王，就是北王家的人，就要替老实的北王着想，我是纳西族人，就要为两族人民的和平安宁着想。可您，表面装好人，心里藏毒计，想害死我的丈夫，您这是把我当女儿吗？您不配当我的父亲，您不仁不义不要脸！"木老爷想不到女儿这么厉害，顿时哑口无言。半晌才挤出一句话："你丈夫反叛我，被我打死了，你还有什么说的？"

一听丈夫被打死，龙女像刀绞心，痛哭失声："亲人哪，可怜的亲人……我跟你来了呀……"木老爷余怒未息，愤愤走出房门："你想死，我还不想叫你马上死。"

木老爷为了惩罚告密的女儿，命仆人把雪山脚下玉龙湖中央的游春亭改为囚亭，把龙女锁禁在亭里，不给水喝，不给饭吃。木老爷还叫兵丁把瓦片、瓷碗敲碎，乱铺在亭子里，让赤着脚板的龙女在碎瓷瓦上踩。

可怜的龙女从亭子上眺望丈夫被害的"北时当"（即今白沙，意为北人死的场所），看见尸横遍野，血染砂石。龙女只觉得头晕目眩，心肝俱碎，放声痛哭，大声呼唤："亲爱的北胞丈夫，醒醒吧，你的纳西妻子在喊你哪，醒醒吧，亲爱的北胞丈夫……"她哭着喊着，在无法立脚的碎瓷瓦上麻木地走着。尖利的碎瓷碎瓦把赤脚划开戳烂，鲜血滴红了亭子。眼泪哭干了，嘴唇哭裂了，肚子饿扁了，鲜血流尽了，美丽、聪明、善良的龙女静静地躺在了血泊中。

住在玉湖周围的纳西乡亲们看到"北"族兄弟惨遭屠戮，看到可怜的公主受折磨而死，又悲伤又气愤，他们恨死了这个骑在百姓头上的木老爷。

在一个吉祥的日子，乡亲们安葬了“北”族死难同胞，又不顾木家兵丁的阻挠，把湖心亭烧了，为龙女举行隆重的火葬礼。他们当中的民间艺人根据以前南征元军经过丽江时留赠的乐曲，创作了一部哀婉动人的乐曲《北时细梨》纪念她，超度她。

其中，“一封书”一章，是追忆龙女给北王写信时的情景；“公主哭”一章，是描写龙女哭悼北王时的心情；“跺匆”一章，叙述了龙女在碎瓷瓦上麻木地走着跳着的惨状；最后的“母布”一章，表达了纳西乡亲们给她送魂时的深切悼念之情。

第二年春天，当乡亲们再到玉湖边悼念龙女的时候，大家看见从烧了的湖心亭原址上长出了一棵海棠树。人们为了悼念美丽、善良的龙女，便称这棵海棠树为“龙女树”。

青蛙和老虎

传说，有一天一只青蛙在一条水沟边抓食吃。正在这时来了一只老虎，青蛙见老虎走来，想躲开可是来不及了，只好呆呆地看着老虎。

老虎见了青蛙就大声吼道："我今天肚子饿了，很想吃肉，正好你来了，我只好把你吃了。"

青蛙一听急了，东跳跳西跳跳，眼看逃脱不了虎口，定了定神，眼睛滴溜溜转了几下，对虎说："阿拉，你想吃我可以，不过我又没有罪，你怎么吃我呢？这样办好了，我俩先比一比跳河沟，谁跳得远就算谁赢，赢者吃输者好吗？"

老虎听后马上答应说："阿八①，你先跳还是我先跳？"

青蛙跳到虎的身边说："一齐跳好了。"

老虎为了跳过大河沟，退了几步做着预备动作。可正好退到青蛙身边，这时青蛙急忙用手死死抓住虎的尾巴，老虎一跳，越过了河沟。

由于老虎用劲过猛，把青蛙甩到离它更远的地方去了。老虎一看青蛙已跳到自己的前面，心里有点害怕。这时青蛙高兴地大叫大吼，老虎一听只好跑掉了。

---

①阿八：对青蛙的爱称。

老虎来不及往后看，上气不接下气地跑到一个山脚下，碰到一只狐狸。狐狸见老虎跑得那么慌张，感到有些奇怪，便问道："阿拉，你有什么急事，怎么跑得那样急？"

老虎这才停下来对狐狸说："阿刁[①]，不瞒你，今天我碰见一只青蛙，本想把它吃掉，结果它提出要比赛跳河沟，定下了胜者吃败者，比赛结果是我败了。它张着大嘴要吃我，我才跑了起来，要是不跑它真就把我吃了。"

狐狸听后，用很大的口气对虎说："看你这个样子还算什么老虎，一只青蛙就把你吓成这个样子。走！我领你去教训那只青蛙。"老虎听后急忙说："我不敢去了，要是我去了，青蛙非吃我不可，谢谢你的好意。"

狐狸看老虎不敢去，就跑到老虎身边认真地说："好了，好了，你实在怕的话，我俩的尾巴拴在一起，我走前你走后怎么样？"

老虎看狐狸那么诚心，也就同意了，它俩照狐狸说的那样，把尾巴拴在一起就去找青蛙。

它俩来到离青蛙不远的一段路时，青蛙看见狐狸领着老虎朝它走来，心里很害怕，但强壮着胆子，装腔作势地吼道："嘿！狐狸兄弟，你真够朋友，在我手里逃脱的虎你帮我抓来了，真不知怎么感谢你，我正想吃虎肉呢。"

老虎听见青蛙的话，心里害怕起来，心"咚咚"地直跳，转身就往后跑。

狐狸正想说话，可老虎一个劲儿地往后拖，两条尾巴拴在一起，虎和狐狸一前一后互相拉扯着。

由于老虎太害怕，越想越着急，一时忘记了狐狸的尾巴还和自己的尾巴拴在一起，反倒以为青蛙抓住了它的尾巴，所以使尽全身力气拖着狐狸往山里跑。

不知跑了多长时间，狐狸被拖死了，牙齿露在嘴唇外面，老虎以为狐狸在笑话它，便气呼呼地对死了的狐狸说："阿刁，你笑我不笑。"这样又拖着狐狸往山里走了。

---

①阿刁：对狐狸的尊称。

聪明的兔子

一天，有一只聪明的兔子来到一片大山林里，看见一只老虎气势汹汹地走来，逃也来不及了，便想了个简单的脱身办法。

兔子看见老虎快要到自己身边时，就赶快抱着一棵很高很大的大树，两眼紧紧盯住树尖。这时老虎已经来到大树下，它粗声粗气地问：“哎，阿托！刚才骗我的兔子是不是你？”

对于老虎的问话小兔装作听不见，抱着大树认真地朝天望着。老虎很生气，又放大嗓门问了一遍。小兔这时回过头来看了老虎一眼，便说：“哦，是虎大哥在问我吗？真对不起，我只顾自己的事，虎大哥你看我这小小的兔子也骗你吗？再说，世上有多少不同颜色的兔子，你能分辨得完吗？那只兔子骗你是今天的事，可我昨天一早就来稳这棵大树了，哪里还有骗你的工夫呢？”

老虎一看兔子那么认真地抱着树子不放，也感到有点奇怪，就问小兔：“阿托，你抱着树子干什么？”

兔子认真地对虎说：“虎大哥你来看这棵大树，如果我不抱它，就要倒下去，一倒老天就要惩罚我了。”

老虎靠近小兔顺树干朝天一看，由于天上的云在动，树就像确实要倒似的。老虎便有点惊讶地问小兔：“树子倒了老天为什么要惩罚你？”

兔子摇摇头对虎说："不知道这棵树对老天爷起什么作用，前天晚上它来请我，说是这棵树子要倒了，叫我稳两天，到时一定不亏待我。我已经稳了一天半，今天下午时间就到了。老天爷肯定要给我带来好多吃的东西。眼看东西要到手，如果不小心让这棵大树倒了，那就白费了两天的力啦！"

老虎一听说老天爷要给兔子带来好东西，也想占点便宜，就对小兔说："阿托，我可以帮你稳一稳吗？"

兔子说："行是行，就怕你稳不住 。"

小兔的这句话刺激了老虎，它心想：一个小小的兔子竟敢瞧不起我这个兽王，就对兔子气呼呼地说："你这个小兔尽会说些笑话，你小兔能稳得住，我就稳不住吗？我比你力气大得多，来，我稳！"

老虎气势汹汹地把小兔拉开，把树子夺到手，狠狠地抱住。小兔看见老虎那么认真地抱住大树，内心又高兴又好笑，但不敢笑出声来，只是假装严肃地说："虎大哥，你千万不能麻痹，我去看看老天爷是不是送东西来了。你一定好好抱住！"说完，兔子两步并作一步，翻过大山跑掉了。

老虎一直把树子抱到天黑也不见送东西来，小兔也不见回来，才知道是上了小兔的当。它放开了手脚，因用力过大，松手后全身又酸又疼，肚子又饿，受了一个晚上的活罪。

第二天，兔子来到了一个猴子过路也要掉眼泪的地方，在两边悬崖接近处搭起了一座麻秆桥，又在过路人烧过的火灰里滚了一下，跟昨天的毛色变了一个样。

这时老虎正拖着那沉重的脚步，咬着牙朝悬崖走来找小兔。小兔看见老虎上来了，就故意跑到桥边坐着玩泥巴。

老虎见兔子在玩，老远就大吼大叫起来："你这个小兔子今天跑不了啦！我要把你嚼碎！"

可是小兔子不管老虎怎样吼叫也不跑，镇定地守在桥边，朝着老虎大声叫起来："不要来！不要来！这里谁也不能过桥！"

叫声中老虎已来到眼前。小兔假装什么也不知道，问虎道："阿拉，今

天有什么事使你不高兴呢？”

老虎见小兔站在自己面前不跑，就停住脚步说：“嘿！不是你骗了我吗？你还假装镇静，我不会饶你的！”

小兔急忙说：“山上的兔子五颜六色，你也不好好认一认。”

老虎一听，小兔说的话也有些道理，再仔细一看，颜色确实跟昨天的那只兔子不一样，也不好再说什么。

老虎又问小兔：“阿托，你守在这里干什么？为什么不让我过桥？”

小兔说：“阿拉，太可惜你今天来慢了点，我刚才把龙王送来的东西吃完了，你稍快一步也赶得上吃点。”

老虎一听，由于太饿，急忙问小兔：“阿托，你说什么？龙王给你送过东西来？你说说，龙王为什么要给你送东西？”

老虎话音未落，小兔就答道：“不就是为了这个。”

说完朝那座麻秆桥点了点头。

老虎用试探的口气问：“它叫你守桥有什么用？”

“不知道，它没有给我讲是什么原因。但有一点可以告诉你，桥那边的岩洞里肯定有什么好东西。那天我见龙王过去不久，从岩洞里拿回好多好吃的东西。龙王走前告诉我，在守桥期间不许和任何动物接触，更不能来往，如让其他动物过桥，龙王说要惩罚我；要是我守得好，它要奖我，所以我一步也没有离开桥，死死守在这里。”

小兔简单的几句话，说得两天没有进食、又腰酸背痛的老虎嘴角直淌口水，恨不得去拿点好吃的填填肚子。

老虎想到这里，就打起小兔的主意来，对小兔说：“阿托，我可以帮你守一守吗？”

小兔答道：“可是可以，但就怕龙王不高兴。”

老虎又说：“阿托你不要怕，我俩说好，不要让龙王知道我帮你守桥，你把龙王送来的东西给我一半就行了。现在我先过去，看看有什么东西，有好吃的我先拿一点来大伙吃，你看怎么样？行吗？”

小兔说："阿拉，你过去了，龙王万一知道，我就受罪了；不叫你过去，也觉得有点对不起你。"

说完有点为难似的靠在石头上。老虎一听觉得小兔不错，很尊重自己，心里乐滋滋的，它用舌头舔了舔嘴说："阿托，这事你就放心好了，我快去快回，一定不让龙王知道。"

小兔看老虎决心已下定，便对老虎说："你要快一点，在桥面上不要留更多的脚印，龙王看见脚印，一定会怀疑。你过桥时要拿出你们老虎的本领来，最好两步跳过桥去，这样只在桥中留个脚印，龙王就不太容易发现了，你看行吗？"

老虎一听有道理，便同意了。它退了十几步远后，飞速跑步来到桥边，纵身一跳，刚好到桥中。

这时，麻秆搭成的桥立即"哗啦"一声，老虎掉进了万丈深谷。

聪明的兔子终于征服了霸王老虎，然后高兴地回到山里去了。

狐狸学老虎

从前有一只狐狸在田坝里捉鼠吃，这时来了一只老虎，它问狐狸："阿刁，你忙什么？"

狐狸答道："我在捉老鼠。"

老虎听后，便咳了一声说："你捉老鼠有什么用？一只老鼠只够一嘴，何必那么辛苦呢？今天你跟我去吧，我给你捉个很大的东西，你只需吃一只耳朵就够了。"狐狸听后，就不捉老鼠，跟着老虎上山去了。

老虎领着狐狸来到一座大山上，见有一群牦牛，对狐狸说："你坐着看，我去抓条牦牛来，我和牦牛摔跤时你看我的眼睛红了就叫一声'眼睛红了'，这样我一使劲就会把牦牛摔死。"

老虎说完就混进牦牛群里去了。不一会儿，老虎跟一条牦牛斗起来，狐狸看着老虎的眼睛红了，就对虎大叫起来："阿拉，你的眼睛红了！你的眼睛红了！"

老虎听见叫声，"呼"的一声将牦牛摔翻在地，并对狐狸说："你去吃吧！我走了。"

狐狸跑到牦牛身边，大口大口地吃起来，不一会儿肚子吃胀了，上下嘴唇也疼了，才离开牛尸往山里走去。

第二天一早狐狸来到了一个山坡脚，看见有一只小兔子在杂树林里找食，便走近问道：“阿托，你在找什么？”

小兔子见是狐狸在跟自己说话，便答道：“阿刁，我在找小虫吃。”

狐狸听了很看不起地说：“哎呀，你这个可怜的小兔，来，跟我去，我给你找个大东西，你只需吃它一只耳朵就够了。”

小兔听了狐狸的话，就跟着走了。狐狸领着小兔来到一个放牦牛的地方，看见一群牦牛在吃草，就对小兔说：“哎，阿托，你看着，我给你弄条牦牛来，你记住看我的眼睛，我和牦牛争斗的时候，我的眼睛一红，你就告诉我眼睛红了。”

说完就朝牛群走去，狐狸抓住一条小牦牛的尾巴在转圈，小兔看见狐狸的眼睛确实红了，急忙大叫起来：“眼睛红了！眼睛红了！”

突然牛群里发出一声惨叫，原来狐狸被牛斗死了。

小兔子看着狐狸，有点失望地说：“阿刁，你的眼睛红了，命也丢了。”

绵羊和山羊

古时候，大地上水清，草甜，没有绵羊来吃草饮水，也没有山羊来吃草饮水。

一天，有一只绵羊逃出天宫，跑到大地上的一座山上，看见清清的水，甜甜的草，绵羊高兴极了，它饿了就吃甜草，渴了就喝清水。绵羊吃饱了，喝足了，就在那绿茸茸的草地上跳舞、唱歌，绵羊生活得非常快乐。

绵羊生活得很好，就是缺少个伴，自己孤单单的，觉得有点寂寞。

又是一天，绵羊睡在绿草地上，看见天空中有一朵白云，像匹放开缰的马儿向东奔跑。绵羊忽然想起来天宫的东宫里的那只山羊，便一抖身子，随着白云到了东宫。

绵羊轻轻地叫门：“山羊哥！”

山羊在里边答应道：“什么事？”

绵羊说：“你一天到晚待在深宫里，不觉得寂寞吗？”

山羊叹口气，没说什么。

绵羊说：“你想逃出去吗？”

山羊说：“逃到哪里去呀？”

绵羊说：“我跑到大地上的一座山上住了几天，那里好极了，有甜甜的草，清清的水，那里又没有豺狼，我特地来邀你到那里去，你看好吗？”

山羊答应了。

山羊跟着绵羊一同来到大地上的那座山上，饿了吃甜草，渴了喝清水。吃饱了，喝足了，就在那绿茸茸的草地上跳舞、唱歌，山羊和绵羊一起生活得很快乐。

春天过去，夏天来了，山羊和绵羊生活得很好。

夏天过去，秋天来了，山羊和绵羊生活得很好。

秋天过去，冬天来了，山羊和绵羊吃不到甜草，喝不到清水。山羊和绵羊一起来商量，商量着下山找一个避冬的地方。

山羊和绵羊一同来到山下，走进一个村庄，碰到一个老汉，老汉对山羊和绵羊说："绵羊乖乖，山羊乖乖，北风吹起，严冬到来，快快到我家里来避避冬吧。我家中有的是甜草和清水，我的老伴一定会热情地来把你们招待。"

绵羊和山羊三天没有吃到甜草，喝到清水，真是又饥又渴，听说有甜草和清水来招待它们，便跟着那个老汉去了。

绵羊和山羊到了老汉的家里，得到了甜草和清水，它们两个吃饱了甜草，喝足了清水，就睡了。

公鸡叫了，近半夜了。听得山羊大喊大叫，绵羊急忙睁开眼睛一看，见山羊的四条腿用绳子紧紧地捆着，躺在那里，肚子一鼓一鼓地，埋怨说："哎呀，我上了当了；哎哎，我受了骗了。"

绵羊看看山羊的情景，听听山羊的埋怨，脸上热辣辣的，心里很难受，后悔当初不该去把山羊邀来。

从此以后，当人们宰山羊时，山羊总是大喊大叫地在埋怨；可是绵羊呢，人们宰它时，它不喊也不叫，这是因为绵羊受了责备，有苦说不出来。

狡猾的鳝鱼

很久以前，有的动物还没有定居下来。一天，它们聚集在一起来商议。商议了很久，也没有商议出个好办法。还是蛇想出了一个主意：“鱼喜欢水，那就让鱼住在水里，我和青蛙住在陆地上的草丛中和水洞里，大家看好不好？”

蛇提出来的主意，大家听了都满意。从此，鱼就安家在水里，蛇和青蛙就安家在草丛中和水洞里。

鱼、蛇和青蛙定居下来，大家生活得很美好。

有一条鳝鱼，没有参加最初的商议，它想独自一个住在水里，又想独自一个住在陆地上。于是，它就想出了一个坏主意。

一天，鳝鱼跑到鱼的家里，亲亲热热地对鱼说：“鱼大哥，我们都是一个祖先的后代，不信你们看看，我的尾巴和你们的尾巴一模一样，咱们是一家人不说两家话，你们可不要对我客气。”

鱼听了，就热情地来招待鳝鱼。

鳝鱼又对鱼说：“鱼大哥，我听说蛇很坏，它霸占着绿绿的草丛不算，还和青蛙霸占着水洞，我们要想个办法把蛇除掉才好。”

鱼听了，没说什么。

鳝鱼又说：“鱼大哥，这件事请你们放心，由我一个去想办法对付好了。”

一天，鳝鱼又跑到蛇的家里，热热乎乎地对蛇说："蛇大哥，我们都是一个祖先的后代，不信你们看看，我的头和你的头一模一样，咱们是一家人不说两家话，你们可不要对我客气。"

蛇听了，就热情地来招待鳝鱼。

鳝鱼又对蛇说："蛇大哥，我听说鱼坏极了，最初商议好的它们居住在水里，现在它们后悔了，说是它们鱼多，要把我们赶走，由它们来盘踞这绿绿的草地。"

蛇听了，有点半信半疑，没说什么。

鳝鱼又说："蛇大哥，这件事请你们放心，由我一个去想办法对付好了。"

鳝鱼从中挑拨来，挑拨去，鳝鱼的这套把戏慢慢地被青蛙看破了。青蛙忙着把鱼和蛇请来，对它们说："鳝鱼是最狡猾的，它见了蛇就摇头，见了鱼就摆尾，我们可不要上了它的当。"

鱼和蛇一听，都明白过来，大家一起把狡猾的鳝鱼赶跑了。鳝鱼不能居住在陆地上，也不能居住在水里，它不敢再跟鱼和蛇见面，就只好躲藏在稻田里的泥巴底下。

猎狗和猫

很久以前的一天，太阳热辣辣的。主人走亲戚去了，猎狗在家闲得发慌，去邀约懒洋洋地蜷在一旁打瞌睡的猫：“猫老弟，今天我俩去撵山好不好？在山林里才凉快呢。”猫立刻来了精神，它早说过要跟猎狗去学撵山打猎的。

它俩嘱咐大公鸡照看家里，一道结伴上山。一路上，猎狗一再地说给猫：“见了猎物要紧追不舍，瞧准了猛扑上去撕咬……”猫却大大咧咧地说：“这不就跟我抓耗子一样吗？不难，不难！”

来到一个山垭口，猎狗招呼猫停下：“麂子常常会从这里过，你守在这里，等我把麂子从森林里撵过来，你趁机扑上去咬。”猫高兴地答应着，在一个灌木丛旁埋伏了下来。

天气真热呀，风都没有一丝儿，四周静悄悄的，间或有一阵蝉鸣声从松林中传来。猫在灌木丛旁等了好久好久，还不见猎狗把麂子撵出来，阵阵困意却袭来了，便把身子蜷缩成一团做起梦来：它看到被追得气喘吁吁的麂子跑上来了，趁势一跃而出，扑上去就是一口，那疲惫不堪的麂了一下就被咬断了脖子，倒下不动了哦，就跟自己捕杀一只耗子一样。但是这只肥麂子的肉啊，可比耗子肉鲜美多了！这时，猎狗“汪汪”的叫声由远而近，一只大麂子真被猎狗从山涧里撵过来了，可是猫还淌着口水，做着好梦！霎时间，那只大麂子直冲猫藏着的地方"嘭"地跃过来，猫被惊醒，刚抬起头，就被麂子一蹄子踩在身上，连翻了几个滚。一眨眼工夫，麂子的身影已经消失在垭口那边的密林中了。

猎狗追上来，见猫睡在地上直哼，只好把猫扶起来背上转回家去。当猎狗问明了情由，气得把猫教训了一顿："你这贪睡误事的猫呀，还是在家逮你的耗子吧！"这样，贪睡懒惰的猫直到现在还没有学会撵山，只有留在家里逮耗子，而且它被麂子那一脚踩伤了肺，留下了残疾，所以直到现在，喉咙里总是"呼噜呼噜"地喘。

阿 喂 鸟

撒大麻的时节，林子里有一种鸟儿，“阿喂，阿喂”地叫个不停。它为什么这么叫，原来有一个故事。

传说很久以前，有一个九山十八寨都出名的巧媳妇。她像月亮一样美丽，像云朵一样温柔。她绣的花朵，能逗引小蜂儿兜着飞。可是这样心灵手巧的媳妇却碰着一个挑挑剔剔、九山十八寨都出名的恶婆婆。人家称赞巧媳妇，婆婆就要嫉妒。媳妇洗碗时，锅碗稍微碰出点声音，婆婆就骂：“败家货，你想把屋里的锅碗都砸烂吗？”媳妇涮洗铁锅时，有一星半点水珠溅落到婆婆身上，老恶婆就要跳起来：“狠心种，你想拿滚烫的开水泼瞎我的眼睛？”媳妇煮的饭又软又香，可是婆婆也要昧着良心诅咒：“遭雷劈的，你做这么硬的饭，存心硌坏我的牙？”真是棉花里挑小刺，板油里挑骨头，巧媳妇的一举一动都不中婆婆的意，不顺婆婆的心。弄得巧媳妇整天拿眼泪洗脸，度日如年。

人们同情巧媳妇，都说婆婆的不是。但这样一来，恶婆婆更气了，恨恨地想：人家都说媳妇巧，我叫她巧不成。到种大麻的时节，恶婆婆悄悄把麻籽炒熟后再装回背篓，叫巧媳妇去撒麻。麻籽撒下一个多月，麻地里还是像和尚的脑壳，光秃秃的没长出一棵大麻。老恶婆便跑到地里捡回一小撮麻籽，硬说媳妇把麻籽炒熟了撒，想饿死婆婆。巧媳妇不知是计，有口难辩。

老恶婆指着媳妇骂：“麻籽炒了撒，是你的巧手做的，不剁掉你的手还行吗？”不容分说，拉着巧媳妇的手，硬把手指剁掉了。巧媳妇痛呼一声：“阿——喂！”吐了一口鲜血，昏死在地上。忽然，“噗啦”一声响，昏死的巧媳妇变成一只鸟，飞进老林深处，日夜不停地叫着“阿喂，阿喂”，用凄惨的叫声控诉着狠毒的婆婆。现在阿喂鸟的脚趾是缺着的，传说那是老恶婆剁掉的。阿喂鸟一叫，大区就要撒大麻（典故就出在这里）。

康开①的故事

康开是鸟的叫声，也是互相交换的意思。在很古的时候，布谷鸟和箐鸡同在一座山上。俗话说：“布谷声声叫，好的消息就来到。”山上的肥嫩蕨菜又发青芽了，人们又可以当菜吃了，布谷鸟的叫声给人们带来了春天，带来了穷苦人的希望，可是布谷鸟也有自己的一段辛酸的经历呀!

从前，布谷鸟和箐鸡住在一个山上。布谷从小就忠诚老实，心地也很善良。而箐鸡就有些狡猾，还会骗人。布谷的家里就只她一个姑娘，所以她的母亲起早贪黑，七拼八凑，无论怎么困难，总是把小布谷打扮得无破无烂，干净整齐。母亲特别高兴的时候，还让女儿把逢年过节仅有的一件新衣裳穿出去玩。

有一年的春天，小伙伴们在二月八号那天都不约而同地来到了林后的小山岗上。有时玩“捉迷藏”，有时玩“拔萝卜”，女孩子们喜欢玩“团团结棉花”，男孩子们则喜欢玩“狗追马鹿”。玩呀、玩呀！别的小朋友们去玩了，只剩下布谷鸟和箐鸡她们俩了，两个人又玩不成什么名堂，就一边拾栗子，一边追逐嬉戏。过了一会儿，感到有点累了，就一同坐在一块大石头上休息。这时，箐鸡就细声细气地对布谷说：“今天你为什么穿得这样漂

①康开：纳西语，“交换”的意思。

亮？”布谷就老老实实地回答：“我妈非常疼爱我。今天她特别高兴，所以叫我穿着这套漂亮衣裳出去玩。”箐鸡便对布谷鸟撒谎说：“不知为什么，我妈不像你的妈一样疼爱我。新衣裳也不给买一件。”其实她妈也疼爱她，只是不过于娇生惯养罢了。心地善良的小布谷很同情地看着箐鸡，替朋友难过。两个你看看我，我看看你地沉默了一会儿，箐鸡对布谷说：“咱俩把衣裳互相交换穿一下好不好，也好让我高兴高兴，漂亮漂亮。”小布谷本来就同情她，又经箐鸡这么一说，马上就点头答应了。她们俩互相交换了衣服，箐鸡特别得意地穿着布谷的漂亮衣裳，左看看，右看看，摸摸袖口，扯扯衣尾，高兴得要死的样子。布谷看了这情景也很高兴，她们就这样玩到太阳落了，连午饭也没有回去吃。是该回家的时候了，于是布谷对箐鸡说：“太阳落下山了，咱俩该回家了吧！把衣裳又换回好吗？”这时，狡猾的箐鸡尖声尖气地马上变了口气，就对布谷说：“你怎么了？衣服不是你愿意交换给我吗？交换过的东西怎么能再交换回去呢？”箐鸡马上翻脸不认账了。小布谷听了这句话，又害怕又伤心，害怕这样回去妈妈一定不会原谅她，因此，她一再向箐鸡哀求，把自己的美丽衣裳换回来给她，箐鸡却一口咬定：“已经交换过了。”布谷怎么哀求箐鸡都不拿给她，箐鸡一面回答布谷的话，一面就偷偷地往回走，与布谷走了一段路以后，连叫了几声“康开，康开”就飞走了，就向高山深林里飞去了。小布谷心里非常难过，哭得眼圈都红肿了，喉咙也嘶哑了。她也不敢回去家里见妈妈了。于是也向高空中飞去，去高山密林里寻找箐鸡，还不停地叫着：“咯布，咯布，冷布路！”[①]

从这以后，箐鸡虽然打扮得漂亮，穿得这样美丽，羽毛灿烂滑亮，尾巴又长又好看，但是她生来不是如此，而是骗了别人的衣服来打扮了自己，所以她一直是羞答答地躲在高山深箐里，不敢远走高飞了，每天叫着：“康开起来的！康开起来的！”小布谷失去了自己好看的衣裳，飞来飞去寻找那狡猾的箐鸡，也每天叫着：“咯布，咯布，冷布路！”

①咯布，冷布路：“送回来”的意思。

咣咣雀和斑鸠借粮

百鸟没吃的，闹饥荒了。一只只没精打采，不飞不语。鸟王心急如火，歇不安，睡不着，整天在想办法。后来左打听，右打听，终于问到青蛙家有粮食，就立刻派身灰头黑的咣咣雀去借粮。

青蛙在家中听见有人在外面大叫大嚷，连忙去开门，只见咣咣雀大模大样地冲它叫道："喂喂！你这不捶就扁了头不打就暴了眼的家伙，我们的大王叫我跟你借粮来了！"

"什么！"青蛙听了，气得两眼直冒火星，"你说什么话？！"咣咣雀仍逗人恨地说："我说你模样丑死了。"青蛙怒气冲冲，跳上前一把揪住咣咣雀头上的羽毛，使劲地抖着："你这是哪里学来的规矩？哪有像你这样求人办事，还来侮辱人的！"

咣咣雀疼得挨不住，连声求饶，青蛙才松开手，说："快给我滚回去！"咣咣雀没借到粮食，倒被青蛙揪直了头上的羽毛。从此咣咣雀有了凤头。

咣咣雀垂头丧气地回来，跟鸟王诉说了事情的经过。鸟王听了，把咣咣雀痛骂了一顿，感叹地说："这都是我平时娇惯了你。"百鸟晓得后，也七嘴八舌地责骂咣咣雀："没高没低的咣光雀啊，你真是羞死我们了。"

鸟王重新派出斑鸠去借粮。斑鸠历来很讲礼貌，它见了青蛙，先问好，然后温柔地请求道："掌管着千百石粮食的主啊，我们鸟儿遭到了灾难，都没吃的了，请借给一些粮食救救我们吧。"

青蛙见斑鸠言语这般和气，就把斑鸠当稀客似的招待。青蛙取出了陈年好酒，又端来菜肴，说："来，来，老弟，别发愁，粮食一定借给你。先喝口酒，散散心。"斑鸠见青蛙这般热情，便无拘无束地饮酒吃菜。它喝得太痛快了，一盅连一盅，醇美的酒甜透了它的心儿，醉红了它的双眼。从此，斑鸠的眼睛就红通通的了。

青蛙答应借给了四石五斗粮食，斑鸠喜欢得了不得，嘴里不停地叫着："四石五斗！四石五斗！"百鸟们得救了，它们夸奖斑鸠，也很感激青蛙。

朱古羽勒排与康美久命姬

草深花旺的雪山牧场里，有九十个剽壮的小伙子，七十个能干的胖金美，放牧着像星星一样的羊群、老熊一样的猪和大象一样的牦牛、犏牛。可是所有这些，都是男牧主东本久高和女牧主东本阿妞的家产，小伙子和胖金美也是牧主家的牧奴。他们成年累月，披星戴月，风餐露宿，没有一群牛羊、一顶帐篷是自己的；只有饥饿、寒冷、眼泪和年轻人的友谊、爱情，才是自己的。

九十个男牧奴中，最能干的要数朱古羽勒排，他会碾制披毡、种地盘田、射箭打猎，野兽见他也要吓掉魂的。七十个女牧奴中，最美丽的要数康美久命姬，她会剪毛挤奶、纺麻织布、绣花裁衣，能工巧匠也要让她三分。朱古恋着康美，康美爱着朱古。他们俩呵，你帮我，我助你；你唱歌，我跳舞；你吹笛，我弹口弦，用爱情的蜜汁把咸泪冲洗。伙伴们都称赞他俩是牧场背后紧挨在一起的两座雪峰，是牧场上空相伴飞翔的两只白鹤！

牧主东本久高和东本阿妞在牧场过腻了，迁徙到山下更好的地方去。牧奴们像从背上抬走了一架山，感到自由了。狡猾的牧主怕牧奴逃跑远游，带信叫他们迁徙下来。可是，脱笼的鸟儿怎能再投笼里？牧奴们把牧主的话当耳边风，一个也不愿迁徙。牧主用“愿以古树的寿岁做叶子的寿岁，清水的寿岁做泡沫的寿岁，牧主的寿岁做牧奴的寿岁”的好话引诱他们，先后九次派白鹤、布谷鸟、鱼鹰、绶带鸟、鹡鸰鸟、燕子、麂子、岩羊、金鱼去迎接他们迁徙，牧奴们还是不愿下来。朱古和康美斩钉截铁地回答："古树的寿岁不能做叶子的寿岁，清水的寿岁不能做泡沫的寿岁，牧奴们只要自由，不要牧主的寿岁！"牧主怕牧奴赶着畜群逃跑，建起九道白石门、七道黑石门，挡住他们的去路；扎起九道栅栏、七道篱笆，挡住牛羊的去路。

朱古、康美和伙伴们要逃跑了，可是突然丢失了一群羊。朱古带着小伙子去找，康美领着胖金美去找。翻了九架山，过了七条谷，来到奇特无比的含英宝达树下找到了羊群。这棵树呵，枝是珊瑚枝，叶是碧玉叶，花是金银花，果是珍珠宝石果。穷牧奴们多高兴，围着宝树又唱又跳。他们身上没有饰物，想砍下树上的珍花宝果做装饰。一个小伙子拿起白铁斧去砍，树上没有斧痕，斧子却卷了刃。能干的朱古羽勒排，宰牛剥皮做成风箱，砍倒栗树烧成木炭，用三张铁犁头打成一把利刀，捉来白龙来淬火，取来独角兽的硬角做刀柄，拿到溪边磨得像麦芒一样锋利。朱古握着利刀来到宝树下，砍第一下，飞出白木片，变成白银子，打作小伙子的银手镯和胖金美的银耳环；砍第二下，飞出绿木片，掉进水里变碧玉，琢成胖金美的玉镯；砍第三下，飞出黄木片，变成闪闪的金子，打作美丽的三须[1]挂在胖金美胸前；砍第四下，飞出黑木片，变成亮亮的珍珠，串在小伙子的脖子上，嵌在胖金美的发辫上；砍第五下，飞出白木片，变成白蚌壳，雕作晶莹的蚌片，系在小伙子腰里，扎在胖金美头上；砍第六下，飞出红木片，变成彩藤子，编出花朵结在小伙子宝刀上；砍第七下，飞出花木片，变成一只红虎，剥下虎皮做箭囊、垫褥、刀鞘和腰带；砍第八下，飞出黄木片，变成黄竹林，砍来做竹笛、芦笙和口弦。饰物戴好了，小伙子更英俊了，胖金美更美丽了。朱古把饰物给康美戴上，康美越加可爱了；康美把饰物给朱古戴上，朱古更好看了。朱古吹笛子，吹得康美的心像马鹿跳；康美弹口弦，弹得朱古的心像小船摇。

---

① 三须：挂在纳西姑娘胸前的一种饰物。

羊群找回了，饰物戴好了，青年牧奴们要逃跑远游了。朱古羽勒排打开九道白石门、七道黑石门，让伙伴们像流水一样淌出去；康美久命姬打开了九道栏栅、七道篱笆，让羊群像白云一样飘出去。姐姐格贞走了，哥哥精那走了，妹妹如鸾走了，弟弟知由走了。康美骑着绿马跑下来，惦着后面的朱古，一步三回头。朱古骑白额马下来，念着前面的康美，三步并作一步赶。牧人们走着走着，秋雨"哗哗"地下了，眨眼时间，洪水流遍山谷。康美和女伴们刚过了桥，河里的浪头就把桥冲断了，朱古和男伴们隔在河这边。于是，小伙子在上游搭座石头桥，但一踩就垮了；胖金美在下游搭座麻秆桥，也一踩就断了。朱古羽勒排砍来松树做小船，过河有了第一条路；朱古宰了白脚公山羊，剥皮做皮筏，过河有了第二条路；朱古砍竹子做溜索，砍桦树做溜板，过河有了第三条路。朱古让伙伴们先走，男伴和女伴会合了，高高兴兴远游去了。朱古来不及过河，被狠心的父母赶来喊回去了。康美久命姬在河那边等呀、等呀，不见心上人儿过河来，又孤单又悲伤，沿着河岸来回走，来回看。

伙伴远去了，情人还没有来，康美没有吃的穿的，不得不去帮人家织麻布。她想着朱古，边哭边织，清泪水洗白了黑麻布，血泪水又染红了白麻布。好心的鹦鹉看见了，飞到织机旁边陪伴她，问她有什么心事？康美对鹦鹉说："请你告诉朱古羽勒排，天空有三颗没有归回星座的明星，我就是当中的一颗；地上有三丛没有被羊啃过的绿草，我是当中的一丛；村落里有三个没有被男人亲近过的姑娘，我是当中的一个。快把金鞍配上好马来接我。"鹦鹉来到朱古家，找不着朱古，就把康美的口信告诉了朱古父母。朱古父母恶狠狠地说："黑云遮天星不亮，她不是未归星座的明星，是颗不亮的黑星；绿草到冬天要枯萎，她不是绿草是枯草；她有蛙儿、蛇儿怀肚中，不是好姑娘，不配金鞍好马去接她，更不许我家儿子去娶她。"鹦鹉回到织机旁，把朱古父母的话错传成是朱古一家说的。康美心上下了霜，更加悲伤，且不说公婆狠心，难道朱古他也变了心？她又请鹦鹉再带一回口信，说："请你告诉朱古，往日我说过许多话，其中有三句应该像羊儿喝泉水似的记在心头，‘白银才能配黄金，碧玉才能配珍珠，朱古羽勒排才能配康美久命姬’。如果还记得，快把金鞍配上好马来接我。”鹦鹉找到朱古，把康美的话原原本本说了。朱古想起康美的深情，巴不得一下子飞到她身边，又想到康美的处境，心里疼得像锥子一样戳扎。他对鹦鹉说：“请你告诉康美久命姬，有情人说过的话儿像墨溶在清水里，时刻记在我心上。我想在冬天来接她，父母把衣裳鞋子藏起来了，两双眼睛把我盯得死死的，没法逃出来；想在春天来接她，碰着青黄不接，父母不给一点干粮，四只眼睛时刻盯在我身上，没法逃出来；想在夏天来接她，大雨倾盆，洪水翻滚，父母把雨帽蓑衣都藏了，早晚又把我盯得紧紧的，没法逃出来；想在秋天来接她，该死的牧主又来叫我去干活，活儿多极了，牧主拿着细竹鞭，圆鼓鼓的眼睛整天盯在我背上，叫我怎么逃出来呵！等呀等，等得心都裂开了。”鹦鹉叹息一声飞走了。

康美自从捎了第二次口信，从早到晚盼呀盼，盼望鹦鹉早回来，盼望朱古早些来。风儿吹来了，她以为是朱古带来的，起身去迎接，哪知扑了空；马蹄声响起了，她以为是朱古来接她，起身去开门，哪知是别家的马。等呵等呵，口信没回音，爱人等不来。康美想着情人变了心，心里如刀割，泪水一串串地滚下。一双巧手像在打摆子，织梭一抛就掉在地上，麻布再也织不成了。

管情死的女神游祖阿仔和男神苟土西倌看到康美可怜，从巫鲁游翠阁[①]走下来，劝她说：“坚贞的康美久命姬呀，你来巫鲁游翠阁殉情、享福吧。你在世上苦脱了皮，熬得了痨疾，还是没有自由和幸福。我们那里呀，有软绵绵的青草地，开不败的四季花，喝不尽的甘露泉；老虎当坐骑，白鹿当耕牛，雉鸡当晨鸡，麂子会守家门；杜鹃会带信，画眉会唱歌，没有苍蝇和蚊子。快来吧，你来教这里的情人织白雪般的绸缎，绣白云似的腰带，吃芳香的松糖。”康美还在等朱古，眼睛望凹了，嘴唇喊干了，腿脚站细了，眼泪

① 巫鲁游翠阁：指玉龙第二阁。

流干了。左等右等等不来，她终于绝望了，就听从游神的话，来到居那若倮山上的一棵黄香木树下殉了情。

鹦鹉带着朱古的口信飞来了，可是康美到哪里去了？它飞呀飞呀，四处把康美寻找。

朱古做活的牧主家丢失了一只大黄牛，牧主急得团团转。朱古乘机说："让我去找回来吧！"牧主点了头，朱古像拴久了的猎狗解了绳子一样，飞快地跑了出来。他不去找黄牛，径自去找康美久命姬。翻了九十九座山，钻了七十七条谷，总是找不着。朱古伤心地哭了，他对着天空喊："康美久命姬，你在哪里？"喊着喊着，来到居那若倮山，来到黄香木树前，终于看见她了。"呵！"朱古吓了一跳：心爱的康美久命姬已经殉情了！这像雷声轰在头上，朱古发懵了，抱着康美久命姬的身子痛哭："我心爱的康美呵，我来迟了呀。"哭呀哭，清泪水洗净了康美脸上的灰尘，血泪水染红了康美的麻衣裳。康美的灵魂说话了："朱古羽勒排呵，哭也无用了。过去我俩心与心相见，情与情相委，只恨河水隔开了情人。我带了多少次口信，你不给回音不来接，你太狠心了！"朱古把自己对康美的爱念，把父母和牧主怎样不让他出来，自己怎样请鹦鹉带回信，都一五一十告诉了康美。刚巧，鹦鹉也飞来了，它证实了朱古的话是真心话，它还说第一次带给她的口信不是朱古说的，是朱古父母说的。康美久命姬一切都明白了，恨只恨牧主作难和父母的阻挠。她轻轻叹了一口气说："我心爱的朱古羽勒排呵，我不能复生了，你快找来松枝柏叶把我烧化，送上美丽的巫鲁游翠阁去吧。我的首饰宝物埋在若倮山的黑白交界处，是留给你用的。亲人呵，我们从此永别了。"

朱古羽勒排悲痛欲绝，连忙跑到黑白交界处取来康美的珠宝首饰，拣来干净的香松香柏，烧起一堆大火，然后抱起康美大喊一声："心爱的康美久命姬，我跟你来了！"跳进了熊熊燃烧的烈火中。

朱古和康美化成两朵烟云，在雪山上相会了。

骑立称王

很久以前，一个山村里住着一对善良的老人，他们没有子女，生活贫困，日子过得真是又孤单又寒酸。

谁知铁树也有开花的时候。有一年，老婆子突然有了身孕，这下可把老两口乐得合不拢嘴，他们盼宝宝盼了一辈子呵。于是，他们备齐了红糖、鸡蛋和鸡，临产前又煮好了米酒，只等着小宝宝“呱”的一声落地。左右乡邻见了他们都说：“看来这两位老人是要老来得贵子了。”可是，天哪！到了产期，老婆子的身孕却神不知鬼不觉地消失了。好梦没有做成，老夫妻抱着痛哭了一场。第二年，老婆子又怀了孕，老头子又忙着备办坐月子所需要的东西，可是这一年也没有生产，一连四年都是这样。

到了第五个年头，老婆子又怀孕了。老头子因连年失望，也就不再置办什么坐月子的东西了。

有一天，老头子到镇上卖柴，家中只留下老婆子一人。太阳落山时，老头子买了盐、茶回到家中。进门一看，把他吓了一跳：老婆子正躺在一摊血泊里，五个嫩芽芽的婴儿滚了一地。怎么办呢？老头子从没见过这种场面，惊慌得不知如何是好。突然，有个婴儿说起话来：“阿爹呀，你莫怕！我是你的大儿子。阿妈的鼻孔里长着三根白毛，现在请你把它拔出来，在火上烤焦后作为面药，灌进我们的嘴里。这样，我们母子六人就有救了。”老头子照着一做，果真，老婆子和五个孩子都活过来了。打这以后，他们的日子虽过得苦些，但家中的欢声笑语却多了。

日子过得真快，一晃十二年过去了。五个孩子都长得浓眉大眼，脸色红润，非常健壮，他们还各自取了名字。老大叫“骑立”，老二叫“砍不断”，老三叫“烧不毁”，老四叫“淹不死”，老五叫“扯不烂。”

有一天，老头子又到城里去卖柴。在城门口，有一大群人正围在那里观看什么。他一打听，才知道原来是木天王发了一道诏书，说是近来宫墙倾斜，危在旦夕，如果倒塌下来，就会伤害财物，所以诏令天下奇士前来扶正宫墙。有成者，天王将重重封赏。回到家里，老头子把这些告诉了老婆和孩子。谁知五个儿子听后，一个个直挽袖子，说他们有本事能得到封赏。老两口笑道：“孩子们，别做这好梦了吧。”

第二天早晨，鸡还没叫，骑立就悄悄离家，一阵风地奔城里而来。太阳丈把高时，他来到了狮子山下，只见一片宫院在阳光底下金光闪闪。墙外，密密麻麻地围了许多人，骑立走过去问一个汉子：“阿叔，请问这么多人围在这里做什么？”那汉子见他是个小孩，穿得又破又烂，就没搭理。骑立又问另一个人，那人把他给臭骂了一顿。骑立挤过去一看，只见一个应招前来的奇士到斜墙下看了几眼后，就摇头叹气地退了下来。木天王在一边急得团团转，像热锅上的蚂蚁。骑立看了一会儿，走到木天王面前说：“天王，我来算一个。”他的话逗得大家都大笑起来。木天王说：“你这个孩子开什么玩笑，快滚蛋！”骑立也不分辩，只是说：“如果我能扶正，你给我什么封赏？”好大的口气呵，把木天王恼得火冒三丈。他顺口说道：“你能把墙扶正，我就把我的王位让给你！”骑立听完，一飞身，跃上了宫墙。他坐在墙头，就像骑马一般，好不威风！只见他从从容容地弯下腰去用两掌把墙一里一外地按紧，往上一抹，一抹，又一抹……哎呀呀，本来眼看就要倒下的宫墙竟慢慢直立起来。众人吓得一个个目瞪口呆。骑立见墙已扶正，便跳了下来，要木天王把王位让给他。木天王笑嘻嘻地说：“当然，当然，快进屋去谈。”骑立同木天王及其手下的人一起进了宫门。谁知刚进门，木天王把嘴一努，几个兵丁如狼似虎地猛扑过去，一下把骑立五花大绑起来。木天王立即又发下诏书，说骑立使用妖术先弄斜了宫墙，然后掩了耳目，图谋王位，罪当斩首，决定在第二天用刑。

消息传到骑立家中，两位老人哭得死去活来，四兄弟安慰了一阵父母，决心救出大哥，报仇雪恨。第二天用的是刀刑。老二愿代骑立受刑，他是“砍不断”，刀砍在身上，只见身上火星点点，丝毫不伤。木天王没有办法，只好改在第三天用火刑。老三愿为老二受刑，因为他是“烧不毁”。只见刑场上烈火熊熊，几个刑役把老三抛到火里以后，他却像平常一样，安安稳稳地睡起觉来，大火不伤他半根毛发。木天王没有办法，只好改在第四天使用水刑。老四愿代老三受刑，刑役们便把他扔在拉市海子。但老四是“淹不死”，他张口吸水，一下子把海水吸得点滴不剩。木天王没有办法，只好改在第五天使用酷刑——五牛分尸。老五愿代老四受刑， 刑役们先在五头牛脖子上各套了一根大篾索，再把每根索子的另一端拴在老五的两只手、两条腿和脖子上。最后，随着一声爆竹轰响，五头牛惊恐地向五个不同的方向跑去。木天王心想：这次看你还死不死。可是五头牛刚跑了几步，一头头竟被老五重新拖了回来。这样又跑又拖，又拖又跑了几次，五头牛便躺倒在地上，口吐白沫，不能动弹了。老五是“扯不烂”，他的皮肉可伸可缩。

到了这时，五个兄弟都聚在了一起，像五只老虎一样扑向木天王和他手下的人，把他们杀了个干干净净。最后，骑立成了天王，其余四人也都封了官。他们还把二老迎进了宫里。

青蛙骑手

从前，雪山脚下住着一个没儿没女的老妈妈，她白天上山砍柴、拾菌、采蕨菜，晚上睡在木楞房里的火塘边，孤苦伶仃，很是可怜。

这天，她又到山上砍了一背柴，刚要下山，忽然听到一个男人说话的声音："老妈妈，莫背柴了，把柴架在我的骏马脊背上吧，它会把柴送到您家的。"

老妈妈抬头一看，只见一匹壮实的高头大白马站在离她十来步远的松树下，却不见人影。她疑惑地说了一声："唔——，是哪个好心人在说话呀？请出来吧！"

大白马走上前来了，可还是不见人影子，老妈妈好生奇怪。忽然，她脚边又响起说话声："老妈妈，我来了，请您把柴驮在马背上吧！"

老妈妈低头一看，原来是一只青蛙牵着马缰绳，不觉失声笑起来："呵哟，是小青蛙呀，究竟是马牵你，还是你牵马？"

青蛙说："我是骑手，是马的主人，您就把柴驮上马吧！"

老妈妈觉得好笑，但自己也累了，便顺从地把柴捆拆作两捆，驮在大白马背上。青蛙跳转身，牵马下山了。青蛙在白马前面跳，老妈妈跟在马后，轻轻快快地回到了家里。老妈妈下了柴驮子，说："谢谢你了，小青蛙。"

青蛙说："老妈妈，我做您的儿子吧，这大白马也是您的啦，我看您太孤单了。”

老妈妈想想也是，有个伴也好，就亲切地说：“小青蛙，你真会说话，就当我的儿子吧。”

青蛙很高兴，把马牵到屋檐下拴好，就来到火塘边，甜甜地喊了声：“阿妈！”

老妈妈心头热烘烘的，答应道：“我的青蛙儿子，你真好！今晚就在火塘边睡，跟我做伴吧！”

第二天清早，青蛙对老妈妈说：“阿妈，您天天上山下地，今日就在家闲着吧，我去打猎，下午才回来哩。”说罢牵着白马走了。

老妈妈舒舒服服地睡了个够，打算起来做早饭吃，可想起青蛙和大白马，她又放心不下，就慢慢走到山上去找。找呀，转呀，总是不见白马的影子。太阳偏西了，肚子也饿起来，只得先回家来。她前脚刚跨进屋，后面大白马就飞也似的跑回来了。马背上挂着几十只野鸡、斑鸠，还有一头麂子，青蛙骑在马脖子上。老妈妈好生奇怪：“这么多猎物是从哪里要来的？”

“不是要的，是我打来孝敬阿妈的呀！”青蛙大声地说。

老妈妈乐得眉开眼笑，马上动手做了一顿美美的饭，又把剩下的猎物做成干巴挂起来。

第三天，青蛙独自上山去了。走前留下话儿：“阿妈，我去砍柴，等一会您牵着马来驮吧。”

老妈妈暗暗好笑，心想：小青蛙能砍什么柴呢？吃过早饭，她就牵着大白马上山来了。走到山坳里，只见小路上东一小堆，西一小捆，摆满了直瞄瞄的细柴。她以为这些细柴轻得很，弯下腰去抱上一捆，可是哪里抱得动！原来那不是细柴，而是一根根的银条条。这时，青蛙跳出来说：“阿妈，这点柴真不好砍，您快让马驮上吧。”

老妈妈有了许多银子，就盖了两间新房子，一间自己住，另一间叫青蛙住。还盖了一间马厩，让大白马住在里面。

青蛙看着新房子，嘻嘻笑着说：“阿妈，这回该给您娶个儿媳妇啰，让她好好服侍您老人家。”

老妈妈又“扑哧”笑了，说：“青蛙儿子，你这模样还想娶媳妇？谁家姑娘会愿意跟你？”

青蛙不在乎地说：“阿崩当纽的姑娘最漂亮，手艺又好，让我去到他家求婚吧！”

“阿崩当纽是有钱有势的领主，他会把姑娘嫁给你吗？莫做梦了。”

“阿妈，我有办法，您只管放心。”

青蛙径直来到阿崩当纽家，跳上墙头，大声地说：“阿崩当纽，我来求婚，把你姑娘嫁给我吧！”

领主阿崩当纽慌忙跑出来，四下里望望，不见人影，说了一声“怪事”，刚要进屋，青蛙又在墙头叫起来：“我在这里，是我要娶你家的姑娘。”

阿崩当纽见是一只青蛙，厌恶地吐了口唾沫：“呸，背时鬼，我的姑娘怎么能嫁给你！”

“你不答应，我可要哭了！”

“管你哭不哭，就是不答应！”

青蛙仰起头来，对着天空“咕呱咕呱”地大哭起来，天上立即乌云密布，雷鸣电闪，下起了大雨。青蛙越哭雨越大，不一会儿，洪水冲进了领主家院子，眼看房子就要被淹没了。阿崩当纽着急了，大声恳求青蛙：“莫哭了，我答应把姑娘嫁给你！”

青蛙止住了哭，雨也就停了，云开雾散，洪水慢慢退出去了。阿崩当纽看着青蛙实在难瞧，想反悔，就说：“你求婚的事，我还得跟家里人商量，请你明天再来吧！”

第二天，青蛙又跳在领主家墙头喊：“阿崩当纽，商量好了吧？快把你家姑娘嫁给我！”阿崩当纽说：“家里人不答应哪，请你转回去吧！”

“不答应，我可要笑喽！”

“管你笑不笑，就是不答应！”

青蛙仰面朝天睡着，一个劲地笑。这一笑，太阳越来越辣，天空像个大火炉似的，烤得人直流大汗。阿崩当纽热得受不住，上气不接下气地恳求青蛙："请你莫笑啦，我答应把姑娘嫁给你，你明天就来接她吧！"

青蛙止住笑了，太阳不辣了，到处又变得凉爽爽的，花园里的花木也重新开放。

青蛙回去住了一夜，就又牵着银白色的骏马来到领主家。它把马拴在门口，前去叫门。不料阿崩当纽又变了卦，把大门关得紧紧的，叫半天也不来开。青蛙生气了，跳上墙头喊道："阿崩当纽，昨天答应了的事，今天怎么把我关在门外？还不快来开门。"

阿崩当纽装作难为情的样子，说："昨天答应了，可我姑娘她还没有打定主意。"

"你要反悔，我可要咳嗽了！"

阿崩当纽不知道青蛙咳嗽的样子，就无可奈何地说："你要咳嗽就咳吧，关我什么事呀！"

青蛙弯着腰大声咳嗽，一眨眼工夫，四方八面刮起了暴风，飞沙走石，大树折的折，倒的倒，阿崩当纽家被沙灌满了，瓦片稀里哗啦往下掉。阿崩当纽被风沙迷得睁不开眼，透不过气来，只得恳求青蛙："请你莫咳嗽了，我叫姑娘答应你，明天让你把她娶走。"

青蛙止住咳嗽，风沙停了，一切又变得和刚才那样明媚。青蛙骑着白马回去，过了一夜，又一大早来到阿崩当纽家叫门。可是叫了半天，没有人来开门，青蛙又跳上墙头喊："阿崩当纽，昨天答应的事怎么又忘了？还不快出来给我开门！"

阿崩当纽又找借口说："我想了一夜，我是富人，你是穷鬼，门不当户不对，我怎忍心让姑娘去受苦？这事有点难说。"

"怎么又反悔了？我可要跺脚了！"

阿崩当纽不知道青蛙跺脚的厉害，以为没什么了不起，就说："你要跺就跺吧，关我什么事！"

青蛙一跺脚，忽然地动山摇，房子摇晃起来了，墙也摆动个不停，屋里的东西直往外摔。阿崩当纽家像被簸箕簸着，难受极了，慌忙又恳求青蛙：“请你莫跺脚了，把姑娘嫁给你，马上就娶走吧！”

青蛙听了，停下脚来，一切又恢复成原来的样子。阿崩当纽把大门打开，请青蛙牵马进院。但他心中实在不乐意，暗地里把一袋石头交给女儿，嘱咐她半路上把青蛙打死。

姑娘终于嫁出门了，她骑在白色骏马上，看着前面一跳一跳的青蛙，想到它就是自己的丈夫，心里又好笑又好气。

走到半路上，她想起父亲的话，偷偷拿出一颗石头朝青蛙头上打去。石头从青蛙头上滑下来，变成了一块金子。青蛙以为是姑娘心爱之物，就捡起来还给她。又走了一段路，姑娘又掏出一颗石头朝青蛙打去，石头从青蛙背上滑下来，又变成一块金子。青蛙以为是姑娘心爱之物掉下来，又捡起还给她。姑娘见石头一碰着青蛙就变成金子，非常惊奇，又见它两次好心地把金子捡还给她，再也不忍心打它了，把剩下的石头抛到马后去了。

媳妇接到家了，老妈妈非常高兴，做出可口的饭菜来招待，又安排她在青蛙房里住。这姑娘可不像她父亲，不但漂亮，也很贤惠，对老妈妈服侍得很周到。

晚上，姑娘孤零零地睡在床上，回过头看看蜷缩在火塘边的青蛙，想到自己这么漂亮能干，却嫁了这么个“丈夫”，真是天大的冤屈，情不自禁地伤心落泪。想着想着，她睡着了，做起了美梦。她梦见自己和一个英俊的小伙子成了亲，一起上山、下地，多么幸福快乐。好梦一直做到天亮，醒来却只有青蛙蹲在火塘边。她想：要是面前的青蛙丈夫变成梦中的英俊小伙子，那该多么称心如意呵！

这时，青蛙说话了：“我的妻子呀，那边大寨子要办三天射箭赛马的盛会，你打扮得漂亮些，自个儿去赶热闹吧！”

姑娘喜欢赶热闹，也就去会上观看。那天，先是比赛射箭，许多小伙子都背着弓箭赶来参加。当中有个年轻男子一连射下来两只飞着的大雁，夺得了头奖。姑娘看他就像梦中和她成亲的那个英俊小伙，不由自主地走上前去把自己的金戒指送给了他。

射箭比赛完了，姑娘想找那个英俊小伙说句话，却怎么也找不到他，只得走回家来。一进屋，青蛙对她说："哦，好玩吧？刚才有个小伙子来我家，把他得奖的金银放在这儿。"

姑娘疑惑地看看那堆金银，里面还夹着自己那只金戒指呢，难道那小伙子……

晚上，她又做了和昨晚一模一样的好梦。

早晨起来，青蛙又说话了："今天要赛马，你可得早些去，好瞧嘞！"

姑娘梳洗打扮一番，又去看赛马。这天，骏马有百匹，骑手也有上百个。牛角号一响，一百个骑手骑着一百匹各色骏马，像一阵狂风一齐向远处跑去。她看见昨天夺头奖的射手也就是梦中那个英俊小伙，英俊小伙骑着一匹白骏马远远地跑在最前头。她忽然发现那匹马不正像青蛙骑的那匹吗？想到这，她无心再看了，马上跑回家来。先到马圈去看，白骏马被牵走了。回到屋里，青蛙也不在，火塘边却留下一张青蛙皮。她想：那英俊的年轻骑手、射手和梦中见过的小伙子，就是这青蛙变的呀！啊！自己的青蛙丈夫竟是这么一个称心如意的英俊骑手，可不能再让他变回青蛙了！想罢，姑娘把青蛙皮丢进了火塘。

这时，那年轻骑手突然闯进来了。他一把将青蛙皮从火中抢出，可是只剩小半了。骑手把小半张蛙皮一裹，下半身立刻就变成青蛙腿。姑娘见了这情景，扑过去抱着骑手的青蛙腿哭起来："丈夫呵，我求你莫变回青蛙，莫让我伤心了，我可是个好心人哪，可怜可怜我吧！"

姑娘的泪水流在青蛙腿上，青蛙皮就慢慢化了。英俊的骑手没有变回青蛙，和姑娘相亲相爱，一起侍奉着年老的阿妈。

龙女和樵哥

从前有一户贫苦人家，只有母子两个人。母亲的眼睛看不见了，全靠儿子天天砍柴、打鸟来维持生活。儿子非常孝顺母亲，每天卖了柴，就带了米粮回来，煮好饭送到母亲手里。

一天晚上，小伙子梦见在他砍柴的地方淌出两股水来，一股是白的，一股是黄的。他拉开弓朝着白水射了一箭，那股白水淌了一滴血，突然干涸了，那股黄水仍旧哗哗地向前流去。醒来时，回想起梦里的事，觉得很奇怪。

第二天，他带了弓箭，拿了斧头、绳子到山上去砍柴，果然像梦里一样，见到两股水，一股是白的，一股是黄的。他拉开弓，朝白水射了一箭，白水真的淌了一滴血就干掉了，黄水仍旧哗哗地向前流去。他更惊奇了，一路走，一路想着这件稀奇的事情。

忽然看见一个姑娘微笑着向他走来，到了他跟前对他说："刚才我父亲黄龙王跟白龙王打仗，几乎输给白龙王了，多亏你的帮助才战胜了白龙王。我父亲特地叫我来请你。"

他更加感到奇怪了，同时心里想：世上哪有这样美丽的姑娘，莫非我遇上妖精了吗？但又想：她不是说自己是黄龙王的女儿吗？那可能是真的。看她那端庄的样子，不会是妖精吧？想到这里，就不由自主地向姑娘点了点头。于是，姑娘带着他一直往前走去。

在路上，姑娘对他说："你到了我家以后，我父亲一定会送你许多金银珠宝，你都不要接受，你只说要竹篮罩着的那只白鸡和那根抵柴棍。"樵哥含含糊糊答应了。

不一会儿，他们走到了深绿色的湖边。那位姑娘对他说："凡人不能随便到我家里去的，你把手搭在我的肩上，闭上眼睛。"小伙子听了，心里有些害怕，但是看到姑娘含笑等待着，他又不知不觉地把手搭在她肩上，闭上了眼睛。

他只觉身体轻飘飘的，过了一会儿，就听姑娘说："我们到了。"小伙子睁开眼睛，看到眼前一片新奇的景致。珊瑚树微微摇动着，大颗的夜明珠闪闪发光，大幢的金碧辉煌的宫殿正门朝自己开着。还没来得及看清一切，早有许多人出来迎接他了。

他被迎到一座富丽堂皇的厅堂里，一个留着银白长须、穿着绣金龙袍的老人热情地招呼他。马上在客厅里摆上丰盛的筵席，山珍海味样样俱全。老人不断地劝他饮酒吃菜，并对他说："樵哥，今晨要不是你的帮助，我的命就要送在白龙王手里了。你是一个好射手，我特地派女儿请你来，想请你当我的大将，你愿不愿意？"

樵哥想：自己是砍柴的，不懂得兵法，怎么好当大将呢？而且家里双目失明的老母亲还饿着肚子在等着自己，就再三再四地谢绝了。

黄龙王见怎么说他也不肯留下，就叫蟹兵托出一大盘金银珠宝送到樵哥面前，说道："你既然不愿留下，我也不好勉强。这点东西请你收下吧！"樵哥顿时想起路上姑娘告诉他的话，表示不肯接受金银珠宝，要求给他白母鸡和抵柴棍。黄龙王听他要这两件东西，脸上显出为难的样子，但略微想了一下，还是送给他了。

樵哥又照样闭着眼睛，手搭在龙女肩上，回到了天天砍柴的地方。这时天色已晚，他想起今天没有打柴去卖，不能带米回家，母亲还在挨着饿，心里不免有些后悔，不该拒绝龙王的金银，如今要了这只白母鸡和这根抵柴

棍，顶什么用呢？

回到家里，他把剩下的一点苞谷面熬了一点稀饭给母亲吃，一面对母亲详细说了一天的遭遇，母亲也觉得很奇怪。他把白母鸡罩起来，把抵柴棍靠在门背后，服侍母亲睡下以后，自己也就睡了。

第二天早上，他仍旧带着斧头、绳子到山上去砍柴了。晚上回家，放下绳子、斧头，就提着买回来的苞谷面到厨房里去，揭开锅盖一看，锅里边放满了一盘盘在龙王那里吃过的山珍海味。

他跑去问母亲，这些菜是哪里来的。母亲说："我也不知道，前会儿工夫，有一个人拿一大碗好吃的东西给我吃了，也不对我说一句话，我也正在奇怪呢！"他想：既是做好了饭菜，肚子又饿，不管是谁做的，吃了再说。吃过饭，他去看了一看那只鸡，仍在罩子里，他随便撒了一点苞谷，放了一碗水。

以后几天，每天他砍柴回来，锅里都早已放着煮好了的饭菜，母亲也早有人服侍吃过饭了。可是到底是谁做的呢？这个迷他怎么也猜不着。

一天清早，他照样去砍柴，走到路上，突然想：我何不跑回去看一下，究竟是谁在替我们煮饭做菜？就转身跑回家来，悄悄地爬到厨房顶上，揭开两块瓦，凝神地注视着下面。只见那只白母鸡走进厨房，脱下鸡皮，变成了一个美丽的姑娘。她原来就是龙女。她把鸡皮挂在柱子上，拿起那根抵柴棍，扭开棍子，从中掏出了许多山珍海味，放在锅里煮。樵哥看得清清楚楚，就悄悄地用一根竹竿把鸡皮挑出来，拿到山上去砍碎了。他想这回姑娘再也变不成鸡了，便高高兴兴地回家去。

一进家门，赶快跑到厨房里，只见那个姑娘正待在门背后。他就很有礼貌地问她："你是谁？为什么到这里来？"那姑娘回答说："樵哥，你怎么就忘记我了！我就是黄龙王的女儿，到山上请你的那个姑娘呀！"

樵哥又故意问："那么你怎么会来到我家里呢？"

姑娘说："你不是向我父亲要了一只白母鸡吗？那只白母鸡就是我呀。本来我是许给白家的，后来打听到白家非常残暴，我的父母不忍心让我去受罪，曾多次派我的大哥去退婚，但是白家不答应，因此就闹翻了。我的大哥被白龙王家杀死了，我的父亲亲自出阵，也几乎被打败了，多亏你的帮助才战胜了白家。从那天起，我就爱上你了。不知你是不是也爱我？”

樵哥欢喜地说：“我也是爱你的，但我家这样穷，恐怕你过不惯，我又有个双眼失明的母亲。”

姑娘说：“贫穷不怕，我们有那根抵柴棍，可以变出各种需要的东西。母亲我也很愿意服侍，只是我不是凡人，要过一个百日关，才能和凡人结婚，所以用张鸡皮遮盖着，过了百日以后，我们就可以成婚了。现在你快把鸡皮还我吧！”

樵哥说：“鸡皮已被我砍碎了。”

姑娘听了，大吃一惊，说：“我本来想用这张鸡皮度过百日，现在鸡皮既然被你砍碎，后悔也来不及了，但你千万不要把我的事情说出去，每天你还是同过去一样，砍柴火去卖，一百天后我们再结婚。”

樵哥真的照着她的嘱咐，每天去砍柴，没有向任何人提起龙女的事，姑娘也每天躲在家里不出门。好容易过了一百天，他们结婚了，一家三口过得快快乐乐。

再说这里的领主，每年要挑选一个美女做妻子，这时正派人四处搜寻。樵哥着急地把这消息告诉了龙女。龙女说：“不用怕，等他们来时，我在厨房里炒炒面，我用火钳敲一下锅，你就问客人来做什么？敲两下，就请他们喝茶；敲三下，你就说还有事情，把客人送走。”

过了一会儿，几个人骑着马真的来了，樵哥请他们坐，龙女用灶灰涂乌了脸，穿着烂衣服在灶房里炒炒面。那些人进厨房里看了看，就出来坐下。姑娘在里面敲了一下锅，樵哥只管和来人讲话；姑娘敲两下锅，樵哥没有请客人喝茶；姑娘敲三下锅，樵哥还是只顾回答着来人的问话。

姑娘在里面急得没办法，淌下了一滴汗珠，马上闪出一道金光照亮了全屋，引起了来人的注意。他们又跑到厨房去一看，只见一个仙女一样美丽的姑娘。他们就问樵哥：“这姑娘是你的什么人？”樵哥回答：“是我的妻子。”那些人说：“不管是你的什么人，我们奉了领主的命令，用五十两银子来买她去。”于是他们拿出一些银子放在桌上，就要到厨房去带走姑娘。樵哥忙拦住他们说：“慢来！莫说五十两银子，就是金山银山，我也万万不卖。”

“不管你卖不卖，这大片土地上的一草一木都是领主的，你是领主的，你的妻子也是领主的。别说买你的妻子，就算是买你的妈，我们也一样要办到。”樵哥听来人这样说，气得咬紧牙关，昏倒在地。龙女连忙从厨房里赶了出来，俯身大叫：“樵哥！樵哥！快醒醒……”母亲听到儿子昏过去了，跌跌撞撞地扑过来，一面喊着：“救命！救命啊！难道领主就能这样欺人吗？”一面就哭倒在地上。

龙女眼看丈夫昏迷不醒，婆婆哭倒在地，来人又不走，她低头想了一下，就对来人说：“诸位客人，他们不答应，我也是要去的，领主的命令谁敢不依。只是未走之前，我单独和他们母子两人告别一下。”那些人说：“好吧，我们暂时到门外等你，只是要快一些，不要拖延时间！”于是那些人都退到院子里去了。

龙女赶快叫醒了樵哥，对他悄声说：“你不要着急，我暂时跟着他们去，只要你照着我的吩咐去做，不久我们就可以团圆的。”樵哥问：“要怎样做呢？”龙女说：“他们的五十两银子你只收下四十九两，要装着欢欢喜喜的样子送我走，我走后你就用这份银子开销，等你银子用完时就来找我。沿路你一边打鸟充饥，一边把鸟皮留下。这件事情如果做到了，我们就可以团圆了；如果做不到，就没有希望。”樵哥听了，沉默了一阵，也只好答应了。

龙女被带到府里，领主一见，乐得眉开眼笑，口水直流。一面走过来拉她，一面叫奴仆把最漂亮的衣服捧来给她穿，又吩咐大摆酒席。

尽管领主像只哈巴狗一样在姑娘身旁转来转去，说这问那，姑娘总是愁容满面地站着。领主强拉她坐下，她还是不吭一声，不说一句话。领主越献殷勤，姑娘的眉毛皱得越紧。领主为了使她高兴，特地举办了四十九天迎神赛会，姑娘却没有一天舒展过眉头。

领主要当天就成亲，姑娘回答他说："我遍身都长满了疥疮，要成亲非等疥疮好了不可，否则就会传染给你。"说着，拉起一点袖子，果然手膀上尽是流血流脓的疮，领主看了也就只得答应了。

领主天天请医生替她医治，他哪里知道这疮是姑娘用炒面抹在身上变成的，医生哪能治好。领主见疥疮总不见好，就把医生痛骂了一顿。医生说："姑娘的疥疮是因为终日愁闷，气结起来了，只要能使她高兴，气顺了，疮也就好了，药物是难以见效的。"可是姑娘一直是锁着眉头，板着脸。

樵哥自龙女走后，和母亲郁郁不乐地过着日子。母亲忧闷成病，不几日就死了。樵哥剩下的银子刚够买棺木，安葬了母亲，自己就带了一把弓，开始去找龙女。

他爬过了无数高山，穿过了无数森林，每天用打来的鸟肉充饥，剥下的鸟皮挂在身上，经过很多天，他的衣服成了一件花花绿绿的羽衣了。

这时，他已走到领主的宫廷外面了，恰巧看见宫墙上站着一只斑鸠，他拉开弓朝斑鸠射了一箭，斑鸠中箭落在宫院里。他朝宫里走去，卫士上前拦住他。他说："我的鸟带着箭落在里面了，我要进去拾。"卫士还是不准他进去，他再三要求，卫士再四拦阻，结果就吵起来了。

吵嚷的声音传到宫里，惊动了领主。领主叫奴仆出去看看是什么事。

不一会儿，奴仆匆匆跑回来说："一个穿着羽毛衣服的男子，说他打的斑鸠落在宫里了，要进来拾，因此和卫士争吵起来。"龙女一听，知道是丈夫到了，就对领主说："人怎么会穿鸟衣？把他叫进来看看是什么人。"

领主忙传出令去，不一会儿，一个穿着花花绿绿的羽毛衣服的男子跨着大步进来了。龙女一见，展开了锁着的眉头，露出了笑容。

领主见了非常高兴地说："我无论怎样逗你笑，你都不笑。我举办迎神赛会，你还是不笑。今天看见这羽毛衣，你就笑了，你很喜欢这件羽毛衣吗？好吧！让我也来穿上这件羽毛衣，逗你笑吧。"于是领主把自己的龙袍脱下，换上樵哥的羽毛衣，在姑娘面前扭来扭去。

姑娘放声大笑。樵哥赶快穿上龙袍去击鼓，随着鼓声来了许多将官，跪在樵哥面前。樵哥对他们说："这个穿着羽毛衣的疯子进宫来胡闹，你们还不快把他杀了！"将官们答应："是，是！"于是不管三七二十一，一齐冲上去把穿着羽毛衣的领主杀了。

龙女和樵哥出了宫，骑上了两匹高头大马高飞远走了。等到将官发现杀死的是领主时，已经不见龙女和樵哥的影子了。

亨美[1]与金鹿

不知什么时候，一对纳西穷夫妻流浪到玉湖边，在松柏丛中搭两间木楞房住下。男的起早贪黑，开荒种荞，上山打猎；女的披星戴月，纺麻织布。两口子虽然很穷，倒也过得和睦安静，只是没有个儿女，心里常常着急。他们吃饭要摆三双筷、三个碗，缝麻布衣裳也要缝三套……做什么都要三样，巴望生个孩子。

一个阴云密布的晚上，女的坐在火塘边纺麻，不知不觉做了个梦：她来到一堵缠满藤葛的岩子边，看见岩洞里淌出一条奶汁般的小河，流水声好像弹着动听的三弦，洞中有人唱歌。不久摇出一条柏木船，船尾有一只金鹿，船头有个小伙子唱着歌，划着桨，对她眯眯笑。忽然船后跳出一条鳄鱼要撞船，她赶紧找根竹竿要救小伙子，鳄鱼张开血口朝她扑来，吓得她冷汗“哗哗”地淌。醒来一听，屋外正在“哗哗”下雨。她把梦告诉老伴，老伴说是个吉祥的梦，肯定要生男孩。果然在八月十五月亮最圆的那晚上，她生了个儿子，白胖胖的，就像天上又圆又白的月亮，便取名叫“亨美”。

亨美一天天长大，身子像棵向阳松，脸盘像朵玉湖边的莲花，说话声音像清泉泻下山岩。爹妈爱他如珍宝。过了十五个中秋节，亨美长得又聪明又

---

①亨美：“月亮”的意思。

勇敢。他能一箭射中山雕的脖子，三斧子能砍断一棵杉树。山下寨子里有十个穷孩子常来雪山上放羊，亨美就背着弓箭帮他们打狼撵豹，和他们交了朋友。男女伙伴们带着薄礼来谢他，亨美盛情款待他们，并把麝香、麂皮等回赠伙伴们。爹妈看着儿子射技好，心肠也好，想到终生有了依托，心里甜滋滋的。

山下北时村有户大财主，霸占着三百亩好田，有三十个家奴，吃的是鸡鸭鱼肉细米面，喝的是牛奶羊乳燕窝汤，穿的是绸衣毛褂，垫的是虎皮褥子。财主诨名叫“日夸”，意思是像毒蛇一样凶狂。财主的儿子读书不识字，学名取作“木虎”，比老子还凶：骑马要踏农家的麦苗，打猎要打农家放着的猪，还把农家姑娘抢来取乐。寨里寨外没有一个人不恨他们父子两人。

一天清早，亨美去打猎，发现豹子脚印，盯着往前追，走得很远了。木虎也带着十来个家丁来射野鸡，可是射完了十壶箭，鸟毛也得不着一根，气得直吐口水。木虎下山路过玉湖，看见亨美家挂着狐皮、鹿角、雉鸡……像狼见了羔羊，扑上去就抢，一时木屋内外被抢个精光。亨美爹气不过，拿起弓射瞎了木虎的左眼，亨美妈用织梭打扁了木虎的鼻梁。木虎疼得狂喊，叫家丁把亨美妈打死，把亨美爹绑在木楞上，屋里放了一把火，顿时浓烟滚滚。木虎一伙人嘻嘻哈哈地扬长而去。亨美打豹回来，发现木楞房烧成焦炭，阿爸被烧死了，阿妈满身鞭痕，躺在地上。亨美仿佛被雷电击在头上，失声痛哭，哭声像刮大风，泪水像下暴雨。他抬头问天：“谁是我的仇人？”青天惨淡无言；他低头问水：“我是谁的冤家？”湖水泪光闪闪，也默默不语。亨美心中升起一团怒火，火焰飘向高高的雪山。

破家的亨美只剩一副弓箭，像松子随风飘荡。白天吟悲歌，晚上住岩洞，烧起火塘，身暖心寒，通宵没有合眼。一天清早，一声虎啸震得洞边小草也发抖。亨美出洞来看，一只金鹿被黑虎撵下来，他忙弯弓搭箭，射死黑虎，金鹿回头看亨美，跳过来舔他的手，像在感谢他。这是一只非常可爱的金鹿，金毛黄生生的，茸角红殷殷的。于是亨美把它抱回岩洞，冷了就相互偎依，饿了一起上山采蕨菜，就像哥弟俩。

三月清明节，亨美领金鹿去扫墓，想起被害的父母，悲痛万分，对着金鹿倾诉："金鹿呵，你可听懂我的话？你可知道我的仇？有什么法子跳出这苦坑？"金鹿点点头，动动嘴唇便说了话："你想吃什么穿什么，跟我说一声。"亨美又惊又喜，诚恳地说："我不吃佳肴美味，我不穿绫罗绸缎。我要一口报仇的宝剑，要一把开荒的锄头，要一犋犁地的耕牛，要一包饱满的种子，要一把收割的镰刀。"金鹿点了三下头，走到洞口边，把角摇三摇，招来了白云彩，又欢叫了三声，玉笙般的叫声飞向天空，白云裂开了一道缝，亨美要的东西接二连三飘落到地上。亨美吆着耕牛，抬着农具，回到湖旁来砍树盖房，开荒种地。后来，把山下寨子里十个男女伙伴也邀来住在一起，日子越过越幸福。

财主日夸听说湖边穷人过上好日子，气得直咬牙，喊儿子来盘问。木虎冷笑说："湖边那两个穷鬼，早已上西天了。"日夸又喊管家常扒："你去湖边探探有什么财宝，快去快回。"常扒穿上草鞋、羊皮褂，扮作个穷要饭的，来到亨美家里哭哭啼啼，翻动两面刀似的舌头编出谎话。直心肠的亨美把他当兄弟对待，伙伴们指着金鹿安慰他："金鹿叫三声，金银满天下，你就不要烦恼了。"常扒心里有了底，一面装高兴，一面打主意。到三更半夜，他就蹑手蹑脚地把金鹿偷下山去。

财主父子听说偷来宝贝鹿，喜出望外，慌忙烧起三炷香，向天磕了三个头，连夜造了神鹿宝殿：白玉做的门窗，黄铜做的栏杆，银砖铺的地板。给金鹿戴金花，挂珠宝，喂给它虫草炖鸡。日夸穿上礼服，跪在神鹿前祷告："我是佛家心肠，只要金山银海、玉河珠江，只要千个家奴，千亩好田。"金鹿一蹦，金花珠宝摔碎了；金鹿一跳，把日夸的门牙踢掉了三颗，痛得他捂着嘴流着泪。家丁把财主扶走，木虎又来祈求："我爹不懂规矩，神鹿请莫生气。我只要万箩米、万石面、万匹马、万只羊、万只鸡，只要十个美姑娘。只要你鸣三声，我就喊你鹿爷爷。"金鹿一蹦，屎尿撒满了宝殿；金鹿一跳，把木虎扁鼻踢裂了，痛得他直喊爹娘，忙叫管家把金鹿关进土牢，喂

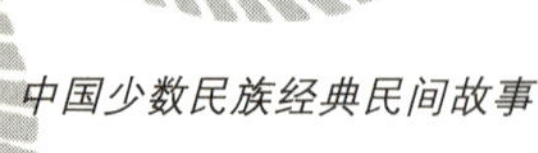

了它一截“雪上一枝蒿”[1]。

亨美不见金鹿，心急如煎。后来发觉常扒跑了，猜想一定是他偷的，于是立刻窝着怒火追下山来。只见小路归大路，都印着鹿的脚印，一直通到有两扇红漆大门的财主家。亨美端起门前石狮撞门，开门的正是常扒。亨美一把扭住他，吓得他鬼喊乱叫，招来大群家丁。亨美匆匆出门，没带弓箭，被捉了进去。木虎见了亨美，狠狠地瞧上一眼，对常扒说：“两个穷鬼原来还有个歪种，把他关进鹿牢中，早点送他去见祖宗。”

到土牢里，亨美见金鹿气息奄奄，又悲又恨。忽然听到两个守牢门的正在私语，说的正是木虎怎样在玉湖边抢劫烧房，怎样塌鼻梁、变独眼的事。他们的话像火炭烧起了亨美仇恨的心。这时他才发现仇人原来是木虎，恨不得借雷电把他劈死！亨美想：我要报仇，我要救鹿，我要逃跑！到半夜，亨美用手指甲把牢墙抠开一个洞，抱起金鹿一口气回到湖边。

亨美和伙伴们商量报仇，需要十把宝剑，得请金鹿帮忙。可是金鹿瘫做一堆，呼吸声细得像蜘蛛丝。怎么办？大家急得像热锅上的蚂蚁。忽然，金鹿睁眼睛，有个小人从眼瞳里跳出来说：“财主给小鹿喂了雪上一枝蒿，过七七四十九天就要死了。居那若倮山上有一棵遮天树，树上长着回生草，可以救活金鹿。若倮山下白玉洞里，金毛狮子守着一把万能刀，可以割回生草。”小人说完又跳进眼瞳里，金鹿又闭上了眼睛。亨美听了小人的话，乐得又笑了。他吩咐伙伴们好好盘庄稼，招呼好金鹿，自己背了弓箭去找回生草。

亨美攀悬岩，钻刺蓬，走了三天三夜，来到一条大河边。河水宽得不见对岸，没有桥也没有船。正在发愁，只见上游有一条巨大的黑蟒，眼睛像两盏灯，正张着大口向下游游来，下游有一条大金鱼，浑身金鳞闪光。眼看金鱼要受害，亨美忙把黑蟒射死。金鱼游过来感谢亨美，说愿意渡他过河。亨美坐上金鱼背，游了三昼夜，来到河岸。金鱼赠他一片鱼鳞，和他告别：

---

①雪上一枝蒿：一种毒草。

"转回来拿它唤三声，我又来渡你。"

亨美把鱼鳞珍藏好，又顶风冒雨赶了三天三夜，来到大森林里。大树参天，藤蔓如网，草深泥烂没法行走。正在发愁，林中跑出一条大红牛，大角上生着小角，背后有一群碗大的牛虻追着它来吸血。红牛哀叫着，但无法甩脱虻群。亨美用箭射虻，射死一群，又来一帮。亨美想了想，打燃火石把枯草扎成火把，虻群扑火，全被烧焦。红牛走过来感谢亨美，说愿意驮他渡过林海。亨美骑上牛背，弓箭挂上牛角，走了三昼夜，来到林海外边。红牛拿一支小角和他赠别："转回来拿它唤三声，我又来驮你。"

亨美珍藏好红牛角，又往前赶路。走了三天三夜，来到一片冰滩前。白天阳光照在冰雪上，眼睛睁不开。夜晚刮大风，冻得双脚生疮。亨美正在发愁，东边天空飞来一只巨大的白鸽，西边天空飞来一只大黑雕。黑雕钩爪如弯刀，利喙如长矛，扑向白鸽乱啄。眼看白鸽要遭殃，亨美一箭把雕头射穿，死雕落下来像座山丘。白鸽下来感谢亨美，说愿意载他飞越冰滩。亨美坐上鸽背，飞了三昼夜，越过了冰滩。白鸽拿一支羽毛和他惜别："转回来拿它唤三声，我又来载你。"

亨美珍藏好鸽羽，又往前赶路。烈日当皮袄，月光当凉帽，走了三天三夜，来到渠水淙淙、稻花飘香的坝子。亨美正高兴，看见一个老大妈在茅屋旁哭。上前细问，她指着北山上乌云笼罩的岩洞说："近来有个妖怪来坝子里吃牛羊，还抢人去当奴仆。我那独生姑娘阿枝被抢去十天了，没有一点音信。"亨美想救人要紧，选支硬箭搭在弓上，就上北山了。岩洞口茅草有九丈高，洞里还有石头房，房子里不见妖怪，只见一个美丽的姑娘坐在阶前垂泪。亨美说明来意，姑娘又喜又惊。喜的是雄鹰般的亨美来搭救她，惊的是妖怪就要回来，生人进洞命难保。两人各自叙说了自己的遭遇，一边诉说着，一边定下了计谋，由亨美拿着抹过毒药的硬箭躲在屋梁上。竖发獠牙的妖怪回来了，吹吹毛鼻子，就问阿枝："哪来的生人味？哪来的呼吸声？"阿枝笑着反问道："我不是生人吗？我没有呼吸声吗？"妖怪拿生谷生肉给阿枝吃，阿枝接来放在一边："我不饿，先帮你挖齿垢吧。"妖怪仰躺在石床上，张开血盆大口，阿枝踩在床上，拿着尖锄把塞满牙缝的牛羊肉挖掉。挖完后倒上一桶水，妖怪闭上眼睛“咕噜咕噜”漱口。这时，亨美连射十箭，把妖怪射死了。亨美和阿枝双双回到茅屋里，阿枝妈把亨美当女婿招待，坝子里的人都来向他俩贺喜。阿枝绣一幅“蜂花相会”赠给亨美，作为定情之物。亨美送她一支金竹箭，留下盟言：等取到回生草，两人同回玉湖边。

告别了阿枝母女，亨美两步并一步地赶路。又走三天三夜，来到居那若倮山：岩子像白玉，青峰像翠琼；岩上凤凰鸣，山顶彩霞飞。在白玉洞口，金毛狮子像堵悬崖。亨美刚要扯弓，巨狮猛扑过来，亨美拔出宝剑斩断了狮子的喉管。进洞拐了十八道弯子，亮闪闪的万能刀挂在壁上。亨美取下宝刀，爬到若倮山头，果然有遮天树，十八个杈上长着七彩的香草，闻一闻就添了三倍力气。亨美拿起万能刀一割 ，闪出一道电光，折口又冒出新芽，转眼间长成原样。亨美乐得蹦蹦跳，捧着回生草回到阿枝身旁，与母女俩一道往回赶。在白鸽、红牛、金鱼的帮助下，渡过冰滩、林海、大河，来回四十八天，亨美回到了玉湖。

万万料不到，玉湖浑浊了，松林在冒烟。原来，亨美走后，财主派家丁来捉拿亨美与金鹿，烧了新房子，搅浑了湖水。十个伙伴逃到林中，把金鹿藏在岩洞。亨美在第四十九天找到了伙伴，用回生草救活了金鹿。金鹿欢鸣了三声，从白云缝里飞下来十匹骏马、十柄宝剑。亨美骑着金鹿，十个伙伴骑上骏马，下山找财主报仇。马撞马，剑斗剑，财主家的狗腿子死的、伤的伤、逃的逃，日夸骑着黑马往南逃，亨美从背后一箭把他射死。常扒骑着白马往北逃，亨美一箭把他射翻。木虎急得发疯，也被乱剑砍死。亨美把财主的奴仆放了，把财主的家产分给乡亲们，一把火将财主大院烧成黑土巴。

亨美和伙伴们回到玉湖，从头盖房子，种庄稼，养牛羊。男伴们上山打猎，女伴们在家纺麻织布。亨美和阿枝成亲之日，亨美给五个男伴作媒，阿枝给五个女伴做媒，十个伙伴结成五对夫妻。喜酒汩汩，白鹤飞舞，山歌清亮，玉笛悠扬。大家高兴地唱着跳着，连玉湖也羡慕得睁开了清亮亮的大眼睛。

月亮姑娘

很古的时候，大山里有个独家村，独家村里有个独家户，独家户有母女三人，一个寡妇婆拖拉着两个囡娃。大囡阿胖，生性愚痴憨厚；二囡叫亨美，生性机敏伶俐。

这家独家户在山边盘有一丘秧田。春天到了，老林的布谷鸟飞到山边叫了，这时候，阿妈领着阿胖和亨美往秧田里撒上谷种。

有一天，阿妈撤了秧田水，挑了个好日头晒秧苗。阿妈发现馋嘴的雀子飞落秧田糟蹋秧苗，她粗着喉咙“哒哒”地吆喝着雀子。阿妈吆雀子的声音传进老林里，老林深处的母猪精被吵醒了，睁开惺忪的眼睛，竖起撮箕似的耳朵仔细听了起来，然后伸出拱嘴悄悄地学起阿妈吆雀子的声音。

母猪精学人的声音，是有它自己的祸心：它把阿妈的声音学得像一个模样后，就装着是阿妈的知心人，想着吃阿妈的肉，又去哄骗屋里的孩子，想把两个孩子也吃掉。

阿妈听到老林里传出的声音，认为是自己的回声，也不当作一回事。母猪精却循着阿妈的呼喊声钻出了山林，冲着阿妈打量了几眼，又跌跌撞撞地走到阿妈的身旁。它看了一下周围的动静，发现秧田的不远处有一个寨子，寨里的炊烟朝这里飘着，它想吃阿妈，但又怕人们发现它的罪孽。这样，它就暖和着嗓子说：“妹子，你今天吆雀子看秧田，明天做什么活路？”

“屋里缺盐巴了，明天背一背柴火换斤盐巴。”“哎哟喂，妹子，我屋里也缺着盐巴，我也去，你等我一道上路吧。”

(纳西族有俗：在山里一个人不兴大声大气地呼喊，是犯忌母猪精偷学人的声音，又来伤害人的事情。)

第二天，天蒙蒙亮的时辰，阿妈背着一背柴火，准备出山换盐巴。当她出门的时候，叮嘱阿胖和亨美说：“大囡和二囡莫开门啊！”阿妈便背着柴火上路了，阿妈惦着昨天相约上街的老妇人，她边走边等，但左等右等，老不见老妇人的踪影。当阿妈来到一处横穿老林的山路的时候，突然从背后传来吁吁的喘气声，上气不接下气地叫道：“追赶你把我折腾得气脱了，歇一下，喘口气再走吧。”

阿妈听到背后的说话声，慌忙转过身，看见昨天相约的老妇人踉跄着走来了。阿妈急忙把柴火背子歇落到一块石头上，匆忙去帮扶。

老妇人把柴火背子也歇落了，喘了口粗气，抬头看了一下天，嘻嘻地笑着，凑过来说：“妹子，看来今天的时辰还早着哩，我的头痒酥酥的，恐是生虱子了，你帮我瞧瞧。”老妇顿了一下，说：“我看妹子你比我年轻，头发长得密实，我先帮你瞧瞧。”

老妇人说着强拽着阿妈的头，扯下头帕，寻找着虱子。它边瞧边问阿妈有几个儿女？几头牲畜？大囡叫什么，二囡叫什么？突然，阿妈发现老妇人把抓到的虱子一只一只地塞进嘴里，好脏呀！人怎么能吃虱子？!她疑惧地问：“嫂子，你吃虱子不嫌脏吗？”

“妹子，虱子喝人血，吃它才解恨。”

阿妈觉得在理，但突然发觉老妇人嘴里伸出两颗尖利的獠牙，张着血盆似的大嘴，她惊吓得想挣脱出来，刚一扭身，母猪精一口咬住了她。

母猪精把阿妈咬死吃了后，抹抹血糊糊的嘴巴，摇身一变，变成阿妈的模样，大摇大摆地朝着独家村走来。来到门口，发现大门紧闩着，它仿着阿妈的声音，冲着大门喊：“阿胖、亨美呀，阿妈买糖回来了，赶快开开门。”

阿胖是个憨痴的人，一听阿妈喊门的声音，就乐滋滋地站起来，说：“阿妹，快开门，阿妈回来了。”

机敏伶俐的亨美，看了一下太阳还挂在中天，阿妈怎么这般早回来？从喊门的声音里使人感到有股冷森气，她慌忙伸手抓住阿胖的手，拦阻说：“阿姐呀，你看时辰，阿妈还在街上，怎么这早的就回来？还有阿妈喊门，没有喊声前就先有笑声，是不是坏人装阿妈喊门，问清爽才能开门。”

亨美转过身，问：“喊门的人，听你的声音不像阿妈的声音。我阿妈声音是甜蜜的，你声音好像有针刺，你不是我的阿妈。”

门外沉默了，突然又传来一阵窸窣的响声，只见门缝里伸出一只毛森森的手，手腕上还套着一只玉镯：“囡呀，你们看，这不是阿妈的玉镯吗？别磨舌头了。”

“玉镯是我阿妈的，可我阿妈的手不长毛，你不是我的阿妈。”

母猪精又把手倏地缩回去，胡乱地拔了一下毛，抓把灰尘摩挲了一下，又把渗着血珠的手伸进来：“你们看，阿妈的手不长毛了，快开门。”

“不，不像我阿妈的手，阿妈的手是白生生的。”

母猪精知道骗不过聪明的亨美姑娘，换了口气说：“阿胖呀，你是阿妈的小心肝，别听亨美的话，大门有什么闩着门，快告诉阿妈。”

机灵的亨美抢着说：“我家的门用铁棍闩着，撬不动，推不开。”

憨愚的阿胖认为是亨美与阿妈作耍，便说：“阿妈，阿妹骗你的，我们家的门……”亨美生怕姐姐把真话漏出去，慌忙跳了过来，用巴掌堵住阿胖的嘴，阿胖一急，张嘴咬了一口又说：“……是用木棍抵着哩，一推就开了。”

母猪精拼着力气一推，“咔嗒”一声把大门推开了，母猪精嘻嘻奸笑着进了屋门。她对阿胖和亨美说：“大囡和二囡，阿妈晚上睡觉的时候，爱嗑蚕豆，还爱喝冷水，你们每人炒一碗蚕豆，舀一碗泉水。谁的蚕豆炒得黄生生脆香，舀的泉水清冽冽的甜香，就叫谁睡在我的怀抱里。若是哪个炒的蚕豆焦煳煳苦涩，舀的泉水浑浊，就叫她睡在床下头去，嗅我的脚汗臭。”

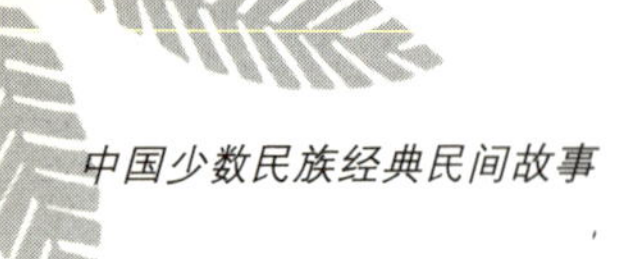

精灵的亨美把蚕豆故意炒焦了，活像炭粒，又舀了一碗泥水。而阿胖被蒙在鼓里，不知道母猪精的诡计，左一声“阿妈”，右一声“阿妈”地呼唤着。她炒了一碗黄生生的炒蚕豆，又舀了一碗清冽冽的泉水，母猪精故意把亨美撇在一边，却把阿胖一把搂在怀里，亲热地摩挲她的头发，说：“我的宝贝，我的小心肝，你最疼阿妈，炒的豆子黄生生，舀的泉水清冽冽，阿妈叫你躺在妈的怀抱里睡觉，叫你的妹妹睡在床尾闻脚汗臭。”

晚上，星星眨着担心忧虑的眼睛，阿胖上床躺在母猪精的怀里，亨美却提心吊胆地睡在床尾。

半夜的时候，亨美突然听到母猪精喝水咂舌的声音，又听到啃嚼蚕豆似的咯崩响声。亨美骇出了一身冷汗，战战兢兢地把小脚悄悄伸了过去，蹬触到一堆湿漉漉的肠子似的东西。她惊慌地把脚缩回来，心里像敲起了小皮鼓：阿姐被母猪精吃了，还会来吃我的，不能等死，一定要逃走。但怎么逃出它的魔掌？亨美很快镇静下来，故装翻了个身，问：“阿妈呀，你在喝什么呀？”

“我在喝你舀给我的那碗泥巴水。”过了一会儿，又问：“阿妈，你在啃什么？”“我在啃白天炒得像焦炭似的蚕豆。”

亨美在床上又翻了个身，装着尿急的样子，在床上蹬蹭了几下，说：“阿妈呀，我尿急了，我要解手。”

“尿在床上吧。”“不，尿了床，会遭人耻笑。”“尿在手磨边吧。”“磨神不高兴哩。”“尿在碓边得了。”“碓神会逃跑的。”

亨美叹了口气，说道：“阿妈呀，你若这样不放心女儿，你拿根绳子拴在囡的手上，绳子握在手里，你拉一拉，我就‘呕呕’地应一声吧。”

亨美把一根绳子的一头递给母猪精，一头牵扯着来到猪厩里，然后把绳子的另一头紧紧拴扣在厩里的一只老母猪的脚上，自己却悄悄地溜出了后门，爬到一棵桃子树上躲藏起来。

母猪精信亨美的话，她边吃着阿胖的肉，边担心亨美逃走，时而拉一拉握在手里的绳子，厩里母猪就“呕呕”地吭了声，母猪精认为亨美在屋外解手。等她收拾完阿胖的尸骨后，循着绳子来到猪厩里，这时她才发现绳子却系在一只母猪脚上，亨美不知逃到哪里去了。

母猪精龇牙咧嘴地扑向老母猪，把老母猪一口咬死了，吃完了老母猪肉，天高了。母猪精一摇一摆地边走边呼唤："亨美呀，我的囡，你在哪里？"她在屋后转着圈圈地找寻着亨美。

最后，母猪精找寻到屋后的桃子树下，树下有潭泉水，映出亨美的影子(传说，母猪精不会看天，只会看地，这样它就看不到桃树上躲藏的亨美，只看见她映在泉水里的影子)。它就伸出爪，往泉水里去抓亨美，还边喊着："囡呀，出来吧，阿妈在这里，快出来吧。"

亨美眼看母猪精发现了自己的影子，生怕她爬上树来，她在桃子树上招呼母猪精说："阿妈呀，我在桃子树上摘桃子吃，桃子熟透了，可好吃了，我给你吃一个桃子吧。"

馋嘴的母猪精听说吃桃子，说："囡，快摘一个给阿妈吃吧。"

"阿妈，桃子沾灰了不好吃，你张开嘴巴我摘下丢进你的嘴里。"

亨美摘下一颗桃子，丢进母猪精的嘴里，母猪精囫囵地吞了下去，亨美问："阿妈，桃子好吃吗？"

"好吃，再给阿妈摘一个。"

"阿妈呀，有一颗红鲜鲜的桃子，它结在树梢头，够不着。你进屋里抬张犁尖来吧，我把桃子用犁尖打落下来。"

母猪精信以为真，她从屋里抬来一张犁尖，亨美手托着犁尖，说："阿妈呀，你紧闭着眼睛，张着你的嘴巴，我摘下桃子丢进你的嘴里来。"

亨美手托着犁尖，对准母猪精洞开的嘴，使出浑身的力气，把铁犁尖猛一下掷过去，铁犁尖正击中母猪精的嘴巴，只听见"嘶啦"地惨叫一声，"扑"地冒起一缕青烟，母猪精变成了一蓬荨麻，密匝匝地簇生在桃子树的周围，挡住了亨美的路径。(纳西族有俗：驱妖除魔的东巴道场里，东巴抬着铁犁尖，或嘴衔烧红的铁犁尖，是表示驱妖降魔。民间还兴把犁尖竖在粮堆上，是表示避邪，并传荨麻是母猪精变化的传说，出处是这样讲的。)

亨美被荨麻拦了路，她困在桃子树上急得毛焦火辣的时候，突然迎面走来两个牧羊人，吆喝着羊群从桃子树下走过。亨美发现这两个牧羊人是一老一少，其中稍显老的一个牧羊人披着一床崭新的披毡，另一个年轻的牧羊人却披着一床烂巾巾的披毡。亨美在桃树上呼救："放羊的大哥呀，救救命呀，请你把我接下来，我就答应做你们的媳妇。"

两个牧羊人站在密匝匝的荨麻前面，他们脱下了各自的披毡，铺展在荨麻蓬上，给亨美铺上了一条披毡路。机灵的亨美望了一下铺就的披毡，又朝两个牧羊人打量了一下，心里作难了，一个人怎么做两个男人的婆娘？老的牧羊人披毡崭新，跳上去荨麻蜇不着人，年轻牧羊人的披毡破烂，跳进去遮盖不住荨麻，会蜇人。何不先跳进新披毡里，然后又滚进破披毡里？亨美想到这里，对牧羊人说："牧羊的大哥呀，阿妹只有一个，我可不能做两个人的婆娘，我跳进谁的披毡里，就做哪个的媳妇。"两个牧羊人听了面面相觑，都点头默认了。

亨美从桃树上跳进新毡里，然后就地一下又滚进破烂的披毡里。两个牧羊人便吵嚷起来，老的说是亨美先跑进他的披毡里，应该做他的婆娘；年轻的说是亨美躺在他的披毡里，应该做他的婆娘。

两个牧羊人吵起架来，相互不退让。老些的牧羊人气呼呼地一跳，倏地现出原形，变成一头长獠牙的野猪，猛扑年轻的牧羊人。年轻牧羊人也就地一滚，倏地变成了一条大蟒蛇，卷扑过来，两个妖怪缠扯在一块，争过来，争过去，难分胜负。大蟒"铮"地虚晃了一下，跳到一旁，上气不接下气地说："大哥，莫争了，为了一个女人划不着，我看把她吃了吧，也不伤你我的和气。"野猪妖连连点头，喘着大气说："对，莫伤兄弟的和气，便宜了这女人，我看我俩把她焙吃吧。"

"不，女人皮细肉嫩，生吃鲜美可口，生吃吧。"

"不，焙吃香酥，还是焙了吧。"

两个妖怪难分难解地争吵起来，眼看亨美躲过了母猪精，又碰到恶毒的山妖，她捶胸顿足地冲着天空大叫一声："美利东阿普天神，救救人间的生灵吧！”

忽然，从漠漠的天穹逶迤着飘下一条彩虹似的彩带，彩带飘飞到亨美的身边，她奔扑过去，紧紧抓住飘带，离开了地上，向着天穹疾速地飞升起来。

两个妖怪看见亨美升天了，急忙奔扑过来，它们张开血盆大口扑上来咬亨美，这一咬把亨美脚底板上的肉咬去了一坨(从这以后，人们的脚底板缺了可放一个鸡蛋大的空隙，这个空隙里的肉是被这两个山妖咬缺的，人的脚底板就留下了这个空隙缺口)。

美利东阿普把亨美搭救上了天庭，阿普天神称赞亨美智慧和勇敢，让她住在月宫里，成了月神。每到十五月圆的时候，纳西族人指着月宫里桃子树下的姑娘，称赞着说：“这是智慧勇敢的亨美姑娘。”从这以后，纳西族人看见美貌的姑娘，就说她像“亨美”一样美丽，或说“亨美若”，意思是像月亮姑娘一样美貌（来历就出在这里）。

魔穴救姑

很久以前，在玉龙雪山脚下的寨子里，有个叫久补克西的年轻人，非常勇敢。他有个心地善良的姑姑，长得很漂亮，待他非常好。姑姑却不幸被力大无穷的恶魔独阿八撞见，硬要她去做魔穴娘娘。那天，忽然间狂风呼啸，飞沙走石，天昏地暗，久补克西只听见姑姑断断续续叫了一声“久补克西侄儿快救我”，便连她的影子都看不见了。

久补克西一把抓起打猎的弓箭，便顺着风去追赶恶魔。跑不多久，迎面碰上一个白胡子老人挡住去路，笑着对他说：“久补克西，到恶魔独阿八的家要走三天三夜，你不带干粮饿不住。再说，独阿八的身子像黄铜一样硬，拔棵大树像拔草。你拿打麂子的弓箭去救姑姑，不是白送死吗？”

久补克西听了不禁暗暗落泪。白胡子老人拿出一支七斤重的铁镞箭，递到他手里，说：“不要伤心，如果你有志气，快去做张硬弓，每天用这支七斤重的箭练劲，等到你能把这支箭射到云里，隔天才落回地上，你就可以去救姑姑，找恶魔报仇雪恨了。”

白胡子老人说完就不见了。久补克西回到家里，马上动手做了一副桑木硬弓，用牛皮索做弓弦，天天拿七斤重的铁箭练射。过了三十三天，他能把这支箭射到半山腰；又过了三十三天，他能把箭射到山尖上了；练到第九十九天的中午，他站在院子里，把硬弓扯得像月亮一样圆，“嘣”的一声巨响，将七斤重的铁镞箭直直地射向天上，箭像一颗流星，飞进云层不见了。久补克西看着天空，等呀等，直到第二天中午，铁箭才“咚”地落回到地上。他看到自己力气这么大，武艺这么高强，高兴极了，便背了弓箭，带上干粮，去恶魔独阿八家救姑姑了。

他足足走了三天三夜才来到独阿八家，刚好恶魔外出，只有姑姑在家。两人相见，痛哭一场，接着赶紧商量对付恶魔的办法。待到太阳偏西，恶魔将要回家，久补克西藏进一间内室，稳稳地坐在一只有盖板的水桶上，头上顶着一块土饼，土饼上又放着一碗水，弓上搭好七斤重的铁镞箭，专等独阿八进屋就射。

不一会儿，门外"嘣咚"一声巨响，独阿八跨进院子里来，粗声粗气地对久补克西的姑姑说："门口放着一根小柴、一点小菜，你看看去。"

久补克西的姑姑开了大门，一棵四五人合抱的大杉树倒在门前，树上拴着牛一样大的一只马鹿。久补克西从里屋门缝里瞧见了，想到这么大的树只是独阿八的一根小柴，这么大的马鹿只是独阿八的小菜，还不知独阿八有多大的力气，不禁暗暗吃了一惊。

独阿八刚坐下，又对久补克西的姑姑说："今天我捅了几窝蚂蚁，牙齿缝里塞了点东西，你给我抠抠。"说着躺下去，张开血盆大口等着。

久补克西的姑姑不敢吭声，顺手拿过一把尖锄来，左脚踩住恶魔的上唇，右脚踩住恶魔的下唇，往牙缝里挖了三下，挖出三具和尚的尸体来。接着，她又担一桶水倒进去，独阿八便"咕噜咕噜"漱着口，坐了起来。久补克西透过内室的门缝，见独阿八说的"蚂蚁"原来是善良的人，不禁又吃了一惊，越发对这个吃人的恶魔恨得牙痒痒的。

忽然，独阿八翘起鼻子嗅了嗅，瞪起眼睛想了想，又抬出一摞《东巴经》翻看着，自言自语地说："咦，今天我这屋里气味不对，好像有个生人。可是又奇怪得很，说他是在地上，又像在地底下(土饼下)；说他是水上(水桶上)，又像在水底下(水碗下)……"卜算了半天，总是算不出什么名堂，气得直冒火："这经书也不灵验了，留它有什么用场！"说完，一把塞进灶窝洞里。

久补克西的姑姑说："烧掉可惜了，说不定将来还有用场。"连忙从灶

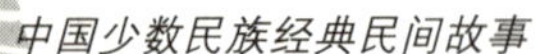

里抢出来，扑熄了火。

久补克西怒气冲天，把桑木硬弓扯开。风从门缝吹进来，吹得牛皮弓弦“嗡嗡”地响个不停。独阿八听见了，惊跳起来：“定是有生人躲在里屋。”说着，直朝久补克西藏身的地方扑去。久补克西的姑姑急了，用火钳敲打着锅边，口里唱道：“要射射得了，要杀杀得了……”久补克西听见了，待里屋门一推开，就猛劲射出一支七斤重的铁镞箭，可惜没有射中独阿八的胸口，但也穿透了独阿八铜一样硬的左膀。独阿八哀号一声，伸出右手来捉射箭的人。久补克西机灵地跳在宽敞的院子里，两人你捶过来，我踢过去，扭在一起搏斗，震得尘土飞扬，房上的瓦片也唏里哗啦落下来。久补克西早已把两臂练得像两根铁棍，拳头像把铁锤，但还比不上独阿八，一时没有办法赢。久补克西的姑姑见到这情景，忙从柜子里撮出豌豆来，直往独阿八的脚底下撒。独阿八接二连三被豌豆粒滑倒，站也站不直，踢也踢不成。久补克西挥动铁锤般的拳头趁势猛击狠打，把恶魔独阿八打死在地上。他又在魔穴里洒上香油，点上火，将独阿八的家烧成了灰堆。

久补克西报了仇，高高兴兴地接回姑姑，并把《东巴经》也带回来让子孙世代念诵。这就是纳西族有《东巴经》的来历。现在的《东巴经》残缺不全，传说就是恶魔独阿八曾把它塞进灶洞里烧过的缘故。

附　记：

据讲述者说，这篇作品也载于《东巴经》，末尾尚有一段异文：久补克西杀了独阿八，与姑姑返回。至半途，久补克西推说有件东西忘在独阿八家，要回头去取。姑姑告诫他说：“我与独阿八生下三个傻男孩，他们是无辜的，你千万不可杀他们。”久补克西不听，他要把独阿八的魔种杀绝，就把三个傻男孩丢进烫油锅里，哪知三个傻男孩在油锅里跑来跑去，烫油烫不死他们。久补克西就把他们分别用棉花裹住，浇上香油，点作天灯。三个傻男孩被烧死了。姑姑远远看见三支红火冲天而起，想到侄子必定烧死了自己生的三个傻魔孩，一阵伤心，就死在半路上了。

古生土称和亨命素舍玛

很古的时候，在人类居住的大地上，住着米利亨主和他的女儿亨命素舍玛。他们每天赶着犏牛和牦牛，到山上去放牧。这时，一个叫司汝捏麻的龙王说人类住的地方不干净，要住在人没有来过，狗没有屙过屎的地方，就到高山上居住。

有一天，米利亨主赶着牛群到山上放牧，走了一坡又一坡，翻了一山又一山，走到司汝捏麻住的地方。司汝捏麻十分惊异，说："我是住在人类没有来过，狗没有屙过屎的地方，是在与世隔绝的高山上，米利亨主却赶了犏牛和牦牛来这里放牧，这是不能容忍的！"他愤愤地作起法来，使高山陷落，平地崩裂，米利亨主的犏牛和牦牛都不知埋到哪里去了。米利亨主空手回来，无比愤怒地说："这个仇不能不报！不知道有没有人能够把司汝捏麻杀死，如果有谁能杀死司汝捏麻，我就愿意把我的独生女亨命素舍玛嫁给他。"有一个名字叫古生土称的青年，带了弓箭，骑着骏马，来到米利亨主面前，说："我能够杀死司汝捏麻，你可一定要把女儿亨命素舍玛嫁给我！"米利亨主答应了。

古生土称背着白铁的弯弓，带上白铜的箭，骑上一匹飞快的骏马，领着红眼家人，杀司汝捏麻去了。他来到一条小河边，上面是山坡，下边有一棵小树，他在树下休息，哪知一坐下去就睡着了，红眼家人只得坐在他的旁边。

天上飞来了一只鹇鸟，栖息在这棵小树上。红眼家人见了，回头看看古生土称，正在鼻息如雷地酣睡，便拿了一支铜箭头塞住古生土称的耳朵，赶快拿出弓箭，一箭把树上的白鹇射下来。剥了皮，假充作司汝捏麻的皮，拿到米利亨主家里说："我已经杀了司汝捏麻，剥了它的皮，你把女儿亨命素舍玛嫁给我吧！"

米利亨主看了看，说："司汝捏麻的皮呀，折叠起来装不满一箭袋，张开能铺九块地，你的这块皮，不是司汝捏麻的。"红眼家人见瞒不了米利亨主，就偷偷地跑回去了。

过了两天，米利亨主的女儿亨命素舍玛牵着一匹灰色骏马，到河边饮水。她看见古生土称睡在小树下，耳朵里插着一支铜箭头，便把缰绳的一端系在古生土称耳里的铜箭上，骑着马一跑，铜箭拔了出来。古生土称惊醒过来，四面一看，不见一人，赶快佩上弓箭，骑上骏马来到高山上。司汝捏麻化装成一个喇嘛坐在山头上，古生土称见了，心里有点诧异，但不知道这个喇嘛就是司汝捏麻，就向前问道："大喇嘛，你见到司汝捏麻吗？我是来杀他的，要与他箭头对射，比比高低。"

司汝捏麻装作不知道，偷偷地逃跑到黄海和绿海里面去了。古生土称在高山上铲了草坪，搭起了九座堡垒，用杜鹃叶子做成盔甲，披在树子上，装成九对木人木马。

到了第二天，司汝捏麻从海里射出箭来，一支支都射在木人木马上。这时，古生土称立刻拉开了弓，把司汝捏麻射死了。

古生土称杀了司汝捏麻，剥了他的皮，来到米利亨主面前说道："司汝捏麻被我杀死了，这是他的皮，折叠起来装不满一箭袋，打开了能铺九块地。"

米利亨主连连点头说："对了，司汝捏麻的皮就是这样的。"随后把女儿亨命素舍玛嫁给了古生土称。

天气晴朗，和风微拂的一天，古生土称向米利亨主说："今天是好日子，我们两口儿要到高原上放牧。"米利亨主答应了他的要求。

夫妻俩赶着犏牛和牦牛，翻了一坡又一坡，来到最高的叫盘爽老盘可的地方。这里山花遍地，绿草如茵，美丽极了。他们搭了帐幕，坐在花丛里玩笑。突然牧棚着了火，霎时间被烧毁了，他们只好迁建新的牧棚，到另一个地方去。搬迁完了，检点东西，不见了蒸饭的甑底，以为丢落在高山旧牧棚里。亨命素舍玛便骑上灰色的骏马，独自一人去找甑底。

她来到高山上，那旧牧棚被魔王勒钦思普占住了。魔王一见了亨命素舍玛，就把她抓住不放，它夺过骏马，骑上马背，把亨命素舍玛放在马屁股上。来到一条明亮的大河边，只见有许多美丽的飞禽在树上栖息飞翔，又有许多走兽在河边饮水睡觉，勒钦思普高兴极了，把马拴在树干上，就去追捕飞禽走兽。亨命素舍玛一见，赶紧翻身下马，躲了起来。

古生土称等着亨命素舍玛，总是不见她回来，十分焦虑不安，于是一路追赶上来。走到一条明亮的大河边，看见灰色骏马被拴着，却不见亨命素舍玛。古生土称赶紧寻找，终于在大树背后找到了爱人，两人急急骑上骏马，飞快地跑了回来。

勒钦思普魔王奔波了半天，捉不到一只飞禽，也抓不到一只走兽，累得满头大汗。走到大树下，不见了灰色的骏马，也不见了美丽的姑娘，着急得大哭起来。后来发现马蹄印，顺着密林追踪前去，看看就要追上亨命素舍玛了，忽然密林里飞出了千千万万的飞禽，直向魔王头上扑来；跑来了千千万万的野兽，直向魔王脚上乱咬，最后把魔王扑伤，咬死在丛林里。

古生土称和亨命素舍玛骑着灰色的骏马，唱着山歌，在美丽的花丛里过着快乐的放牧生活。

宝　珠

很古的时候，碧波荡漾的海边住着一户摩梭人。

家里只有母子二人，母亲叫直马次尔，儿子叫苦苴次尔，母子二人生活贫穷，长年累月全靠苦苴次尔上山砍柴换取粮食。

日子长了，直马次尔看见儿子每天上山砍柴很疲劳，换来的粮食也不够一天的生活，就叫苦苴次尔去割草，她自己不顾年老体弱，主动去挖野菜。

第一天，苦苴次尔按照母亲的吩咐，背上篮子带上镰刀，来到海边。

割啊割，不一会儿，篮子装满了，草也割完了。他背上草去卖，卖来的钱刚好维持母子二人一天的生活。

可是，第二天怎么办，第二天又去哪里割呢？母子二人愁了一夜。

第二天早上，直马次尔背上木桶到海边背水，她万万没想到昨天儿子割完的海草又重新复生了。

她感到惊奇、高兴，好像大梦初醒，她真不敢相信自己的眼睛，直到她提起裙子，亲自下海，用手摸了摸海上的草后，她才连忙跑回家去告诉儿子。

苦苴次尔听了母亲的讲述，高兴极了，还没等母亲说完，他就向海边跑去。

一看，海里确实又长满了青草，平时少言寡语的苦苴次尔高兴得又唱又跳，他立即背了篮子去割。就这样，海草头天割完，第二天又长出来。母子二人的生活就靠着那片海草。

有一天，直马次尔对儿子说："苦苴次尔啊，我们俩的生活全靠这片草。真奇怪，割了又长，是什么原因？"

苦苴次尔听了母亲的话，也在想是什么原因呢？他想着想着，就扛了锄头往海边走。

走到海边，只听得风吹得海草哗啦哗啦响，苦苴次尔一边看一边想。

突然，他发现有一棵草长得特别高，他卷起麻布裤脚，踩着清澈的海水，就往那片草丛走去，像在沙里淘金一样，他细细地挖着，挖呀挖，挖到草根，看见一颗金闪闪、亮光光的宝珠。他拿回家给了母亲，母亲用洗净的麻布包好放进包里。

第二天，直马次尔要出门去，她想取出放进包里的宝珠，可是打开包盖，只见常年空空的包里却装满了白花花的大米和光闪闪的金银！母子二人又惊又喜，从那以后，他们要粮有粮，要钱有钱，日子过得很富裕。

不知什么时候，这消息传到总管阿批一史耳朵里去了。

有一天，阿批一史带着他的狗腿子们来到直马次尔家里，他看到那整洁的四合小院，牛羊成群、鸡猪满院，羡慕得直淌口水。像狐狸般狡猾的阿批一史赔着一副虚假的笑脸对直马次尔说："你家是我的百姓，我听说你们从海里捞到一件东西，日子才变得富裕了。所以，我亲自来贺喜啰，能不能给我看看？"

直马次尔知道他来没有什么好事，便装着恭敬的样子说："阿批大人，我家没有什么东西，也许别人骗你吧？"

阿批立即变了脸色说："你要知道，你是我的百姓，这件事早应该告诉我，你却背着我拖了很长的时间，说实话吧，今天要把宝珠交给我保管，你们管理不合适！"

他大哼一声，就摆起鬼架势，抽起烟来，等待着直马次尔的答话。

直马次尔说："阿批大人，你真不相信，那我问你，你能叫公鸡下

蛋吗？”

阿批一史听罢，脸发红心发慌，气得半天说不出话，只好灰溜溜地夹着尾巴走了。

晚上，母子二人商量着，为了不让阿批一史得到宝石，母子俩决定把宝石藏在堂屋里面的墙角下。

第二天，阿批一史带着刀枪，领着一伙恶狼般的狗腿子，闯进直马次尔的院子。阿批一史的心就像锅底一样黑，他站在外边，指挥狗腿子把母子二人从家里拖出来，大声吼道：“宝珠在哪里？交出来！”

直马次尔只说：“不知道。”

毒蛇般的阿批一史命令狗腿子狠狠毒打母子二人。一面命令狗腿子们：“一定给我挖出来！”

于是，乱锄翻飞，尘土飞扬。不一会儿，眼看着有个狗腿子挖到藏宝珠的墙脚下了，直马次尔一步上前把宝珠抢了回去。

牛角蜂似的狗腿子们一拥而上，展开了激烈的争夺。直马次尔心想：一定要把宝珠留在手里，绝不让狗腿子抢去。于是，她一张口把宝珠吞进了肚子里。

阿批气得发疯似的咆哮，他抽出长刀，正要砍死直马次尔，突然间，天上雷鸣震天，一道闪光射向地面，直马次尔变成了一条神龙，神龙尾巴一摆，恶狼般的阿批一伙全被打昏在地，神龙将苦苴次尔背在背上，飞升上天了。

阿批一伙醒来一看，大地上堆着净是乱石头，一样也没有了。他们只好在漫天风沙中呻吟着、哭泣着，灰溜溜地走了。

石　蛙

传说在很多年以前，在玉龙山脚的金沙江边，有一个小小的村庄叫石蛙村。在这个村子里居住着一户人家，这户人家里只有两弟兄，大哥名叫阿贵，老二名叫阿祥，以盘田种地为生。

阿贵从小好吃懒做，贪图便宜。在老婆阿珠的怂恿下，对憨厚老实的弟弟十分刻薄，甚至虐待。村舍邻居见了都有些愤愤不平。

有一天，阿祥挑粪浇苗，从早一直挑到太阳偏西还没有吃午饭，但他一刻也不敢偷闲，这时他挑着一担满满当当的大粪，闪悠闪悠走出村头，来到村子边那棵黄桷树下。

江边气候炎热，阿祥肚子又饿，气喘吁吁，汗流满面，实在挑不动了，心想在树下歇息片刻再走。

这棵黄桷树枝叶繁茂，像把巨伞。树下有一块石头，比水牛还要大，生得很奇怪：它蜷着腿，张着嘴，活像一只匍匐着、将要蓦地蹦跳起来的大青蛙。这个“石蛙村”也就是因此而得名的。阿祥十分喜欢这个地方，经常在这里歇凉、躲雨。

阿祥走近石蛙将要放桶，不料粪桶一摆，碰在石头上，一个踉跄差一点跌倒。桶里的粪水溅了起来，正好泼在石蛙上。阿祥也不在意，仍坐在石蛙上休息。这时，只觉得石蛙动了动，说起话来：“老二，老二，你来来往

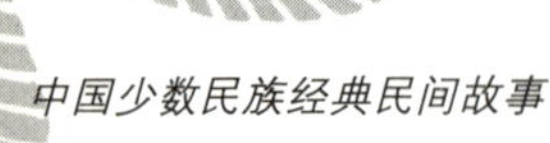

往在我背上歇息，大粪放在这里臭烘烘的。今天又把粪泼我一身，好不肮脏啊。我是爱干净的，快给我洗了吧！”

阿祥一听，十分惊奇，心想这石头竟会讲话呢？便说道：“好吧，等我浇完这担粪，一定给你冲洗干净就是了。”石蛙说：“快去快来呵。”

阿祥浇完了粪，走到江边，洗了粪桶，挑来了一担清水，把石头上的粪渣洗刷得干干净净，问石蛙道：“石头，可以了吧？”石蛙说：“好了，好了，你真是一个绵羊羔子，我要送给你一件礼物，你在我的嘴巴里来拿吧。”

阿祥听了，走到石蛙嘴巴跟前一看，石蛙嘴巴里亮晶晶的，伸进手去一摸，里面有些疙疙瘩瘩的东西，抓出来一看，全是闪闪发光的金子。阿祥从中拣了一块小的，只有蚕豆那么大，剩下的都放回去了。石蛙说：“好小伙子，多拿几块吧。”阿祥说：“够了，够了。”石蛙说：“你拿回去好好收藏起来，日后有用呐。”阿祥拿回去用破布包好，放在床脚下面。

说也奇怪，就在阿祥拣了金子以后，来给他说亲的媒人走了一起又来一起，好像人们都看穿了他拣了金子似的。独有阿贵两口子对他更加苛刻起来。

两口子商量道：“给他娶亲要花一笔钱呀！”“接进来一个，又添了一张嘴吃饭呀！”“以后分家又多占一份田产呀！”……最后，阿贵的老婆说：“干脆，一来趁早，二来趁好，跟他分了吧！”

两口子商量已定，就找了一些借口逼着阿祥分了家。阿祥一不说，二不争，分得些破房和瘦地。

分家以后，阿祥依然早出晚归，整天在地里干活，没有耕牛犁地，就一锄一锄地挖。一天晚上，阿祥累了，倒在床上就睡着了，醒来只见满屋亮堂堂的，一看是金子在发光，同时又听到床脚下面有人喊他：“老二、老二，买牛买牛。”一连几天晚上都是如此。

过了不久，阿祥把金子卖了，买回一头又高又大的水牛，比他大哥的黄牛漂亮十倍。继后又买了犁耙家当，修补了破房，娶了媳妇，生活过得像攀枝花一样火红。

阿贵两口子看到弟弟过得美满幸福，眼红得要命，疑心阿祥在分家以前存了大笔私房，自己吃了亏，心里越想越是气。阿贵两口子早已打好了鬼算盘。一天傍晚，阿贵跑到阿祥屋里，皮笑肉不笑地对弟弟说：“老二，把你的牛借我使两天。”阿祥说：“这几天正忙着呢。”阿贵说：“反正你的牛是存私房钱买的，你使我也可以使。”

阿祥听了，话头不对，忙申辩说：“大哥，我天天在地里劳动，又不掌管粮钱，哪来的私房钱呢？”阿贵说：“没存私房？买牛的钱一定是偷我的，难怪我的钱像长了翅膀一样不见了！”阿祥说：“我也没有偷，箱箱柜柜都是你们锁着的。”阿贵发火说：“不存私房也不偷，你的钱难道是从天上掉下来的？”说着不容分辩，就要牵走那条大水牛。阿祥无可奈何，便老老实实地将拾金子的经过讲了一遍。阿贵听了半信半疑，心里暗暗高兴，却吓唬道：“你如果骗我，再来跟你算账！”说完就走了。

阿贵回到家中，怕走漏消息，连自己老婆阿珠也没有告诉。他一夜没有合眼，好容易等到天明。以前，他睡得太阳照屁股都不起床，那天破例地起得很早。在茅厕里舀了一担稠稠的大粪，挑到黄桷树下。他迫不及待地放下粪桶，走到石蛙嘴边，伸手进去摸摸，并没有什么东西，而只是在他的手臂上留下了一条条被石蛙的“牙齿”划过的白色痕迹。

阿贵摸不到金子并不灰心，心想可能是功夫不到吧。就走过来，拎起一只粪桶便往石蛙上泼，一时只见粪水四溅，臭气熏天。果然，石蛙动了动就说话了：“老大、老大，你为什么把粪水泼我一身一脑，臭烘烘的，我是爱干净的，快给我洗了吧。”阿贵见石蛙说话，连连点头道：“好好好，马上马上……”高兴得连话都结巴起来。说着把另一桶粪倒在地下，挑了一担清水来，把石蛙上的粪水冲了冲，问道：“石头，可以了吧？”石蛙说：“好了，好了，就是你身上还有些臭烘烘的。”阿贵忙道：“让我洗一洗来吧。”石蛙说：“算了，算了。来，我送你一点礼物，你自己从我嘴巴里来取吧。”阿贵一听，一步跳到石蛙的嘴边，一看，呀，石蛙嘴里亮晶晶的，尽是金子，嘀里嗒啦往下掉哩，高兴得全身肌肉都在发笑，阿贵拿起早已准备好的大麻袋，拢在石蛙的下巴上，装呀，扒呀，满满地装了一麻袋，这时，金子也不多了，要把手伸得很长才掏得着。他想要干净、全部地拿走，一粒也不能留给别人，便挽起袖子，将右手伸了进去。说时迟，那时快，只听得“崩”的一声，石蛙的嘴巴突然合了下来，阿贵的手死死地被咬住了。他痛得直叫唤，挣扎了一阵，汗珠像豆子一样滚了下来。

阿贵的老婆阿珠从早到晚不见男人回来，找了一阵也无踪影，便去问阿祥，阿祥说：“可能在黄桷树下拿金子去了。”阿珠听了莫名其妙，便往黄桷树下跑，还没有走拢，就听到男人在喊叫：“阿珠，你快来呀！”阿珠走拢一看，吓了一跳：“哎呀，你怎么把手伸到那里头去了？”阿贵说：“原来嘴巴是张着呢，谁知我一掏，就砸了下来，哎哟、哎哟……”接着他用左手指指麻袋，得意地说：“你看，我们发财了，那一麻袋金子。”阿珠走过去掀开麻袋口一看，骂道：“呸！你发疯了，什么金子，尽是沙子！”阿贵一看，果然都是石头子儿，他的心顿时像被谁戳了一刀，“哎呀、哎呀”叫个不休，阿珠走过去，双手握住他的右臂推推拉拉，仍然被死死地卡住，丝毫没有一点儿办法。阿贵呻吟着说：“你还站着干什么？快回去拿铁锤来！”阿珠连忙跑回家拿来一把大斧头。阿贵用左手指着说：“他××，照着它的脑门狠狠地砸！”婆娘举起斧头“当当当”地砸了几下，阿贵叫道：“哎哟、哎哟，不要砸了，你砸一下我的手痛一下，就像要碎了似的。你快去把木石匠的錾子借来。”阿珠连忙跑回村子借来錾子。阿贵说：“你给我錾它的嘴。”阿珠把錾子斗在石蛙的嘴缝上，举起铁锤“叮叮叮”地敲了几下，阿贵叫道：“不要錾了，疼死我了，你錾一下，我的心痛一下，就像刀子戳一样。你看我的汗水都疼出来了……”

这时，村子里来看热闹的人围了一大圈，大家都在心里称快。阿贵的弟弟阿祥也来了。阿贵一眼就看见了，骂道：“老二，你好毒啊！都是你作弄的，害得我好苦呵！等我跟你算账！”

人群中有一个白胡子老人说道：“不是阿祥害了你，是你自己害自己嘛，谁叫你把手伸得那么长？伸到它的肚里去了，它怎么不咬你呢？”

看热闹的人都哄堂大笑。

阿才和米花

金沙江边，有个叫落米花的村子。村子上边有一座大楼房，里面住着土司和英高。他家把肥肉当饭吃，牛奶当水喝，穿的是绸缎和氆氇。村子下边是一片破落矮小的房屋，里面住着十多家穷人，他们都是土司的佃户。他们吃的是苞谷饭和苦荞粑粑，穿的是自己织的粗麻布衣裳。其中有一家，家里有老两口和一个名叫米花的姑娘。米花的父母从小就给土司家当牛马，受尽了人间的痛苦，到四十岁才结婚生下米花来。米花长得很好看，从小又爱劳动，因此父母很心疼她。村子里的人也都夸奖她，碰着她的父母时总时赞扬她。

村里还有一个无父无母的穷孩子，名叫阿才。父母死后，为了还土司家的债，就去帮土司家放牛。阿才与米花同村，从小又在一起放牛放羊，他们的感情很好。阿才与米花长大了，他们更是变得难舍难分了。他们两个发誓要永远相爱，米花把自己亲手织的细麻布手帕送给阿才哥，阿才哥把自己心爱的口弦送给米花妹，作为相互的赠礼。米花把她的心事告诉给爹妈，爹妈觉得阿才虽是个无父无母、一无所有的年轻人，但人忠诚、老实，爱劳动，因此也就同意了。

喜期快要到来了。米花时而喜欢，时而又感到害羞。一天，米花在河边洗衣服。河水明净得可以照得见人的影子，米花从水里看见自己的脸孔，想

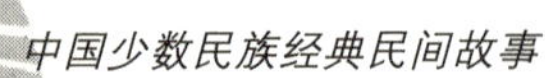

起了她与阿才哥相会的情景，她笑了，脸也红了。

恰巧，土司和英高同他的管事和打手从这里经过，土司看见这个美丽的姑娘，就像狗看见肉骨头一样流出了口水。土司今年五十八岁了，他讨了七个老婆，可没有一个能和米花相比。他忍不住一颠一跛地走上前去，伸手抓住米花的肩膀，并问："小姑娘，你叫什么名字？"

米花被这突如其来的侵袭吓呆了。她掰开了土司的手，收拾还没洗完的衣服，一句话也没有说，就匆匆跑回家去。

土司万没有想到会这样受漠视，他拖着肥胖的身子往前追去，但米花早已不见了。他停了下来，转过头去，把一肚子气全部向狗腿子身上发泄："看什么？草包！还不给我追！"

但米花连个影子也看不见了。

土司问管事她是哪家的姑娘，叫什么名字，管事一一回答了。土司叫管事过来，凑着耳朵咕噜了一阵，就走了。

第二天，管事带了一些衣饰，嬉皮笑脸地来到米花家。米花爹娘很惊慌，因为管事平时到家里来，不是催租就是催款。

"管事老爷，请坐！"

"不消，给你家道喜！"

说着，就把随身带的一副玉镯、银子和一些衣料递给米花爹娘。

"怎么？——"

"喏！收下，这是我家老爷的一点小意思。"

"不！——"

米花爹娘不明白这是什么用意，再三不肯收下。管事一时难于开口，就把衣物放在桌子上，斜着眼睛向屋里瞅了一下。

"你家姑娘今年多大岁数了？"

"十九啦！她什么也不懂，只知道往外面跑。"

"啊！真相配，我家少爷今年才二十三呢。"

"那——"

米花的爹娘感到太突然了，本想说："那与我们有什么关系呢。"但说了一个字，就不敢往下说了。

"大爹，阿娘，咱们说个老实话吧！我是奉我家老爷的命来说亲的。我家少爷又年轻又漂亮，我家老爷有乌鸦飞不过的田，有堆成山一样的粮食，吃的是海味山珍，穿的是绫罗绸缎。你家姑娘过了门，不仅可以穿好、吃好，就是你们老人家也可以享福，欠下的租子不消还了，以后也不用再缴租了。"

"我家姑娘是贱骨头，她享不来福，况且她早已有伴了！"

"什么？早已有伴了？哪家哪户？"

"就是给你家老爷放牛的阿才！"

"阿才！他凭什么？他家一个钱也没有。"

米花爹娘没有回答，管事觉得情况太别扭，一定搞不出名堂来，于是改换口气说："大爹，阿娘！你们也是上六十的人了，养儿养女图个什么？还不是沾沾他们的光。你们想，那个阿才是穷光蛋，你家姑娘过门吃什么？穿什么？你们做爹娘的也该为自己的亲骨肉想想！"

"我们早就想过了。阿才虽然穷，但他为人老实，又会劳动。我家姑娘过门不会饿饭，不会挨冻。就说是要嫁别家，这也是姑娘自己的事，我们做父母的管不了许多。"

"什么？管不了？"管事耐不住了，觉得非来硬的不可，马上变了脸："不和你们多说了。这手镯、银子和衣料是我家少爷的聘礼，米花嫁给我家少爷便罢，如若不然，你们再休想种我家老爷的地！那个狗阿才也休想活命！"

说完，不等米花爹娘回话，就径自出门去了。

当土司家的管事在米花家的时候，米花正在山上同阿才哥放牛。他们谈了许多心里的话，又谈到结婚的事。在太阳快要下坡的时候，米花才离开了阿才哥，走回家去。她刚一进门，就看见爹娘用手捧着头，一声也不哼。她立刻感觉到情况不对，就和气地问爹娘发生了什么事情。爹娘把管事到家里

来的全部经过从头到尾谈了一遍，然后说道："乖乖，我们也没有办法。人家势力大，我们惹不起。"

"哇！"米花再也忍不住了，她大哭起来。她想起了昨天那个肥胖的、抓她肩膀、问她什么名字的人。

"不，就是他本人！"

"什么本人？"

"土司本人。"

米花爹娘才知道要娶他们姑娘的不是什么少爷，就是那个恶毒凶狠的老土司。

米花看爹娘想不出办法来，她更害怕阿才哥真的有什么意外发生，于是就急忙拔腿往外面找阿才哥去了。

米花与阿才逃走了，差不多全村的人都晓得这件事。

土司、管事和土司家的打手骑着马，拿着绳子，带着武器，去追赶阿才与米花。翻过一座山，在下山的时候就碰见他俩双双促膝坐在一个小坝子旁边。

阿才看见土司来势凶猛，打手又多，难以抵挡，但是要跑也来不及了。因此，便从腰间拔出大刀，等候土司到来。

离米花和阿才只有二十来步的样子，土司的马停下了。他在马上大叫："狗阿才！赶快把米花交出来！如若不然，捉你交官严办。"

"土司爷，我阿才从小就给你家放牛，没有半点对不起你的地方。我与米花相爱是大家情愿的，何苦要这样为难我们？"

阿才的这些话，把土司问得哑口无言。

"这，这，狗阿才！不给你点厉害，你不知好歹！"土司说完，转过头去对众打手："来！给我绑了！"

四个打手有的拿刀，有的拿绳子，拥上去要绑阿才。阿才举起大刀，向首先冲来的一个打手砍去，一刀就把他砍成两截。其他三个看见砍死了自己的伙伴，便围上去向阿才一刀紧一刀地砍去，阿才无法脱身，只好招架着。

这时，管事看情况不对，就回家搬救兵去了。阿才要保护米花，又要抵挡三个打手，他想不如杀开一条血路，带着米花逃走。

阿才用尽全身力气，举刀向打手砍去，打手举刀相迎，只听得“呛！”“呛！”几声，三个打手的刀早已不知去向。打手回头去找寻自己的刀，阿才趁此机会带着米花向山上逃跑。这时，土司的增兵追来了，米花跑着跑着，后来实在跑不动了，阿才经过一场猛战也精疲力竭了。由于慌不择路，前面遇见悬岩峭壁，没有去路，他们不愿被抓住，于是双双跳下岩去了。

以后，每年清明时候，金沙江边落米花村子上有一对阳雀在天空飞着。村子里的人看见它们都很高兴。唯独土司怀恨它们，用枪打它们，但是总打不着。它们仍然成双成对，骄傲地飞着，唱着动听的歌子。

迫　害

不知道从什么时候起，有这样一个悲惨的故事，流传在摩梭穷苦人的中间。

一

有一个土司叫牙普卡拉翁。这是一个杀人不眨眼的魔王，爱财如命的暴君，蹂躏女性的色鬼。他的老婆叫作史普密，长得很丑，有一对豺狼一样的眼睛，有一个老鹰一样的鼻子，有一张狮子一样的嘴巴。牙普卡拉翁并不爱史普密。但是，因为她是比他势力更大的一个土司的女儿，所以，他有些怕她，不得不装作十分爱她的样子。史普密不生儿女，牙普卡拉翁很发愁，他担心他死后没有人继承土司的职位。为了消除心中的烦恼，他每天带着他宠爱的猎犬去打猎。

附近山上的野兽被土司打光了。这一天，他带着几个狗腿子和猎犬到远处山上去打猎。他们走到一座林木茂密的山上，发现十几只马鹿。土司非常高兴，就急忙把猎犬放出去。猎犬向马鹿扑去，马鹿惊慌地逃走了。猎犬紧跟在马鹿的后面追，一刹那就都不见了。他们跟着马鹿和猎犬的脚印向前寻去，走了不多远，马鹿的脚印没有了，猎犬的脚印也没有了。他们只得坐在地上等候。

太阳快下坡了，猎犬还没有回来。牙普卡拉翁很焦急，他对他的一草一木都看作生命一样宝贵，何况丢了他宠爱的猎犬呢。于是，他叫他的狗腿子四处搜寻。狗腿子们把山上山下都找遍了，始终找不着猎犬的踪迹。牙普卡拉翁愁烦地抬起头来，看见对面的山坡上有几间木房子，房顶上冒着炊烟，他想：那儿有烟火，猎犬一定是跑到那儿去了。于是，他带了狗腿子向那几间木房子走去。

他们走到房子面前，一个狗腿子惊喜地指着地上说："看，这不是狗的脚印？"发现了狗的脚印，牙普卡拉翁咧开大嘴哈哈地笑了。房子里住着一对老夫妇，他们听见像老虎嚎叫一般的笑声，不知道什么人来了，便走出房来。看见一伙凶神恶煞在那里指手画脚，吓得呆呆地站着。

牙普卡拉翁看见房内走出一对老夫妇，他们的头发像霜一样白，他们的脸像枯叶一样黄。他走过去对他们恶狠狠地说道："我是土司，我的猎犬跑到你们这儿来了，赶快把它交出来，不然，要你们的狗命！"

老夫妇听说他就是土司，吓得跪在地上说："我们没有看见我阿[1]的神犬，请我阿饶了我们吧。"

牙普卡拉翁指着地上的狗脚印，冷笑道："哼！你们还想抵赖？看，这不是狗的脚印？"

老夫妇战战兢兢地说："我们头发都花白了，牙齿也掉光了，决不会要别人的东西，何况是我阿的神犬呢？要是我阿在我家里搜出神犬来，我们的背愿像鱼一样的划，我们的腹愿像猪一样的剖。"

牙普卡拉翁哪里肯听，喝令他的狗腿子们："搜！"

狗腿子们像饿狗抢屎似的向房子扑去，老夫妇连忙起来守住最里面的一间屋子，死活也不让他们进去。狗腿子们把房内房外房左房右都搜遍了，没有狗的踪迹，回报土司说，只有一间屋子两个老家伙不让他们进去。土司听

① 我阿：下层对上层最尊敬的称呼。

了大怒，走进屋去对老夫妇说："老家伙，你为什么守住这间房子，不让进去？"

老夫妇又跪下哀求道："我阿呀，屋子里没有你的神犬，只堆了一些破烂东西，求求你们，千万别进去吧！"

土司狞笑道："老骨头，你不让我们进去，狗一定藏在里面！如果搜出来，我就要斫掉你的头！挖掉你的心！"

老夫妇没法，只得让开了。牙普卡拉翁一脚踢开门，撞进屋去。屋里很暗，他一点儿也看不见。过了一会儿，他再定睛四处搜索，发现这果然是一间堆着锅瓢碗盏的厨房。他想：既然是厨房，狗一定在这里，他转动着闪着凶光的眼珠，再向四处搜索，突然他发现一个暗角里有一堆松木柴，柴边有一个东西在索索地抖动。他以为是狗，便高兴地走过去，一看，原来是一个蹲着的姑娘。她是老夫妇的独生女儿，名叫督娥淑蒙，她是听见门外喧闹的声音才躲在这里的。牙普卡拉翁伸手去抓她，她惊叫了一声，站起来，摔开土司的手，逃到屋中央。一线亮光射下来，清楚地照见她无比漂亮的脸蛋。土司大吃一惊，他从来没有见过这样漂亮的姑娘。于是，目不转睛地盯住她。她从来没有见过这样凶恶的眼光，吓得扭头跑出门去了。牙普卡拉翁追了出来，叫狗腿子把她抓住，对老夫妇说："老不死的！我的猎犬变成了你家的姑娘，我得把她带走。"

老夫妇听了，吓得魂不附体，哀求土司道："我阿呀，我们给你当了一辈子的奴隶，现在眼睛看不清了，耳朵听不明了，只依靠着这个姑娘养老活命，你要是把她带走了，我们老俩就活不成了。"

土司狂笑道："你的姑娘给了我，你们还会饿死吗？"

老夫妇哭道："我阿，姑娘是我们的命根子呀，我们已经是半死不活的人了，只有这么一个女儿，她实在不能离开我们啊！"

牙普卡拉翁怒道："真不识抬举！我看上你女儿是赏你的脸！别说是你女儿，就是你两个老骨头也是属于我的。我要她，你敢不从命吗？"说完，向他的狗腿子喝道："走！"

狗腿子拖了姑娘就走，姑娘挣扎着叫喊：“妈呀！爹呀！……”

老爹爹听见他女儿凄惨的叫声，他气得疯了。不顾一切地赶上前去，抓住土司的衣裳大哭道：“我阿呀，你们不能这样。……”他还没有说完，土司抬起脚一踢，老爹爹倒在地上了。老妈妈大叫一声，奔过去，扑在老爹爹的身上，老泪像山洪一样地淌出来，落在老爹爹枯黄的脸上。尽管老妈妈拼命叫喊，老爹爹再也不睁眼了。

土司和他的狗腿子越去越远了，老妈妈的哭声越来越低了。山坡上狂风呼啸着，树木猛烈地摇摆着，千万片树叶颤抖着落在地上，盖住了躺在地上一动也不动的两具尸体。

二

过了九年，姑娘督娥淑蒙生了一个女孩和一个男孩，女孩叫哈及格若，八岁；男孩叫哈及夹此，六岁。九年来，姑娘从没有笑过，她总是背着土司把她悲惨的命运暗暗告诉她年幼的儿女，因此，哈及格若和哈及夹此从小就仇恨他们的父亲。由于长期的过度的忧愁，姑娘渐渐失去了她的美丽，显得苍老了。土司发觉她消失了诱人的魅力，便渐渐地讨厌她了。

一天，土司到姑娘的房里对她说：“你本是奴隶的女儿，我抬举了你这么多年，你仍然不欢不喜，真是不识好歹。现在，你可以回去了。”

姑娘听了，一句话也不说，站起来脱掉她身上的金边衣裳，摔在地上。然后，穿上她保存了九年的被抢来时身上穿着的麻布衣裳，牵着她的儿女，愤愤地向门外走去。

牙普卡拉翁粗暴地喊道：“回来！”

姑娘站住了，回转身来，恨恨地盯住他，仍然不说一句话。两个小孩把眼睛睁得大大的，露出一脸的惊恐。

牙普卡拉翁道：“孩子不能带走。”

“为什么？孩子是我生的，我养的。”

“哈哈哈，你的？天下的东西哪一件不是属于我的，别说孩子，就是你，也是我的一份财产，我爱杀就杀，爱卖就卖。”

“你不能把我和孩子分开！”

“你知道史普密没有生孩子，哈及夹此将来要继承我的事业，你怎么能把他带走？！你们母子舍不得分离，你可以再住上一晚，做最后的告别！”说完，不等她的回答，牙普卡拉翁便出去了。

深夜，一轮明月挂在中天，花园里很凉爽，很清静。史普密带着她的丫头正在花园里乘凉，忽然一阵凉风吹来，送来了一阵凄凉的歌声：

泸沽湖啊，深不见底，
狮子山啊，高耸入云。
我的苦难啊，比山还高，
我的冤仇啊，比海还深。

爹啊，你死得好惨，
妈啊，你下落不明。
我督娥淑蒙啊，受尽了万般苦处，
熬过了啊，九年的光阴。

痛苦的牛啊，你的脸上从来没有笑影，
猫头鹰啊，年纪轻轻就白发满头顶。
老虎啊，你怎么这样凶残？
吃掉了母羊，小羊怎样生存？

我叫天啊，天不答应，
我喊菩萨啊，菩萨不显灵。
月亮啊，你为何这样冷清？

奴隶啊，你为何这样苦命？

风停了，歌声越来越低，低到听不清了。接着，便是一阵断断续续的哭声。

史普密大怒，她想：谁如此大胆，敢在这里怨天恨地，咒骂土司！按照土司的规定，一般人不能任意高声大叫，不能唱歌，如果犯了这些规定，要依照情节的轻重罚款、监禁、毒打或杀头。于是，她命令她的丫头去把那个唱歌的人抓来。丫头去了回来说不能抓，她把九年前土司抢姑娘的事对史普密详详细细地说了一遍。史普密听了，咬着牙说："哼！骗了我九年！"

原来，牙普卡拉翁把姑娘抢回来以后，怕史普密知道，便扬言说从西藏请来一个活佛，住在九层楼上的经堂里，他要向活佛学习念经，求菩萨保佑史普密生儿育女。同时，他严禁他的狗腿子走漏消息，就是抢来的姑娘也不准出外走动。

第二天早上，史普密恶狠狠地对牙普卡拉翁说："你请来个好活佛，生出一对野种来了！昨天晚上她胆敢高声唱歌，怨天恨地，咒骂我们，简直没有王法了。你非把她和她的野种杀了不可！"

牙普卡拉翁知道史普密要杀督娥淑蒙娘儿们的用意是忌妒，怕她的儿了继承了土司的职位。他本来不愿意杀掉他们，但他又怕史普密，便勉强地说道："督娥淑蒙是从远地方来的，不懂我们这儿的规矩，饶了她算了。"

史普密变脸道："怎么？连个奴隶娘儿们都舍不得杀了吗？哼！有她没有我，有我没有她！"

牙普卡拉翁看见史普密翻脸了，便赔笑道："杀几个奴隶有什么稀罕，何必动这样大的气呢？你要杀督娥淑蒙，杀就是了，不过，她的儿女可不能杀，你知道，我们没有儿女呀。"

史普密冷冷地看着牙普卡拉翁，心里盘算着，说："那么，就把那贱人杀了吧。"

就在这一天早上，督娥淑蒙正在依依不舍地嘱咐她的儿女："无论如何

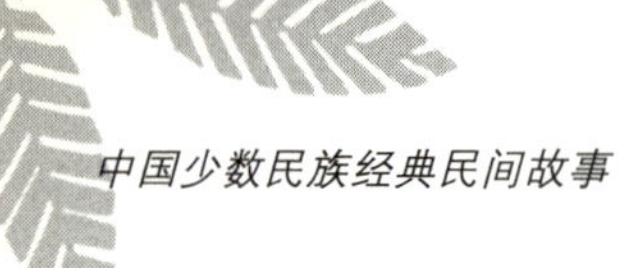

要设法逃出去，否则，史普密一定要害死你们。……”突然，门“砰”的一声开了，闯进来几个狗腿子把无辜的督娥淑蒙抓了出去。两个孩子大哭着追上去，被狗腿子们反扣上门，关在屋里了。

可怜的姑娘督娥淑蒙，就这样被杀害了。

可是史普密杀死了督娥淑蒙还不甘心，她心里想：火苗虽微，不扑灭会烧翻天；决口虽小，不堵住会淹没地。不杀了这两个小野种，将来继承了土司的职位，我还能活吗？可是要杀孩子，牙普卡拉翁不肯又怎么办呢？她想着想着，把牙齿咬得咯吱咯吱地响。

第二天，史普密装作很高兴的样子，请牙普卡拉翁喝酒，暗暗在酒里放下毒药，牙普卡拉翁喝了药酒，便被毒死了。牙普卡拉翁刚死，史普密立刻叫人去杀两个孩子。派去的人回来说，两个孩子打破窗子逃走了。史普密急了，立刻派了两个屠夫去追赶两个孩子，要他们把两个孩子的心挖了回来。

三

黑夜，月亮还没有出来，星星悲痛地眨着眼睛，凄风呜呜地号哭，树木沙沙地落泪。微弱的星光里，有一对黑影慌慌张张地向远处奔去。突然，一个黑影倒下了，另一个黑影把他扶起来，一跛一跛地向前逃去。

哈及格若姐弟两人拼命地奔逃。漫漫的黑夜，无边的大地，向哪里逃呀，他们一点儿也不知道。六岁的哈及夹此走不动了，坐在地上啼哭，八岁的哈及格若没有办法，也坐在弟弟的身边啼哭。可是哭又有什用？姐姐扶着弟弟站了起来，踏着月光，辨清道路，继续向前逃命。

两个屠夫赶了一天一夜，捉住了两个孩子。一个拔出杀猪刀，一个拔出宰牛刀，就要杀他们。弟弟吓得叫起来，姐姐流着泪哀求道：“大叔呀，可怜可怜我们吧，牙普卡拉翁杀死了我的外祖父、外祖母，把我的妈妈抢来，强占以后，又把她杀害了，史普密不甘心，还要杀死我们这一对孤儿。求求大叔，饶了我们吧。”

两个屠夫听了，再也不忍心杀他们了。商量了一下，便对两个孩子说：“不杀你们了，你们快快逃命吧。”

两个孩子惊喜交集，拜谢了两位大叔，向海边逃去。他们饿了，就吃树上的野果；渴了，就喝几口泉水，白天拼命奔逃，夜晚宿在树上。

孩子走后，两个屠夫一个杀了一只大狗，一个杀了一只小狗，把狗心挖出来，拿回去交给史普密。史普密见一个大心，一个小心，以为是两个孩子的，非常高兴，又是咬又是嚼地把两个心一下就吃完了。她的丫头在旁边猛吸了两口气，说：“人心不臭，狗心才臭，这两颗心有股腥味，恐怕不是人心吧？”史普密听了，立刻派人去叫那两个屠夫，想查问一个究竟，谁知两个屠夫已不知去向了。史普密大怒，立刻把两个屠夫的家属杀了，另外派了两个渔夫去追赶孩子，吩咐他们：如果不把孩子丢到大海里，两个屠夫的家就是他们的榜样。

两个渔夫走了三天三夜，赶到海边，捉到了两个孩子，对他们说：“史普密叫我们把你俩丢下海去，你们死后不要怨恨我们！”说完，就要将姐弟俩往海里摔。弟弟挣扎着大哭起来，姐姐跪在地上哀求道：“两位大叔呀，可怜可怜我们吧，我们一家人都被土司害死了，做奴隶的人，命好苦啊！你们也是奴隶，为什么要帮助史普密来杀害受苦的人呢？”

两个渔夫本来就不忍心杀死孩子，现在听了哈及格若的话，不由得流出眼泪来，说：“孩子，我们是史普密逼着来的，你们这样说，我们太难过了，赶快逃命吧，我们不杀你两个了。”

两个孩子拜谢了渔夫的活命之恩，急忙向海边逃去。

“回来，还有话对你们说。”两个渔夫喊道。

两个孩子以为渔夫反悔了，惊恐地转过身来望着他们。两个渔夫走上前去，对他们说：“孩子，你们打算逃到哪儿去呢？”

两个孩子茫然地摇摇头。渔夫指着前面说：“你们绕过这个大海，就会看见一座高山，翻过这座山，又有一个大海，你们想法渡过那个大海，史普密就杀不着你们了。那边是个没有痛苦的好地方啊，只是你们翻过高山的时

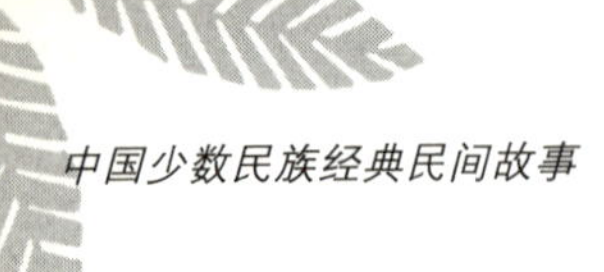

候，千万要小心，山上有一条吃人的黑蟒，因为有了这条黑蟒，所以奴隶们都不敢翻过这座山，逃到那个好地方去。”

两个孩子感激得流下泪来，说：“谢谢两位大叔指点，我们一定逃到那个好地方去，我们一定忘不了两位大叔的恩情。”

两个孩子辞别了渔夫，绕过大海，眼前出现一座高耸入云的大山，他们一步一步地向山上爬去。山上是一片参天的古树，无数的粗大的树干笔直地矗立着，没有人迹，也没有路。两个孩子拖着酸疼的腿，在树林里一步慢一步地向上爬。他们爬了两天，才爬到山腰，脚下是一朵朵的白云，头上是一重重的山峰。弟弟走不动了，躺在一棵松树下，对姐姐说：“姐姐呀，我口干得很，实在走不动了。”姐姐没法，便说：“弟弟呀，我去找一点水来给你喝，你躺着歇歇吧，千万不要乱走动！”

姐姐走到水塘边，喝了几口水，找不着器具舀水带给弟弟，她想来想去，只得用裙儿兜了一点水，向弟弟走去。走了几步，水漏完了，她又回去兜，走了几步，水又漏完了。她正在没有办法的时候，天上飞下来一只雄鹰，嘴里衔着一个银碗，丢在姐姐裙兜里。姐姐抬起头来对雄鹰说道：“神鹰啊，谢谢你的好意了。”鹰飞去了，姐姐舀了一碗水向弟弟走去。她走到大松树下，惊叫一声，银碗跌落在地上，她号啕痛哭了。原来有一条大黑蟒紧紧地缠住弟弟，正在咬弟弟。姐姐的哭声震动天空，天上白云散开了，两条白蛇从天上飞下来，几下把黑蟒咬死了，然后用舌头舔舔弟弟腿上的伤口，把毒汁舔完，便飞上天去了。

弟弟醒来，问姐姐道：“姐姐，我怎么会睡在这里呀？”姐姐流着眼泪，把刚才的事情告诉了他。又重新舀了一碗水，等弟弟喝完后，扶着他继续向山上爬去。

史普密等了几天，不见渔夫回来，知道渔夫一定逃走了，便派人去杀渔夫的家属，派去的人回来说，前两天两个渔夫悄悄地回来，带着家属逃走了。史普密气得脸色发白，她知道再过几天两个孩子逃出她的地面，就不容易杀他们了。这次，史普密亲自叫了一个亲信的伙头和一个猎人来，对他们说："你们赶快去追那两个野种，抓住他们就摔下岩去。你们要记住，不杀他们两个，我就要杀你们两个！"临走时，她又明确吩咐：伙头杀哈及夹此，猎人杀哈及格若。

猎人和伙头赶了九天九夜，赶到山顶，把两个孩子捉住了。伙头狠狠地骂道："两个小野种，我看你们跑到哪儿去！"他紧紧抓住弟弟，对捉住姐姐的猎人说："拉过去摔吧！"弟弟猛烈地挣扎着。姐姐向伙头和猎人哀求道："两位大叔呀，可怜可怜我们吧，妈妈被人害死了，我们是两个没有妈妈的孤儿，飞禽走兽都有妈妈，我们还不如它们啊！求两位大叔手下留情，饶了我们吧！"

猎人听了这话，手便软了，再也不忍心杀害这两个苦难的孤儿了。他对伙头道："这两个孩子太可怜了，他们没有罪，我们怎么忍心杀死他们呢？不如放他们逃生去吧。"

伙头听了，冷笑道："好个小野种，有一张这样厉害的嘴，怪不得前两次派来的人都没有杀他们。不行，我们不杀他们两个，史普密就要杀我们两个。"说罢，抓着弟弟向岩边走去。姐姐叫喊着拉住伙头的手道："大叔呀，要杀你就杀我吧，千万不要杀我的弟弟啊……"伙头哼了一声，一脚把姐姐踢倒在地，抓起弟弟走到岩边，两手一挥，便把弟弟抛到岩下去了。

猎人看到这种惨状，再也忍不住了，赶过去，双手用力一推，伙头一个仰面朝天，骨碌碌地滚到万丈悬岩下面去了。

猎人救醒哈及格若，对她说："你赶快翻过这座山逃命去吧，听老人们说，山下有个海，海那边有个没有痛苦的好地方，你到那儿去吧。"哈及格若一看，没有了弟弟，她哭得死去活来，眼泪像泉水一样流出来。猎人劝慰她道："不要哭了，赶快逃吧！"哈及格若问道："既然有那么一个好地方，你为什么不去呢？"

猎人道："我还要回去救我的家属，否则，史普密会杀死我一家的。"

哈及格若道："谢谢您了，大叔，我一定永远不忘您的恩德。"

哈及格若拜谢了猎人，翻下山来，一片汪洋大海拦住了去路。没有船，

无法渡过海去，她便高声唱道：

啊……
听说海那边啊，有个好地方，
没有土司，没有悲伤，
苦难的奴隶想逃到那里去啊，
怎样渡过这片汪洋？

翻滚着的海浪平息了，水清得像一面大镜子，两条鲸鱼游到海边，哈及格若跳到鱼背上，渡过海去了。

哈及格若爬上海岸，睁眼一看，啊！有许多人穿着花花绿绿的衣裳笑嘻嘻地走来迎接她，跑在最前面的一个小孩就像她的弟弟。她以为自己认错了，惊愕地盯着他。小孩跑过来，拉着哈及格若的手叫了一声："姐姐！"哈及格若被这一叫惊醒过来，定睛细看，果然是她的弟弟哈及夹此。她忙问他道："弟弟呀，你怎么没有被摔死呢？"

弟弟说："我被摔下岩子时，天上飞下来一对仙鹤把我接住，驮到这儿来了。"

姐姐抱着弟弟痛哭一场。人们走过来，把一束束的鲜花递给他们姐弟两个，并说，他们从来没有听说过这样悲惨的事，等姐弟两人长大以后，他们一定要帮助姐弟复仇。

四

哈及夹此姐弟俩被安置在一家没有孩子的家庭里，很受优待。他俩喜爱劳动，经常跟着大家出去放牛牧羊，生活得很愉快。

一晃过了十几年，史普密的奴隶先先后后逃走了很多。她认为奴隶的逃亡是受哈及夹此姐弟二人的影响，便召集了头人们商议：如果不杀掉哈及夹此，无论如何是阻止不了奴隶们逃亡的。于是她写了一封战书给哈及夹此，约定时间决战。哈及夹此已经长大成人了，他无时不思念复仇，因此练成了一手好武艺，尤其精通箭术，百步以内，百发百中。现在，接到史普密的战书，他说：“过去我受尽了迫害，这次我一定要手刃这个恶魔，为被害的外祖父母和母亲复仇！”人们听说史普密写来了战书，都愿意支持哈及夹此，帮助他成功。

这一天，哈及夹此和他的伙伴们骑着高头大马，拿着强弓硬箭，在海边等候史普密。史普密带着她的狗腿子来了，哈及夹此迎上前去，要她答话。史普密趁哈及夹此不防备，一箭向他射来，射在哈及夹此的马鞍上。

哈及夹此冷笑道：“好个狡猾的东西！这一下该我射你了。”他拉开弓，一箭向史普密射去，正中她的心窝，史普密翻身落马。哈及夹此的伙伴也万箭齐发，把狗腿子们射死大半，没有死的急忙逃回去了。哈及夹此跑到史普密面前，她还没有死，豺狼般的眼睛射出恐惧的光芒。她哀求道：“你是我的儿子，你不能杀我。”哈及夹此把牙齿咬得咯咯地响，怒斥道：“你还认我是你的儿子！你们杀死了我的外祖父、外祖母，害死了我的母亲，又三番五次地谋害我们姐弟，杀害善良的奴隶。现在你的末日到了！”说完猛力一刀，把史普密杀死了。

史普密死后，哈及夹此把屠户、渔夫、猎人都找来，一同住在海那边，过着没有土司、没有奴隶、没有租税、没有悲伤的幸福生活。

阿 萨 命

从前，丽江有个木天王，他是统治纳西族人的土司，是丽江的土皇帝。他有七个姑娘，六个都已出嫁了，只有小女儿阿萨命还留在身边。阿萨命生性温和，又聪明又美丽，求婚的人家很多，但木天王夫妇不愿把小女儿轻易许配人，他们要想结一门有财有势、与自己门当户对的亲家。所以，尽管媒婆踏烂了门槛，阿萨命还是没有许给人家。

阿萨命对待家里的男女仆人和长工都很和气，经常背着父母去帮他们做些活计，所以木天王府里男女长工都喜欢她，夸奖她是个好姑娘，像朵兰花一样，又美丽又贤淑。

木天王家里有一个比七姑娘稍大一点儿的长工，这个小伙子还在幼年时就因家里缴不上木天王的租子，被逼到天王府里来当长工抵租。不久父母死了，他就成了一个孤儿，在木天王府里当牛做马，派给他的活儿越来越重。阿萨命很同情这个小伙子，她经常到园子里去看他种花、浇菜，并帮着他干活。开始，小伙子很怕七姑娘，她问他什么，就答什么，此外再也不敢和她说一句话，也不敢看她一眼。但慢慢地，他们相处得很熟了，小伙子有时也会因为姑娘的安慰消除一些愁闷，露出一丝笑容。

一天深夜里，阿萨命醒来，忽然听到一阵阵凄凉幽怨的笛声。静静一听，是从花园里传来的，夜深人静，只有这笛声如泣如诉，七姑娘听着听着，不由得流起泪来。过了一会儿，笛声中断了，只有风吹树叶“哗哗”地响。她想：这是谁吹的呢？这个吹笛的人一定有满腹苦愁，不然，怎么会在夜深人静的时候吹笛呢？她一时在猜想吹笛人是谁，一时又在回想那凄苦的调子，一直到天明。

第二天早上丫头进来时，她把昨夜听到笛声的事告诉了丫头，说：“那调子太忧伤了，一定是一个心里忧闷的人吹的，你知道是谁吗？”

“怎么他又吹了吗？”

“他是谁，难道过去他也吹过吗？”

“唉！七姑娘，你还不知道，小伙子自从进了府来，天天受老爷和管家的打骂，过去父母活着，还有个人来看看他。父母死后，这小伙子更可怜了，他放羊时做了一支小笛，阿老教会他吹笛子，他天天放羊都带着笛子去，一边看管羊子，一边吹笛。可是这小伙子心里太苦，总是吹出忧伤的调子，羊儿听着也只是流泪，不愿吃草，羊子老长不胖，为此老爷又打了他一顿。从那以后，他白天不吹笛子，晚上却爬起来吹。我们劝他不要弄坏了身体，可是他说：‘我闷得厉害，睡不着，吹吹轻松些。’后来我们看他再这样下去不行了，而且又怕老爷、管家发现，所以藏了他的小笛子，他已好些日子不吹了，怎么昨天晚上又吹上了呢！”

七姑娘听了丫头的话，叹了一口气，什么也没说。中午，她到园里去找到了小伙子，劝慰了一番，叫他保重身体，晚上不要再吹笛子，以后有机会想法去独立谋生。此后，他们经常接近、谈心，不觉就暗暗相爱了。

再说中甸有一家大富人家，经常过江到丽江来做生意，知道木家势大，就经常带些值钱的礼物来巴结木家，木家要到中甸做生意，也歇在他家里。这样，两家的交往就非常亲密了。

一次，中甸富人到木家来，看见阿萨命生得如此美丽，又是名门闺秀，因此就向木天王提亲。木天王想：他家是中甸最有钱有势的，我木家又是丽江的土司，也只有他这样的人家才配和我家结亲。于是天王就满口应承了，中甸那富人当即奉上一大堆银子做聘礼，并说二次过江再备重礼送上府来。

这样，一门亲事就算定下了。可是阿萨命并不知道，她仍然每天偷偷跑去和小伙子谈一会儿心。

转眼又到腊月了，这一天早上，阿萨命醒来，觉得窗外一片光亮，刺得人睁不开眼来。她起身穿好衣服，又披了一件皮斗篷，走到窗前一看，啊！原来下了大雪，一夜之间，把房顶、天井、树林什么都铺白了，小石桌上像铺了一条白毯子，小松树上像撒上了一层石灰……七姑娘正在欣喜地观赏着雪景，忽然看见一个人影，她忙跑到更临近那人的窗旁，推开窗向下仔细察看，这才看清是自己心爱的长工正在躬着身子扫雪，身上还是平时那件补补丁丁的破衣，赤着的双脚被冻得通红。阿萨命不由得一阵心酸，忍住泪水从衣橱里拿出一件父亲的旧衣服来，朝长工丢了下去。长工正在扫雪，忽然上面掉下一件东西来，忙抬头一看，阿萨命正向自己做手势，他先不明白她的意思，后来才醒悟了。他本不想穿，但阿萨命一直在窗口催促他，他只好穿上了。

一天，长工正在马厩里上料，恰遇木天王走来，他一见到长工，就恶狠狠地奔过来，一脚把他踢倒了，并大骂道："好啊，你这个贼骨头！竟敢做这种事，难道平时皮鞭还没有挨够吗？"

长工被木天王踢了一脚，身上疼得难熬。木天王还咬牙切齿地痛骂，一面骂一面又一脚飞来，长工急忙闪过，忍不住说："我做错了什么事，你要这样狠狠地踢我？"

"什么事，你还想装蒜吗？你这个贼！"

"老爷，你不能血口喷人呀！我进你家十几年，拿过你的一根针没有？"

木天王拉着长工的衣服说："这不是偷我的？"这下长工才知道挨踢的原因。长工本想说出这件衣服的来源，可是他又想：若是说了，反要带累七姑娘，不如承认是自己偷的吧。于是就对天王说："老爷，原来你说的是这件衣服，这倒真是前天下大雪时我从晒衣架上拿的。你前年给的烂衣服已经补都补不成了，前天天气很冷，我冷得没法做活，才拿来穿了的。"

"拿来，说得多好听呀！老子是要你来做工，还是请你当少爷，享福的？"

"我到你家十几年，没一天不是从天不亮累到天黑，可是十几年来你却没有给过我一文工钱，一件像样的衣裳，这怎么能是当少爷呢？"

"好呀！坏小子，你嘴快，还敢给我还嘴。"

木天王一面暴跳着，一面跑到园门那儿大喊："来人！"四五个家丁随着喊声奔进园里来。木天王对他们说："给我把这个坏小子绑起来，让他尝一尝老爷的滋味！"

"是！"家丁齐声答应，一齐上前把长工结结实实地绑起来。木天王叫一声："给我打。"话还未完，一个姑娘气喘吁吁地跑进园来，大叫着："慢点动手！慢点动手！"

原来是丫头听见打长工，跑去告诉了阿萨命。阿萨命就连忙奔到园里，来到父亲面前，流着泪向父亲说："阿爹！你饶了他吧！他从小没父母，为我们家做了不少事，你就饶了他吧！"

"谁叫他偷我的衣服，我的衣服不是花钱买来的吗？你们还不给我打！"

阿萨命忙奔过去挡住家丁说："不准打，这衣服不是他偷的，是我给他的。"

"什么，你给的？"

"是的，前天下大雪，他抖抖颤颤地在扫雪，我看不过了，就丢了这件你不要穿的衣服给他。"

"贱骨头，你给老子丢脸，给我把她拉去锁在房里。"

这样，阿萨命被关在房里，每天只有丫头来给她送两顿饭。木天王严厉地监视着她。

再说那天长工被打得遍体鳞伤，睡在下房，几天不能动弹。木天王呢，自那天之后他就觉察到女儿与长工关系不平常，于是当天就派人到中甸去催那家富人快来娶亲。一面告诉阿萨命说，长工那天被打之后，不几天就吐血

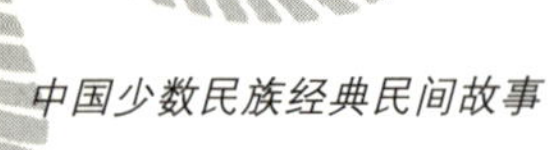

死了。阿萨命将信将疑，但几天不见长工，也听不到他的话声和笛声，她真的以为长工死了，就天天伤心地痛哭，谁也劝不住。

这一天，中甸的富人来到了，一大队骡马驮着绸缎、布匹、金银首饰，在木天王家住了下来。木天王家大摆筵席，请了全家全族，唯独不见阿萨命出来陪客。木天王告诉人们说，姑娘面皮嫩，不好意思出来。

一台喜酒过了，第二天中甸富人要抬走新媳妇了，木天王给了女儿九十九套衣服，九十九双鞋子，以及许许多多金银首饰。人们把苍白的、泪痕满面的阿萨命扶出房来，骑在一匹骡子上，一大帮人就离开了木家，向江边走去。

快到三仙姑地方，忽然后面一阵哭喊声传来，阿萨命听得真切，这是自己的心上人在喊："还我的阿萨命，还我的阿萨命！"她赶快回过头来看，只见长工正在喊着，向他们追来，富人叫停了马，阿萨命翻身要下骡子，被几个家丁挡住了，行动不得。

长工追上了，富人和一帮家丁拦住他问道："你这人疯了吗？竟敢乱叫我家新娘的名字。"

"我没有疯，阿萨命是我的。"

"你的，你也不想想自己是什么人，也能配得上木天王的女儿吗？"

"我不管，阿萨命是爱我的。"

"爱你？你竟敢说这样的话！还不快给我滚，要不然，小心你的狗命。"

富人恶狠狠地骂着长工，一边说："走！不要理这个疯子。"可是阿萨命在骡子上已经哭得死去活来了，长工也不肯回头，一直和那伙家丁拼着，要想奔到阿萨命身边去。富人看着气极了，就拔出大刀来趁长工不备，一刀向他砍去，长工大叫一声倒下了！随着这一声惨叫，阿萨命也昏倒了，人们只好停下来叫唤她，过了好一阵工夫，阿萨命才醒过来。

富人忙叫家丁把她扶上马骡子继续往前走，路上姑娘流泪不止，富人和家丁一路相劝："姑娘，你不要死心眼，你要想想，他这穷光蛋拿什么给你吃？拿什么给你住？又拿什么给你穿呢？再说你又是木天王的女儿，怎么能给你父亲，给你们木家丢脸呢？”阿萨命根本不理睬。富人又说：“我们在中甸也是数一数二的人家，也不算委屈你，有什么不好呢？”姑娘还是继续哭。他就发急地说：“人都死了，你还能把他哭活不成？”

阿萨命一听“人都死了”这句话，心里像刀绞一样，她大叫道：“啊！我希望刮大风，下大雨！”喊声未停，果然天空马上布满乌云，刮起大风，下起大雨来。阿萨命大笑着，被一阵狂风卷到三仙姑对面的高岩上去了。

从此她就永远骑着骡子，站在高高的石岩上，遥望着长工，唱着悲伤的歌。听到她的歌声，牲畜也流泪，庄稼也不长了，老百姓听着也觉得怪可怜的，就把长工的尸体放在岩子下烧了。长工的灵魂随着飞烟飞到岩上，永远伴着阿萨命，从此她就不再唱悲伤的歌了。

放猪栽桃

种　桃

有一座不很高的山上，每天都有两个孩子到这里来放猪。

一天，他们到了山上，像往常一样把蔓蒿扒出土，让猪去啃食，他们就坐在大树下面。男孩子用一根树枝在地上划着字，一边教女孩子念。过了一阵，又一齐唱起“月亮蒙蒙”来，唱倦了，就拿出桃子来吃。正在吃着，叫安中拉来命的小姑娘忽然想起什么似的，笑着对男伙伴说：“孜蒲孜德若，我们把桃核栽下吧，等到桃树结果的时候，我们就可以来吃桃子了。”孜蒲孜德若马上同意了，并且说：“不但可以吃桃子，桃树长叶子的时候，我们还可以一齐来吹叶子；桃树开花的时候，我们还可以摘朵桃花戴在头上。”于是他们种下了桃核。

以后他们天天赶着猪上山，又赶着猪回家。桃核发芽了，芽儿抽条了，桃树长得有小猪高啦，这时候，孜蒲孜德若和安中拉来命也长大成人了。

孜蒲孜德若长得像一棵柏树，挺秀而高大；安中拉来命的脸就像一朵莲花，他们的爱情像桃树一样成长了。可是，他们的家里也不再让他们去放猪了。

老鹰带信

孜蒲孜德若从小就死了父母，后母待他很不好。当后母知道孜蒲孜德若和安中拉来命相好以后，心里大不高兴，因为她早就盘算着给孜蒲孜德若物色一个有钱人家的姑娘，可多得一些陪嫁。安中拉来命家里却很穷，后母天天交给儿子许多重活，让儿子没有时间去会情人。

青青的桃叶长满枝了，安中拉来命欢喜地跑到树下等候孜蒲孜德若，孜蒲孜德若没有来；红艳艳的桃花开满树了，安中拉来命急不可待地跑到树下来会情人，还是不见孜蒲孜德若来。大个大个的桃子压弯树枝了，安中拉来命又到树下来等候，孜蒲孜德若还是没有来。

安中拉来命失望了。她想：是不是他忘记了我们的情意……不会的，我们的深情他永远忘不掉，就像玉龙湖水永远不会干一样；是不是他又爱上了别的姑娘……不会的，孜蒲孜德若像金子一样的心是不会改变的，就像玉龙山的雪永远不会融化一样。可是，为什么他不能来呢？

安中拉来命就这样地等在树下想啊，想啊！最后，她撕下一片卡达（围裙），咬破指头写了一封血书，恰好一只老鹰从她头顶上飞过，安中拉来命忙对老鹰说："好心的老鹰啊！请你飞下来帮我把这封信带给孜蒲孜德若吧。"

老鹰果然飞下来停在她旁边，她把血书绑在鹰脚上，老鹰拍拍翅膀飞去了。

这时候，孜蒲孜德若正在牵牛犁田。他看见一只老鹰总是在他头上盘旋，他犁到东边，老鹰飞到东边；他犁到西边，老鹰也飞到西边。

他很奇怪，拾起一块石头朝老鹰掷去，从鹰身上落下一块白布，他拾起一看，只见上面血迹斑斑的有几行字："孜蒲孜德若，我的亲人，我们种的桃树，长叶已三年了，你为什么不来吹叶子？我们种的桃树，开花已三年了，你为什么不来采花？我们种的桃树，桃子已经熟了，为什么不见你来吃桃子？"

孜蒲孜德若看了，想起从前的事，非常难受。于是，他故意把吆牛的鞭子弄断，推说回家拿鞭子，就跑去和安中拉来命相会。

安中拉来命见他来了，高兴得心里开了花，她对孜蒲孜德若说：“花儿缺水长不艳，我离了你就难生活。阿哥啊！红艳艳的鲜花，专等你来赏；熟透了的桃子，只等着你来采。”

孜蒲孜德若本来就爱着安中拉来命，如今听她这样说，更是爱她了。他对安中拉来命说：“桃树长叶时我要来，后母叫我浇园来不成；桃树开花时我要来，后母叫我砍柴来不成；桃树结果时我要来，后母叫我犁田来不成。阿妹啊！鲜花开在高山上，哪怕路远刺戳，我一定要来赏；桃子结在树上，哪怕树高难爬，我一定要来采。”

后来孜蒲孜德若终于冲破了后母的种种阻挠，把安中拉来命娶回家来了。

永不分离

结婚后不久，官家就把孜蒲孜德若抓去当兵了。孜蒲孜德若走后，后母百般虐待安中拉来命，吃饭不给吃饱，夜里不给睡足，做活不让稍歇。

安中拉来命实在挨不下去了，就把自己的银戒指、银耳环脱下来递给洋巴说：“阿妹，我要走了，这些首饰送给你，等你哥哥回来，就叫他到门前的海里来找我。”说完，她就跳到海里去了。

三年以后，孜蒲孜德若回来了。一进家门，妹妹就把这件事情告诉了他。孜蒲孜德若听到这消息，伤心极了。他一面流着泪，一面拿了一把钉耙朝海边跑去。他跌跌撞撞地跑到海边，只见海面上翻起白色的波浪，却没有妻子的影子。

他悲哀地向着大海喊道：“安中拉来命，我的妻子，要是你对我还有情的话，你把白生生的手膀漂上水面来吧！”话刚喊完，一对手膀就漂出了水面。他忙用钉耙去捞，捞不着。

他又喊：“安中拉来命，我的亲人，要是你对我还有情的话，把你的双脚漂到水面上来吧。”果然水面上又出现了一双脚。他又用钉耙去捞，还是捞不着。

他又再喊道："安中拉来命，我的亲人，要是你对我还有情的话，把你青黝黝的头发漂到水面上来吧。"水面上真的又露出一绺黑发。他用钉耙去捞，捞着了。

孜蒲孜德若把妻子放到岸上，就回家去驮干柴，用干柴围起她来，再倒一些酒在上面。然后点着火，火烧得很旺，他骑着马，沿着火塘急急忙忙地绕圈子，并对着火塘喊："安中拉来命，我的亲人，要是你对我还有情的话，你把火吹得像野鸡飞起一样，'噼啪'一声来吓我的马。"

话刚说完，烈火忽然"噼啪"地响了一声，马惊跳起来，孜蒲孜德若乘势跳进火里，柴烧完了，两人的骨头烧成了一堆灰。

后母知道了这件事，心中很是气愤。她找了一把筛子来筛骨灰，一边筛一边喊："男的上面来，女的下面去。"把骨灰筛成了两堆。一堆埋在海的东边，一堆埋在海的西边。

后来，在两个灰堆上长出了两棵又高又大的树，树的枝条交结在一起，树叶重叠在一起。后母见了很生气，就叫了两个人来砍树，自己亲自在旁边监督，不准有一片木渣掉到水里去。

中午，后母回家吃饭去了，那两个人故意丢两片木渣到水里，立刻从水面上飞起了一对鸳鸯。

每天，这对鸳鸯都飞到后母家里来寻食，后母知道这是孜蒲孜德若和安中拉来命变的，就用网捉住了它们，把它们关在竹笼里，转身到隔壁去请人来杀它们。

后母出去了以后，雌鸟就对洋巴说："阿妹，我走的时候把戒指、耳环都送给你了，你把我们放了吧！"洋巴真的就打开笼子放了它们，一对鸳鸯拍拍翅膀欢笑着飞走了。

这时，后母正回家来，见它们飞走，就拾了一块石头向它们掷去，嘴里一面咒道："你们这两只烂鸳鸯，但愿你们翅膀断了摔下来。"尽管她咒干了喉咙，可是一对鸳鸯却欢叫着飞远了。

拉柯和莲命

听说，在古时候，金沙江西岸有棵奇特的大树，高得就像要顶着天。大约在三丈高的地方分成了十大枝。每一大枝上又生出许多小枝，每株小枝都有几丈长，枝上又长枝，枝枝又生叶，树上枝多叶密，遮了一大片天。到了夏季，太阳像盆火一样炙人的时候，树下是个歇凉的好地方。

这棵树的南北两边各有一个村子。南村里有一家穷人，父子两人租种着四亩沙地（薄田）。儿子拉柯是个精壮的小伙子，农活样样都会。他为人耿直，像棵竹子一样。

拉柯白天给领主放羊，一到山上，他一边看羊，一边就打柴火，有时还能用石头打来一些野味；日落归家，服侍父亲吃喝后，又扛起锄头到地里去做活。一家两口的生活就靠他这样不分昼夜地辛勤劳动，勉强维持下来。

大树北面的村子里也有一家穷人，母女两个只有一亩多田地，生活全靠女儿莲命帮人织麻布、纺线、缝衣来维持。莲命不但会一手针线活，就是犁田、撒种也样样都会。

一天，莲命正在田里耨草，从南面来了一群羊子，“咩、咩、咩”地叫着，跑到她家田里啃食秧苗。莲命一见，连忙跑去撵羊，一直撵到山脚，正巧碰上拉柯满头大汗地奔下山来。原来，拉柯放羊时遇到一只野兔窜过身旁，他便忙着去追野兔，不料羊却跑开了。现在，他正着急地跑下山来找寻，恰巧遇到莲命撵着羊儿来到山脚。莲命不说，他也知道自己的羊闯了祸了，就面带愧色地站着，等待挨骂。可是，出乎意外，莲命见他那种局促不安的样子，怒气全消，反而觉得有些过意不去。又见他衣服破破烂烂，赤着双脚，对他又有些怜悯起来。随后拉柯向姑娘道歉，两人就谈起各自的身世来。以后他们又经常在山脚下遇着，慢慢就从相熟到萌生了爱情。每天，他们都在那棵大树下约会。拉柯吹笛子，莲命弹口弦，互相倾吐着知心话。拉柯衣服破了，莲命给他缝补；冬天脚开裂了，莲命做双鞋子给他穿上。莲命缺少柴火了，拉柯给她背来。两人心里像开了花，日子过得蜜一样甜。

莲命的美貌引起了人们的注意与赞叹，像风一样吹到了够卡的耳朵里。

够卡是土司，当他听到金沙江西岸开了一朵牡丹花，他马上骑了马要到北村去看一下。走到大树下，恰巧看见牧人拉柯和一个美丽的姑娘坐在大树下谈心，“啊！这样美丽的姑娘我从来没见过，人们称赞的牡丹一定就是她”。于是够卡飞马跑回去，急忙吩咐家丁准备彩礼。没有多久，一大队人马就到了莲命家。土司一面向莲命的阿妈问好，一面命令家丁把带来的金银、珠宝、绸缎搬进院子，放满了一地；接着他就满面堆笑地对阿妈说明了来意。阿妈一听，心中十分恼怒，她知道够卡这个恶狼不是个好东西。村里的好姑娘受他糟蹋的不知有多少，现在狼眼睛又盯到自己女儿身上来，她怎么能把亲骨肉送到狼嘴里去呢？本想痛骂他一顿，但因够卡权势大，惹他不起，只她婉言拒绝。够卡见事不顺利，低头沉思了一会儿，又对阿妈说：“只要你把女儿嫁给我，你就是我的阿妈了。那时你就可以坐着享福，饿了吃肉，渴了喝奶。无数的下人任你使唤，全族的人由你管辖，你想要怎样就可怎样！”阿妈说：“我吃惯了地头长的菜，吃不来你家带血的肉；我喝惯了金沙江的清水，喝不来你家的浊牛奶。我活着只为女儿的幸福，怎么说我也不能把女儿嫁给你。”够卡一听，脸上的笑容顿时消失了，他咬牙瞪眼地暴跳着，对阿妈狂吼道：“你不给也得给，你不嫁也得嫁！你要不给，除非你没有生下她！”够卡一面吼着，一面就命家丁满屋里搜寻莲命。

莲命这天刚和拉柯一道放了羊回来，远远看见家门前拴着许多马，她一路走一路想：这会是谁到我家里？突然一个邻人一把把她拉住，把够卡逼亲的事告诉了她，并说："恶狼正在你家等你，你还是赶快逃走吧！"莲命听了邻人的话，就赶快朝着南村跑，跑着跑着，天渐渐黑了下来，不一会儿就黑得像锅底一样了。她只得摸索着继续往前走。忽然看见前面出现一点亮光，她吓了一跳，以为是碰上土司的家丁了。可是仔细一看，只见一个白胡子老头，手托一盏灯，朝着自己走来。她一惊，回身往后就跑，不想那老头又出现在她的前面了。她正在惊慌失措的时候，忽听老头叫道："不要怕，我是来救你的。"莲命还在怀疑，老头又接着说道："这地方你们住不得了，沿金沙江上去到达海边，海里有一块大黑石，在这块石头下面，你们可以找到幸福的生活。我送你们一把扇子，帮助你们逃走。"说着，把一把闪光的扇子丢下，老头化一道白光消失了。

莲命忙拾起扇子，奔到拉柯家，拉着拉柯就往外跑。拉柯问什么事她也不搭理，朝着金沙江上游不知跑了多少时候，拉柯满身被刺棵刺得生疼，又不知莲命到底要干什么，心里很不高兴，就在路旁坐下来不走了。这时莲命心急如火，她本来怕拉柯性情刚直，知道了够卡逼亲的事一定要找够卡厮杀，所以不说给他听。可是若再不说，他是不肯再走了，只好把事情一一告诉了他。拉柯一听，马上跳了起来，朝着来路跑去，一面喊着："我要杀够卡！我要杀够卡！"莲命叫也叫不住，追也追不上，正在急得没有办法，突然间那个老头又出现在拉柯前面，挡住了他的去路，并对他说："年轻人，你不要去了，他人多势大，你去就是找死，还是和姑娘一起暂时逃出这个地方吧！"说完，又化一道白光不见了。

拉柯听了老人的劝告，和莲命一齐继续朝前跑。这时，天已渐渐亮了，他们不顾气喘与脚疼，一直不停地跑着，只见前面有一大块刺蓬横在路上，拦住了去路。两人急得无法可想。

够卡在莲命家等了一阵，不见她回来，知道事情不妙，就赶快派了大批家丁四处找寻。他本人也带领许多人马朝金沙江上游追来。莲命和拉柯看见远远的有许多人马赶来，知道是够卡来追他们，但路上又被刺蓬阻塞了，怎么办呢？总不能像羔羊一样给他们捉去呀！拉柯咬咬牙说：“我和他们拼了！”说着就把莲命的扇子拿在手里，准备迎敌。莲命怕他一人敌不过他们，苦苦劝他不要去，但是他不听，莲命坚决不让他去。他急得拿着扇子乱摇，忽然间天上落下许多锦缎铺在刺蓬上，莲命非常惊喜，急忙拉着拉柯从锦缎上穿了过去。这时追兵已经逼近，拉柯连忙把扇子向左右摇了三摇，霎时间锦缎变成一片白茫茫的大雾，罩住刺蓬，够卡的追兵只管一直向前冲，人马一齐落在刺蓬里爬不出来了，只有够卡和他的马因为遍身裹着铁甲，穿过了刺蓬，继续往前追赶。追呀！追呀！不知追了多少路，眼看离莲命和拉柯只有几步，可是总追不上。两人在前面跑着，跑着，前面又有一条大江横隔在路的中间，江水像炭水一样翻滚着黑色的波浪。怎么过去呢？上面连独木桥都没有一座。拉柯拿着扇子向左右使劲摇了三下，不见动静，他着急地又向上下使劲摇了三下，天空突然飘下来一条丝带横搭在江上，变成了一座桥，桥上滚过来一把宝剑，拉柯拾起宝剑，赶快拉着莲命过桥。不料走到桥中间，黑浪里跳出一条怪龙。这条龙遍身金光闪闪，长着七个头，五个尾巴，张开大嘴吐着黑气，正要来吃他们。忽然桥身升高了一倍，怪龙也跳高了一倍；桥又升高了五倍，怪龙咬不到他们，怒吼着向空中一跳，七个头伸过了桥。拉柯早拔剑在手，一剑向龙颈砍去，七个头“丝丝”地落在江里了。杀了怪龙，两人过了桥，这时够卡已追到江边，乘机飞马过了桥，拿剑向拉柯砍来，拉柯立即迎了上去，一剑刺伤了够卡的马。够卡跌下马来，拉柯一剑把够卡刺死了。

莲命和拉柯不分日夜地往前走，饿了就找点野菜、野果充饥。一天，正在走着，前面又有一堵笔直而又高大的岩子拦住了去路。这个岩子，不要说人无法上去，就是蚂蚁也爬不上。岩上站着一只生着七只眼睛、两张嘴巴的大怪鸡，金冠一摇，就像起了大风，刮得遍地沙石乱飞，七只眼睛放出七道金光，两张嘴巴都能啼，左边嘴巴叫声像洪钟，右边嘴巴叫声像打雷。它见到拉柯和莲命就大叫起来，把他们的耳朵快震聋了；鸡冠一摇，遍地沙石乱飞，把他两人吹倒在地上。过了一阵，风停住了，声音也没有了，怪鸡对他们说道："你们两人命中注定不能成婚，你们就死了这条心，各自回去吧，不然就死在眼前！"拉柯听着，气得要想起身大骂一场，怎奈全身瘫软无力，站不起身来，只好费力地说道："你住口吧，我们宁死也不分离，找不到幸福的地方，我们决不回头。"怪鸡听罢，就把翅膀扇了几下，马上莲命和拉柯周身疼得难受。莲命有气无力地对拉柯说："拉柯，想不到我们没有死在够卡的手里，没有葬身在怪龙的肚子里，却要死在这只怪鸡的手里。要死就一道死在这里吧！怎么说我们也不能回去！"提起够卡和怪龙，拉柯才猛然想起了扇子。他勉强挣扎着拿起扇子扇了三下，只见岩石从中间裂开了，怪鸡骨碌碌滚到岩缝中间去了，拉柯再一扇，岩子又合拢来把怪鸡夹在里面，只听见怪鸡发出一声哀鸣，随着就没有声息了。

一会儿，拉柯和莲命又恢复了原状，力气足了，精神也有了，可是这堵岩石挡住了去路，又无小路可绕，摇动扇子，岩石也不让开。拉柯想：我有的是力气，又有宝剑，不如拿宝剑凿成石阶爬上去。他就用力往岩石上一砍，岩石上连一点痕迹也没有，反而把手震得淌血，血流在剑上染红了宝剑。但他并不停止，倦了，莲命又接上去砍，两个人的汗珠流在剑上洗掉了血，宝剑变得更明亮了。拉柯再一砍，"轰隆"一声，整个大岩都移到一旁去了，在他们的前面出现了一条大路。

前面不远的地方出现了青青的海水，海上有一个岛，岛上的大黑石，他们也望见了。他俩连忙砍了几棵树，找来藤子扎成一个木筏渡到岛上去，莲命高兴地望着拉柯，拉柯也兴奋地望着莲命。过了一会儿，两人才手拉着手向大石头跑去，以为这就到了幸福乡了，可是到那里一看，心都凉了。除了这块大石头以外，岛上一样也没有，不要说村庄和人家，连树也没有长一棵，草也没有长一根。两人对着这个荒凉的景象，有些灰心起来。突然看见一只白兔从海边跑来，在大石左边跳三跳，右边跳三跳，头向大石一撞就不见了。他们看了很惊奇，就学着兔子在大石头的左边跳三跳，右边跳三跳，手一推大石，开出了一道门，他们高兴地走了进去，一幅新奇的景色出现在他们的眼前：这地方四处开遍了鲜花，人们都穿着漂亮的衣服。田里一群群的人一面在劳动，一面唱着歌，见他们到来，都跑来迎接他们，并把他们引到国王那里。国王问明了他们的情由，就热情地留他们住下。后来，他们结了婚，在这里和大家一齐过着幸福的生活。

宝　妹

很早以前，有个叫阿崩当牛的人住在仄那山脚下，他娶的老婆名叫宝妹。宝妹天性贤淑，但容貌不怎么出众。成婚多年，宝妹只生一个姑娘叫吉命，就再也不生孩子了。阿崩当牛想要个男孩，便又讨了第二个老婆，名叫隆吐。隆吐面貌虽秀，但是心肠毒辣，欺贫爱富，是一个“雌老虎”。隆吐一来，虽也只生了个姑娘鲁命，没生过男娃，但她诡计多端，又长得漂亮，很得丈夫的宠爱，家中所有的财产都是她经手。宝妹被阿崩嫌弃，又遭隆吐虐待，常受辱骂，成天去砍柴、割草、做苦活，就像是阿崩和隆吐的奴隶。吉命和鲁命这两个异母姐妹长到十七岁，虽然同住一个家庭，同吃一锅饭，但是每天都要斗嘴争吵。妹妹仗着隆吐之势欺凌姐姐，闹得不可开交。

有一天，宝妹领着女儿吉命去山上砍柴，走到一座树林边，看见一蓬嫩草迎风摇动，翠绿喜人。宝妹平时吃不饱，这时肚子饿得咕咕叫，便对女儿说：“我的姑娘吉命呵，妈妈真想吃这蓬嫩草呀。”吉命不解：“妈妈您说什么？草能吃吗？”宝妹掩饰道：“你有所不知，这是仙草呀，吃了它，会解除百病，延寿长生，妈妈的满腔辛酸也会消失了。”说着拔起一束来，美滋滋地嚼了咽下去。忽然间宝妹变成了一头水牛，吉命喊妈妈也不会答应了。吉命又惊又悲，泪如泉涌，哭得死去活来，没办法，只得牵牛回家，把发生的事告诉给父亲阿崩。阿崩大发雷霆，拍案捶腿，指着水牛大声呵斥：

“你同我做了半辈子夫妻，原来是孽畜，丢了我的脸，坏了我的名，我没脸见人了。”忙叫吉命把水牛关进圈里去。

次日，阿崩和隆吐私下商议，叫吉命去山上放宝妹变的水牛，拿灶灰做成两个饭团给她做午饭，还交给她十绺麻皮，叫她在一天之内搓成细麻线。吉命牵着牛来到山林里，心里十分难过。突然，树上的一只黄鸟叫起来：“放牛的吉命姑娘呵，何必这样悲伤？羊皮系在牛尾上，麻绺夹在牛角间，装饭口袋挂树上，甜甜美美睡一场。”这黄鸟不停地唱，吉命觉得奇怪，就照鸟唱的做了，把饭袋挂在树上，麻绺夹在牛角间，羊皮拴在牛尾巴上，躺在地上迷迷糊糊睡着了。等她醒来一看，太阳偏西了，牛角上的十绺麻皮都搓成了细麻线，吉命心里有疑问，但不吭声。第二天，阿崩仍像昨天那样叫吉命去放牛，吉命回来也是跟昨天一样搓好了细麻线。一连三天都是如此。

阿崩和隆吐越想越奇怪，想探个究竟，便说：“明天鲁命去放水牛，吉命改去挖地。”次日天一亮，隆吐起来做饭，把两个麦面粑粑和一束搓好了麻线装进口袋里，喊鲁命上山去放牛。鲁命挎着粮袋，撵着水牛到山林边放牧，只听一只黄鸟唱道：“羊皮系在牛尾上，麻线夹在牛角间，粮袋挂在树枝上，甜甜美美睡一场。”鲁命照着睡去了，好一阵才醒来，看看牛角上的麻线被牛吃光了，取下树上的粮袋，麦面粑粑变成了灶灰团。鲁命又气又急，忍着饿把牛赶回来。阿崩和隆吐听了鲁命说的怪事情，气呼呼地说：“不好了，这定是宝妹在作怪了，明日一刀杀了这头水牛，出出气。”吉命听着，一夜不歇地痛哭，一滴水也咽不下去。

第二天天一亮，阿崩先逼吉命去挖地，又叫鲁命请来一个屠手，杀了水牛，剖成四大块，摆在院子里。吉命在地里，哭一阵，挖一阵，太阳一偏西，就急忙赶回家来。当她看见由妈妈变成的牛已被劈成四大块，悲痛万端，扑倒在地上，泣不成声。这时，屋后的树上有一只黄鸟叫了：“吉命姑娘呀，何必这样哭，牛肉一块挂门背，一块挂圈里，一块放堂屋，一块放箱里。”吉命照黄鸟的话，收拾得干干净净。次日清晨，隆吐起来开门，有个缺唇的人对隆吐说：“我来做你家的仆人。”隆吐到圈里，有一匹玉顶骏马

"嗨嗨"地叫起来；隆吐走进屋，丈夫阿崩正害头痛，在被窝里呻吟；隆吐打开箱子，有个白胖胖的白鹤般的男孩。隆吐又惊又喜，从此家里有仆人、有骏马、有男孩子，只是丈夫的头痛一直没有好。

隆吐叫缺唇仆人去挖地，仆人扛锄到地头，只管把禾苗铲掉。使劲挖了一阵，忽然听见田边树上的一只黄鸟在唱："阿崩当牛好吗？白鹤孩子好吧？玉顶骏马好吧？缺唇仆人好吗？"仆人越听越有趣，挖不出多大点地，一连三天都是这样。阿崩问仆人："你三天挖了多少地？"仆人答："实话对您讲，只挖出簸箕大的一块。因为有一只黄鸟对着我唱：'阿崩当牛好吗？白鹤孩子好吧？玉顶骏马好吧？缺唇仆人好吗？'我忙着听歌，顾不上挖地了。"隆吐在一旁发话："你明天带把弩弓去，如果黄鸟再来唱，你对它说：'你要命就歇在弩弓上来，不要命，我就射死你'，莫忘了。"第二天，仆人带着弓箭去到地头，黄鸟又来唱。仆人便照隆吐的吩咐说，黄鸟飞到弩弓上来，仆人把它带到家里，每天它都一刻不停地唱。隆吐听得厌烦透了，捉起黄鸟塞进灶窝洞里烧死了。邻居有个老奶奶来要火种，恰恰挟着黄鸟变成的火炭，火星乱溅。老奶奶以为不吉利，抛在猪槽里。等喂猪食的时候，发现猪槽里有一把银闪闪的剪刀，老奶奶捡起来藏在了箱子里。

隆吐把黄鸟烧死不久，就到了七月中元节，村里要举办赛马会。阿崩穿着盛装，骑着那匹玉顶骏马去参加，忽然头痛症发作，玉顶马跑了半圆，就把他掀下来，跌死了。

转眼过年，村里放花灯，舞狮子，跳麒麟，打秋千，热闹非常。吉命、鲁命忙着洗头梳妆，准备去看热闹。隆吐不想让吉命去，故意喊她："吉命，我的顶针掉在床下了，你给我捡上来。"吉命伏在床下细心寻找，隆吐乘机端五盆水泼在吉命头上，淋得满头满身是水。看热闹去不成了，吉命蹲在家里哭，料理白鹤孩子。鲁命打扮得漂漂亮亮的，头也不回地走去看热闹。鲁命到各处看了个够，便去打秋千，只顾一时高兴，荡到空中一失手，摔落在地上死了。

阿崩死了，鲁命死了，恶婆隆吐任意挥霍，对吉命欺凌得更厉害了。一天，吉命背着白鹤孩子到邻居老奶奶家玩，孩子看见房里一个箱子外边拖着一根丝带，上前抓住带子哭着："异娘乳汁苦，亲娘乳汁甜。"再哄也哄不住。吉命恳求老奶奶："您家箱子里装着什么呀？娃娃哭闹得不行了，请您开一开吧。"老奶奶打开箱子，忽然从箱里跳出个美女来。老奶奶大吃一惊："这是怎么回事啊？"那女人说："我就是宝妹呵，因为被隆吐毒害，不能当人，变了水牛。隆吐杀牛，我的灵魂变了黄鸟。隆吐还不甘心，又烧死黄鸟，您来要火时挟去的那个火炭就是黄鸟的化身。火炭丢在猪槽里，变成了银剪刀。剪刀藏在箱里有多久，我就在箱里有多久了。这白鹤孩子是我的一块肉。"吉命听了，抱着小弟弟扑在妈妈怀里大哭。老奶奶将这件奇事传给左邻右舍，又告状于官府，把隆吐五牛分尸处死了。宝妹和两个儿女从此过着和和美美的日子。

增格鸟和阿衣鸟

很古的时候，藏在大山里的汝南化村有一个寡妇婆，她有一个独儿子。寡妇婆拉扯她的儿子，好像黑夜里点着的一盏油灯，生怕灯火被冷酷的山风吹灭了，整天价提心吊胆。独儿了捧在阿妈的心尖上，出脱得俊俏伶俐，村上姑娘们的笑声老是追逐着他的影子飞翔。阿妈担心儿子的心儿被爱神蛊惑了，惹出啼笑皆非的麻筋事情。真是日有所思，夜有所梦，阿妈梦到爱神尤祖阿主唱着戳翻心灵的魔歌，把她的独儿子从怀里抢走了。老寡妇骇得满身冒着冷汗，惊醒过来。骇人魂魄的噩梦，把老寡妇的平静的心湖砸得浊浪翻滚。白天，她点了条香冲着雪山磕头，祈求爱神尤祖阿主饶恕她，莫把她的儿子的心灵偷走了。晚上她呆站在门口呼唤着儿子的魂。

老寡妇该做的事情都做了，于是她就操起了为独儿子张罗媳妇的事情。儿子的心拴在媳妇的长辫子上，才能守住他的灵魂。一天，阿妈提起村头姑妈家的女儿，问儿子愿不愿？儿子摇着脑壳说：“不，阿妈呀，莫忙操这个心。”一句话把阿妈的嘴巴堵住了。

又一天，阿妈又忧心忡忡地说，问他愿不愿意娶姨妈家的姑娘。儿子仍旧依样地晃着脑壳说：“不，阿妈莫忙操这个心。”又一句话把阿妈的嘴巴抹哑巴了。

时间没有过几天，阿妈又在家里唠叨开了：没有藤缠的松树，顶挡不住邪风的吹刮；男儿长大了没娶媳妇，火塘边也只会落揪心的黑影子。还说着没有尾巴的鸡蛋到处胡乱滚动，迟早会落地摔破哩。老阿妈的儿子听着这锥疼脑壳的生烟火燎般的唠叨话，只装作没有听到的样子，不哼一句话。儿子木呆的样子弄得阿妈没有办法了，她一把鼻涕一把眼泪地哭着，儿子看着阿妈的可怜样子，心也软了："阿妈呀，我也不是不想娶媳妇，可是我心爱的姑娘，阿妈不会满意，她只会变成阿妈眼里的灰尘，我是为着这件事情焦急哩。"

阿妈一听说儿子有意中人，心上沉压着的大石头放落下来了，顿时哭脸变成了笑脸说："儿子有喜欢的人，妈也高兴，不知道儿看中了哪家的姑娘，请不要把儿子心灵的门窗对阿妈关闭！"

"不，阿妈，儿的意中人，阿妈不会同意的。"

"儿，你怎能把话说到云雾堆里去了？我不是说了，儿高兴的人，阿妈也喜欢？"

"阿妈，"儿子又犹豫了，嗫嚅着说："我爱……爱，阿乔姑娘。"

阿妈骇得张大了嘴巴，很长时间回不过气来。儿子看着阿妈惊骇得失魂落魄的样子，怯怯地说："格是了，我早就说阿妈不会同意哩。"阿妈回过气来，吁了一口长气，颤抖着声音说："儿呵，山里姑娘像花朵一样多，你偏要摘这一朵臭狗屎花，难道你不知道阿乔养蛊又养猫吗？蛊神和猫神骇走了家神，我怎能对得住你死去的阿爸？人家把燃着臭狗屎的秽烟火搁到门洞口来，我的脸朝哪里搁放？再说她是你姨娘娘，不合辈分呀？"

"阿妈呀，什么养蛊养猫呀，那是嚼舌头的咬酸水，诬栽给阿乔的恶名，阿妈你不是讲过，我们的祖先丛刃利偶智慧、勇敢，可他也娶养蛊养猫的天女翠恒菩命吗？"

阿妈惊骇得伸手堵住儿子的嘴巴，惶惶地说："儿呵，莫讲、莫讲，这是亵渎祖先的罪孽话。我们祖先丛刃利偶和姐妹结婚，腥秽了天地，洪水涂炭了人间。利偶却活了下来，他娶了养蛊养猫的天女，那是他赎罪呀。儿

呵，你无罪可赎，千万施不得呀！”

“阿妈呀，利偶乱伦了，遭到洪水的涂炭，恰巧罪孽深重的利偶逃生娶了天女，繁衍了子孙后代。天女也没有放蛊药毒死了利偶，她养的猫又没有咬死了利偶。阿乔养蛊养猫，是人们妒忌她长得美貌，才拿这话诋毁她吧。”

阿妈说不过儿子，气急地跳着脚，说：“我死了怎向你的阿爸交代？火塘边有阿乔的影子，没有我的影子，有她没有我，你还是死了这条心吧。姨娘娘怎能嫁姨侄子？”

“阿妈呀，你堵死我们结合的路，活着不能烧一个塘火，死后也要埋在一个坑，雪山倒塌不变心。”

情死？阿妈的心里打了个咯噔，惊慌地倒退了几步，阿妈倏地对儿子变陌生了。她仔细地看着儿子，预感到她若再执拗，会把儿子逼上情死的路径。儿子情死了，家里的香火靠哪个延续？得想法子把儿子和阿乔分离。男女分离三个时辰，女性杨花流水，男人在花山也会头昏脑涨哩，两方会滋生蒙蒙的冷雾，云里雾里他们会变陌生。阿妈想到这里，她就把儿子锁在木楼上了。阿妈把儿子锁在木楼上，儿子想阿乔，心如火烧火燎。可是楼门被锁了，从窗口出来，落个折骨伤筋逃不走，怎么办？儿子忽然发现梁上放着两根椽子，便把椽子抽了下来，从窗口放落下去，从椽子上松滑下来，悄悄地逃出来了。儿子找到阿乔，阿乔扑进了他的怀里，两人的泪水流在一起，阿乔哭着哭着，抬起脑壳说：“我的肚子里有……了。”

“哎，没有见过天的娃也命苦，走，我俩上玉龙雪山情死。”

儿子和阿乔逃出了村子，他们双双跑到情死树下，两人嘴斗嘴地喝过了草乌毒酒，然后把绳索挂在情死树上，冲着村寨喃喃地说：“阿爹和阿妈呀，我们不是忤逆不孝，是爱神收走了我们的魂。活着不能伙烧一塘火，死后也要埋一堆。”

勒脖索子套上了脖子，他们双双从情死树上跳下来。大山闭紧了眼睛，河水停止了歌唱，山河沉入了死一般的沉默里……

后来，汝南化村村民纷纷出门来找寻，发现这对青年人情死了。人们割断勒脖索子，点起大火把他俩火葬了。突然，滚滚烟雾里“扑噜”一声，飞出一对火红的雀子，落在情死树上，一只叫着“增格”（侄子），另一只叫着“阿衣”（娘娘）。这两只鸟繁衍后代的时候，悄悄地把蛋下在其他雀鸟窝里，让其他鸟来孵抱它们的雏鸟，那是它俩辈分不同，羞于筑窝住一巢。

阿山和九妹

夜明珠

很早以前，有个靠打柴割草度日的孤身伙子，名叫阿山。有一天，他来到玉龙山麓的玉湖旁，看见湖中央有块土包露出水面，上面长着茂盛的青草。他就砍几根竹子扎成竹筏划过去割了来，背到城里卖给人家，然后买回来吃的。半路上，他遇见一个白发老人拄着拐杖靠着路边的树干叹气。阿山问："老大爷，您怎么啦？"老人说，他只身一人，无人招呼，找不着吃的，快要饿死了。阿山把自己的那点分了一大半给老人吃。

第二天，阿山去打柴路过玉湖旁，看见昨天割了草的土包上又长起很旺的草，跟昨天一样高。他惊奇了，又割了一大捆去卖了买回吃的，回来又遇着那个老人，他看着老人怪可怜的，又分给老人吃的。一连三天都是这样。第四天，老人说："年轻人，玉湖龙王有九个女儿，小的最好，她有心嫁给人间老实巴交的小伙子，我看你挺合适，你去娶她做媳妇吧！"阿山想问问怎么个娶法，老人说："你去割草的土包下面……"话没说完老人就不见了。

阿山想看看这蓬青草下面藏着什么秘密，便带着锄头去挖了半天，终于挖出来一个黄灿灿、光闪闪的夜明珠。阿山把它拿回家，夜里，草屋都被珠子照亮了。他把明珠包起来，珍藏在身上。

好媳妇

一天，阿山在玉湖边歇脚，拿出夜明珠在水里洗，洗洗玩玩，又用珠子往水上打了几下。突然水底冒出一条大虾子，对他说："喂，你想要什么赶紧说吧，不要用夜明珠打我家龙王的眼睛啦！快说啊。"

阿山想了想说："我要一把好犁和两头黄牛，我要好好地耕田种地。"

虾子说："知道了，你先回家吧，一会儿就送来。"他回到家，草屋边真的有两头肥壮的黄牛和一张好犁头，阿山好不快乐，就辛勤地开田耕种起来，后来还盖起了房子。

这下，他又要忙田头，又要忙屋头，他想：应该讨个媳妇才行啊，可是，上哪儿找呢？

有了！他想起白发老人说过的话。又用夜明珠打了几下玉湖水，大虾子慌忙跑上来："哎呀！别打啦，要什么你就说吧！"

"我要个好媳妇！"阿山说。

"什么，要好媳妇？没有。"虾子回绝。

阿山求它说："听说龙王有九个女儿，能让小的嫁给我吗？虾子大哥请帮我跟龙王说一说。"

"我问问。"虾子扭着身子游下水去了。

龙王不想让女儿去人间受苦，而且龙女怎能嫁给凡人？他一口拒绝了。

阿山不甘心，便使劲地打起水来，直打得龙王的眼睛疼痛难当，眼泪直流，火星直冒。

最后，龙王答应出嫁一个女儿来换回夜明珠。听到人间贫穷辛苦，八个姐姐都不愿出嫁当凡人的妻子，后来，心灵手巧、贤惠漂亮的九妹自愿嫁给阿山。其实，她早就讨厌水晶宫里玩了吃，吃了睡，睡了吃的生活。

离开水晶宫的时候，九妹不要嫁妆，只要了一个"高兴盒"带去。

从此，阿山和九妹两人一颗心，男的犁田，女的织布；男的种菜，女的

做饭，恩恩爱爱、同甘共苦，靠着共同的智慧和两双勤快的手，小两口日子过得很香甜。

烧“火山”

一天，在城里闲得无聊的木天王出来撵山。

不久，他们玩累了，跑饿了，木天王叫一个家奴去附近人家烤饵块粑粑。按一般规矩，过路人来要水、要火或热饭时，纳西族妇女都不回避。那家奴找到了阿山家，正值九妹在屋里纺线，那家奴一见九妹，连魂儿都丢了。他一边烤粑粑，一边看九妹，直到粑粑烧煳了，九妹叫他，他才惊醒过来。

木天王饿急了，又派个人去看，这个人找到九妹家，也呆住了。

木天王左等右等不见烤粑粑的人回来，就怒气冲冲地亲自来找。当他一见九妹那如花似玉的容貌，一下子魂飞天外，忘了肚子饿，恨不得马上把九妹抢过来。

当天回去后，贪心的木天王想出一个恶毒的主意。

第二天，他把阿山叫去说：“如果五天以内烧不出七十七岭的‘火山’，就要把九妹抓去。”阿山当然争不过无理霸道的木天王，只得悲伤委屈地回到家。

九妹见丈夫锁着眉，就问：“他们欺负你啦？”阿山唉声叹气地把事情说给九妹，九妹笑了起来，叫阿山宽心。

九妹叫男人砍一些松明子，捆成七十七把，到了第四天晚上，九妹叫他背上明子，带上火镰子。阿山翻了七十七道岭，插了七十七把明子，回来时一路打火镰点火，一直点完回到家，天已亮了。回头一看，七十七岭的“火山”已经烧成了，一岭也不多，一岭也不少。来抓九妹的狗腿子们只好垂头丧气地溜走了。

抓老虎

阴毒黑心的木天王不死心。

过了几天，他又把阿山叫去说："你必须在七天之内抓来九只活老虎交天王府，不然，要把你当油灯来点，把你的婆娘抓进府里当女奴。"

阿山一路掉泪回到家，把此事说给了老婆："从今以后，我们夫妻只能在黄泉阴间再相会了。一只老虎就要吃许多人，九只老虎谁能抓得着？"

"你莫伤心！我有办法对付他，他木天王和老虎一样都是野兽，我们是人还怕野兽吗？"九妹劝阿山，并叫他到干涸的河沟里拣回来九颗圆圆的鹅卵石，她在每个石头上画了四只尖利的脚爪和一张张口龇牙的虎嘴，然后又叫阿山用凿子凿。阿山很纳闷：这些石头凿得再好看也只能玩玩，有什么用？九妹边织布边笑着说："你只管凿，到时候自有妙用。"

第六天天一黑，九妹就叫阿山带着那些凿好的石头进山，每座山顶放一颗，然后返回来对放好的石头吹一口气，装进衣袋里，一边装四颗，手里拿一个，途中不管碰到什么都不要回头，天亮前务必赶回到家。阿山照九妹说的那样，一连翻了九座山，放好九个石头，一路上，天黑得像锅底一样，只听到后面有个可怕的喊声："等等我！等等我！"阿山差不多要回过头看了，忽然他想起九妹的嘱咐，又壮起胆儿朝前走，回到家，鸡才叫头遍。天刚亮，木天王的走狗就来催逼，要他快交老虎。

九妹悄悄地对丈夫说："放心去吧！没有事。今晚煮肉吃，我等着你。"

到了天王府邸，木天王见阿山两手空空，就对打手喝道："还不赶快把这个穷小子抓起来点灯！"又对家奴吩咐道："赶快把那山野婆娘抓来，天王我有用处哩！"

阿山不等他们动手脚，就把手里的那个石头朝天王扔去，又把衣袋里的石头掏出来掷去。奇怪，一颗颗鹅卵石落在地上，碰在墙上又蹦又跳，都变

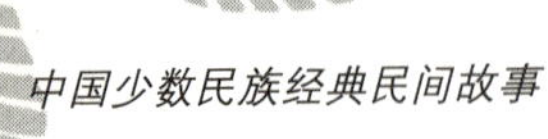

成了张牙舞爪、血盆大口的真老虎、活老虎。木天王一伙全都屁滚尿流，连滚带爬地躲了起来。

高兴盒

木天王难不倒阿山，得不到九妹，很是恼火，恨不得一口吞下阿山，把九妹弄到手。可又害怕做得太露骨、太显眼，被人说太伤天害理，不得好死。

左思右想，终于想出了一条鬼主意。他把阿山叫去说："听说你两口子心眼灵、手儿巧，没有一样不会做。好嘛！这回你做个'高兴盒'给天王府热闹热闹。做出来了自然没说的；搞不出来呢，嘿嘿！请你两个一个去天堂，一个去地狱。"

"什么'高兴盒'？"阿山问。"木头做的盒子，四四方方，会唱会跳，能哭能笑。限十天内造出来！"木天王摇头晃脑地哼道。阿山一听，心想这回真的没有法子啦！

木头怎能又唱又跳，又哭又笑呢？只有一死，他伤伤心心、悲悲戚戚地回到家里。九妹见他愁眉苦脸的，就问："什么事儿把阿山哥搞得这般伤心呀？说给我听听，我也分担一点儿。"阿山把原委说了，妻子却咯咯咯地笑起来："这下好啦！我正在为我这个盒子找不到用场而发愁呢！"

阿山以为九妹在开玩笑，便说："我和你做夫妻，不能好好地照顾体贴你，很对不起！现在木天王狠心烂肠整天欺侮你，你就先回玉湖龙宫去吧！我死后来水底与你相会。"

说罢，眼泪又掉了下来。九妹低声说："阿山哥，你莫伤心。只要靠着我们勤劳的双手，今后的日子比现在还好过呢！我来的时候带来一个'高兴盒'，它四四方方，能唱能跳，会哭会笑，你送给木天王不是正好吗？"

阿山半信半疑，世界上真有这般巧事、奇事？

第十天，阿山去交"高兴盒"。临走时，九妹给他带上火药面面和一把火镰子，要他如此如此……

木天王一看阿山的盒子真的会哭会笑，能唱能跳，大吃了一惊，心里暗想：什么事都难不住他，只能一不做、二不休，干脆杀掉阿山，抢来九妹，不然夜长梦多。

忽然，他看到“高兴盒”不动了，便厉声问道：“怎么不跳啦？”

“它肚子饿，跳不动。”

“给它喂饭！”阿山便赶紧给盒子喂饭——塞满火药面面，说是吃炒面。

盒子跳了一阵，忽然又停下来，木天王叫起来：“怎么又不唱啦？”

“它渴了，口干，唱不了啦。”

“给它喝水！”阿山便掏出火镰子打出火烟子给“高兴盒”点上说：“它吃的水是火烟子。”

刚吃进火烟子，“高兴盒”就又蹦又跳、又唱又笑，把上上下下、左左右右，所有天王府里作恶多端、吃闲饭、干坏事的人都吸引住了。

阿山趁他们不注意，悄悄地跑了出来，才到半路上，只听得一声“轰隆”巨响，“高兴盒”把木天王和那些坏家伙送上了天。

从此以后，听说玉龙山下的纳西族人就过上了安居乐业的好日子，阿山和九妹也过着平平安安的幸福生活。

金钟的故事

滔滔滚滚的金沙江，从北向南日夜奔流。江边有个依山面江的纳西寨子，寨子里有个阿六，家里只有他们夫妇俩。他们盘田种庄稼，终年辛苦劳累，但家里常常吃了早饭，又缺晚饭。家境贫寒暂且不说，夫妇俩还因为年近半百没有养下一个儿女而倍觉悲凉、凄苦。

这一年春天，阿六家黄板房后的那棚金竹发的新笋格外多，而且分外粗壮。阿六天天看着旺盛的竹棚，心头也高兴了，还自然而然地在心里唱起了“屋后青竹竿，本是旺种啊，青竹根连根，不会断了根”的歌。心想：他阿六一辈子安分守己，是远近闻名的好心人，眼下虽无儿女，但天有眼睛，不致使自己没了根根，断了香火，屋后的新笋就是个好兆头。

果然不出阿六所料，妻子有喜了，阿六要多高兴有多高兴，也更小心翼翼地做人了。

妻子快临盆了，喜事临门，阿六更高兴了，又宰羊又杀鸡，一切都准备停当，当妻子临盆时，却在阿六头上浇了一瓢冷水。妻子生下来的不是男，也不是女，而是一只又白又胖的手。

阿六看着那只会动不会哭的手，认为自己晦气，想把那只手偷偷丢到大江里。但当阿六刚产生这一念头的时候，有一个客人来了，只见那客人满面红光，头发、眉毛、胡子都白得像雪花一样。客人一进门就亲切地叫着阿六的名字，并向阿六道喜："恭喜，恭喜，我是头客，该先请我喝瓢冷水！"

阿六迎进客人，听着客人的话，心里更为难受。但客人又主动要冷水喝，也不能拒绝，就从灶房里舀了一瓢冷水出来，双手捧给客人。

客人喝过冷水，又说起吉利话来："大发大旺，大发大旺！"

阿六摇头不语。

客人见状，又说："阿六，我都知道了，你女人生下的不是男，不是女，是一只又白又胖的手，你可千万不能小看它，它是千金买不到的宝贝。你可知道，你门前的大江里有多少宝贝，其中有个金钟，是所有宝贝中最宝贵的。它在江底沉没了千千万万年，就在你门对面的那个大旋塘里，任何人也不能得到它，只有你那只又白又胖的手才能把它从江底提上来。"

大江里有个金钟，在人们当中一代一代传下来，不知传了多少代，但谁也没有看见过它，更别想去得到它。阿六听了客人的这番话，还半信半疑。

客人继续说："要是你得到了那口金钟，千年万代也吃不完、用不尽。不过，你还得等待，要有一根很牢很牢的绳子接在那只手上，才能让它沉到江底，把金钟提上来。看你是个好心人，我回去就帮你去备办绳子，你一定要好好抚养好那只手。"

客人说完话，便转身出门去了。等阿六醒悟过来想款待客人，赶出门来招呼客人时，客人已不知去向了。

阿六听从客人的吩咐，把那只手抚养下来。说来也奇怪，那只手不吃不喝，只要偎依在妈妈的怀里，受着妈妈体温的热气，便日见长大起来。

时间一天天过去，那只手一天天长大，可是还不见去备办绳子的客人回来。

那只手一天天长大了，不到两个月工夫，已长得像大人的手一样粗壮了，但仍不见去备办绳子的客人到来。

日子长了，阿六家生下了一只手，而且是一只能提起大江里金钟的手的事，也就在寨子里传开了。寨子里有个阿六的远房哥哥来找阿六商量，说可以自己备办绳子接在那只手上，沉到江底去把金钟提上来。

阿六开始不肯就这么办，还是要等到那位去备办绳子的客人，说：“不，还是等一等。”

过了半年，那只手越长越大，有大人的两只手那么大了，可是仍不见那位去备办绳子的客人来到。

阿六的远房哥哥等急了，又来商量，阿六还犹豫不决，拿不下主意。

远房哥哥就说：“你知道那客人是什么人，说不定他在骗你呢！就算是真的把金钟提上来了，你能得到它吗？也说不定一提上来，他就把金钟拿走。到那时，你后悔就来不及了。”

听了远房哥哥的话，阿六的心也活动开了，就说：“可是那根很牢很牢的绳子怎么办呢？”

远房哥哥满不在意地说：“嗯呀！那不好办吗？寨子背后山梁上长有上好的岩金竹，用那岩金竹拧成的篾绳最牢，九头牛也挣不断，还怕把一个钟儿提不上来？”

阿六觉得远房哥哥的话有理，便点头称是。

第二天，阿六和他的远房哥哥就请了全寨子的人到山上，去砍最好的岩金竹。全寨子的人砍了三十天，砍了三个坡的岩金竹，又花了三个月，拧了一根又长又粗又牢实的篾绳。说长度，绕寨子三圈还有余；道粗细，足有碗口粗；论牢实，九头牛也挣不断。

篾绳拧好了，又请了整个寨子的人把篾绳拉到大江边，为了慎重，阿六的远房哥哥先在篾绳的一头拴上个大石头坠到大旋塘里，看绳子够长够牢了没有。石头带着篾绳下了江，阿六和远房哥哥捏着绳头，整个寨子的人帮着他们放篾绳。篾绳还剩老长一截，石头坠底了，长度够。在大伙的帮忙下，篾绳又很快提着那个大石头上了江岸，也算是够牢的了。

阿六和远房哥哥都高兴了，全寨子的人也为他们高兴，都以为如果那只手当真灵验，金钟就可以到手了。

阿六高高兴兴地抱来了那只手，结结实实地绑在篾绳头，远房哥哥还加上了几箍篾箍子，把手绑得更结实。

那只手带着篾绳沉到江里，坠底了，篾绳就在大旋塘里转了一圈，整个大旋塘的水都翻滚起来，冒起白花花的水沫。不一会儿，手拿绳子的阿六也感到绳子格外沉重起来，就忙请全寨子的人赶紧拉绳，他的远房哥哥在一旁喊着号子，要大家一起使劲。

大家都感到，那只手的确是拉着一件很重很重的东西，很自然地也使起劲来了。

那只手快到水面了，只见水面上金光闪闪，耀人眼目，仔细一看，又见那只手的确提着一个挺大挺大的金光闪闪的钟上来了。

手已露出水面了，那闪光的金钟更灿烂辉煌。

阿六的远房哥哥看得眼红了，心里暗说着："的确是个金钟，足有几百斤重！"

众人也嚷开了：

"真是宝贝！"

"不知有多重？"

"起码上千斤！"

金钟上部已露出水面，人们感到分外的重，使尽了力气也无法把整个金钟拉出水面。

金钟在阳光的照耀下金光闪闪，使江两岸的一切都闪着金光，把天空映黄了一大片，太阳光在这金钟面前也黯然失色了。

阿六的远房哥哥还以为大伙忙着看宝物，不使劲了，才使这眼看就要到手的宝物提不上来，心里一急，吆喝起来，要大家一起使劲。

可是这样一来，事情就坏透了，大伙一使劲，"嘣"的一声把篾绳挣断了，人们手里只剩了一根空篾绳。金钟呢？连同那只手一起，又沉到江底去了。

就在这时，去备办绳子的那位皓首银髯的客人飘然而来，问阿六要手。阿六手指翻滚着的大旋塘，说不出话来。

客人一看阿六的神态，已知道是怎么回事了，就从腰间拿出一根没有筷

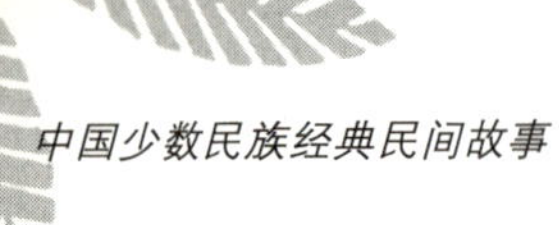

子粗的五尺来长的绳子，说：“你怎么这样性急呢？不能等等我吗？”

阿六还找不出话来回答，他的远房哥哥就抢着说：“请问，您是想拿这根鸡肠子粗细的绳子来提金钟吗？”

客人甩动着手里的细绳，只说：“是呀！”

阿六的远房哥哥又说：“别做梦了，我们用这碗口粗的岩金竹篾绳都提不上来。”

客人含笑说：“篾绳怎能取宝呢？宝物只能用宝物来取，这叫作以宝取宝。你看！”说着，把细绳一甩，要多长有多长，一下就沉到江里去了，又一甩动，马上又变成了一根金光闪闪的金链子。

那位皓首银髯的客人一撒手，“嗖”的一声，整根长长的金链子钻到江里去了。嘴里说着：“没有了宝手，我这链子也无用了，还是让它与金钟在一起，住在江底吧！”说完，头也不回地飘然而去。

等阿六清醒过来，非常后悔，但后悔已来不及了。

善良的扎巴甲茨

从前，永宁坝子有一个非常聪明的小伙子，名叫扎巴甲茨。他从小跟一个大喇嘛念书，拜那位大喇嘛为师，每天早去晚回。

有一天，路过开基大桥边时，看见河边上爬着一只青蛙，他走近一看，原来那只青蛙被牲畜踩断了大腿和肋巴骨，很可怜。他想：要是让它在这里，肯定会痛死的。

他想到这里，就把青蛙抱回到家里，放在石槽里，每天给青蛙送饭送水，慢慢地，青蛙的伤好了。从此，扎巴甲茨和青蛙有了很深的感情。

过了几年，小伙子要去拉萨取经，取得高等学位，学成回来好为百姓办点好事。这事被青蛙知道了。

有一天他去给青蛙送饭时，青蛙对他说："我的救命恩人，你养了我那么多年，我感激你不尽！现在你要走了，你走后就没有人给我送饭送水了，我也没有什么东西送给你，就把这个给你，你在路上会有用的。"

说完，青蛙从嘴里吐出一颗绿宝石，又接着说："这个宝石接触到哪里都会起作用，特别是动物的尸体，只要擦一擦动物就会复活。但我劝你，千万不要救人，除了人，什么都可以救 。"

说完，青蛙含着眼泪跳进石槽里去了。

过了几天，扎巴甲茨进藏的时间到了，他拿着绿宝石上了路。

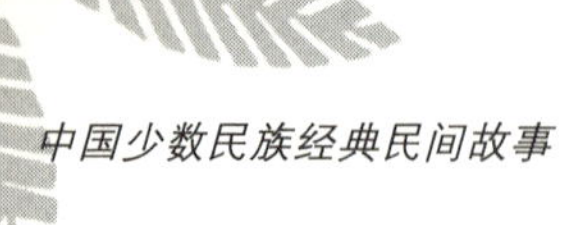

扎巴甲茨一路上观察路上有无动物尸体，青蛙说的是真是假要亲自试一试。

他走了一阵来到一条沟边，见有一条死蛇，忙从衣袋里摸出绿宝石，擦了擦蛇的尸体，果然蛇爬起来就走了。

他又来到一条小路边，看见一只老鼠死在那里，他想老鼠是糟蹋人们庄稼的，不能救。但他走了几步后又想起青蛙说的话，除了人什么都可以救，这样他又回来救活了老鼠。

扎巴甲茨眼看一个个死动物在自己手里复活，心里有说不出的高兴，一路上见什么救什么。走着走着来到一座大桥边，看见桥下死着一个人，引起了扎巴甲茨的深思。他想：青蛙说过人不能救，但眼看死在这里，不救也忍不下心来，还是决定救救他。他想到这里就拿出宝石，又救活了那个人。

那人见扎巴甲茨救活了自己，激动得有话说不出，连连向扎巴甲茨磕了几个头说："哎呀！我的救命恩人！你救了我，可我用什么来报答你的恩情呢？请你收下我行不行？要是你收下我，我愿意服侍你一辈子，你到哪里我跟到哪里。"

扎巴甲茨看他可怜也就收下了，他俩在一路上救了很多动物。一天，他俩来到一个渡口时，看到一股水从险要的悬崖上流下来，天气又炎热，扎巴甲茨想洗个澡，便对那人说："我想洗个澡，可是这儿太陡，不好洗。"那人一听便说："恩人，你要洗澡，不怕多陡我都给你想办法，你把手上的东西拿给我看着，你就头朝下脚朝上，我把你的脚抱住，那你就可以放心地洗了。"

扎巴甲茨就同意了。但是当他头朝下刚触接水面时，那人一下子就把他推进滔滔的急流中冲走了。

由于扎巴甲茨没有听青蛙的话，结果害了自己。

那人把扎巴甲茨收拾后带上所有的东西，特别把绿宝石捧在手里去西藏取了经，骗来了高等学位，来到一个地方做了官，变成有权有势的人了。

但是扎巴甲茨没有死。那天，急流中一条大鱼把他救了出来。

扎巴甲茨上岸一直打听那个人的下落，费了许多周折终于找到了那个人的所在地。

没有几天，扎巴甲茨的到来被那人发现了。那人想：要是他俩之间的事被人知道了，就不好收场了，于是打定主意除掉他，马上派兵丁把扎巴甲茨抓了起来。

扎巴甲茨被关进了牢房，他想：我的冤屈怕是再也伸不了啦！感到很失望。正在这时，从墙角钻出来一只老鼠，老鼠对他说："我是你救活的，应该帮助你。你别着急，你尽管坐着吃，从今天起，那个家伙吃什么饭菜，我就给你吃什么饭菜。"说完，老鼠又钻回去了。从此，老鼠每天从那人的厨房中给扎巴甲茨拖来好菜好饭。

过了几天，牢房里又钻进来一条蛇，蛇对扎巴甲茨说："你过去救活过我，我要想办法帮你逃出去。"扎巴甲茨一听蛇要帮他逃出去，还真不敢相信，就问它："你怎么帮我呢？"蛇说："我去那头人家的门槛下躲起来，头人的婆娘一进门我就咬她一口，她就会痛得哭爹叫娘，头人也会焦急地到处去找药。他们找不到蛇伤药时就会来求你，那时你就说会治蛇伤，但你要提一个条件，就是要求放你出去。他们答应了你就治，不答应你就不治。这样他为了救人，就不得不把你放出去。"

蛇说着从嘴里吐出一片树叶说："这就是药。"蛇交代好以后就去了。

第二天，那头人的婆娘被蛇咬了一口，疼得她乱抓乱叫，搞得四邻不安。那头人见老婆被蛇咬，就动员所有的人去找蛇伤药。

正在焦急中，头人猛然想起扎巴甲茨曾救活过他，就马上来到牢房里对他说："你能治蛇伤吗？"扎巴甲茨慢慢地回答："会。"头人听后马上对他说："那你先出去治治我婆娘的脚，她的脚被蛇咬伤了，治好后我给你一大笔钱财。"

扎巴甲茨看他急得像热锅里的蚂蚁，就更慢慢地说："钱财我不要，只要你把我放了就行了。"这时头人救婆娘心切，就不假思索地答应了。

扎巴甲茨和头人讲明了条件，治好了他老婆的蛇伤。但是那个狠心的头

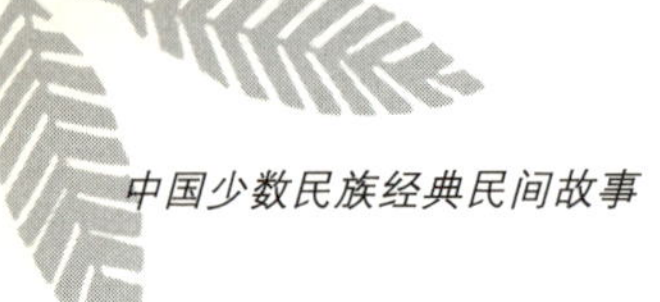

人仍不死心，总想除掉扎巴甲茨，刚放出来的扎巴甲茨心里也明白他的主意，就很快离开了那个地方。

他跑到一条大河边时，飞来许多马蜂，蜂王对他说：“你现在很危险，现在我们来帮助你。头人领着人马已经赶过来了，一切由我们来对付。”

马蜂和扎巴甲茨正说话时，又来了一些老鼠，对他说：“头人家的追兵已来到江对面，明天一早就要来抓你，我们想今天夜里渡过江去，把他们所带的粮食和衣服全部咬碎，要让他们过不了江。”

马蜂说：“这个办法好，明天他们渡江过来时，到了江心由我们来对付，叫他们有来无回。”

天一黑，来了千千万万只老鼠，嘴里都咬着一团干巴屎，黑压压的一大片，飞一般地渡过江去，把追兵的所有东西都咬碎了。

等到天亮时，追兵们看到东西全被咬碎了，有的人就说：“今天不能去了，老鼠咬东西是件不吉利的事。”有的说：“要去！他只有一个人，我们那么多人怕什么！”那个头人大声对他们说：“谁抓到那个人，我的金银财宝随他拿！”

头人的话鼓起了追兵们的劲头，像离弦的箭一样冲向江对岸。刚到江心时，天空一片乌黑，“嗡嗡嗡”的马蜂叫声震天响。又跑来了数不清的老鼠。马蜂和老鼠咬得那些追兵头青脸肿，死的死，逃的逃。

那个狠心的头人也被马蜂蜇死在江中，被江水冲走了，得到了应有的惩罚。从那以后，扎巴甲茨继续行善做好事。

酒　丹

丽江城北面，有座巍峨高耸的玉龙山，山顶积雪终年不化，银装素裹，金碧交辉，把丽江坝子点缀得非常美丽。

传说在很久以前，玉龙山上住着一个慈善的仙人，身材魁梧，蓄着五绺胡须，常骑着一匹高大的白马奔走于穷乡僻壤，做些扶穷济贫的好事。

从雪山到丽江城的路上，住着一户人家，八口人，老夫妇都将近七十岁了。后来，儿子和媳妇被官府抓去服劳役，相继因劳累过度而死了，丢下四个儿女，整日里喊着肚子饿。两个老人靠酿酒卖酒糊口，抚养四个孙儿孙女，过着十分清苦的生活。

一天，风和日丽，晴空万里。老妇人正在愁眉苦脸地卖酒，有个驼背老人拄着拐杖来买酒喝。他蓄着五绺胡须，两眼亮如明珠，笑容满面。见老妇人无精打采，他一面喝酒一面问。待老妇人诉说了家里的遭遇，他一耸眉毛，付了酒钱，便拿出一个丹来，去到水池边转了一圈，飘然而去。

第二天清早，老妇人出门挑水，刚到水池边，股股浓烈的酒香扑鼻而来。她感到奇怪，舀上一瓢尝了一口，却是上好的酒，家里酿的酒还不及它哩。这究竟是怎么回事？她想：一定是天菩萨有眼，照应她家了。于是，她高高兴兴地从池子里挑上一挑好酒回去。

从此，老妇人家里生意兴隆，门庭若市，生活富裕起来了，竖起了新房

子，使起了奴仆，真是芝麻开花节节高了。

三年后的一天，那个驼背老人又来老妇人家买酒喝。只见老妇人穿着绫罗绸缎，高高地坐在上面，对他十分淡漠，连说句话都显得很不耐烦。他笑着上前问道：“这几年，酒好卖吧？”老妇人爱理不理地答道：“酒倒是好卖，可就是没有喂猪的酒糟。”驼背老人仰天大笑，心里想：哼，清水变酒卖，还嫌酒无糟。世人一变富，贪心何时足？便付了酒钱，又到酒池边转了一圈，飘然走了。

次日起来，老妇人照例从酒池里挑回酒来，不多一会儿，酒客又满座了。可是，喝酒的客人一个个吵嚷起来，纷纷指着老妇人骂开了：“怎么把清水当酒卖？黑良心！”“骗子！”从那天起，酒客们不再上门了，老妇人的生意做不成了，不得不关了店门。

原来，那个驼背老人是玉龙仙人变的。他头次来喝酒，见老妇人一家着实可怜，便把一粒酒丹放进池子里，池水变成了上等美酒，再挑也挑不完。第二次来，见老妇人虽然变富裕了，良心却又变丑了，一气之下，便把酒丹收走了。

买岁月

古时候，有三姐妹长得异常漂亮，她们有用不完的金银财宝，一直过着奢华的生活。

有一天，三姐妹到水井旁梳妆（因为那时人类还没有镜子）。刚刚站在井旁，水中就映出三个人影，头发白了，两颊刻下不少的皱纹。看到这情景，三姐妹伤心地呆站着，不知过了多少时间，她们才清醒过来，默默走回家里，再也无心打扮了。

第二天，三姐妹狠了心，决定拿出全部金银财宝去街上买岁月。她们走到街上到处去问，只有卖东西的，不见卖岁月的，从街头走到街尾，都不见卖岁月的。她们不甘心，到各地去买岁月，可是无论什么地方，都买不到岁月。买不到岁月就会死的，她们伤心得号啕大哭起来。

乡亲们听了都说：

最鲜艳的花儿到时也要谢落，
最嫩的草儿到时也要死亡，
最强劲的树木也会断枝拔根，
人的生死本来是自然规律，
没有什么可悲可伤心的。

要想使寿命延长，
只有多听多闻，多学多做。

三姐妹收住眼泪，回想起她们过去的生活，猛然醒悟：原来岁月是自己丢弃的，过去的几十年，她们吃喝玩乐，嘻嘻哈哈，一样实实在在的事情也没做过。她们终于怀着悔恨和伤感的心情，结束了一生。

白塔与丹桂的故事

玉龙山下，一股股清泉冒出地面，窜过草间，流呀，流呀，流到丽江坝子汇成小河。小河经文笔峰脚，像舒开的弯弓，轻悠悠地往东南方向流去。纳西族人把这条小河叫作漾弓江。

相传很久以前，漾弓江边有个美丽的村庄，庄里人姓木，人们都叫它木家庄。木家庄有二十来户人家，分别住在漾弓江两岸，联结他们的是一座凌空飞架的石拱桥，那石拱桥出入荷花翠柳中，远看，像雨后的彩虹，美极了。

就在石拱桥南边，住着一对老夫妇。夫妇俩都六十多岁，只有一个独生女儿名叫丹青。丹青从小爱劳动，白天，她伴着父母种田；晚上，在松明火把下织布。她织的细布又美又牢，少女们都向她学。丹青长到十八岁，眼睛像天上的星星，笑脸像雪山的彩云。她的勤劳和美貌传遍了小村十寨，撩拨着小伙子的心。

可是，丹青的心没远飞呀，她多情的眼光落在石拱桥北边。

那里，几株翠柳围着两间木板房，房里住着一位勤劳忠厚的青年木三郎。三郎从小死去父亲，只有年老的母亲和他相依为命，生活的重担全由他挑起：七八岁，三郎会割草；十来岁，三郎会犁田；不到十五岁，农家活他样样都会了。

三郎心肠好，村里人都喜欢他。哪家有困难，三郎总是主动去帮忙，农忙活干完了，他又下江打鱼。一年四季，风里来，雨里去，练得筋骨强健，力大无穷。

丹青把这些看在眼里，心儿呀，好像蜂窝里的蜜，甜得醉人。

三月里，菜籽雀尽情欢唱，农家开始撒秧了，丹青和三郎家的秧田紧紧相连，两人在一处劳动，情话说不完；六月里，稻谷抽穗，纳西族人的火把节到了，丹青和三郎把鲜花和松柴扎成火把，火把点燃了，丹青和三郎的心呀暖融融的；八月里，金谷成熟了，丹青和三郎的爱情也成熟了。两家老人约定：来年八月十五，丹青和三郎要做一家啦。

消息乘着喜鹊的翅膀飞走。不知道什么时候，传到象山脚下的黑龙潭。龙潭里住着一条长须吊眼的黑龙，这黑龙暴虐乖戾，荒淫无道，经常倚财仗势，破坏别人的幸福，闹得黑龙潭一带的水族和人类日夜不得安宁。

听说美丽的丹青要和三郎成亲，黑龙的心窝里像是钻进了毛毛虫，走起路来宫殿摇晃，喘着大气海水翻腾。两个蟹臣看出黑龙的心思，便要帮黑龙去求丹青。黑龙高兴了，忙叫它们快快去，并嘱咐说："只要丹青答应，我这里珠宝如山，要什么给什么。"

两个蟹臣顺着清流进了漾弓江，然后向木家庄游去。远远地望见荷花翠柳，拱桥如虹，他俩便游出水面，变成人形，直奔丹青家。见了丹青父母，一个说："你们的鸿运到了，我家小主人是个年经漂亮的土司，他看上丹青姑娘啦。"一个说："我们小主人家珠宝堆成山，丹青答应了，珠宝任她选。"

可是，丹青父母摇着头不答应，母亲说："砍刀砍在松树上，刀印砍上了。丹青许给木三郎，婚约不变了。"

父亲说："珠宝留给别人选吧，我家丹青没福了。"

两个蟹臣从太阳出说到太阳落，说得满嘴起白沫都没有说通，只好垂头丧气地回去了。

黑龙听完了两个蟹臣的报告，捻着龙须沉吟好半天，最后决定亲自走一趟。

于是，他领着随从出了水面，腾云驾雾来到漾弓江上。从云端上往下看，只见木家庄江水悠悠，翠柳飘忽，渔船在荷花中穿行，燕子在田野飞翔。黑龙暗想：真是个好地方，比黑龙潭还美。

它落下地面，变成一个年轻的土司，由一群随从簇拥着，趾高气扬地走进了丹青家。

丹青父母见是个土司，又惊又怕，连忙打整座位。

这黑龙一坐下，两只眼睛像发亮的茄子，东张西望，左觅右寻，最后终于耐不住高声大气地问："你家丹青姑娘呢？"

这时候，丹青姑娘手捧茶盘出来了。黑龙一见丹青，张着大嘴，咽着口水，半晌说不出话来。

等丹青搁下茶杯，进了灶房，这黑龙才如梦初醒，忙对丹青父母说："把你们的丹青姑娘嫁给我吧。"

丹青父母一听，顿时为难起来，好一阵，父亲才恭敬地说："女儿有婚约了，订婚的礼酒已收了。"

黑龙骄横地仰起头，大大咧咧地说："收了多少礼酒不消怕，统统由我赔。"

正在这时，丹青站在门口说话了，那声音不快不慢，不高不低，字字句句说得在理："白鹤飞进云层里，那是白鹤愿意的。丹青收了三郎的礼酒，那是丹青喜欢的。谁要你来赔？"

黑龙听了丹青的话，答也不是，不答也不是，心里又恼又气，越气越答不上话。最后，脸色一变，拂袖起身，现了原形，腾空飞走了。

黑龙回到龙潭，气得全身冒黑汗，手下的龟相蟹臣想来想去又想不出个好办法，最后，还是黑龙想了个办法：把龙宫搬到漾弓江，然后趁机把丹青抢走。龟相蟹臣一齐附和，并献策说："抢不走丹青，就先把三郎除掉。"

不多久，一座富丽堂皇的龙宫在漾弓江里建成了，黑龙立即搬进新龙宫。

这时，木家庄的善良人民还和往日一样生活，他们根本不知道漾弓江已

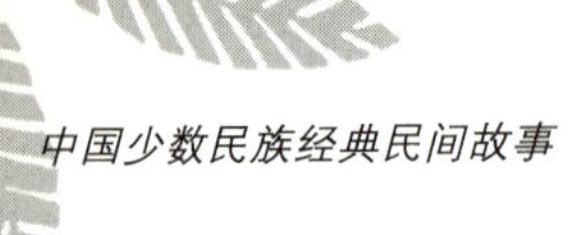

被黑龙霸占。

黑龙住进漾弓江后，整日里带着随从，打扮成各种身份的人在木家庄游来荡去，好几次看见丹青，都不好下手。

一天，黑龙刚出漾弓江，远远看见三郎和一群青年人提着渔网渔叉，正要下江里打鱼。黑龙立即起了坏心，等三郎与伙伴们刚撑开船，它驱使水族作法变化，想把三郎淹死在江里。

霎时，阴云密布，狂风大作，平静的漾弓江骤然翻起丈多高的恶浪。三郎与伙伴们靠着平时苦练的本事，顶风破浪，赶紧靠岸，才没翻船落水。

自此以后，丹青十分担心三郎，每当三郎下江打鱼，丹青总是站在岸上瞭望。

不料，这一切又被黑龙窥见。

一天，丹青送三郎上了渔船，黑龙便暗中施展手段，让三郎与伙伴们追捕鱼群，越追越欢，离岸上的丹青越来越远了。

这时，黑龙指使手下的鱼将虾兵突然变成抢亲的武士，一拥而上，把丹青拖走了。

可是，清风带了口信。三郎听到丹青的呼号声，立即提着渔叉与伙伴们飞跑上岸。只见远处尘烟滚滚，丹青被架着拖走，一个满身发亮的黑怪物手舞足蹈地跟在后面。

三郎一看，怒火万丈，他沉着冷静地举起渔叉向那黑怪物用力投去，只见一道白光划破长空，轰然一声巨响，渔叉准准地插在那黑怪物的背上。

那家伙大嚎一声，化作一团黑云升上半空，其他怪物丢下丹青入江下水，逃得无影无踪。

三郎奔向丹青正要相见，那团黑云却迅速下沉，落在漾弓江南岸，变成一条黑色巨蟒。

黑蟒张开血盆大口，吐出滚滚毒液，毒液浩浩荡荡流入漾弓江。

顿时，漾弓江里白浪滔天，数十丈高的水迎头盖来，冲毁了村庄，冲走了牲畜，淹没了田野。木家庄的乡亲们在洪水中挣扎号叫，刚刚得救的丹青也被洪水卷走了。

听着丹青凄厉的呼声，望着美丽的家园被冲毁，三郎满腔仇恨，心都快炸了。他知道这一切都是黑龙造下的罪孽，他决心消灭黑龙，为民除害。于是，他使出全身力气，如巨石砥柱，逆阻洪流，岿然不动。可是，漫天的洪水像无数咆哮的狮子向三郎凶猛地扑打。眼看洪流逆挡不住，三郎瞪着闪电般的双眼，千仇万恨，怒目而视。

霎时，天昏地暗，山摇地动，只见三郎从滚滚洪流中奋力跃出，腾空而起，在闪电雷鸣之中变成一座指天倚云的白塔，“呼啦啦”地从九天之上飞落下来，正正地压在那黑色巨蟒的头上。那血盆大口闭住了，滚滚毒液停止了，滔滔洪水消退了，丹青和木家庄的乡亲们终于得救了。

可是，勤劳忠厚的三郎却再也见不到了。美丽的丹青从洪水劫后的泥淖中站起来，奔向白塔。她扶着巍然屹立的塔身，望着高耸入云的塔尖，眼泪默默地流呀，流呀，流湿了塔身。

为了表达对三郎忠贞不渝的爱情，丹青变成了一株纯洁的丹桂树。当乡亲们赶到白塔时，他们没见着丹青，只看见美丽的丹桂紧靠着白塔，亭亭玉立。多少年了，丹桂就这样日日夜夜地陪伴着白塔，散发出无尽的幽香。

如今，丽江东坝子靠南横卧着蜿蜒曲折的山脉，一列莽莽苍苍的山脊就是蛇山，山的最前端立着一尊白塔，传说就是三郎变的。白塔旁边开着芳香的丹桂，传说就是丹青变的。

为了怀念三郎和丹青，每年八月十五，漾弓江边的纳西族人都喜欢带着月饼、瓜子、核桃、梨等来到白塔面前的丹桂树下，欢庆象征着幸福团圆的中秋之夜。

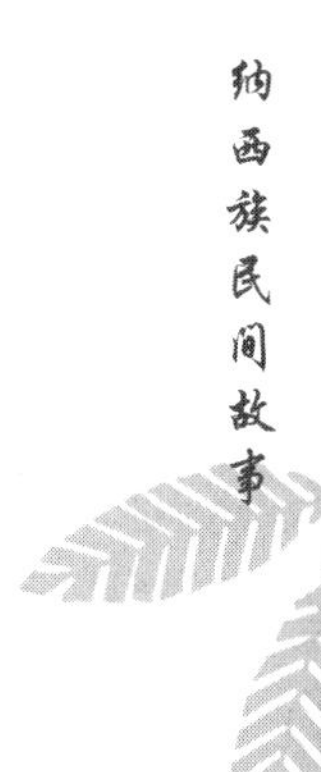

能言鸟

很久以前，街上有一个小店铺，店铺里住着一对五十来岁的老夫妻。他们没儿没女，靠老倌理发为生。

老两口不甘寂寞，特意请人买来一只八哥，给它饮玉河水，喂它吃稗子和碎米粒。老两口还教八哥读一、二、三、四、五，教它“你好”“客人请坐”等日常用语。没有多久，八哥就会说好些话了。

晚上，老两口坐下来聊天，八哥就会插上几句话。老人高兴极了，把它看成是自己的儿子一样。八哥也很喜欢老人，像哇哇学语的孩子那样亲切地喊阿爸、阿妈。不到半年，这八哥还学会了做许多家务事。把三文钱拴在它的脚上，就会买来一包烟；拴上五文钱，就会买来一筒茶。八哥为老人做着力所能及的事。

一天，八哥买烟回来，见玉河边上有件亮闪闪的东西。它飞下去一看，是一对黄灿灿的金耳环坠着碧玉片。八哥叼着金耳环飞回家里，对老太婆说：“阿妈，您辛苦了一辈子，一件像样的首饰也没有，今天我给您找来了一对耳环，您快戴上吧！”

老太婆很高兴，把耳环拿在手中看了又看，然后打开小木箱，轻轻地放了进去，用铜锁锁牢。八哥见了说：“阿妈，您怎么不戴上它，锁着它有什么用呢？”

"小八哥，我会戴的，到过年过节的时候我就戴。"

过了几个月，正逢热热闹闹的三月龙王会。老太婆拿出出嫁时的衣裳，穿上氆氇坎肩，围上百褶围腰，披上七星羊披，然后小心地把耳环拿出来戴上，去约相好的邻居看戏。

因为她太穷，一年到头看不上一场戏，只看了一会儿，她就被戏迷住了，没发现老财主家的小姐坐在自己的后边。那小姐呢，早被老太婆的耳环吸引住了：穷婆子倒戴起这么贵重的耳环，我这个有钱的小姐却变得寒酸了。小姐越想越气恼，拔腿跑回家里，拉着老财主又哭又闹。

老财主听了，也有点不服气，派管家请来县太爷。县太爷收了财主家的礼物，满口答应把耳环断给小姐。

第二天，县官派差役抓来老太婆。

"老婆子，你偷了人家的东西，还不交出来！"

"老爷，我从没偷过别人的东西。"

"那你的金耳环从哪里来的，快说实话，不然我就要你吃苦头。"

胆小的老妈妈吓慌了，把八哥怎么给她叼回来金耳环的事全说了出来。县官派差役捉来八哥对证。

"八哥，耳环是你给老太婆的吗？"

"是的，老爷"

"那你是怎么偷来的呢？"

"我从不会偷别人的东西。老爷，我是在玉河边上拾到的。"

"分明是你偷了小姐的耳环，还要强辩，难道你不知道会把你的双爪砍掉吗？"

"老爷，我知道，但我没偷啊。"

"你还强辩。"县官气势汹汹地站起来，对差役说："把它的羽毛干干净净拔掉！看它能不能再叼人家的东西。"差役一声应下，把八哥的羽毛全拔掉了。

可怜的小八哥被差役扔到门外，在臭水沟里跳来跳去。它跳到一家人的

房后，从滴水沟里跳到了城隍庙里。它拾起没烧过的纸钱当铺盖，拿人们祭供给神像的食品充饥。

到了一百天，小八哥全身长齐了羽毛。它正想飞出庙宇，忽见远远地来了进香的县官老爷。八哥心生一计，缩回身，躲在神像背后。县官虔诚地跪在神像前磕头。这时，八哥学着神仙的口气说道："吃人鬼，你做尽了坏事，今天是你遭报应的日子！"

县官一听，吓得浑身酥软："神仙爷爷饶命，我不敢做坏事了。"

"我问你，一百天前你判的那件金耳环案到底怎么断了？"

"那件金耳环，我已经给了小姐。"

"贪官，你拿了人家的贿赂，冤屈了多少好人，你知罪吗？"

"我知罪，下次一定明断，只求神仙爷爷饶命。"

"好吧，这次且饶了你，我看你的这张嘴太坏，得把嘴巴上的胡子拔掉！"八哥说。

县官老爷心里害怕，自个儿使劲拔起胡子来。可是，拔了好半天，也没有拔掉几根。八哥在神像后面厉声说道："呸，笨蛋，快抓一把香炉灰抹在胡子上，叫差役给你拔。"

县官老爷只好叫差役替他拔。没有多久，差役把县官的胡子拔得光溜溜的。县官抹去满嘴的血污，长长地松了口气。

八哥在他们忙乱的时候飞出了庙堂，站在树上喊道："县官老爷，山不转路转，今天你终于落到了我的手里，还记得一百天前拔我的羽毛吗？请你记住'善有善报，恶有恶报'，再见了！能言的小八哥欢快地飞向广阔的大自然中，县官老爷却气昏在庙堂里。

怕“漏”的故事

从前，有一个商人在做买卖草纸的生意。他赶着几匹驮马，驮运草纸到城里赶街。

有一天，他赶着驮马走到西山的脚下，太阳已经落坡了，天也渐渐地黑了，又刮风又打雷，就要下一阵大雨了。他要赶到城里还有十多里路，赶不到城里了，就想在这附近寻找住宿的地方，便把马赶到山脚下的三家村里去了。他找到店主，恳求说：“老大爹，今天遇着下大雨了，我不能到街上去了，让我在这里住宿一个晚上吧！”

店主人回答说：“你住下来是可以，但你的驮马怎么办呢？我们这一带经常有老虎来吃牲口，马拴在棚里不行吧？”

商人回答说：“我天不怕，地也不怕，只怕‘漏’。因为漏雨了，我的草纸会烂掉，这生意就不好做了，还要赔钱哩！”

商人正和主人谈话时，山上的老虎也下坝来寻找食物，正好看见一群马，它也就在房屋后面等候时机，想美美地饱餐一顿，竖起两只直直的耳朵地坐在那里注视着马群。

这时传来了生意人“天不怕，地不怕，只怕‘漏’”的谈话声，老虎听见了。它想：我老虎是兽中之王，还有什么叫“漏”的动物吗？它从来也没听过也没见过“漏”是什么东西，就坐在棚子后面等着，看着肥胖的马。

夜渐渐深了，商人把安放好的草纸驮子盖了又盖，严严实实地覆盖好后，来到棚子里看马。他也怕遇着老虎吃掉牲口，那样草纸就无法驮运了。因此，一直守在马群旁边。

到了三更半夜，突然响起了一阵阵吼叫声，驮马听见了这种吼叫的声音，直吹鼻子，东躲西闪地转来转去。

商人见势不妙，便跑过来一看，说时迟，那时快，一只庞大的老虎猛扑过来把一匹驮马抓住，想吃掉它。正在这时，商人灵机一动，闪电般地跳跃过去，不顾一切地扑向老虎，恰好正骑在老虎的背上，的确是“骑虎难下”了。

老虎却认为是“漏”把它骑住了，很害怕，只顾往外跑。跑出了马棚，虎背上的商人却越怕越抓，越抓越紧，虎跳人也跳，虎跑人也跑。商人怕得直漏屎，漏屎直往下淌，滴进了虎眼，老虎眼也睁不开，只顾拼命地向山上跑去，背上的“漏”越背越重，跑不动了，就在山坡上坐起。

这时天又亮了，商人也看清了是骑在斑斑花纹的老虎背上，便慌张起来，如何是好？他就从老虎背上滚下来，闪在一旁，躲进土坡下面。老虎感到背上轻了，睁开眼睛一看，知道“漏”不在了，就摇摇尾巴，长叹一口气说：“我被‘漏’骑住了，‘漏’又是什么东西呢？只好做个归山虎了。”说着，就往山上跑去。

商人看见老虎离去，定了定神，说：“幸亏没被老虎咬伤，这是我第一次骑虎的呀！”他的腿还在打战，店主人见了他十分惊奇，便问：“出了什么事？”

商人便把昨晚遇到的事，一五一十地告诉了店主人。店主人十分佩服他的机智、勇敢，便好好地招待了他一番，而且还帮助他把驮运来的草纸毫无损坏地包装好，让他到街上去做生意。

从此以后，在这一带的村村寨寨里，就流传商人骑虎“天不怕，地不怕，只怕‘漏’”的故事。

有名无实的猎手

从前，玉龙山下住着一个猎人，他是猎户里的二流子，连弩弓也拉不开，箭也不会射，却装得像个很有本领的猎手，每天肩上扛着弩弓，腰里挂着长刀，还藏有一囊药箭，东游西荡，成天跟在别的猎人后面混日子。猎人当中有个规矩，叫作“山中得鹿，见者一份”，凡是打到什么飞禽走兽，一定要分给别的伙伴。这条规矩，他是非常熟悉的。一看到有人射中什么东西了，就高声大叫：“山中得鹿，见者一份！”连蹿带跳地跑过去，非常热心地打开他的猎袋等着。这样，他每天不发一箭，却总是得意扬扬地背了一袋子肉回来。

有一天，他又想跟着别的猎人一同上山，可是谁也不愿同他去，没有办法，他只好一个人上山了。

他迷迷糊糊地往前走，越走越远，穿过了一片黑压压的大松树林子、一丛密密层层的黄栗箐，到了一个半山的平坡上。四边看看，这地方从来没有来过，这儿只有一堆一堆的白雪，大块大块的岩石，景色很荒凉。他忽然觉得害怕起来，就想打起口哨招呼别的猎人。他打了三声口哨，可是除了他自己的口哨在空谷中震起的回声之外，没有得到任何应答，四边静悄悄的。他越想越害怕，又不敢往前走，又不敢往后退，正在这时候，突然迎面刮来一阵大风，刮得他眼睛都睁不开。他只得靠着岩壁坐下来。不料风越刮越大，并且影影绰绰还看见狂风中有两个大东西互相厮咬着。忽然，风停了，尘土也没有了，他仔细一看，原来是一只黄斑虎和一只金钱豹！这两个大家伙

一边扑着咬着，一边呼呼地吼叫，震得山上的石子土块扑咧咧直往下掉，吓得他根根汗毛都竖起来了。他心想：完了！今天我这几根骨头，不知哪几根归老虎，哪几根归豹子呢！这时候他走也走不脱，只好悄悄地躲在一个岩缝里，偷偷地向外面看着动静。

这一场恶斗，他真是第一回看到。他越看越害怕，越害怕越想看。只见黄斑虎张开嘴，一口咬住金钱豹的顶花皮；金钱豹舞着爪子，一把抓伤了黄斑虎的眼角；黄斑虎大吼一声扑倒金钱豹，金钱豹翻身抱住黄斑虎的颈项不放；黄斑虎揪住金钱豹的耳朵，金钱豹也抓着黄斑虎的胸脯。两个紧紧绞作一团，在草地上翻来覆去地打滚。一滚滚到猎人脚下来了，猎人想要把脚缩起来，只恨岩缝里没个踏脚的地方。正惶恐万分时，一看虎头和豹头都朝外，对着他的是两个屁股。他急中生智拔出囊中毒箭，向它们的肛门一个一支，深深地戳了进去。药性立时发作，老虎、豹子狂吼了一阵，不一会儿工夫都死在草地上了。猎人等了一会儿，看看没有什么动静了，才从岩缝里走出来，高兴得不知道怎么才好。这时，恰好有个伐木工人拖着一架木头车子迎面走来，走近一看，原来是邻居阿挥。猎人便向他借过车子，左边装着黄斑虎，右边装着金钱豹，请阿挥驾着车，得意扬扬地拉到木天王①府里去领赏。

木天王最喜爱高明的猎手，就亲自接见他。木天王看看黄斑虎和金钱豹，再看看这个猎人，不免有些怀疑。

“这虎和豹，当真是你打死的吗？”

猎人说：“是我射死的，大王！我的箭百发百中，箭箭不离肛门。大王不信，请看看虎、豹的肛门还带着药箭呢。”

木天王上前一看，果然虎、豹都带着箭，但看看猎人的样子，总觉得不像是有这样大本领的人，就吩咐说：“你的箭法真不错。不过我还是不大相信，你能不能马上给我射一只麻雀来证明你自己的话是实在的？”

猎人一听，这可糟了！但是木天王的吩咐不能推却，只好应了一声：

---

①木天王：当时纳西民族的封建领主。

“是！”他搔着头，装着到处寻找麻雀，溜到外面，恰巧有一个七八岁的孩子捉到一只麻雀在路边玩。他三步当作两步地走上前去，大喝一声：“这是我的麻雀，你从哪里捉来的？”便一手夺了过来，拔脚就向天王府飞跑，一面掏出一支药箭插到麻雀的肛门里去。

木天王看看这只身体还有点温热的麻雀，赞扬他道：“真是好箭法！不过我还想请你做一件事，你愿意吗？”

猎人躬身答道：“听凭天王的吩咐！”

天王说：“我的后园里近来发现了一只人熊，常常出来伤人。你如果能将它制服，我重重有赏。”

猎人说：“这，这——后园在哪里？”

天王说：“不远。侍卫，给他带路！”

猎人听到这道命令，吓得比看见老虎、豹子打架还要厉害，可是事情已经弄到这步田地，只好壮起胆子去拼一拼。他一路不住地问侍卫：“人熊在哪里？人熊在哪里？”侍卫一打开后园门，就指着阴森森的黑松林，抖抖索索地低声说：“人熊在那儿啊！”

猎人见侍卫怕成那个样子，心中一想，说：“你要是害怕，就请早点回去，等我射死人熊，再来叫你。”其实他是怕侍卫看出他的马脚[①]来，所以设法把侍卫支使开。侍卫听说叫自己先回去，十分感激，连忙退后一步，把园门紧紧关上，生怕人熊窜到王府里来。

猎人看见园门“扑通”一声关上了，他的心也“扑通”一声掉了下来。现在一点儿退路都没有了，怎么办呢？他只得向前一脚高一脚低地走着，忽然听到“嗥嗥”的吼声，一只六尺来高的大人熊冲了出来。猎人“吱溜”一下，也不知道手脚是怎么动作的，就爬上了一棵大松树。看那只人熊，满额长毛，把一张脸都遮住了。它张开血盆似的大口，人一样地站立起来，用鼻子四面嗅了嗅，就直奔猎人躲着的大松树走来。熊是会爬树的，到了树根下，就用四爪搭着树干一耸一耸地爬了上来。猎人赶紧再往上爬，可是人熊

① 马脚：比喻破绽。

比他爬得还快。猎人抬头一看，已经到了树顶，上面是碧蓝碧蓝的天，人熊距离他只有一二尺了。怎么办？怎么办？他这时急得连尿都撒出来了。凑巧，这一泡尿不偏不斜正撒在人熊的眼睛里，人熊辣痛得不可开交，掉转身子就往下爬，把一个大屁股朝着猎人，距离只有一尺上下。猎人一看：机会来了！拔出一支药箭用力插进人熊的肛门，又伸脚踹了一下，药性立时发作，人熊大吼一声，摔倒在地，不一会儿，就无声无息地死了。

猎人好不容易才慢慢地爬下树来。

叫开了园门，叫人把人熊拖进来，他大踏步来见木天王。天王连忙给他敬酒披红，叫乐工们奏乐，抬着他到四方街①上去游行。这一下，远近都轰动了，居民们都拥出来看这位神箭手。木天王赏了他五百两白银、一匹好马，他得意扬扬地回家去了。

当时白沙街上有两个小偷，听到猎人得了许多奖赏，就打算去偷他的银子和马。到了半夜，小偷钻到猎人家里来，想等猎人睡熟后动手。小偷刚在墙洞里埋伏好，猎人在里面大声叫他老婆："快把草荐拿来！"小偷没听真，只听得"快把箭拿来！"以为猎人已经发觉他们了，连忙悄悄地溜走了。他们又怕他的"箭箭不离肛门"的弩箭，便每人在猪圈上拆了一块瓦片盖着屁股，没命地飞跑。小偷的裤带都挂着一串钥匙，刚好垂在瓦片上，他们跑一步，钥匙就在瓦片上"当"地敲一下，他们以为是猎人的药箭射来了，就跑得更快；但是跑得越快，瓦片上的"当当"声也就越响越急。小偷一面跑，一面叫嚷："好厉害！好厉害的箭法！真是箭箭不离肛门！"

第二天，小偷就将他们亲身经历的事告诉了一些人，说得真是千真万确。神箭手的名声就更大了。

这样一传十，十传百，猎人的名声比水流得还快，很快就传遍了几百里远的地方。

离这里三四天路程有一个老虎寨，连年遭受虎害。寨里人知道这里有一

①四方街：丽江县的中心区。

位神箭手，特地派了一个专差来聘请他去为民除害。专差苦苦恳求了半天，猎人总是不肯答应，只是扬着头，仿佛在想什么心事。最后，才开腔道："我愿意到老虎寨去除虎害，但是要答应我几件事。"

专差连忙问："什么事？请你只管说，只要我们能办到，都行。"

猎人说："要九个哑巴和九个瞎子跟我一起去。再要二九一十八根结结实实的铁棍，叫他们每人拿着一根。寨里其他的人都不许出来，只许关着门在家里等着，免得老虎伤人。"

专差一听，连忙说："这一定照办，一定照办！"

到了那里，猎人叫九个哑巴走在他前边，九个瞎子跟在他后面，他自己走在他们中间。刚走到老虎寨，一只吊睛白额老虎就从草丛中跳出来，张牙舞爪地直向他们扑过来。猎人眼尖，急忙爬到树上藏了起来。九个哑巴一看，老虎已到跟前，逃也逃不走，就举起铁棍一齐动手，拼命跟老虎厮打。九个瞎子吓得动都不敢动，就一齐吼叫。瞎子叫，哑巴打，老虎的威风都挫了。这样斗了一会儿，他们终于把老虎打死了。

猎人在树上看得一清二楚，老虎一死，他就爬下树来，取出一支药箭猛力戳入老虎的肛门，然后叫哑巴、瞎子把死老虎扛回寨里。

刚到寨子边，寨子里的门就一齐打开了，每一家门里都奔出一群人来，迎接为民除害的神箭手。大家都想知道猎人是怎样打死猛虎的。猎人胡编了一通，说得有声有色，惊险万分，怎么怎么跟老虎恶斗，怎么怎么最后瞅准了，一箭射中了它的肛门，听得一寨子人都张着嘴瞪着眼，不停地发出惊叹。说完了，猎人指着哑巴和瞎子说："你们不信，可以去问他们！"

九个瞎子什么也没有看见。九个哑巴只是急得"哇哇"地叫，又做了许多手势。他就说："你们看，他们都在说我的箭法多么厉害呢！我从来没有说过一句瞎话！"听他这么一说，大家就全都相信了。这时酒席已经摆好，大家就一起把猎人拥到上席喝酒。

猎人就是这样得到很大的名声，过着很好的日子，但是他仍然是连弩弓也拉不开，箭也不会射。

小木盒

从前，有哥儿两个，父母亲早死了，弟弟年纪还小，跟着哥嫂生活。哥嫂不把弟弟当人看待，经常不是打，就是骂。弟弟每天总是天不亮就带上斧头、绳子去砍柴，一直砍到天黑了才敢回来，天天这样，从来没有偷过懒。每天到家后，灶窝里总是连火星都没有了，桌子上放着一点碎馒头。他只好摞拢来填填空了一整天的肚子，天天这样，他从来没有埋怨过。

可是狠心的哥嫂还是不满足，嫂嫂向哥哥埋怨说："饿狼天天要吃一大捧馒头，不知吃了我们多少了，要是没有他，不是可以省下这份粮食吗？你的好爹娘没给我们留下大田大地，却给我们背上这张饿狼嘴。"哥哥听了也摇着头，附和着说："是啊，是啊。"

于是他们借因头来磨难弟弟，弟弟砍回大柴来，嫂嫂就咬紧牙关，睁大着一对红眼睛，跳到弟弟面前，戳着弟弟的鼻子骂："懒鬼！为什么你砍回这么粗的柴来？还得叫我砍一次。"下一天，弟弟不敢砍大柴，砍回小树枝来，哥哥又捍紧拳头朝弟弟背上擂，恶狠狠地骂："好吃鬼，为什么砍回这么细的柴来，能派什么用场？"这不是，那不是，叫弟弟怎么办呢？

有一天，弟弟砍了一捆柴背着回去，肚子饿得发慌，一点力气也没有了，就在路边的一块大青石上睡着了。这时，有一个白胡子老头拄着拐杖向他走来。弟弟见了，吓得拔脚就跑。那老头却笑眯眯地对弟弟说："别怕，孩子，我不会伤害你。”弟弟远远地站着，问他：“那么你是什么人呢？”

“我专门帮助受苦人的。可怜的孩子，你的哥哥嫂嫂对你很不好，是吗？”弟弟低着头没有回答。

“好孩子，饿了，是不是？我给你一个木盒子，你想要什么东西，就在这盒子上面拍三下，你要的东西就会出现在你的面前。但是，你要记住，千万不能拿给贪心不足的人看。”说完，把一个小木盒交给弟弟，就飞一般地走了。弟弟想跑去追他，但总是提不起脚来。他用力一蹬，脚踢在树上，弟弟痛醒了，原来是做了一个梦。但手中真拿着一个小红木盒子。

弟弟想：肚子饿得这样厉害，不如试一下看，就在那个木盒子上拍了三下说：“来两个馒头！”话刚说完，两个热气腾腾的馒头出现在弟弟面前。弟弟高兴地把馒头吃了，觉得肚子已经饱了些，还想再吃，但弟弟想：要是今天就把盒子里的馒头都吃完了，那以后就没有吃了，算了吧，不多要了。这样一想后，他就背起柴，拿着盒子往家里走。但他又想：这盒子拿着回去，说不定会给贪心不足的人看见。于是，他就把木盒子藏在一个很稳当的小树洞里，回家来了。

以后，弟弟每天把柴背到这里，总向小盒子要两个馒头吃，这样又劳动又有东西吃，弟弟的精神就慢慢地好起来，人也长胖了。弟弟的改变早被嫂嫂那双老虎眼睛盯到了。

一天，嫂嫂对哥哥说：“饿狼这几天骨架上长了一点肉，成天总是高高兴兴的，我看一定有鬼。”

“是呀，”哥哥说，“我也正在猜疑这个懒鬼为什么变得这样快，莫不是偷吃了家里的酥油？”

“不是，酥油我锁在柜子里，哪会给他见着！”嫂嫂又压低了嗓子继续说，“晚上饿狼回来，我们问问他看是什么道理，要是他不说，”她从桌上抓起一把菜刀，狠狠地砍进桌子说：“给他点厉害尝尝。”

当天晚上，弟弟背着柴回去了。才进门，哥哥就赶去替弟弟放下柴束，一面说：“弟弟累了一天，一定饿了，快进去吃饭吧。”

吃饭时，哥哥嫂嫂陪他坐着，嫂嫂只管往他碗里送大块的肉，嘴里还不住地说："这块肉很扎实，是小猪肉，皮薄膘厚，我们都舍不得吃，专留给你的，你饱饱地吃吧。"哥哥说："兄弟，我们弟兄间什么事都可以公开，因为我们的心是同一个父母给的，你出去打柴是不是……哈哈……别怕，可以说给哥哥听。"嫂子又压着嗓子补充说："平时我们脾气不好，但打骂你是为了要你好，就是有些过分，你也不要记在心上。我们只有你一个亲人，不疼你疼谁呢？"

幼小的弟弟被哥嫂的甜言蜜语迷惑了，就把遇见老人给木盒的事全盘说了出来。嫂嫂一听到可以有馒头吃，就流着口水说："可以要鸡要肉吗？"弟弟说："可以，随便什么都可以要，不过我没有要过。"哥哥装作很关心地说："要是有这个东西，那就把它拿回家来吧，放在家里总比放在外边好。"

后来弟弟真的把木盒拿回家来了，哥哥笑着，一边伸手去抓弟弟拿回的小木盒，一边说："交给我来保管。"弟弟看到哥哥那种急忙的样子，猛想起老人的话来："木盒不能拿给贪心不足的人。"就说："不，不能给你，老人说过的，这木盒不能拿给贪心不足的人！"

"什么？不给，你敢不给？"哥哥抓起菜刀，凶神恶煞似的向弟弟扑去。弟弟是个小孩子，哪能对付一对凶恶的夫妇，结果哥哥抢到了小木盒。

嫂嫂一下把弟弟推出门去，紧关起大门，赶到桌边，用力喊："要鸡，要肉，要一大盘馒头……要……还要……"哥哥两只手不断地拍打着小木盒，嫂嫂拼命叫着各种菜肴，随着他们的拍打叫喊出现在桌子上，满桌都摆满了。这时，嫂嫂想起自己最爱吃的鸡肉汤，就大叫："鸡肉汤，鸡肉汤，鸡……肉……"还未叫完，忽然"砰"的一声，小木盒炸开了，滚烫的鸡肉汤像水一样地涌出来，马上淹满了整个屋子。

再说弟弟被关在门外，只听到从屋里发出拍打声和叫喊声，他想到老人对自己说的话，想到自己的小盒子，伤心地哭了起来。忽然，喊声和拍打声停止了，接着房门开了，白胡子老头从屋里走了出来，手里托着那只木盒，笑着对弟弟说："害怕了，是吗？你看房子里面什么都没有了，这对贪心不足的夫妻已淹死在鸡肉汤中，装在这盒子里了。"说着，老人把弟弟拉进屋子，从怀里抽出一把金斧头递给弟弟，说："好孩子，拿着！它才是你忠实的朋友，用它来过日子吧。"说完，老人又不见了。以后，弟弟天天用这金斧头砍柴去卖，过着平安而富裕的生活。

我吃我的福气

从前，大山里有一个拥金万两的大富翁，他的家里人口渴了，就拿牛奶解渴；肚子饿了，就拿坨坨肉当馒头。

这个富翁有三个待嫁的姑娘。一天，全家人围拢着火塘火冲壳子的时候，富翁阿爸好像忽然想起了一桩揪心事似的，冲着女儿们没头没脑地说："大囡呀，你的笑声像金铃铛摇响了，没有一丝儿郁愁的音响，阿爸问你，你口渴了，拿牛奶解渴；肚子饿了，拿坨坨肉当馒头。这般像跌进蜜汁潭里似的甜蜜生活，是靠托哪个人的福气才有的？"

大女儿满脸堆着媚笑，不假思索地说："这般比蜜还甜的幸福生活，不靠天，不靠地，只是靠托了阿爸的福气，囡是吃阿爸的福气。"

大姑娘的话音还没有落地，二姑娘就急忙抢住话头，嬉皮笑脸地说："阿爸呀，二囡不靠神，也不托鬼，也是和大姐说的一模一样，靠托阿爸的福气。有了阿爸的福气，才有女儿享不完的福。"

阿爸听了大囡和二囡的话，她们的奉承把阿爸送到云里雾里，心里热烘烘的，比揣着一塘火还暖和，心里也直往外冒蜜汁。但富翁阿爸侧回头，发现幺姑娘像根冰棍一样，冷冰冰地坐在一旁。富翁阿爸好生觉得奇怪，问说："阿三，屋里的富贵生活，靠托哪个人的福气？"

三姑娘扬起弯弯的眉毛，抬着垂下的眼睛，好像刚从睡梦里醒过来似的，冷冷地说：“不靠爹的福，也不托妈的福，我靠托自己的福气，才有口渴喝牛奶、饿了肉坨当馒头的幸福生活。”

三姑娘的答话像一阵残酷的雹子，把阿爸脸上的得意神色砸熄灭了。难道阿三着疯魔了，才说出这般的疯癫话；还是她做了惊心动魄的噩梦，才胡乱说着梦话？儿女悖逆着爹妈的心，朝着爹妈的心上砸铅坨，难道这不是忤逆不孝的行为？

阿爸气得脸庞苍白，弄得鼻子酸楚楚的，一股晦气冲上了心头，他指着三囡的鼻子骂道：“呸，你不靠爹的福，也不靠妈的福，既然你有如此齐天的福气，我打发你一头水牛，你马上离开我的火塘，滚出门，自个儿去吃你自己的福气吧。”

三姑娘牵着水牛走出生养自己的家门，她的心里暗自赌咒道：“不靠爹的指点，不靠妈的引路，我要叛逆常人的做法，倒骑着陪嫁的水牛，走进哪家的门洞，就做哪家人的儿媳妇。”三囡想到这里，“噌”地一下跳到水牛的脊背上，翻转身倒骑在水牛背上，冲着富翁阿爸说：“阿爸呀，我不怨你心狠毒，女儿走了，等二日女儿拿起坨坨肉吆喝拦狗的时候，我又来认自己的爹妈吧。”

三囡丢下这句赌咒话，离开了家，离开了村寨。她倒骑着水牛，任凭水牛爱怎样走就怎样走，她从没有吆喝水牛，也没有挥鞭。

水牛喘着粗气，慢腾腾地走村过寨，有时候，水牛走过竖着高楼大厦的富户门前，水牛连睬也不睬一下，梗着脖子蹒跚着走了过去。忽然，又走到门侧蹲着牦牛和老虎神的大户门，也见门扉敞开如岩洞，但不知是水牛怯怕门神还是什么原因，它也闪身走过去了。

三囡倒骑着水牛，她悄悄地侧转头，发现远处有一户屋脊上悬挂着七彩串幡的大户人家。大户人家的串幡顺着风脚也在飞翻着跳舞，朱红的大门敞开着。三囡禁不住暗暗想道：假若我把水牛吆进这户人家，他家殷实的家底也不会浅于阿爸锁着金银的仓库，也可以坐享这份财富了，我何不如把牛拦进这户人家？虽然三囡抓紧牛鼻绳的手勒出了血迹，可是水牛梗着脖子，任

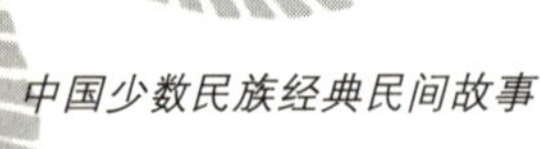

凭三囡使狠劲摆弄，就仿佛岩柱一样丝微动摇不了。水牛“哎哎”地叹了一口气，昂着头颅，连睬也没有睬一下那洞门，犟着脖子往前走了。

走着，走着，前面出现了一座鸡窝似的茅草房。四周的篱笆不知是被风吹倒的，还是被牲畜撞倒的，七零八落地倒塌在蓬乱的野草丛里，水牛走到这座破败的茅草屋边，冲着天空“哎唔”地叫了一声，摆动冲天的大板角把拦蹄脚的篱笆撞倒了，慢腾腾地走进这家破败的院坝里，跪下双膝，“啪哒”一声躺瘫在院坝的中央。任凭三囡使劲地拉牛鼻绳，扬起鞭子抽打水牛，水牛的眼里翳着忧郁的一层水雾，水牛像一座生根的岩石，再也牵不出这家人的门口了。

三姑娘叹自己的命苦，丢下牛鼻绳走向房门，悄悄地推开了虚掩的门扉，看见一个白发苍苍的老太婆佝偻着腰蹲坐在火塘边凑火。她撮起干瘪的嘴唇，“呼哧呼哧”地吹着火苗，免不了把塘坑里的灰也吹了起来，扑白了她的脸，火苗“呼”地吹旺了，老太婆抹了一把满是皱纹的脸，然后哆哆嗦嗦地开了锅盖，拎起勺子搅着锅里的苞谷稀饭。三囡走到屋里，对着老太婆柔声暖气地问道：“老阿妈，屋里还有什么人呀？”

老太婆懵懵懂懂地抬起脑壳，看见眼前这个漂亮的姑娘，莫不是天女进了屋，还是哪家的姑娘摸错了门？怎么她不识羞臊地无根无由地问起屋里还有什么人？弄得老太婆像突然堕进云雾海里，摸不着头脑了。老太婆叹了一口气，说：“阿妹哎，有一个……个……”

三囡慌忙接口道：“阿妈，说心里话，你有儿子我就做你的儿媳妇，没有儿子我就做你的女儿。”

老太婆闪着惶恐的眼神，慌张地上下打量了一下姑娘，她摇了摇头，说：“哎，姑娘，你莫开玩笑了，鸡窝里能留得凤凰吗？”

“不，阿妈呀，鸡窝里不是也能抱出凤凰吗？你有儿子我就做你的儿媳妇，没有儿子我就做你的姑娘。”

“哎，我有一个憨儿子。”她慌忙摇头晃手，又说：“不，不，你不能做我的儿媳妇，瓦雀哪能同百灵匹配？”

“阿妈呀，你的儿子娶媳妇了？”

“除开他自个儿的影子，没有第二个人。”

“阿妈呀，就算你的儿子是瞎子、聋子、瘸子，我都不嫌弃他，我做阿妈的儿媳妇吧。”

老太婆被这突然的喜讯弄得瞪大了眼睛，眼眶里汪着水蒙蒙的泪影子，哽咽着说：“难道我在做梦？我在做梦吗？”

“阿妈呀，不是做梦，是真的。”

三囡抓住老太婆的肩膀摇晃着。

晚上，老太婆的憨儿子回家了，老太婆牵着儿子的手，哆哆嗦嗦地说：“儿呵，这个阿姐愿意做你的婆娘，你要疼她，听她的话，脸上不能飘冷雾，只能开鲜花，懂了吗？”

憨儿子听了阿妈的话，日里想婆娘，夜里做梦也梦媳妇，眼下如花的媳妇进家门了。憨儿子咧着嘴巴冲着三姑娘“哧哧”地一个劲儿地憨笑，看着三姑娘忘记了眨一下眼睛，生怕眨一下眼，三姑娘会逃跑了似的。

三姑娘看着憨儿子的憨厚相，忍不住也“扑哧”地笑了，然后哆嗦着从怀里掏出一坨银锭子，递到憨儿子的手里说：“你别老是看着我，忘记了你我拜堂成亲的事吧？赶快拿上这坨银子籴回几升大米，灌一壶酒，张罗个猪脑壳，邀请隔壁邻居的老人为我们的拜堂祝福，抹额头油，伙烧百年偕老的合心火。快去快回吧。”

憨儿子接过银子掂了掂，拎了一只空口袋和空酒壶，沉甸甸的银子捧在手里，他越走越不是滋味了，越起怀疑：难道这坨白石头能买到大米、酒浆、猪脑壳吗？假若这疙瘩白石头也能换回这多的东西，那么我何消每天都诅咒这些白石头咬塌我的斧口的晦气事情？他越想手里的银坨子，越像散落在他的划柴火场上的白石头。哎！我还嫌它把我的斧口咬塌了，累得我每天喘气流汗地磨斧子，这白石头哪能换到大米、酒浆、猪脑壳，她简直是红口白牙地欺骗人。憨儿子气呼呼地一跺脚，把攥在手里的白银坨子冲着大山远远地抛了出去。

憨儿子气呼呼地回到家里，梗着脖子站在火塘边，三囡看见男人拎着空口袋，空酒壶，塌着一张乌云脸，不哼也不哈，活像个怄气的憨哑巴。

三囡问说："阿哥，大米、酒浆、猪脑壳怎么没有买了回来，莫不是你把银子丢失了？"

"你的一张嘴巴是骗人的八哥嘴巴，什么银子？全是些没用场的石头。你不该拿石头充银子欺骗人，你若不信实，在我的划柴火场上到处都堆着这些白石头，我还嫌它咬缺我的斧口哩，你的石头我丢到山沟里去了。"

"石头是石头，银子是银子，石头怎能充银子，是你看错了银子吧。"

"我天天生石头咬缺我的斧口的晦气，你若不信我的话，眼见为实，看看去吧。"

憨儿子和三姑娘披着如水的月光，他们双双来到憨儿子的划柴火场上。哟，白晃晃的一摊银子堆积在划柴火场上，好像满天的星斗洒落在地上。三姑娘高兴地跳着说："是银子、银子。"扯着男人的手跑回家里，他们挎上筐子，连夜又摸着夜色上山，把划柴火场上的银子一筐筐往家里搬运，直到东方发白的时辰，他们才把银子背完了。

背回的银子堆得触到茅屋的梁柱上了，一夜之间，憨儿子家马上发旺起来。他们请来工匠拔除了鸡窝似的茅草房，盖起了雕龙画凤的大瓦屋，养上了牛群，也养上了羊群，置下了南庄田、北坡地。使唤的奴仆像蚂蚁一样多，憨儿子突然做梦似的变成了大山里的首富户了。

憨儿子玩魔术一样变成大富翁。真是天有不测的风云，人有意想不到的祸福，真是祸福同步。憨儿子的老阿妈突然病瘫在床上了，两口子花费了几口袋的银子请来东巴祈神禳鬼，也邀医生号脉诊断，但是老阿妈还是病殁了，阿妈回到北方祖先落居的地方去了。

按照山里人的习俗，阿妈死了，得进行七天七夜的开悼。按乡规，屋里宰杀牦牛、羊子，开悼阿妈的时候，凡是进门的人不论是奔丧的亲戚，还是讨饭的叫花子，一律都算是奔丧的亲戚和朋友，主人得热情地赐饭团，授肉坨，敬大碗酒浆，席面上绝挑不出卑贱的座位、亲疏的缝隙，塘坑里也不烧冷暖不一的火塘火。

三囡倒骑着水牛离开家后，富翁阿爸的家境像塌崖似的没落了，厩里的母猪流产了，牛群生疥癣地脱毛病倒了，羊群像误进了毒草滩似的，一只只口吐白沫咽气了，地里的庄稼遭冰雹的蹂躏了，弄得仓库落耗子窝了。富翁阿爸像做了一场噩梦似的，突然变穷了，人说狗不嫌家穷，但阿爸穷得连瘦狗也离开了他。阿爸的锅生锈了，火塘火熄灭了，无情的生活逼得富翁阿爸拄着打狗棍出门来当乞丐了。

这一天，阿爸走村串寨戳狗嘴拍门扉地讨饭，来到了三囡落居的这个寨子里。他刚进村口，听说有一户富人死了阿妈，大摆排场进行开悼，这可动了富翁阿爸的心。纳西族人有习俗：凡是开悼父母，进门的人都是尊贵的客人，花子当客人，得去吃一顿丰盛的开悼饭。

富翁阿爸想到这里，拉起打狗棍，慌慌忙忙来到办丧事的女儿家里。富翁阿爸刚跨进门，看家狗龇牙咧嘴地冲出来咬着乞丐不让进门。

三囡突然听到门口恶狗在狂咬的声音，慌忙跑出来拦狗，她一看这个白发苍苍的老乞丐，好生眼熟，但想不起在哪里见过这个老倌。她顾不得再思想下去了，一时又找不到拦狗棍，急急忙忙顺手拎起一只羊腿肉来拦狗。

富翁阿爸看见主妇拿着一只羊腿肉拦狗，心里“咯噔”一下，心儿提到喉咙口，人间哪有拿着肉坨拦狗的道理？他战战兢兢地抬着脑壳，朝着这个女人打量了一眼：哎哟喂！是她，是三囡！

富翁阿爸猛地受了刺激，脑壳呜地炸开了，趔趔趄趄地跌瘫在地上昏厥过去了……

买 寿

在富饶的口拉都地方，有一座十分高大的木楞屋。这屋子全用木楞搭成，木楞的墙壁，木楞的屋顶，木楞的支架，木楞的地板。那屋楞粗得几个人无法抱拢，高得从头看不到梢。就在这屋子里，堆满了金银、珠宝、毡毯……储藏着的东西，除了天上的星星，人世间所有的稀奇珍宝都齐备了。木楞屋的主人是大富翁美区阿瓦若。

一天晚上，阿瓦若突然做了个梦。他梦见一座像鼻子一样的金山坡，金沙江从坡下流过，那汹涌的激流冲刷着山坡的金土，最后整个山坡陷落到金沙江里去了！阿瓦若醒来时想：怎么能让整个山坡陷落到金沙江里去呢？这世上竟还有那么多的金子没有收罗到他的木楞屋里来，这叫他阿瓦若怎么能忍受呢？他看看自己的金山，金山好像矮了一截；看看自己的银山，银山好像罩上了乌云；看看自己的珠宝堆，珠宝好像减弱了光泽；再看看自己的木楞屋，木楞屋好像变得又矮又空虚。他从火塘边站起身来，打雷般地吼道："天上的金银都应该是我的！我要把天底下所在散失的金银全都收拢来！奴仆们听着，你们要把散失在江里的金子全部淘回来！"

美区阿瓦若挥起皮鞭，喝令奴仆们抬上黄杨木制成的掼盆，扛起金纱编的筛床，把他们赶到金沙江边去淘筛那失落的金子，自己坐在金沙江边的沙滩上监视着。过了一会儿，他看了一下自己倒映在江水里的影子，发现自己的面颊灰惨惨的，瘦削得像割去了肉；眼眶黑洞洞的，像是死人头颅上的两个窟窿；两鬓白生生的，鬓发像是几缕稀疏的白云，他很伤心。

阿瓦若回到家里，托着腮帮伤心地坐在火塘边，看着堆满木楞屋的金银珠宝出神。今天他才发现，世上还有一件最宝贵的东西不属他掌握，这东西就是寿命。他也和世上其他人一样，也要衰老，也会死。他想呀想，忽然想到如果有谁能把寿命给他，他愿拿出所有的金银牛羊去换取。只要舍得拿出重金，一定能买回年轻人美妙的青春。

阿瓦若便高高兴兴地装满了九驮黄闪闪的金子，九驮白晃晃的银子，九驮光彩夺目的珍珠宝贝；牵出九匹识途的骏马，九头认路的牦牛，九条健壮的犏牛；穿上出远门的新衣，戴上走亲戚的帽子，挎上显示身份的银壳腰刀，带上贴身的奴仆，赶着牛群马帮，出门远行了。

阿瓦若赶着他的牛群和马帮，走了三天和三夜，来到了白沙街。

白沙街子好热闹，阿瓦若在街头转三圈，看见数不清的香客捧着香条去朝北岳庙，却看不见买卖寿延的生意人。他转到街尾兜三圈，看见买主卖主争议着铜锅铜碗的价钱，却看不见争议年龄价格的生意人。

阿瓦若很失望，离开白沙街，赶着马帮和牛群，来到了丽江的四方街。

四方街就像一盘蜜蜂窝，人群比蜜蜂还多，走出走进。阿瓦若挤在人群里，在街子的东面转三转，看见买凉粉豆腐的人，却见不着买卖年龄的生意人；在街子的西面转三转，听见买酒卖酒的吆喝叫卖声，却寻觅不到有出售年龄的叫声。

阿瓦若像跌进冰窖，眼里禁不住流下一串串泪水。随后阿瓦若又继续上路，来到了大理三月街。

三月街人群熙攘，热闹异常。阿瓦若挤进像竹签一样拥挤的人群，从南挤到北，从西窜到东，只见卖山货药材的人们在夸耀自己的货色，却听不见一个穷家儿女出卖寿延的叫卖声，也看不见一个富家子弟在做购买寿延的生意。

阿瓦若伤心地坐在苍山脚下，望着大理三塔。传说建造三塔的时候，是人们用金砖和银砖买动了天上神仙的心，是神仙帮助建造了巍峨的三塔。这时，阿瓦若的心又活起来，人们既能用金银买动神仙的心，我有的是用不完的金和银，我也一定能够买动神仙的心；我有用不完的金和银，我也一定能够买到像三塔一样长生的寿延！

阿瓦若赶忙离开大理三月街，来到了昆明。昆明的房屋多又多，昆明街子密如网。大街小巷使人迷路，绸缎珠宝使人眼花。阿瓦若从这街窜到那街，从街的那端逛到街的这头，却问不到买卖寿延的店铺。

最后，阿瓦若失望了，他一步一滴泪地来到了滇池边。阿瓦若看看自己的黄金驮，它没有给自己换来美妙的寿延，便伤心地把金子倒进了滇池里。阿瓦若又一步一叹息，来到了碧鸡关。他手搭凉棚回头望，只见昆明城头黄尘卷，片片枯叶空中飞，这是严冬来了。阿瓦若感到白银没有给自己换来美妙的寿延，就伤心地把银子倒进了山凹。阿瓦若又垂头丧气，翻山越岭回到了洱海边。他抬头看了苍山堆满了白雪，也变得衰老了。他感到这珠宝不但不能给他换来美妙的寿延，反而在他心头增添忧愁，就把珠宝驮推进了洱海。

阿瓦若的金银珠宝没有买到寿延。在无价的寿延面前，他那无所不能换取的金银珠宝变得像石头一样的不值钱，像粪土一样的无用了。

大脖子的故事

东山脚下住着一家姓王的母子俩，家里很穷。母亲年过六十，早年害病，两只眼睛都瞎了。尽管双眼失明，但是家里的很多事情都可以摸着做，使儿子得以安心地去谋生。儿子是个本分人，吃得起苦，不论什么重活他都干得下来。因为为人老实，所以人们都管他叫王实。不知什么时候起，王实的脖子逐渐大起来了，所以人们又叫他“大脖子王实”。

王实种着当地出名的山主和帅的土地，和帅白天黑夜都在盘算穷人，所以人们在背后叫骂他叫“和算”。连年来天干，庄稼收成不好，可穷人们免不了和算的地租。这年和算趁王实欠了二斗租，把王实仅有的一口母猪和两只鸡抓走了。

王实只好每天上山砍柴到城里卖上几个钱，买点粮食孝敬老母亲。年复一年，日子越来越难过，但王实因为年迈的母亲，不愿意去找别的活计；还因为大脖子影响出气，他感到吃力。

王实每天上山砍好柴，都要在山神庙前歇息吃晌午饭。他不论吃什么东西，总要先恭恭敬敬地向山神献一献，求山神保佑，然后自己再吃；又到溪里捧一捧水喝喝，就到树荫下睡一阵，然后下山去卖柴。

母亲为儿子的艰苦日子流了不少泪，只恨自己不早死，拖累了儿子。王实却千方百计以好言安慰母亲。

王实天天给山神献饭和孝敬母亲的行动感动了山神，山神说："像这样的好人，我应该想办法解除他的痛苦。"可一时想不出什么好办法。

这天，王实照常献了饭就睡着了。由于脖子上的咽袋太大——将近有两斤重，鼻息很重，几十步以外都可以听到"呼噜呼噜"的鼾声。

正巧山神的巡山虎来到庙前，发现有人睡在这里，它高兴极了，立即向山神恳求说："老爷，我按照你的意旨，翻过了九十九道岭，跨过了九十九座山，趟过九十九条河，完成了巡山任务。可我现在还没有一点东西下肚，是不是把他赏给我吃了？"老虎的一双大眼盯着王实。

山神灵机一动，觉得解救王实的机会来了，就朝着老虎说："你辛苦了，就赏给你这个东西吧！"山神向王实的大脖子咽袋指去。

老虎得到了山神的许可，一口把挂在王实脖子上的大咽袋咬走了。

王实醒来，似乎感到与往日有所不同。但一时还反应不过来，最后才发现自己的大脖子已经不见了，呼吸非常自然，全身轻松，完全成了两个人的样子。他不知道什么缘故，就一股劲地向天向地向四面八方磕头，当然也少不了向山神磕头，还高声地说："山神老爷！我王实永远也忘不了你救苦救难的恩情。"他心情非常愉快地挑着砍好的那一担柴下山去了。

这天以后，王实每天砍的一担柴比往日增加了一倍，且上山下山简直轻快如飞，两母子的生活一天比一天好起来了。

"王实的大脖子不在了"，这消息在附近的村子里传开了，而且还加上了许多离奇古怪的故事。这件事也传到了远离王家十多里路的山主和算的耳里。

原来这个和算的脖子上也生有一个大咽袋，请了许多名医，花了不少的钱，总是消不下来，而且越来越大，他每天坐在家里朝家人发气叫骂，有时又自己叹息："我早晚死在这个大咽袋上了。"

和算听到这个消息后，忙叫家丁四处去打听王实的下落。

王实是他家的佃户，家丁把王实带到和算面前。王实如实地讲了那天在山神庙前所发生的事情。和算再三地盘问，生怕王实有隐瞒。

从那天以后，和算每天冥思苦想，脾气越来越躁。有一天，管账的师爷点头哈腰地对和算说："老爷，我有个办法可以试试看，只怕你不同意。"和算听了师爷的话，就吩咐他去筹备，还说："搞得丰盛些。"他心里想：哪有买不通的神仙。穷小子献给山神的只不过是冷馒头干粑粑，我何不拿些大鱼大肉去，山神自然推不过去了。

有一天，东山脚下来了不少的人，他们都是和算的家人和随从，随从们有的推着车，有的背着背子，好不热闹，和算自然是轿子抬来的。下了轿子，他望着高山着急地问："山神庙在哪里？"有人指着半山腰的大林子说，还远着呢！他又叫轿夫朝坡上抬，轿夫们当然叫苦不迭，但也只好抬着慢慢走了上去。

大家气喘吁吁，汗流浃背地来到山神庙前，大摆灯烛香火，免不了磕头作揖，祝告请山神显灵保佑。

和算忙不迭地支开家人，说："你们远远地躲开，免得影响山神显灵，没有我的叫喊，不能过来。"劳累了大半天的家丁自然一哄而散，远远地走了。

和算经过远途奔波也够累了，他在铺好的地毯上睡下去，但是他心里总想着山神如何显灵。无论眼睛怎样闭着都无睡意，过了很长一段时间还是睡着了。

事有蹊跷。刚好巡山虎又蹒跚而来，看到了和算的模样，一下子发出了恶念，它向山神说："我够累了，也饿极了，但请老爷开恩，不要再给我吃这个了。"

老虎指着和算的大咽袋："那天你给我这个，发臭恶心，不但吃不下去，连肚子里的东西都吐光了。"

山神问："丢了吗？"

"还在那边树上挂着。"老虎急忙回答。

山神让老虎拿来看了看说："你既然不要，就送给他吧。"

山神把大咽袋丢给和算。说也凑巧，那个大咽袋刚好落到和算的咽袋旁

边，还生得结结实实的。

和算在山神庙前醒来，老觉得头不知怎的沉甸甸地抬不起来，呼吸也更加困难了。他用手去摸一摸，这才发现脖子上又多了一个咽袋，而且和原来那个一样大。他气急了，想大声咆哮，可声音不知到哪里去了，左喊右叫也没有声息，只好在地上打滚乱抓，用尽了全身的力气。

太阳将要落山了，家丁们还听不到和算的叫喊声，大家满以为他睡得太舒服了，但又翘指头算了算时间，可是不早了。

大家胆战心悸地来到山神庙前，只见和算在那里瞪白眼。人们急忙围过来一看：事与愿违！大家都惊呆了！

有个聪明的家丁在背地里说："这就是牛事不了马事发，一个不够再加一个，丁巴没鲁你巴曼工大（纳西成语），老天在报应了。"

不几天，和算又多了一个大咽袋的事到处都传开了。人们议论纷纷，他们说："和算千算万算，不如老天一算，这是作恶多端的下场。"

做人难

从前，有一对农民夫妇，丈夫经常责怪妻子不会做人。有一回，丈夫驾牛犁地，妻子怕男人饿了，午饭送早了些，男人很生气，说："这么早就送午饭了，人家岂不笑话我们两口子好吃懒做？你真不会做人！"

第二天，妻子学乖了，把午饭送晚了些，男人到时候没吃上饭，又累又饿，一见老婆开口就骂道："你一点也不会做人！午饭快成晚饭了，人家不说我们两口子日脓才怪哩！"

第三天，妻子左思右想，怎么才能做好人，会做人呢？

有了，她终于想出了一个"做人"的法子，她把面团都揉成有头有身子，有胳膊有腿的"馒头人"。蒸好一甑子的"人"，正午时分送到田头。哪里料到，丈夫一看这些做成小人儿的面疙瘩，就陡地发起火来，把妻子劈头盖脸地臭骂了一顿。女人很是伤心，哭道：

人世间，什么难？
做人难，难做人。
做出人来人骂人，
从今不敢再做人。

丈夫听了妻子的哭诉，觉得自己做得不对，委屈了妻子，他担心妻子因“从今不敢再做人”有什么三长两短，就连忙向妻子赔礼道歉，并且一再奚落自己才是真正的“不会做人”。他一连吃了好几个“馒头人”，说妻子做的“人”做得好，好吃，吃下去一定能做好人，会做人了。

碗

丽江某街有一个赵奶奶，她年纪轻轻就死了丈夫，一个人带着未满周岁的儿子，一年三百六十五天，天天替人家缝补浆洗来维持母子俩的生活。好不容易一把屎一把尿地把儿子拉扯到二十几岁，又费了好大周折才给儿子讨了媳妇，老人总算奔出了头。

没料到这媳妇很刻薄，一进门就嫌弃婆婆，经常是鸡蛋里挑骨头，这个不顺眼，那个不称心，动不动就发火骂人，使老人伤透了心。就连每吃一顿饭，她也要用一个固定的小碗来量，只准老人吃一小碗，多一口也不行。儿子是个窝囊废，腔也不敢开一句。老人只有忍气吞声，眼泪往肚子里流。

光阴如流水，不觉之间，孙子长大了，婆婆也老了，媳妇也当了婆婆。

新媳妇进门以后，看见婆婆这样虐待祖母，心里很过意不去，她十分同情老祖母，对婆婆的行为很反感。一天，新媳妇趁婆婆不在，对着老祖母的耳朵，如此这般地给老人出了个主意。

这天，正当一家人围坐着吃晚饭时，突然“当啷”一声，祖母手中的那个小碗掉落在地上，打了个粉碎。婆婆见了，气得放下筷子，破口大骂起来：“你老糊涂了，连个碗也拿不动，赔我碗来！”

媳妇也装作很生气的样子，忙在一旁帮腔：“阿奶，你是咋个搞的？把阿妈给你量饭的碗也打烂了，二天[1]我又拿什么给阿妈量饭呢！”

婆婆一听，脸“唰”地红到了耳根，她知道媳妇是在说她。想到今天自己这样对待婆婆，二天儿媳也会学着自己的样子对待自己，心里很是惭愧，恨不得找个缝缝钻到地底下去。

从此以后，婆婆改正了自己的错误，对老人关怀体贴，问寒问暖，有点好吃的，总先做给老人吃；老人稍觉不舒服，她细心照料，对老人很是孝敬。媳妇也很敬重自己的婆婆，主动为婆婆承担家务，主动伺候老祖母，一家人互敬互爱，过着和和睦睦的日子。

---

①二天：“今后”“以后”的意思。

以少换多

有个商人，赶着五匹马去做生意。半路上，看见有个牧羊人赶着六只羊从山上下来。他想：六比五多，要是把马换了羊，我就多赚了“一”。于是东说西说，硬要和牧羊人交换，牧羊人答应了。

到了一个村子，他看见村头那家门前有一群鸡，数数有十只。他想：十比六多，要是把羊换了鸡，我就多赚了“四”。于是找到鸡的主人，东说西说，硬把羊子换了鸡。鸡的主人还送给他一只大篮子，他高高兴兴背着十只鸡走了。

走到一条河边，他看见一个渔人打鱼。小竹篓里放着手拐子长的鱼，数数有十五条。他想：十五比十更多，要是把鸡换了鱼，我就赚了“五”。于是又好说歹说，硬要与渔人交换。渔人答应了，他又高高兴兴提着一篓鱼走了。

最后来到街上，他见一个老篾盒装着三十个鸡蛋在卖。他想：三十是十五的两倍，要是把鱼换了蛋，赚得更多了。于是又好说歹说，硬把鱼换了蛋。他端起装着三十个鸡蛋的篾盒，心满意足地回家了。一路上逢人便说：“我出来做这趟生意，五匹马换了三十个鸡蛋，足足赚了五倍，太划算了。”

阿命纳买宝马

年关前的日子里，纳西族人为备办一年一次的祭天年货，他们一个个像着了魔似的奔忙着。有的背着柴火换钱，有的岸了鱼兑米，有的抱着小鸡娃也来换几两盐巴，四乡的纳西族人，真是跑脱了脚底板的三层皮都为着除夕晚上的这顿团年饭奔波忙乎开了。

白马村有一个穷老倌，厩头拴系着一匹能数得清有几根肋骨的老瘦马，他也为着操办年货把瘦马牵上市场。这般瘦的老马，春荒二月不抬出去喂狗，那才是奇怪事哩。买主一个个惶恐地看上一眼后，都怯乎乎地退缩了，好像卖马老头要把瘦马强送给他似的。

这一天，黄山村阿命纳家的长工阿跟也上街来为主人操办年货。他顺路兜转到牲口市场上，看见这个白马村的孤老头满脸老泪纵横，抓着一匹瘫在地上的瘦马的尾巴，吆喝它站起来，但是左呼右唤也不见这匹瘫倒的瘦马爬起来。阿跟一见老倌的穷酸相，慌忙赶了过来，帮他把瘫卧的瘦马扶了起来。

阿跟看着这匹马，他的心里暗想：这样瘦的老马，莫说卖银钱，就是双手捧着送给人家，对方也不敢要，谁愿意帮他抬马尸呢？阿跟又转念想：穷急昏眼，是老汉想干骨头里抠骨髓的穷办法了。阿跟眨了几下眼睛，计上心来，咬着穷老倌的耳朵嘀咕了一阵，从怀里掏出一包碎银子，转身从马具店里买了两根一红一黑的鞭子，他把银子和鞭子一起交给了穷老倌，慌忙回身走了。

阿跟气喘吁吁地跑回家里，大声冲着火塘屋呼喊：“老爷，老爷，罕见的宝马，奇怪的宝马，老爷你屋里要进无价的财宝了。”

阿命纳见阿跟的样子，瞪着眼睛大吼：“贱骨头，是不是撞鬼了，像救火的呼唤声音一样的恶怵，骇走了家神怎么办呢？”

“老爷，老爷，不是我撞了鬼，也不是不吉祥的呼喊声音，是我撞上了一匹会屙银子的宝马，财喜来了，大发大旺。”

“什么会屙银子的宝马？你欺骗人的话，到我的胡子尖上来开玩笑了。”

阿跟装着一本正经的样子，一板一眼地说着：“老爷，快走，迟走一步，会屙银屎的宝马会被别人抢走，我们不能丢下这件活宝贝。”

阿跟领着阿命纳跌跌撞撞地走了出来，卖马的穷老倌远远发现阿跟领着个胖猪婆样的老爷来了。他遵照着阿跟嘱咐的话，高举起鞭子摔了几下鞭响，然后他又丢下皮鞭，转到瘦马的屁股后面蹲了下来，勾着脑壳在一堆稀马粪里扒翻着。阿命纳很快走到穷老倌的面前，发现老倌手巴掌里捧着碎银子，还像鸡啄食似的从马屎堆里拣起一粒又一粒的碎银子，小心翼翼地放进巴掌里。呵呀喂，阿跟说得不掺假，真是匹会屙银屎的宝马！银子烫红了阿命纳的眼睛，止不住淌下了三尺长的馋涎水，心里痒抓抓地说：“老倌呀，你的这匹老瘦马卖给我吧。”

穷老倌佯装耳朵笨拙，侧耳说：“老爷，你说什么话呀？”

阿命纳急不可耐地抢前几步，凑拢老倌的耳朵大吼大叫：“问你这匹老瘦马要多少价钱？”

“价钱，你问我卖多少价钱？”老倌顿住话，自问自答似的说：“要多少价钱，我要十两银子。我的瘦马一年能屙一斤银子，划不来，划不来。”

这时，冷在一旁的阿跟走过来说：“大爷呀，牵到市场上的马，家神也认生了，我看你老就卖掉它吧！”阿跟顿住话，思索似的说：“价钱嘛，我的主人也不会亏待你，我看五十两银子就脱手了吧。”

阿命纳的眼睛也眯成了一条缝，匆忙接上话头说：“阿跟喊的价合情合理，老马我牵走了，银子现兑。”阿跟把五十两银子从阿命纳的手里接过来，抖抖地塞进老倌的手里说：“大爹呀，你这宝马屙银子前喂什么东西、做什么办法呢？”

“哎呀喂，我也差点忘记说了，老马屙银子前要喂斗把麦子，饮一桶温吞水，然后拿黑鞭子先甩三鞭：‘黑鞭子甩你屙银子。’又拿红鞭子甩三鞭：‘红鞭子甩你快屙银子。’这样瘦马就会屙银子屎了。”

阿跟在前面牵着老瘦马，阿命纳在后面摇摇摆摆地吆喝着，掌灯时分，阿命纳慌忙舀来一斗麦子喂了马，饮了一桶水，然后急不可耐地挥起黑鞭子，朝着瘦马的身上鞭打起来，还喜滋滋地喊着：“黑鞭子甩你快屙银子。”老瘦马撑饱了一肚子的麦子，又饮了一桶水，挨了三鞭后，屙出一泡稀屎，正正地屙在阿命纳的脸上。阿命纳一抹脸盘子，慌忙翻扒起马屎堆，马粪翻个透了，寻不到一粒银子。阿命纳不知是气还是恨，又高高地挥起鞭子跳了过去，狠狠地揍了三鞭，呼喊道：“红鞭子甩你赶快屙银子屎。”这一摔打，阿命纳摔重了，老马一蹦跳，这一蹦一跳，弄得撑胀着麦粒子的瘦马挣断了肠子，瘦马瘫下去了，挣扎了一下，屙出一堆黄金色的发胀了的麦粒子。阿命纳赶了过去，认为是马屙黄金了，伸手抓出一把麦粒子，一看，哪里是黄金粒，阿命纳的手里抓着一把臭烘烘的发胀了的麦粒屎，“吁吁”地喘粗气，直吹得阿命纳焦黄的胡子翘了起来……

阿　米

很久以前，人们把米称为米骨头，把米糠用来吃，米却被扔掉。

有一个叫阿米的聪明善良的摩梭姑娘，终年给总管老爷放牛羊，过着牛马不如的生活。

她虽然长得十分漂亮，但由于经常挨冻受饿，总是显得面黄肌瘦，再加上衣着褴褛，美就不外现了。

一天，她从山上放羊回家，总管家嫌她回来得太早，就狠狠地打了她一顿，不让她吃饭，她饿得不能支撑，就偷偷地把总管家扔在院子的米骨头一颗一颗捡起来，舂成细面，用一个小罐罐煮着吃。

她觉得米骨头比米糠好吃得多，就悄悄告诉伙伴们，这样她的伙伴都免除了饥饿。

日久天长，阿米那瘦弱的身体一天天健康起来，脸色也逐渐红润了，显得更加漂亮，就像一朵艳丽的山花。

总管家有个愚蠢的小姐，长得十分丑陋，可她总想把自己打扮得比别人漂亮，看见别人比自己好看，她就怀恨在心，十分嫉妒。

眼看阿米一天天漂亮起来，她心里又羡慕、又嫉妒、又痛恨，很想找到阿米漂亮起来的妙方。

一天，她假惺惺地装出笑脸问阿米："阿米，你为什么长得这样漂亮？

快告诉我吧，我给你很多很多的金子。”

阿米恨死了这个蛇蝎一样歹毒的臭小姐，真想吐她一脸口水，但转念一想又忍住了。

她十分神秘地悄悄说：“如果你答应我两个条件，我就告诉你。”

这时小姐好像在镜子中看到自己漂亮的容貌了，她得意忘形，手舞足蹈，高兴地说：“别说两个条件，十个条件我都答应，你快说吧！”

“唉，算了吧，你是不会答应我的。”阿米故意扭头就要走。

小姐急得差点哭起来，心里恨不得扑上去一口把阿米吞掉。但是为了使自己漂亮起来，她只得忍气吞声地哀求道：“好心的阿米，我先答应你还不行吗？”

“好吧。”阿米说，“第一，把你家关着的奴隶全部放出来。第二，分一些金银给奴隶们。如果你做了这两件事，我就告诉你。”

小姐为了使自己长得比谁都美丽，只好照阿米说的去做。做完后阿米才说：“小姐，我长得很美丽，是因为我二十天没吃一点东西，天天在山上放牛羊。”

小姐听了阿米的话，就天天到山上睡觉，不吃也不喝，没到二十天，这个愚蠢的小姐为了使自己漂亮，就活活地送了命。

木匠和画家

从前，一个国王手下有两个大臣，一个是画家，一个是木匠，两人各有一套本领。画家很嫉妒木匠，想害死他，独得国王重用。

恰巧，国王死了，小国王很想念他的父亲。一天，画家乘机对小国王说："我昨晚做梦，梦见老国王在天上生活得很愉快。他想在天上盖座宫殿，可是找不到高明的木匠，要你派一个木匠到天上去替他盖宫殿！"

小国王听了很高兴，就问："木匠怎么上天去呢？"

画家说："老国王叫拿许多木柴堆在一个场子里，把木匠放在中间，然后烧起木柴来，木匠就会乘坐火烟上天去。"

小国王听了，就下令叫木匠上天去。木匠一听，知道是画家要害他，但国王的命令哪敢不从，只好说："好，让我准备准备。"

木匠回家后把这件事告诉了他的妻子。他的妻子很聪明，就叫丈夫不要着急，他们悄悄由家里挖一个洞，一直通到那块场子上，以便木柴着火时木匠由地洞里跑回家。

地洞挖好以后，木匠就跑去见国王，说："我已准备好了，可以去了。"

第二天，成千上万的人来看木匠上天。木匠穿得十分整齐，拿着斧子和锯子，钻进木柴堆里。烧火的人便燃起火来，在浓烟弥漫中，木匠早从地洞里回到了家。

过了许久，木匠忽然出现在宫里，小国王看见他非常喜欢，忙问："爸爸的宫殿盖好了吗？"

木匠说："盖好了，可是在天上找不到会油画的人，老国王要你派一个画家到天上替他在宫殿上画油画。"

小国王把这个意思告诉了画家，要他上天去画油画。画家一听，很害怕，他想不到木匠还活着。画家虽然心里着急，但又不得不答应，只好抖颤颤地说："遵命。"

到了燃烧那天，画家穿着新衣，被人从人群里推出来，脸上流着泪水。他一钻进木柴堆里，烧火的人就点起了火，一会儿，他就被大火烧死了。

阿一旦故事之一：公喜？母喜？

刚下过一场大雪，玉龙山的银峰玉笋倍加亮丽。

阿一旦如往常一样，一大早就去木老爷家上工。无情的风雪迎面扑来，如刀割针刺，使阿一旦连连打寒战。他把衣带勒紧，两只手紧紧地笼在袖筒里，使劲抱住胸口，这样觉得暖和些。可是牙齿不听招呼，一个劲儿地上下打架，“咋咋咋”响个不歇。

“开门！开……”阿一旦的话还没喊完，门就“嘎——”一声开了。阿一旦的心“咯噔”一跳，他想：今天这门怎么开得这么快？才闪过一丝疑惑的念头，一把冰凉的铜瓢就递到了阿一旦嘴唇上。

“大吉大利！大吉大利！大发大旺！子孙兴旺！长命百岁！”木老爷口中念念有词，双手捧起满盈盈的一大铜瓢凉水凑近阿一旦的嘴唇，冻得阿一旦直打哆嗦。阿一旦明白了，他当了木老爷家的“头客”，昨天晚上木太太生了娃娃。纳西族的规矩：当“头客”的必定要先喝这一大铜瓢凉水，给新生的婴娃解除口舌是非，消灾免难，使新生婴儿一辈子享受清净之福。“头客”喝完凉水之后，主人就要请“头客”喝米酒煮甜心鸡蛋带糯米粉汤圆。大冬天的喝凉水，冻得阿一旦牙齿都要裂了，本想只喝一口两口表示一下后推谢掉，怎奈木老爷一股劲儿地灌，口里还念着：“大吉大利！大吉大利！”阿一旦只得豁出去了，把那一大铜瓢凉水喝光。用袖筒揩揩嘴唇问

道：“老爷，公喜？母喜？”

“公喜，是个公喜——少爷！唉！……”木老爷满脸的不高兴。因为纳西族流传着“头客”能决定新生儿的一生命运的说法。“头客”是个达官贵人富豪绅士，这个新生儿将来也就会大发大旺；如果“头客”是个穷人奴仆丫鬟，这个新生儿将来就要吃苦受罪过辛酸日子。今天，少爷的“头客”竟碰上了当仆人长工的阿一旦，木老爷心中老大的憋闷，于是这传统的喜庆规矩“米酒煮鸡蛋带汤圆”被抹掉了。

阿一旦当了木老爷的“头客”却受了只喝凉水不给米酒的侮辱，直恨得咬牙切齿，心想：总有一天也要让木老爷尝尝喝凉水的滋味！

那年腊月底，年关逼近了，木老爷家正忙着准备年货，偏偏这个时候阿一旦好几天不见面，许多活搁着没人干。木老爷很着急，叫人去喊过几次就是不见阿一旦的影子，木老爷急了，只好亲自出马。

“阿一旦！阿一旦！”木老爷一面叫一面推门进来。

“大吉大利！大吉大利！贵人‘头客’大发大旺！孙子兴旺！”阿一旦笑眯乐呵地端一大木瓢凉水凑到木老爷的嘴边。

木老爷有生以来没有喝过凉水，但是“头客”的规矩是破不得的啊！推不开，避不过，实在狼狈。本想摆出老爷的架子，勉强抿一口就应付过去，可是阿一旦哪里肯依，连声嚷着：“大吉大利，大吉大利！”把水灌给木老爷。木老爷只好瞪大眼睛硬喝下去。

阿一旦心里暗暗咒骂道：“让你也尝尝这冬天喝凉水的滋味！”

木老爷接连打了几个寒噤，肚里咕噜噜响着打起饱嗝来，觉得有些不舒服了。他以为是阿一旦的老婆生了娃娃，假装几分关心的样子问：“阿一旦，公喜？母喜？”

阿一旦满脸赔笑，答道：“托老爷的洪福！公喜也有，母喜也有！小花也有，四眼也有！”说完就用手指向墙旮旯那狗窝子。

木老爷一看，嘿哟喂！原来是阿一旦家的母狗下了一窝崽，狗崽正在母狗肚皮下争奶咂哩！

阿一旦故事之二：上楼下楼

一个夏天的中午，木老爷在楼上月台口歇凉。他看见阿一旦在院子里做活，就喊道："阿一旦，你有本事叫我爬粮架，今天你能叫我从楼上下来吗？"

阿一旦说："叫你从楼上下来有什么稀奇，我有本事叫你从楼下到楼上去。"

"真的吗？"

"当然喽，你不相信下来嘛！"

木老爷蹒跚地走下楼来，口中直吐大气，头上也冒出汗来，他摇着头说："嗯，看你怎么叫我上楼去。"

阿一旦哈哈笑道："你不是要我叫你从楼上下来吗？"

木老爷又上当了，但还是老着脸皮说："阿一旦，你不是说你有本事叫我从楼下上楼去吗？"

阿一旦不慌不忙地说："这有什么困难，我有本事叫你从楼上下来，当然也有办法叫你上楼去。现在从头做起吧，你去楼上站着，看我显本事。"

木老爷拖着拖鞋，费力地爬到楼上站着说："阿一旦，你叫吧，叫死了我也不下来！"

阿一旦捧腹大笑："你不是又上楼啦！老爷，你真听话。"

木老爷站在那里气得直喘气。

阿一旦故事之三：换衣

冬天，下了一场大雪，寒风像锥子一样戳人。木老爷穿上他那件又柔软又暖和的宝贵的白兔皮袄，一面宽心地烤火，一面狠心地喊长工出去赶马。有个长工，身上仅有一件半新不旧的薄薄的蓝布单衣，一出门就冻得瑟瑟发抖，嘴唇发紫。阿一旦见他这么可怜，还要出去赶马，心中实在不忍，便对他说：“你把单衣脱下来，先穿上我的破袄子，等会我给你换件暖暖和和的皮袄来。”

阿一旦先叫伙伴在自己脸上和胸脯上喷上一些水珠，然后穿上蓝布单衣，纽子全部解开，一只手抓着衣襟，一扇一扇地走到木老爷面前，自言自语地说：“呵呀，太热火了，真像过夏天一样！”

木老爷从火塘上边转过头来，惊奇地看着阿一旦：“怎么？大雪天穿件单衣，纽子也不扣，还说热火？”

阿一旦憨头憨脑地答：“老爷您不知道，我这件衣裳是外面一个东巴[①]大师傅给的，他说是叫什么‘火衣’，夏天穿它就像煮在开水里一样热，我不敢穿。大雪天穿它正合适，全身热火火的，像过夏天一样，不消烤火，身子又轻松。”

---

①东巴：纳西族的巫师。

木老爷怀疑地看着："真热火？"

阿一旦指指脸上和胸脯上的水珠："您看，刚才我把纽子扣紧了一点，就热得冒汗了。"说着一个劲地扇风。

木老爷听说这"火衣"是东巴给的，又见阿一旦这个样子，认定是件神衣，想据为己有，便对阿一旦说："你把'火衣'换给我。"

阿一旦一口回绝："那怎么行？老爷您有兔皮袄，我连一件夹衣裳都没有，全靠'火衣'过冬呢。"

木老爷指着身上："我把兔皮袄换给你，总可以了吧？"

阿一旦显出很为难的神情："我是真不愿换，舍不得换，但您是老爷，我是佃户，不听您的话也不行，唉。"

木老爷见阿一旦不敢推辞，嘻嘻哼哼笑道："唉什么，快换吧。"说着先把自己的兔皮袄脱下递来，催促阿一旦快把"火衣"脱给他。

阿一旦脱下单衣，穿上兔皮袄，装作冷得发抖，连忙凑近火塘去烤火，木老爷便笑着把单衣往身上套。阿一旦见木老爷身上还穿着三四件衣裳，忙说："穿'火衣'要贴着肉，外面也不能加衣裳，不然就不灵了。"木老爷只得先脱个精光，再穿那件单衣。正在这当儿，阿一旦又赶紧说上几句话："东巴还给我说，这'火衣'有点怪，好心人穿它才热火；心黑的人做过亏心事，穿它就会发冷。要是谁穿上它发冷，那他的心一定是黑的，准做过见不得人的事。"

木老爷穿上"火衣"，并不像阿一旦说的那样热火，正想问，又听说穿"火衣"发冷的人心黑，也不好开口，只是赶紧把纽子扣紧。阿一旦见了忙问："老爷，是不是冷？"

木老爷连连摇头："热火得很。"

阿一旦指指"火衣"纽子："那怎么还扣起了？"

木老爷不得不解开纽子，但一露出肚皮，更冷了，又赶紧凑近火塘去。阿一旦见了又说："老爷，是不是冷？"

木老爷强打精神："不冷，热火着哪。"

阿一旦指指火塘："那怎么还烤火？要是真热火，就该像我那样扇着衣襟到大门口站站呀。"

木老爷不愿在阿一旦面前显露出自己心黑，做过见不得人的事，不得不露着肚皮，扇着风，硬撑着走到狂风呼啸的大门口。一眨眼，木老爷冻得瑟瑟发抖，嘴唇发紫。

阿一旦穿着兔皮袄跟出来："老爷，热火吗？出汗了？"

木老爷冷得脖子都僵直了，一张嘴牙齿就打架，却还一个劲地点头，结结巴巴地回答："热……热火……出……出汗。"

"那我换起走了。"

阿一旦笑着走开，把兔皮袄拿给了赶马的长工。

阿一旦故事之四：木家败

邻居阿肯苴死了，留给他的老婆一架破旧的脚碓和四个小孩，一家五口的生活全靠他的老婆帮人家舂米、舂饵块活。日子久了，这架脚碓渐渐坏了，又制不起新的，阿肯苴的老婆不由得伤心地哭起来，几个小孩也跟着母亲一起哭。这时阿一旦从她家门口经过，听见了这悲惨的哭声，就进去问明缘由，安慰了她一番，说要帮她制一架新碓。

木老爷家有架脚碓，是木家派了很多人，从金沙江边运来石头，从玉龙山上运来木料，又派了高明的石匠、木匠制造出来的，舂起米来又轻又快，米糠脱得很干净，米颗舂得很均匀。阿一旦想：这架碓这么好，能把它给阿肯苴家才好呢！

一天早晨，那架脚碓正在“呱啦啪、呱啦啪”地舂饵块，准备给木老爷下茶。这时候木老爷还没有起来呢。

阿一旦装得慌里慌张地跑到木老爷的卧室里，带着几分不安的神情向木老爷报告：

“老爷，老爷，兆头不好啊！”

“什么兆头不好？”

“你听，‘木家败！’‘木家败！’……”

“混蛋，你在说什么！”

“新制的那架碓在说不吉利的话呀：‘木家败！’‘木家败！’老爷，你听！”

木老爷把头从被窝里探出来，侧着耳朵听。碓重复地响着“木家败！”“木家败！”他越听越像，把脸都气白了。

“是吗？老爷，这个兆头不好哇！”

木老爷皱起眉头，喝令道：“快去，拿把斧头砍了当柴烧！”

“这架碓还是新的，砍了多可惜！不如送给穷人。”

“这岂不便宜了穷人！”老爷摇了摇头，心里有些舍不得。

阿一旦忽然叫道：“有了，有了，阿肯苴家有一架碓，旧是旧了一点，但会说吉利话，‘木家旺！’‘木家旺！’拿这架碓和他家调换不好吗？”

木老爷想了想说：“对，对，对，你立刻去把‘木家旺’抬过来，把这背时的东西换给他们。”

阿一旦换来了阿肯苴家的碓，木老爷一看，是架烂碓，根本不能用，不觉大怒，正要发作，阿一旦连忙笑着说：“老爷，这架碓虽然破烂，却会说吉利话！放在家里，木家会更兴旺呢！”

木老爷不觉转怒为喜，笑眯着眼睛。

阿一旦故事之五：拿鱼去

在丽江古城西面二十多里的地方，有一片水域名叫“拉市海”。海里有很多鱼，特别是鲫鱼，以其味道鲜美而出名。每到农历二三月间，海水会落潮干涸，是拿鱼的好时机。

这天，木老爷正闲得发闷，想找个人开心。阿一旦正端着一簸箕谷子急急走向碾坊要去舂米，从木老爷身边经过。木老爷乐了，因为阿一旦最会讲逗乐的开心话，于是喊：“站住，站住！阿一旦！”

阿一旦站住了，心想：今天木老爷要唱哪折子戏呢？“阿一旦！”木老爷皱皱鼻子转转眼珠子地说：“你肚子里装的笑话多，听说张口就出来。现在你马上就给我说一段笑话，说一段，啊！”木老爷眯着眼得意地斜睨着阿一旦。

阿一旦看着木老爷那副又愚又诈的模样儿，暗自好笑，马上就有了笑话：“老爷！我哪有闲工夫和您讲笑话，我马上就要走了。”

“哎！你要去哪里？”木老爷瞪大眼睛问。

“你没听说吗？”

“听说什么？”

“拉市海水干了，拿鱼谁还嫌早？”阿一旦挤挤眼睛撇撇嘴巴，拔腿就走。回头补一句：“拿鱼去！”

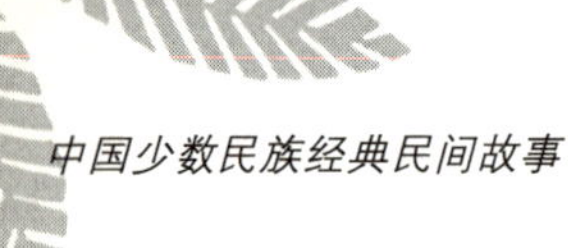

贪心的木老爷心慌神乱："啊，真的吗？我也去！赶紧给我备马。"

"老爷！"阿一旦边急走边回头答话："您骑马走得快，我走路走得慢，得先走一步。请您叫别人给您备马吧！"说完，他匆匆地走了。

木老爷备了一匹骑马和两匹驮马，还带了两个仆人，他要拿两驮鱼呢。等他急急忙忙跑了二十多里路到拉市海边一看，嘿哟！海水白茫茫，波浪翻滚，群群野鸭子在"呱呱"地叫着飞起飞落。木老爷对着海浪发愣了。

"笑话！阿一旦开我的玩笑！"木老爷在马背上嘀咕着……

花子怜皇帝

纳西族的民间流传着一个“好昧考主苏，考好昧主苏”（意为花子怜皇帝，皇帝不怜花子）的成语故事，这里就讲这个故事。

从前有一个叫花子，他整天拉着一根打狗棍走村窜寨地沿门乞讨，用百家的残汤剩饭打发着他贫穷潦倒的生活。

有一年冬天，大山里纷纷扬扬地下起了大雪。白雪堆得大山变得更加高大，平坝变成雪山，深谷却填成了雪原，使得大地都变成白茫茫的雪世界，使得做窝在墙洞里的雀鸟饥饿地死在墙脚下。

这个叫花子被雪封在岩洞里，他看着满天不停落着的纷纷雪花，暗想：褡裢里的存粮没有了，若出去要饭，分不清路埋在哪里，走错一步路，就会跌死在雪窝里，这样弄得他的饥肠咕咕叫着。他捡拾起来的柴火也烧完了，想烤火取暖也办不到。折腾得这个叫花子又饿又冷，上牙磕打着下牙不停地打着冷战。

这时花子暗暗地想：我是饿惯的人也挨不住这冷的雪天了，这时候不知道皇帝怎样冷饿，皇帝又没有过惯像我一样的生活，这样的天气，皇帝能挨得住吗？这个花子禁不住可怜起皇帝来了。慢慢地他还为皇帝流起潸潸的同情泪水……

唉，花子眼泪洗脸地可怜皇帝的时候，花子的婆娘觉得奇怪了，问他为什么无缘无故地流泪水？花子抹着眼泪说：“我是叫花子，饿惯了呀，我想这样的大冷天，不知道皇帝如何熬这冷饿，我可怜皇帝，才流泪水哩。”花子的婆娘哈哈大笑一阵，然后嗤着鼻子冷冷地说：“憨子，真是花子可怜皇帝，皇帝可不会怜你哩。”

憨人剥鹿皮

纳西族民间有句成语叫“若多造厄是”，它的意思是“憨人剥鹿皮”，用来讽喻那些做事不动脑筋，照搬照做的机械人。这里有这样的一个故事哩。

很古的时候，有一猎人打着一只马鹿，剥下鹿皮晒在一棵树疙瘩上，傍晚了，家里的媳妇叫他的男人把鹿皮取回家。男人去取鹿皮了。

太阳落山了，黑夜也跑到家里来了，他的女人左等右等，老是不见她的男人把鹿皮取回来，媳妇认为是她的男人出了闪失事情，慌慌忙忙循着男人的脚迹找来。媳妇走到晒鹿皮的地方一看，哎哟喂，看见他的男人抱着树疙蔸往上使劲地拔着，树疙蔸左摆右晃老是拔不出来，把他折腾得气喘吁吁，满头还滚冒着汗珠。媳妇被他弄得又气又好笑，赶快跑了过去，她把男人拉朝一边，伸手轻轻地把鹿皮揭了下来，对着男人又气又好笑地说：“谁叫你拔树疙蔸，真是憨人剥鹿皮了。”

这个憨男人觉得他的媳妇这样地小看他，心里着实不是个滋味。

这一天，他偷偷地跑到山林里，脱下自己的麻布裤子，也仿鹿皮一样晒在一桩树疙蔸上，准备像媳妇一样揭鹿皮，想着把裤子揭下来。但是他刚把裤了套在树疙蔸上，突然山里刮起了一阵旋涡风，把他的裤子“呼”地一下刮到天上去了。

憨男人循着裤子被吹走的方向，找寻到路上。忽然看见一群送葬的孝男孝女，头上都缠麻布孝布。憨男人误认为是这群送丧的人把他的裤子撕成麻布条缠在头上了，这下憨男人气红了眼睛，慌忙奔了过去：“你们把我的裤子缠在头上了，还我的裤子。”憨男人边叫边去揭孝男孝女头上的孝布，这把孝男孝女们弄得糊涂了，认为是疯子拦路疯缠他们，一窝蜂地围拢过来，拳打脚踢地把憨男人揍了一顿。

憨男人鼻青脸肿地跑回来，他把路上遭打的事一五一十地说给他的媳妇。

媳妇听了憨男人的话，被弄得又气又好笑，她开导他说：“你以后看见送丧的人家，只能抹着伤心的泪水，说你家的人去世了，可怜孝男孝女了。”

一天，憨男人来到一个寨子里，看见有一户人家张灯结彩，燃放鞭炮，敲锣打鼓地办着喜事。憨男人灵机一动，想起了媳妇教他的话。他急忙抹着眼泪水，放出“呜呜”的悲声跑进门，对着主人哭嗓哭音地说：“你家死了人，可怜孝男孝女了。”

主人家被弄得莫名其妙了，我家办的是喜事，贺喜人怎么说不吉利的话，莫非他是一个疯子说疯话，还是故意拆我们家的台，冲我们家的喜气？主人家气得跳了起来，抹开袖子，狠狠地揍了憨男人一顿，把他逐出了门。

憨男人又挨了一顿拳打脚踢地狠揍，他又跑回家里，把他挨揍的经过照实向媳妇讲了。

媳妇听了，又开导他说：“这一次又是你的不对了，人家不是送丧，而是接亲办喜事，以后看见办喜事的人家，你只能说，恭喜，恭喜，恭喜新郎新妇百年好合，早生贵子。”

憨男人牢牢地记住媳妇的话。又一天，憨男人又出门了。见有一户人家失火烧房子了，救火的人呼喊着救火，提桶捧盆地忙着救火。憨男人看见了，慌忙跑了过去，拦住救火的主人边恭喜行礼，边说：“恭喜，恭喜，恭喜你家新郎新妇百年好合。”

救火的主人正为遭火灾憋着一肚子的晦气，这个过路人不但不来帮忙救火，反倒幸灾乐祸地说什么“恭喜，恭喜”。这一句话把主人的满肚晦气戳破了，他抹起袖子，狠揍了一顿憨男人。

憨男人又对老婆憋着满肚子的晦气，他回到家，把他被救火人打的事详细告诉给媳妇。

媳妇无可奈何地叹了一口长气，又开导他说：“人家火灾了，你怎能说恭喜，恭喜的话？以后看见了火烧房子的事情，你就得提上一桶水帮忙人家灭火才行。”

憨男人记住媳妇的叮嘱。一天，他来到一个寨子里，看见有一个铁匠铺里炉火喷着血红的火苗，憨男人看见熊熊飘天的炉火，认为是火烧房子了，他慌忙提了一桶水，还“救火，救火”地呼喊着，一桶水把滚冒火苗的炉火浇灭了，弄得两个铁匠气红了眼睛，抹开袖子就是一顿好打。

憨男人呻吟着跑回家里，把他遭打的事情一五一十地详细告诉给媳妇。

媳妇埋怨地说：“以后你看见人家打铁的时候，莫拿水浇灭炉火，你要拿起铁锤，高喊‘你一锤、我一锤’地去帮忙打铁才行哩。”

憨男人记住了媳妇的话。一天，他又转悠到一个寨子里，看见两个兄弟为着分家不匀的纠葛，脸红脖子粗地吵着，然后抹开袖子就你一拳我一拳地打起来。憨男人看见两兄弟斗殴，误认是他们在打铁了，他想起了媳妇的话，也抹开了袖子，捏紧拳头，呼喊着“你一锤、我一锤”，朝着两兄弟轮番地打了起来。两兄弟好生奇怪，这人见人打架不劝架，反倒“你一锤、我一锤”，火上加油般地打起来。两兄弟挨了憨男人的毒打后又团拢过来，狠狠地揍了憨男人一顿。憨男人被两兄弟打跑了。

他负着满身的伤，“哎哟、哎哟”呻吟着回了家，媳妇问他是怎么回事，憨男人没好气埋怨媳妇害了他，才屡次遭了打。

媳妇也怨自己命苦，找了这个惹是生非的憨男人。然后她强忍着心中的晦气，开导他：“你看见两个兄弟打架了，怎能去帮忙打架？以后看见打架的人，你只能说，‘我们都是兄弟，大哥、二哥不能伤了和气’，你去拉扯

开他们才行哩。”

这一天，憨男人来到山里，他看见两头水牛红着眼睛正在山上斗得难分难解，认为是大哥、二哥在斗殴，就想到媳妇教他劝架的事情，他慌忙跑了过去，扯着水牛的角：“大哥、二哥莫伤和气，莫打了，莫打了。”

憨男人扯着水牛的角往后拖开的时候，突然不知怎么搞的，把他夹在两头牛的脑壳中间被水牛抵死了……

嫉妒他人富，自己变穷鬼

纳西族民间流传着一句成语“兴鱼怒没叶，吾鱼格没含”，它的意思是“嫉妒他人富裕，自己反变穷鬼”。

从前有一户猎人，他不忌风雪，不畏风雨，天天到老林里挖陷阱埋地弩。这个猎人挖的陷阱没有扑过空，埋的地弩也从未虚发。这样，猎人的家里挂着吃不完的兽肉，穿不尽的兽皮。猎人的邻居是一个懒汉，他看着猎人天天吃烧肉、炖肉，悠悠的肉香飘到他的屋里来了，弄得懒汉的嘴里流着口水。他想去讨吃，但又撕不下讨口的脸面；想去偷吃，但是猎人家里有群如虎似狼的猎狗，弄不好反倒惹下一身的腥臭。过了一天又一天，他的馋涎竟变成了酸水，暗里对猎人起了嫉妒。

一天，懒汉在火塘边冷冷地坐着，突然想到：若把猎人的房子烧了，挂在屋梁上的兽肉不是都变成烧肉了吗？我若是叫喊着“救火、救火”地跑过去，可以拣吃一块烧肉了。于是在一个伸手不见五指的晚上，他偷偷去把猎人的房子点燃。不料，他执着火刚伸向房子的时候，突然被猎人家的猎狗发觉了，猎狗冲出门洞扑向懒汉。懒汉做贼心虚，一听到恶狗的狂吠声，骇得魂飞天外，一扬手把手里的火甩到自己的房头上了。火苗乘着大风，呼啦一声，反把懒汉自己的房子烧光了。

懒汉失去了栖身的地方，就蜷缩在猎人家的墙拐角地方，对着一堆老鼠尾巴大的火塘火痴痴地发呆。刚巧，这时候猎人家又猎到了一只老熊，新鲜的烧熊肉的香味又阵阵飘过来了。懒汉叹了一口气，对着黑黝黝的夜空自言自语地说："嫉妒他人的富裕，自己反倒变成穷鬼了……"

见鱼亲鱼宗，见蛇依蛇族

纳西族民间有句成语叫“业多业公金，日多日公大”，它的意思是“见鱼亲鱼宗，见蛇依蛇族”，用来讽刺那些两面三刀耍奸猾的人。这里讲述了这样一个故事：

在很古的时候，有一天，太阳像火塘火一样暖和，轻风像羊毛一样柔和。一条又粗又长的鳝鱼看见好天气就动心了，慢慢游出它藏身的洞窟。鳝鱼顺着潺潺泉水出游，游着，游着，突然迎面遇到了一条口吐烈火的大麻蛇。麻蛇一见肥溜溜的鳝鱼，张开血盆大口想把鳝鱼一口吞食。鳝鱼看出麻蛇的心思，灵机一动，笑嘻嘻地伸出它那又细又长的尾巴说：“好心的麻蛇大哥，看我又细又长的尾巴，同你的尾巴是在一个模子里拓出来，我是一条胆小如鼠的水蛇呀，敲着拇指连心疼，同族最亲，蛇不欺蛇。”麻蛇听了鳝鱼假惺惺的话，信以为真了，冷冷地点了一下头，游过去了。

鳝鱼正在庆幸自己免脱了灾祸，把刚才碰到的惊险事情抛到脑壳后面，晃头摆脑地顺泉水游下来。真是祸不单行！当游到一处窄河湾口，又碰到一条长着獠牙的大鲨鱼。鲨鱼扑向鳝鱼说：“我游遍了河水，觅寻不到一条可以食用的小鱼，碰见了你，活该让我充饥了。”鳝鱼慌了手脚，一纵身撞在一蓬水草上，一根水草挂住他的鳍片，挣也挣也脱。鳝鱼灵机 动，假惺惺地抹着眼泪说：“鲨鱼大哥，你看我的鱼鳍被水草挂住，你长有鳍片，我也长有鳍片，你我都是同一个祖先繁衍的，可怜把拴住鳍片的水草解一下吧。”鲨鱼晃着粗大的身躯，信以为真，把挂住鳝鱼鳍片的水草解开，放走了鳝鱼。

鳝鱼慌慌忙忙地顺水溜逃下水，心里暗暗高兴，哄骗了麻蛇、鲨鱼，真是过了两大关。鳝鱼经历两次的惊吓，这时才感觉到浑身散了骨架似的疲乏极了，就无忧无虑地躺在水草丛里睡大觉。睡着，睡着，日头慢慢偏西，忽然“扑嚓”一声响，河水翻起浊浪，鳝鱼从梦中惊醒。睁开惺忪的睡眼一看，只见麻蛇口吐烈焰，鲨鱼张开血口，一齐向着鳝鱼扑过来：“你这狡猾的鳝鱼，骗得我好苦呀。”鳝鱼一见厄运临头，浑身惊出了一身冷汗。它把身子向泥塘里一纵，就钻进九层稀泥里逃得无影无踪，再也不敢出来了。

臂膀没力气，利斧也没用

古时候，栗树冈住着两弟兄，哥哥名叫若朵，弟弟名叫阿识。两弟兄拜砍料师傅拉固贝知为师，学砍木料，哥哥若朵憨厚朴实肯使劲，弟弟阿识好偷闲。师傅拉固贝知传授技术很严，每天要求他弟兄两个各砍十二根木楞子，连砍树带修枝剥皮削成料子，不许粗，也不许细，要求天心地心必须恰恰四寸，长一丈二尺。这些料子就是建造木楞房子的。

弟弟狡黠，他抢先抓了那把铮亮的利斧就上山。心想留给哥哥的那把斧头又钝，又有缺口子，砍木楞子一定会比自己慢得多，他就宽宽闲闲慢慢腾腾地砍，砍一阵又坐一阵，坐烦了还躺一阵，那双臂膀也懒软软使不出劲，斧头虽然是很锐利，可从太阳冒出到太阳落山，数一数才砍下六根，只够一半，还是长的长，短的短，粗的粗，细的细，不合尺码。他着急了，师傅要打屁股的，咋个办？这个时候，额头上、背脊沟冒出一股股冷汗。恰巧师傅走到他面前来了。师傅并没有打屁股，也没有瞪眼睛，却不声不响地领着他走到哥哥若朵砍木楞子的林间，指着他哥哥砍下的那一堆齐崭崭、白花花的木楞子说："瞧你哥哥的脸上淌的什么？"

"油汗！"

"你呢？"

"我——我——冷汗。"弟弟阿识结结巴巴地回答。

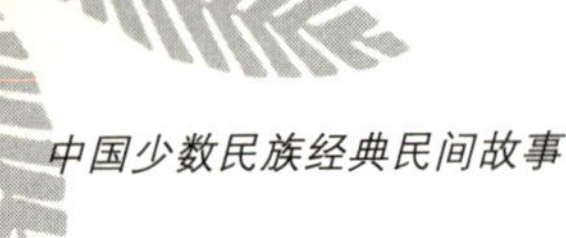

“再瞧瞧你哥哥手中拿的什么？”

“缺了口的钝斧头。”

“你手中拿的呢？”

阿识眨巴着眼睛回答不出，只是摸拭着铮亮的斧口，冷汗淌得更凶了。

“你瞧瞧！同一天工夫，使钝斧头的砍出了十二根，尺码全合；使快斧头的倒反只砍出十二根的一半，而且全不合尺码！记住！”师傅拉固贝知意味深长地说：“牢窝古没依，松套挣没高！”意思是“臂膀没力气，利斧也没用！”

附　录

本书所选故事的资料来源

1. **人类迁徙记**　讲述者：和芳；采录者：和志武；采录时间、地点：1954年于丽江县。选自《中国民间故事集成·云南卷》编辑委员会：《中国民间故事集成·云南卷》，北京：中国ISBN中心，2003年，第49—61页。

2. **崇人抛鼎寻不死药**　讲述者：东巴阿倮；采录者：和即仁；采录时间、地点：1958年于丽江县。选自《中国民间故事集成·云南卷》编辑委员会：《中国民间故事集成·云南卷》，北京：中国ISBN中心，2003年，第322—325页。

3. **东术争战记**　讲述者：和正才、和芳；采录者：杨世光；翻译者：李即善；采录时间、地点：1962年、1979年于丽江县。选自《中国民间故事集成·云南卷》编辑委员会：《中国民间故事集成·云南卷》，北京：中国ISBN中心，2003年，第378—384页。

4. **神鸟月其嘎儿**　讲述者：达巴苏诺、阮衣底子；采录者：李子贤；采录时间、地点：1978年于宁蒗县永宁乡。选自《中国民间故事集成·云南卷》编辑委员会：《中国民间故事集成·云南卷》，北京：中国ISBN中心，2003年，第369—370页。

5. **高楞趣**　讲述者：东巴阿倮；采录者：赵银棠；采录时间、地点：1939—1946年于丽江县。选自《中国民间故事集成·云南卷》编辑委员会：《中国民间故事集成·云南卷》，北京：中国ISBN中心，2003年，第264—266页。

6. **多莎敖杜**　讲述者：和芳、和正才；采录者：赵净修；采录时间、地点：1962年于丽江县。选自《中国民间故事集成·云南卷》编辑委员会：《中国民间故事集成·云南卷》，北京：中国ISBN中心，2003年，第373—376页。

7. **俄英杜努**　讲述者：和芳；翻译者：周汝诚、李即善；采录者：杨世光；采录时间、地点：1979年于丽江县。选自《中国民间故事集成·云南卷》编辑委员会：《中国民间故事集成·云南卷》，北京：中国ISBN中心，2003年，第376—378页。

8. **神马** 讲述者：瓜扎那折；翻译者：鲁绒亨扎、瓦图杜基；采录者：刘先进；采录时间、地点：1985年6月于四川省木里藏族自治县俄亚乡。选自《中国民间故事集成·四川卷》编辑委员会：《中国民间故事集成·四川卷》，北京：中国ISBN中心，1998年，第1421—1422页。

9. **四个部族的由来** 讲述者：和正才；采录者：木丽春；采录时间、地点：1962年于丽江县、中甸县金沙江边。选自《中国民间故事集成·云南卷》编辑委员会：《中国民间故事集成·云南卷》，北京：中国ISBN中心，2003年，第245—247页。

10. **门神的来历** 讲述者：和彩云；采录者：木丽春；采录时间、地点：1987年于丽江县。选自《中国民间故事集成·云南卷》编辑委员会：《中国民间故事集成·云南卷》，北京：中国ISBN中心，2003年，第266—268页。

11. **人为什么有智慧** 讲述者：李福光；采录者：牛耕勤；采录时间、地点：1981年于丽江县。选自《中国民间故事集成·云南卷》编辑委员会：《中国民间故事集成·云南卷》，北京：中国ISBN中心，2003年，第287—288页。

12. **东巴文字的来源** 讲述者：英扎茨里；采录者：四川省民协采风队；采录时间、地点：1985年5月于四川省木里藏族自治县。选自《中国民间故事集成·四川卷》编辑委员会：《中国民间故事集成·四川卷》，北京：中国ISBN中心，1998年，第1423页。

13. **卜筮术的来历** 讲述者：和才等；采录者：赵银棠；采录时间、地点：1940—1946年于丽江县。选自《中国民间故事集成·云南卷》编辑委员会：《中国民间故事集成·云南卷》，北京：中国ISBN中心，2003年，第320—322页。

14. **丁巴什罗** 讲述者：赵银棠；采录者：杨润光；采录时间、地点：1985年于丽江县。选自《中国民间故事集成·云南卷》编辑委员会：《中国民间故事集成·云南卷》，北京：中国ISBN中心，2003年，第370—

372页。

15. 阿明什罗 讲述者：年恒、更嘎、那布甲、和占元、杜志；采录者：杨正文；采录时间、地点：1987年于丽江县。选自《中国民间故事集成·云南卷》编辑委员会：《中国民间故事集成·云南卷》，北京：中国ISBN中心，2003年，第516—520页。

16. 靴项力士 讲述者：周汝诚；采录者：牛相奎、王思宁、阿华；采录时间、地点：1980年于丽江县。选自《中国民间故事集成·云南卷》编辑委员会：《中国民间故事集成·云南卷》，北京：中国ISBN中心，2003年，第520—522页。

17. 普称乌璐 讲述者：和正才；采录者：赵净修；采录时间、地点：1962年于丽江县。选自《中国民间故事集成·云南卷》编辑委员会：《中国民间故事集成·云南卷》，北京：中国ISBN中心，2003年，第522—523页。

18. 叶古年的传说 讲述者：周汝诚；采录者：牛相奎；采录时间、地点：1980年于丽江市古城区大研镇。选自白庚胜总主编、沙蠡主编：《中国民间故事全书·云南·古城、玉龙卷》，北京：知识产权出版社，2010年，第59—62页。

19. 高取高拔 讲述者：和义光、王德义；采录者：赵兴文、杨增烈；采录时间、地点：1980年于丽江市玉龙县宝山乡。选自白庚胜总主编、沙蠡主编：《中国民间故事全书·云南·古城、玉龙卷》，北京：知识产权出版社，2010年，第59—62页。

20. 木老爷三留杨神医 讲述者：木崇惠；采录者：木丽春；采录时间、地点：1980年于丽江市玉龙县拉市乡。选自白庚胜总主编、沙蠡主编：《中国民间故事全书·云南·古城、玉龙卷》，北京：知识产权出版社，2010年，第79—82页。

21. 虎跳峡的传说 讲述者：杨实秋；采录者：杨世光；采录时间、地点：1987年于丽江县虎跳峡镇。选自《中国民间故事集成·云南卷》编辑委员会：《中国民间故事集成·云南卷》，北京：中国ISBN中心，2003

年，第672—673页。

22. 白水台的传说 讲述者：希孟；采录者：杨世光；采录时间、地点：1985年于中甸县白水台侧。选自《中国民间故事集成·云南卷》编辑委员会：《中国民间故事集成·云南卷》，北京：中国ISBN中心，2003年，第674—675页。

23. 泸沽湖的传说 讲述者：茨里玛；采录者：杨世光；采录时间、地点：1980年于宁蒗县泸沽湖边。选自《中国民间故事集成·云南卷》编辑委员会：《中国民间故事集成·云南卷》，北京：中国ISBN中心，2003年，第676—678页。

24. 玉龙雪山的传说 讲述者：和耀淑、和茂根；采录者：和强；采录时间、地点：1987年于丽江县。选自《中国民间故事集成·云南卷》编辑委员会：《中国民间故事集成·云南卷》，北京：中国ISBN中心，2003年，第685—686页。

25. 大研镇的来历 讲述者：纳若；采录者：木丽春；采录时间、地点：1987年于丽江县大研镇。选自《中国民间故事集成·云南卷》编辑委员会：《中国民间故事集成·云南卷》，北京：中国ISBN中心，2003年，第693—694页。

26. 宝山石头城的传说 讲述者：和金、和义光；采录者：和茂根；采录时间、地点：1980年于丽江市玉龙县宝山乡。选自白庚胜总主编、沙蠡主编：《中国民间故事全书·云南·古城、玉龙卷》，北京：知识产权出版社，2010年，第136—137页。

27. 石门开 讲述者：和长寿；采录者：戴美莹。选自中共丽江地委宣传部：《纳西族民间故事选》，上海：上海文艺出版社，1981年，第175—178页。

28. 厄则坎美 讲述者：和正义；采录者：杨增烈；采录时间、地点：1980年于丽江市玉龙县宝山乡。选自白庚胜总主编、沙蠡主编：《中国民间故事全书·云南·古城、玉龙卷》，北京：知识产权出版社，2010年，第141—142页。

29. 禹将石 讲述者：杨增华；采录者：杨世光；采录时间、地点：1985年于丽江县。选自《中国民间故事集成·云南卷》编辑委员会：《中国民间故事集成·云南卷》，北京：中国ISBN中心，2003年，第724—725页。

30. 火把节的来历 讲述者：和芳；采录者：木耀钧；采录时间、地点：1981年于丽江市古城区束河中济村。选自白庚胜总主编、沙蠡主编：《中国民间故事全书·云南·古城、玉龙卷》，北京：知识产权出版社，2010年，第333—334页。

31. 喂麦达的传说 讲述者：杨作莹；采录者：王川蓉、牛相奎、和钟华；采录时间、地点：1980年于丽江市玉龙县白沙乡。选自白庚胜总主编、沙蠡主编：《中国民间故事全书·云南·古城、玉龙卷》，北京：知识产权出版社，2010年，第312—313页。

32. 口弦的故事 讲述者：和金亮；采录者：杨世光；采录时间、地点：1971年于丽江市玉龙县金沙江沿岸。选自白庚胜总主编、沙蠡主编：《中国民间故事全书·云南·古城、玉龙卷》，北京：知识产权出版社，2010年，第335—341页。

33. 三朵节的传说 讲述者：木建春、和塔、木金良、木四金、和都玛；采录者：木丽春；采录时间、地点：1983年于丽江县。选自《中国民间故事集成·云南卷》编辑委员会：《中国民间故事集成·云南卷》，北京：中国ISBN中心，2003年，第838—841页。

34. 纳西族人是怎样成为土司的 讲述者：朱德祥；采录者：吴登友；采录时间、地点：1987年于四川省盐边县太田乡。选自《中国民间故事集成·四川卷》编辑委员会：《中国民间故事集成·四川卷》，北京：中国ISBN中心，1998年，第1426页。

35. 露鲁人供祖的由来 讲述者：和士贤；采录者：和汉；采录时间、地点：1980年于丽江县。选自《中国民间故事集成·云南卷》编辑委员会：《中国民间故事集成·云南卷》，北京：中国ISBN中心，2003年，第897页。

36. 烧杜鹃木的来历 讲述者：阿啊达巴；采录者：杨尔车；采录时间、

地点：1988年于丽江市宁蒗县永宁乡打泼村。选自沙蠡主编：《中国民间故事全书·云南·宁蒗卷》，北京：知识产权出版社，2010年，第101—106页。

37. 祭猎神的由来 讲述者：和义光；采录者：牛勤耕；采录时间、地点：1980年于丽江县。选自《中国民间故事集成·云南卷》编辑委员会：《中国民间故事集成·云南卷》，北京：中国ISBN中心，2003年，第898—899页。

38. 火葬烧披毡的来历 讲述者：和学文；采录者：木丽春；采录时间、地点：1987年于丽江县。选自《中国民间故事集成·云南卷》编辑委员会：《中国民间故事集成·云南卷》，北京：中国ISBN中心，2003年，第899—900页。

39. 泼灰习俗的来历 讲述者：和玉才、和光；采录者：木丽春；采录时间、地点：1983年于丽江县。选自《中国民间故事集成·云南卷》编辑委员会：《中国民间故事集成·云南卷》，北京：中国ISBN中心，2003年，第901—902页。

40. 七星披肩的来历 采录者：杨世光；采录时间、地点：1956年于丽江市古城区大研镇敬老院。选自中共丽江地委宣传部：《纳西族民间故事选》，上海：上海文艺出版社，1981年，第260—264页。

41. 婚后买松明和韭菜的来历 讲述者：和执仁；采录者：白庚胜；采录时间、地点：1983年于丽江县。选自《中国民间故事集成·云南卷》编辑委员会：《中国民间故事集成·云南卷》，北京：中国ISBN中心，2003年，第944—945页。

42. 猪槽船的来历 讲述者：阿玛一史；采录者：杨尔车；采录时间、地点：1988年于丽江市宁蒗县永宁乡。选自沙蠡主编：《中国民间故事全书·云南·宁蒗卷》，北京：知识产权出版社，2010年，第95—98页。

43. 阿注婚的来由 讲述者：达史车尔；采录者：杨世光；采录时间、地点：1980年3月于宁蒗县泸沽湖周围。选自《中国民间故事集成·云南卷》编辑委员会：《中国民间故事集成·云南卷》，北京：中国ISBN中心，

2003年，第947—948页。

44. 阿套五勒古 讲述者：和长寿；采录者：杨世光；选自中共丽江地委宣传部：《纳西族民间故事选》，上海：上海文艺出版社，1981年，第198—199页。

45. 杜鹃鸟的来历 讲述者：和长寿；采录者：杨世光；选自中共丽江地委宣传部：《纳西族民间故事选》，上海：上海文艺出版社，1981年，第200—202页。

46. 蝉姑娘的厄运 讲述者：木金良；采录者：木丽春；采录时间、地点：1976年于丽江市玉龙县拉市乡。选自白庚胜总主编、沙蠡主编：《中国民间故事全书·云南·古城、玉龙卷》，北京：知识产权出版社，2010年，第371—372页。

47. 麦子与荞子 讲述者：木金良；采录者：木丽春；采录时间、地点：1976年于丽江市玉龙县石鼓镇。选自白庚胜总主编、沙蠡主编：《中国民间故事全书·云南·古城、玉龙卷》，北京：知识产权出版社，2010年，第407—408页。

48. 骄傲的马樱花 讲述者：木金良；采录者：木丽春；采录时间、地点：1976年于丽江市玉龙县石鼓镇。选自白庚胜总主编、沙蠡主编：《中国民间故事全书·云南·古城、玉龙卷》，北京：知识产权出版社，2010年，第409页。

49. 龙女树 讲述者：杨增华；采录者：杨世光；采录时间、地点：1979年于丽江市玉龙县白沙乡玉湖村。选自白庚胜总主编、沙蠡主编：《中国民间故事全书·云南·古城、玉龙卷》，北京：知识产权出版社，2010年，第189—193页。

50. 青蛙和老虎 讲述者：潘米衣丁甲茨；采录者：杨尔车；采录时间、地点：1988年于丽江市宁蒗县永宁乡温泉村。选自沙蠡主编：《中国民间故事全书·云南·宁蒗卷》，北京：知识产权出版社，2010年，第248—249页。

51. 聪明的兔子 讲述者：阿啊达巴；采录者：杨尔车；采录时间、地点：1986年于丽江市宁蒗县永宁乡。选自沙蠡主编：《中国民间故事全书·云南·宁蒗卷》，北京：知识产权出版社，2010年，第253—256页。

52. 狐狸学老虎 讲述者：潘米衣丁甲茨；采录者：杨尔车；采录时间、地点：1986年于丽江市宁蒗县永宁乡。选自沙蠡主编：《中国民间故事全书·云南·宁蒗卷》，北京：知识产权出版社，2010年，第257—258页。

53. 绵羊和山羊 讲述者：和三元；采录者：刘钊。选自中共丽江地委宣传部：《纳西族民间故事选》，上海：上海文艺出版社，1981年，第309—311页。

54. 狡猾的鳝鱼 讲述者：和顺莲；采录者：刘钊；采录时间、地点：1956年于丽江市古城区大研镇龙潭村。选自白庚胜总主编、沙蠡主编：《中国民间故事全书·云南·古城、玉龙卷》，北京：知识产权出版社，2010年，第391—392页。

55. 猎狗和猫 讲述者：张成国；采录者：耕勤、杨陆；采录时间、地点：1979年于丽江市玉龙县鸣音乡。选自白庚胜总主编、沙蠡主编：《中国民间故事全书·云南·古城、玉龙卷》，北京：知识产权出版社，2010年，第377—378页。

56. 阿喂鸟 讲述者：木金良；采录者：木丽春；采录时间、地点：1976年于丽江市玉龙县石鼓镇。选自白庚胜总主编、沙蠡主编：《中国民间故事全书·云南·古城、玉龙卷》，北京：知识产权出版社，2010年，第360—361页。

57. 康开的故事 讲述者：李生；采录者：木耀钧；采录时间、地点：1981年于丽江市老城区。选自白庚胜总主编、沙蠡主编：《中国民间故事全书·云南·古城、玉龙卷》，北京：知识产权出版社，2010年，第373—374页。

58. 咣咣雀和斑鸠借粮 讲述者：纳若；采录者：白庚胜；采录时间、地点：1984年于丽江县。选自《中国民间故事集成·云南卷》编辑委员会：《中国民间故事集成·云南卷》，北京：中国ISBN中心，2003年，第991页。

59. **朱古羽勒排与康美久命姬** 讲述者：和东光；采录者：杨世光。选自中共丽江地委宣传部：《纳西族民间故事选》，上海：上海文艺出版社，1981年，第92—98页。

60. **骑立称王** 讲述者：和延春；采录者：白庚胜；采录时间、地点：1983年于丽江县龙盘乡。选自《中国民间故事集成·云南卷》编辑委员会：《中国民间故事集成·云南卷》，北京：中国ISBN中心，2003年，第1061—1062页。

61. **青蛙骑手** 讲述者：和金良；采录者：白庚胜；采录时间、地点：1981年4月于丽江市玉龙县龙蟠乡。选自白庚胜总主编、沙蠡主编：《中国民间故事全书·云南·古城、玉龙卷》，北京：知识产权出版社，2010年，第169—174页。

62. **龙女和樵哥** 讲述者：木柱；采录者：云南省民族民间文学丽江调查队；采录时间、地点：1958年于丽江市玉龙县黄山乡。选自白庚胜总主编、沙蠡主编：《中国民间故事全书·云南·古城、玉龙卷》，北京：知识产权出版社，2010年，第199—205页。

63. **亨美与金鹿** 采录者：杨世光。选自中共丽江地委宣传部：《纳西族民间故事选》，上海：上海文艺出版社，1981年，第230—237页。

64. **月亮姑娘** 讲述者：木金良；采录者：木丽春；采录时间、地点：1976年于丽江市玉龙县拉市乡美泉村。选自白庚胜总主编、沙蠡主编：《中国民间故事全书·云南·古城、玉龙卷》，北京：知识产权出版社，2010年，第244—250页。

65. **魔穴救姑** 讲述者：杨增光；采录者：杨世光；采录时间、地点：1978年于中甸县拉托里村。选自《中国民间故事集成·云南卷》编辑委员会：《中国民间故事集成·云南卷》，北京：中国ISBN中心，2003年，第1067—1069页。

66. **古生土称和亨命素舍玛** 讲述者：和正才、和芳；采录者：周耀华；采录时间、地点：1962年于丽江县。选自《中国民间故事集成·云南卷》编辑委员会：《中国民间故事集成·云南卷》，北京：中国ISBN中心，

2003年，第1069—1071页。

67. **宝珠** 讲述者：阿啊独志；采录者：杨尔车；采录时间、地点：1988年于丽江市宁蒗县永宁乡。选自沙蠡主编：《中国民间故事全书·云南·宁蒗卷》，北京：知识产权出版社，2010年，第114—116页。

68. **石蛙** 采录者：和孟祥。选自中共丽江地委宣传部：《纳西族民间故事选》，上海：上海文艺出版社，1981年，第155—162页。

69. **阿才和米花** 采录者：云南省民族民间文学丽江调查队。选自中共丽江地委宣传部：《纳西族民间故事选》，上海：上海文艺出版社，1982年，第138—143页。

70. **迫害** 讲述者：托已卡我；采录者：谢德风。选自中共丽江地委宣传部：《纳西族民间故事选》，上海：上海文艺出版社，2003年，第123—137页。

71. **阿萨命** 讲述者：张之刚、和美琪；采录者：云南省民族民间文学丽江调查队戴美莹；采录时间、地点：1958年于丽江市玉龙县石鼓镇。选自白庚胜总主编、沙蠡主编：《中国民间故事全书·云南·古城、玉龙卷》，北京：知识产权出版社，2010年，第65—70页。

72. **放猪栽桃** 讲述者：袁阿敏、和德明；采录者：云南省民族民间文学丽江调查队戴美莹；采录时间、地点：1958年于丽江市玉龙县拉市乡海南村。选自白庚胜总主编、沙蠡主编：《中国民间故事全书·云南·古城、玉龙卷》，北京：知识产权出版社，2010年，第215—218页。

73. **拉柯和莲命** 讲述者：杨世光；采录者：云南省民族民间文学丽江调查队。选自中共丽江地委宣传部：《纳西族民间故事选》，上海：上海文艺出版社，1981年，第213—219页。

74. **宝妹** 讲述者：阿志兴；采录者：和锡典；采录时间、地点：1979年于丽江县。选自《中国民间故事集成·云南卷》编辑委员会：《中国民间故事集成·云南卷》，北京：中国ISBN中心，2003年，第1085—1087页。

75. **增格鸟和阿衣鸟** 讲述者：开巴才；采录者：木丽春；采录时间、地点：1957年于丽江市玉龙县太安乡。选自白庚胜总主编、沙蠡主编：《中国民间故事全书·云南·古城、玉龙卷》，北京：知识产权出版社，2010年，第368—370页。

76. **阿山和九妹** 讲述者：和文虎；采录者：沙蠡；采录时间、地点：1980年于丽江市玉龙县白沙乡。选自白庚胜总主编、沙蠡主编：《中国民间故事全书·云南·古城、玉龙卷》，北京：知识产权出版社，2010年，第155—160页。

77. **金钟的故事** 讲述者：张一花；采录者：和时杰；采录时间、地点：1980年于丽江市玉龙县石鼓镇大同村。选自白庚胜总主编、沙蠡主编：《中国民间故事全书·云南·古城、玉龙卷》，北京：知识产权出版社，2010年，第219—223页。

78. **善良的扎巴甲茨** 讲述者：阿啊独志；采录者：杨尔车；采录时间、地点：1988年于丽江市宁蒗县永宁乡。选自沙蠡主编：《中国民间故事全书·云南·宁蒗卷》，北京：知识产权出版社，2010年，第107—110页。

79. **酒丹** 讲述者：和即贵；采录者：和贵斌；采录时间、地点：1980年于丽江市玉龙县。选自白庚胜总主编、沙蠡主编：《中国民间故事全书·云南·古城、玉龙卷》，北京：知识产权出版社，2010年，第226—227页。

80. **买岁月** 讲述者：和锡典；采录者：和孟翔；采录时间、地点：1979年于丽江市玉龙县黄山乡长水村。选自白庚胜总主编、沙蠡主编：《中国民间故事全书·云南·古城、玉龙卷》，北京：知识产权出版社，2010年，第241页。

81. **白塔与丹桂的故事** 讲述者：和四发；采录者：木崇生、王震亚；采录时间、地点：1980年于丽江市玉龙县黄山乡五台村。选自白庚胜总主编、沙蠡主编：《中国民间故事全书·云南·古城、玉龙卷》，北京：知识产权出版社，2010年，第175—179页。

82. **能言鸟** 讲述者：周汝诚；采录者：解红、赵金云；采录时间、地点：1981年于丽江市古城区大研镇。选自白庚胜总主编、沙蠡主编：《中国民间故事全书·云南·古城、玉龙卷》，北京：知识产权出版社，2010年，第276—278页。

83. 怕“漏”的故事 讲述者：木一龙；采录者：木耀钧；采录时间、地点：1980年于丽江市古城区束河中济村。选自白庚胜总主编、沙蠡主编：《中国民间故事全书·云南·古城、玉龙卷》，北京：知识产权出版社，2010年，第286—287页。

84. 有名无实的猎手 采录者：和即仁。选自中共丽江地委宣传部：《纳西族民间故事选》，上海：上海文艺出版社，1981年，第179—185页。

85. 小木盒 讲述者：和长寿；采录者：云南省民族民间文学丽江调查队。选自中共丽江地委宣传部：《纳西族民间故事选》，上海：上海文艺出版社，1981年，第206—210页。

86. 我吃我的福气 讲述者：木金良；采录者：木丽春；采录时间、地点：1976年于丽江市玉龙县拉市乡。选自白庚胜总主编、沙蠡主编：《中国民间故事全书·云南·古城、玉龙卷》，北京：知识产权出版社，2010年，第208—213页。

87. 买寿 讲述者：和正才；翻译者：赵净修；采录者：禺尺、木丽春；采录时间、地点：于丽江县。选自《中国民间故事集成·云南卷》编辑委员会：《中国民间故事集成·云南卷》，北京：中国ISBN中心，2003年，第1364—1365页。

88. 大脖子的故事 讲述者：阿命九；采录者：唐有为；采录时间、地点：1984年于丽江市玉龙县七河、金江。选自白庚胜总主编、沙蠡主编：《中国民间故事全书·云南·古城、玉龙卷》，北京：知识产权出版社，2010年，第282—285页。

89. 做人难 讲述者：和文虎；采录者：木尚庚；采录时间、地点：1980年于丽江市古城区大研镇。选自白庚胜总主编、沙蠡主编：《中国民间故事全书·云南·古城、玉龙卷》，北京：知识产权出版社，2010年，第265页。

90. 碗 讲述者：杨爱荣；采录者：阿华；采录时间、地点：1980年于丽江市玉龙县。选自白庚胜总主编、沙蠡主编：《中国民间故事全书·云南·古城、玉龙卷》，北京：知识产权出版社，2010年，第290—291页。

91. 以少换多 采录者：杨世光。选自中共丽江地委宣传部：《纳西族民间故事选》，上海：上海文艺出版社，1981年，第205页。

92. 阿命纳买宝马 讲述者：和锡典；采录者：木丽春；采录时间、地点：1980年于丽江市玉龙县黄山乡。选自白庚胜总主编、沙蠡主编：《中国民间故事全书·云南·古城、玉龙卷》，北京：知识产权出版社，2010年，第295—297页。

93. 阿米 讲述者：儿车；采录者：和福莲；采录时间、地点：1988年于丽江市宁蒗县。选自沙蠡主编：《中国民间故事全书·云南·宁蒗卷》，北京：知识产权出版社，2010年，第230—231页。

94. 木匠和画家 采录者：李乔。选自中共丽江地委宣传部：《纳西族民间故事选》，上海：上海文艺出版社，1981年，第30—32页。

95. 阿一旦故事

阿一旦故事之一：公喜?母喜? 讲述者：李云南；采录者：赵净修；采录时间、地点：1956年于丽江市古城区大研镇。选自白庚胜总主编、沙蠡主编：《中国民间故事全书·云南·古城、玉龙卷》，北京：知识产权出版社，2010年，第308—309页。

阿一旦故事之二：上楼下楼 采录者：云南省民族民间文学丽江调查队。选自中共丽江地委宣传部：《纳西族民间故事选》，上海：上海文艺出版社，1981年，第22—23页。

阿一旦故事之三：换衣 采录者：杨世光。选自中共丽江地委宣传部：《纳西族民间故事选》，上海：上海文艺出版社，1981年，第10—13页。

阿一旦故事之四：木家败 采录者：赵净修。选自中共丽江地委宣传部：《纳西族民间故事选》，上海：上海文艺出版社，1981年，第14—15页。

阿一旦故事之五：拿鱼去 讲述者：李云南；采录者：赵净修；采录时间、地点：1956年于丽江市古城区大研镇。选自白庚胜总主编、沙蠡主编：《中国民间故事全书·云南·古城、玉龙卷》，北京：知识产权出版社，2010年，第310—311页。

96. 花子怜皇帝 讲述者：木建春；采录者：木丽春；采录时间、地点：1980年于丽江市玉龙县拉市乡美泉村。选自白庚胜总主编、沙蠡主编：《中国民间故事全书·云南·古城、玉龙卷》，北京：知识产权出版社，2010年，第347—348页。

97. 憨人剥鹿皮 讲述者：木金良；采录者：木丽春；采录时间、地点：1976年于丽江市玉龙县拉市、黄山、太安一带。选自白庚胜总主编、沙蠡主编：《中国民间故事全书·云南·古城、玉龙卷》，北京：知识产权出版社，2010年，第352—355页。

98. 嫉妒他人富，自己变穷鬼 讲述者：木建春；采录者：木丽春；采录地点：丽江县。选自《中国民间故事集成·云南卷》编辑委员会：《中国民间故事集成·云南卷》，北京：中国ISBN中心，2003年，第1522页。

99. 见鱼亲鱼宗，见蛇依蛇族 讲述者：木金良；采录者：木丽春；采录时间、地点：1979年于丽江县。选自《中国民间故事集成·云南卷》编辑委员会：《中国民间故事集成·云南卷》，北京：中国ISBN中心，2003年，第1523页。

100. 臂膀没力气，利斧也没用 讲述者：赵公；采录者：赵净修；采录时间、地点：1983年于丽江县。选自《中国民间故事集成·云南卷》编辑委员会：《中国民间故事集成·云南卷》，北京：中国ISBN中心，2003年，第15—24页。